Kathy Bennett
Jagd in L. A.

PIPER

Zu diesem Buch

Detective Maddie Divine wehrt sich mit allen Kräften dagegen, dass ihre privaten Tragödien ihre Arbeit beim LAPD behindern. Nachdem sie bei einem Einsatz ihren Mann Travis verloren hat, kämpft sie sich mithilfe der Polizeipsychologin und ihrer neuen Kollegin Jade Donovan zurück in den Job. Dort wird sie nämlich dringend gebraucht, denn das sonnige Los Angeles wird gleich von mehreren Verbrechern heimgesucht. Allen voran vom gefährlichen Valley-Vergewaltiger, der die Polizei schon seit geraumer Zeit in Atem hält und dessen Vorgehen mit jeder Tat brutaler wird. Und dann wird auch noch eine junge Frau ermordet aufgefunden. Bei der Untersuchung der beiden Fälle tun sich Verbindungen auf – und Maddie sieht sich alsbald mit den Geistern der Vergangenheit konfrontiert ...

Kathy Bennett war 29 Jahre beim L.A. Police Department beschäftigt. 1997 wurde sie Polizistin des Jahres. Zeitgleich begann sie mit dem Schreiben. Mit der Krimiserie um D.I. Maddie Divine landete sie in den USA einen Nr.-1-Hit. Sie lebt mit ihrem Mann in Los Angeles, sie haben eine Tochter und eine Enkeltochter.

Kathy Bennett

JAGD IN LA

Thriller

Aus dem Amerikanischen
von Juliane Pahnke

PIPER

Mehr über unsere Autoren und Bücher:
www.piper.de

MIX
Papier aus verantwortungsvollen Quellen
FSC® C083411

Deutsche Erstausgabe
ISBN 978-3-492-31160-1
Januar 2018

Titel der amerikanischen Originalausgabe:
»A Deadly Justice«, Amazon Digital USA 2014

Umschlaggestaltung: zero-media.net, München
Umschlagabbildung: © Stephen Mulcahey/Arcangel (Frau);
FinePic®, München (Stadt)
Satz: Kösel Media GmbH, Krugzell
Gesetzt aus der Scala
Druck und Bindung: CPI books GmbH, Leck
Printed in the EU

Fünf Jahre lang hatte ich einmal pro Woche das Vergnügen, meine Betaleser zu treffen – Alyssa Ganzer und Julie Woolley. Ihr Urteilsvermögen und ihre Unterstützung sowie ihre unendliche Geduld haben mich zu einer besseren Schriftstellerin gemacht. Wenn Ihnen meine Bücher gefallen, verdanke ich das der Hingabe und dem scharfen Auge dieser beiden Frauen. Ich könnte mir keine besseren Betaleser wünschen. Sie sind mir Freundinnen fürs Leben.

1 Maddie

Heilige Scheiße!

Ein Mann mit einer schwarzen Skimaske rannte am helllichten Tag über die sechs dicht befahrenen Spuren des Ventura Boulevard. Eine Mutprobe mit den Autofahrern von Los Angeles als Gegner, bei der er sich zwischen einem Chevy Malibu und einem Dodge durchschlängelte, nur um direkt danach über die Motorhaube eines Porsche Carrera zu springen. Es wirkte wie eine Szene aus einem Film – für solche Szenen lebten die meisten Cops. Aber das war keine Actionszene. Instinktiv wusste ich gleich, dass hier ein Schwerverbrecher auf der Flucht von einem Tatort war.

Obwohl ich gerade nicht im Dienst war, riss ich meinen Sportwagen herum und parkte ihn an einer Bushaltestelle, griff nach meiner Handtasche und nahm zu Fuß die Verfolgung auf.

»Wählen Sie den Notruf!«, schrie ich, als ich an den aufgeschreckten Fußgängern vorbeirannte. »Sagen Sie, eine Polizistin außer Dienst verfolgt zu Fuß den Verdächtigen in einem möglichen Raubüberfall.« Obwohl ich nicht sicher wusste, was für ein Verbrechen er begangen hatte, führte der Mann mit der Skimaske definitiv nichts Gutes im Schilde und lief vor etwas davon.

Im Laufen zog ich den Reißverschluss an meiner Handtasche auf, hinter dem sich ein Holster verbarg, und zog meine Smith and Wesson Neun-Millimeter-Halbautomatik heraus. Die Halterung fiel auf den Boden, aber ich rannte weiter. Für ein zwanzig Dollar teures Stück Leder hielt ich jetzt nicht an.

Wenn bis jetzt noch niemand die Cops gerufen hat, tun sie es spätestens dann, wenn ich mit einer Waffe in der Hand durch die Sherman Oaks Galleria laufe.

»Ich bin Polizistin! In welche Richtung ist er gerannt?«, wollte ich von ein paar jungen Frauen wissen, die gerade aus der Mall kamen.

Die Mädchen starrten auf meine Waffe. Dann zeigten sie nach drinnen und rannten in die andere Richtung davon. Als ich an den verblüfften Kunden vorbeilief, schrien ein paar auf, sobald sie meine Waffe bemerkten. Ich rief: »Polizei! Aus dem Weg!« und hoffte, die Bürger würden mir Platz machen. Aber die meisten Leute wussten nicht, wie man in so einer Situation reagierte. Zum Glück blieben die meisten Kunden einfach stehen, und ich konnte mich zwischen ihnen hindurchschlängeln.

Mein Herz sprang mir beinahe aus der Brust, und ich kam völlig außer Atem, als plötzlich zwei Fahrradpolizisten vom LAPD, die hinter Betonsäulen Stellung bezogen hatten, mit ihren Waffen auf mich zielten.

»Polizei! Runter mit der Waffe!«

Ich kam schlitternd zum Stehen und hob die Hände. »Ich bin LAPD-Detective Maddie Divine«, rief ich. Dann kniete ich mich langsam hin und legte meine Waffe auf den Boden. Sobald die Pistole nicht mehr in meiner Hand war, kam ich behutsam wieder hoch und hob die Hände über Schulterhöhe. »Ich habe einen großen, muskulösen Mann mit einer schwarzen Skimaske beobachtet, wie er alle Spuren des Ventura Boulevard überquert hat. Er rannte, als hätte er gerade einen Raub oder sonst was begangen. Ich habe meinen Wagen stehen gelassen und die Verfolgung aufgenommen. Er ist direkt in die Galleria gelaufen. Haben Sie ihn gesehen? Sind irgendwelche Raubüberfälle gemeldet worden?«

Die beiden Polizisten sahen mich an, als wäre ich verrückt. Eine kleine Menschenmenge versammelte sich inzwischen um uns.

»Nein. Wir haben keine Anrufe wegen eines Raubs bekommen. Das Einzige, was reingekommen ist, war die Meldung, dass eine Frau mit einer Waffe die Galleria gestürmt hat.«

»Okay, ich gebe zu, dass ich wohl den Frieden gestört habe, weil ich mit der Waffe in der Hand einem Kerl nachgejagt bin. Aber da war wirklich ein Kerl mit Skimaske. Ein paar Leute konnten sogar sagen, in welche Richtung er verschwunden ist.«

Der andere Cop war größer und dünner als sein Kollege und wandte sich jetzt an die Menschenmenge um uns. »Hat hier jemand einen Mann mit schwarzer Skimaske durch die Mall rennen gesehen?«

Die Umstehenden sahen einander nervös an. Einige grinsten sogar, aber niemand trat vor und erklärte, er habe den Verdächtigen gesehen.

»Äh, wissen Sie, Ma'am, am besten kommen Sie mit uns nach unten zu unserem Büro hier in der Mall. Da können wir Ihre Identität überprüfen und Ihre Aussage aufnehmen zu dem, was Sie gesehen und getan haben.«

»Sie könnten meine Identität überprüfen, wenn Sie meinen Dienstausweis aus meiner Brieftasche holen.«

»Nun, das tun wir in unserem Büro.«

»Gut«, sagte ich, denn ich wusste, dass die beiden Polizisten glaubten, es mit einer Verrückten zu tun zu haben. Und eines wusste ich mit absoluter Sicherheit. Ich würde sie auf keinen Fall bedrängen, sich zu beeilen, denn sonst käme ich zu spät zu meinem Termin mit der Polizeipsychologin.

2 Jade

Jade Donovan stand in ihrem Badezimmer vor dem Waschbecken und flocht sich die dunkelbraunen Haare zu einem Bauernzopf. Sie beobachtete im Spiegel ihren Mann, der sich neben ihr rasierte. »Und mit wem arbeitest du heute zusammen?«

Mac Stryker zog das Gesicht mit einer Hand straff und ließ den Rasierer mit der anderen über seine Wange gleiten. Das Resultat war ein nackter Streifen Haut im Rasierschaum. Er zog eine zweite Linie über die Haut, dann wusch er den Rasierer im Waschbecken aus. »So ein Neuer von der 77. Division. Ich habe gehört, er hat gerade erst die Probezeit hinter sich, kommt also praktisch direkt von der Akademie und ist ziemlich bissig. Er hat wohl behauptet, er werde den Valley-Vergewaltiger fassen.«

Jade lächelte. »Na ja, wenn er mit dir zusammenarbeitet, dürfte das seiner Großspurigkeit einen Dämpfer verpassen.«

Mac schnaubte. »Das bezweifle ich. Er glaubt eher, ich sei ein Dinosaurier, der nicht mehr weiß, wie richtige Polizeiarbeit gemacht wird.«

»Pass nur auf. Ich finde es albern, wenn sie so einen Jungspund direkt nach der Probezeit schon in die Abteilung für Bandenkriminalität stecken. Er sollte erst mal noch ein, zwei Jahre Streife fahren, wo er sich mit häuslicher Gewalt und Betrunkenen herumärgern muss. Zumindest waren die Verantwortlichen so umsichtig, ihn zu dir zu stecken, also jemandem, der schon einige Zeit dabei ist.«

Mac war mit der Rasur fertig, wischte sich den überschüssigen Schaum vom Gesicht ab und gab Jade einen flüchtigen Kuss. »Darum denke ich, es wäre gut, wenn du endlich mal eine Beförderung bekommst, Jade. Das LAPD braucht Leute in Führungspositionen, die mit gesundem Menschenverstand vorgehen.« Mac ging ins Schlafzimmer und zog ein weites Hawaiihemd über das T-Shirt. So wurde die Waffe, die er im Dienst trug, am besten verdeckt. Er sank aufs Bett und zog die Sportschuhe an. »Hast du in letzter Zeit mal mit deiner Partnerin geredet?«

»Lustig, dass du sie so nennst. Schließlich haben wir noch keinen einzigen Tag zusammengearbeitet.«

»Auf dem Papier seid ihr aber schon seit Monaten Partner. Ich nehme an, sie findet, sechs Monate reichen als Abwesenheit vom Dienst, um den Verlust ihres Ehemanns zu betrauern. Mich überrascht, dass sie nicht länger weggeblieben ist. Unter den Umständen hätte das Department ihr sicher alle Zeit der Welt gegeben.«

Jade nickte. »Nachdem wir erfahren haben, dass wir von der Abteilung für Vermisstenfälle zur Division nach Devonshire versetzt werden, wollte sie wohl lieber zurückkommen, bevor man sie zum Gefängnisdienst verdonnert. Ich sollte sie wirklich mal anrufen.« Jade schaute auf die Uhr. »Verflixt! Es ist bald Zeit, Donnie von der Schule abzuholen. Das mache ich zuerst, und danach rufe ich Maddie an.«

»Bist du wegen Montag nervös?«

Jade zuckte mit den Schultern. »Es ist immer schwer, in einer neuen Division anzufangen. Man muss sich immer wieder aufs Neue beweisen.« Sie folgte Mac, der in die Küche ging. Dort standen bereits das Lunch und ein frischer Kaffee, die sie für ihn vorbereitet hatte. »Allerdings wird dieser Wechsel etwas anders sein, weil praktisch jeder in dem Revier neu ist.«

»Hoffentlich halten sich die Medien zurück. Aber ich fürchte, das werden sie nicht tun, denn du kennst ja den Chief. Der will bei allem einen Fototermin«, sagte Mac. Er nahm die Lunchbox und den Thermobecher aus rostfreiem Stahl. »Ich bin weg.« Er beugte sich zu ihr hinüber und gab ihr einen innigen Kuss. »Gib Donnie einen Kuss und sag ihm, dass ich ihn lieb habe. Ich rufe ihn später noch an.«

Jade lächelte und zog Mac wieder zu sich heran. »Und was bekomme *ich* später von dir?«, neckte sie ihn.

Die Augen ihres Mannes funkelten amüsiert. »Einen von L.A.s Besten«, flüsterte er und knabberte noch einmal an ihren Lippen, bevor er das Haus verließ.

3 Maddie

Tick, tick, tick.

»Wir können hier auch wieder die ganze Stunde schweigend sitzen, wenn Sie das wollen, Maddie. Aber irgendwann werden Sie was sagen müssen, wenn Sie wieder Ihre Arbeit als Ermittlerin aufnehmen möchten. Und je länger wir hier sitzen, desto schlimmer wird der Verkehr, der am Freitagnachmittag immer den Freeway 405 verstopft.«

Ich ignorierte den verärgerten Tonfall der Psychiaterin vom LAPD, doch mein Blick schoss zu der tickenden Uhr, die gut sichtbar auf der Ecke ihres Schreibtischs stand. Wir saßen schon seit vierzig Minuten hier.

Wie ich bereits den Fahrradpolizisten in der Galleria zuvor nicht erzählt hatte, dass ich unterwegs zur Psychiaterin war, verspürte ich jetzt nicht das Bedürfnis, der Ärztin von meiner peinlichen Erfahrung in der Mall zu berichten. Das Letzte, was sie wissen durfte, war, dass ich mich selbst bewaffnet hatte, um einen Mann mit Skimaske zu verfolgen, den außer mir offenbar niemand gesehen hatte.

Selbst als die Cops in der Mall die Videobänder prüften, gab es keine Spur von dem Kerl – egal, ob mit Skimaske oder ohne. Die Geschichte über die verrückte Kollegin, die sich einen Raubüberfall einbildete, würde bis zum nächsten Morgen überall die Runde gemacht haben. Da ich mich mit dem Department ziemlich gut auskannte, fürchtete ich mich jetzt sehr vor dem neuen Einsatzort, wo ich Montag das erste Mal antreten sollte. Ich wäre sofort als die Verrückte von den Vermisstenfällen verschrien.

»Wie fühlen Sie sich beim Gedanken an die Versetzung?«, versuchte die Ärztin es erneut.

Scheiße. Ich fühle mich richtig scheiße. Na und? Ich warf Dr. Stevens einen wütenden Blick zu, der Trockenfleisch hätte verdorren lassen.

Die Ärztin seufzte. »Maddie, das ist jetzt der zweite Termin, den Sie mit mir ausgemacht haben. Wir verschwenden Ihre Zeit, aber wir verschwenden auch Zeit, in der ich anderen Patienten helfen könnte. Sie können entweder jetzt mit mir reden, oder ich muss den Chief darüber informieren, dass Sie unkooperativ sind.«

Und was wird er dann tun? Mich wieder einer Division zuweisen, in der ich nicht arbeiten will? Ach nein, Moment – das ist ja bereits geschehen.

»Wissen Sie«, sagte die Ärztin und blickte mich ernst an, »anfangs hatte Travis auch Probleme, sich mir zu öffnen. Aber als er es dann tat, ging es ihm besser.«

»Das glauben Sie? Wirklich?« Die Wut strömte wie geschmolzene Lava aus meinem Mund, und ich setzte mich auf die vordere Stuhlkante. »Hat mein Mann Ihnen erzählt, wie er nach einem seiner ersten Termine bei Ihnen ein Loch in unsere Decke geschossen hat, während er schlief?«

Ich war nicht sicher, ob der entsetzte Gesichtsausdruck der Psychiaterin von meinem plötzlichen Ausbruch oder dem herrührte, was ich ihr gerade offenbart hatte. Sie hatte sich schnell wieder im Griff, und ihre Überraschung wich aufmerksamem Beobachten.

»Travis hatte Probleme. Ich glaube wirklich, wenn wir weiter miteinander gearbeitet hätten, wäre das letztlich für ihn eine Erleichterung gewesen, weil wir Bewältigungsstrategien hätten entwickeln können.«

»Und das wollen Sie für mich tun? Bewältigungsstrategien finden?«

»Ich hoffe es. Ich bin hier, um Ihnen zu helfen.«

»Sie können mir nicht helfen. Das sollten Sie wissen. Travis ist tot.«

4 Harley

»Hallo Mindy. Du kommst aber früh. Bist du irgendwie krank oder so?«, fragte Harley Elliot.

»Sehr lustig, Harley. Vielleicht solltest du den Pizzaladen verkaufen und Stand-up-Comedian werden.«

Mindy bedachte ihn mit ihrem munteren Lächeln, und das reichte schon, damit er hinter dem Tresen hervorkam, wo er zuvor den Cheddarkäse für den allabendlichen Ansturm raspelte.

»Mindy, Mindy, Mindy, was soll ich nur mit dir machen?«, fragte er und kam auf das Mädchen zu. Er schloss ihren straffen Teenagerkörper in die Arme und wiegte sie ein paar Sekunden. Danach ließ er sie los, aber nicht ohne vorher ihren blumigen Duft einzuatmen. *Was machen diese jungen Dinger nur mit ihren Haaren, dass sie so gut riechen?*

»Du könntest mir eine Gehaltserhöhung geben«, sagte Mindy hoffnungsvoll.

»He! Du weißt verdammt gut, dass ich von allen Restaurants im San Fernando Valley am Besten bezahle. Die Bewerbungen hast du bestimmt gesehen, die sich auf meinem Schreibtisch stapeln«, sagte er und kehrte hinter den Tresen zurück.

»Ja klar, von irgendwelchen Kerlen, die ums Verrecken keine Chance haben, hier einen Job zu kriegen.«

Die geflüsterte Bemerkung kam von Walt Lamb, Harleys neuem Barkeeper. Der Junge glaubte wohl, er hätte ihn nicht gehört. Harley nahm sich vor, Walts Arsch den Rest der Nacht ordentlich auf Trab zu halten. Wenn Walt sich weiterhin so mies benahm, musste Harley den Blödmann wohl ersetzen. Wäre nicht das erste Mal und bestimmt nicht das letzte Mal.

Die Hintertür ging auf, und Harleys Stimmung besserte sich schlagartig. Gott, er liebte Freitage. Er beobachtete, wie die Hälfte seines weiblichen Personals durch den Hintereingang hereinkam. Die Hälfte von »Harley's Angels« arbeitete Freitagabend. Nicht nur Mindy, sondern auch Krista, Danielle, China und sein neuester Engel – Shelbie.

Er bekam einen Steifen, wenn er Shelbies lange, glatte Haare und ihren wahnsinnig geilen, kleinen Apfelarsch nur sah. Zum Glück verbarg die Schürze, die er trug, seine Erregung. Vielleicht scherzte sie ja mit ihm wie Mindy, und dann bekäme er die Chance, einmal diesen festen Arsch zu begrapschen.

»n' Abend, die Damen. Freut mich, dass ihr alle ein Lächeln im Gesicht habt, denn«, er sprach jetzt gedehnt und wartete, dass seine Mitarbeiter einfielen, »freitags wird's heiß bei Harley's Hot Pieces!«

5 Maddie

Ich verließ das Institut für Verhaltenspsychologie im Valley gerade noch rechtzeitig, um in der Hauptverkehrszeit im Stau auf dem Freeway 405 zu stehen. Mich störte es nicht, mich in den alltäglichen Flashmob der Pendler einzureihen. Ich war völlig ausgelaugt, und Autofahren war eine angenehm anspruchslose Tätigkeit. Ich nutzte die Zeit, um über die letzten anderthalb Stunden nachzudenken. Darüber, wie Dr. Stevens mich schließlich dazu brachte, meine Wut, meine Depression und die Schuldgefühle nach dem Tod meines Mannes zuzugeben. Ja, meine Sitzung hatte diesmal Überlänge, aber das war es absolut wert gewesen.

Es ging mir gegen den Strich, der Psychiaterin zugutehalten zu müssen, dass sie das geschafft hatte. Normalerweise war ich keine warme, anschmiegsame Person, die über ihre Gefühle sprach. Aber sie war so klug, mich mit einem Tennisschläger gute fünfzehn Minuten auf ein Kissen einschlagen zu lassen, während ich über den Drecksack fluchte, der meinen Mann umgebracht hatte, während ich das LAPD für alles verantwortlich machte, was mir einfiel, und schließlich Travis verdammte, weil er sich in die Schusslinie geworfen hatte, um mir das Leben zu retten.

Es war dann ein fließender Übergang, zum Ende der Sitzung hin über meine Schuld an Travis' Tod zu reden, obwohl wir nicht besonders weit kamen. Ich hatte die unschöne Befürchtung, dass wir bei meinem nächsten Termin bei der Psychiaterin an genau dieser Stelle weitermachen würden. Darauf freute ich mich nicht gerade. Doch die Ärztin hatte mich einfach erpresst.

»Maddie, wenn Sie wollen, dass ich Sie wieder für voll einsatzfähig erkläre, müssen wir uns vor Montag noch einmal treffen. Sonntags kann ich nicht, aber morgen Nachmittag um zwei würde gehen.«

Ich hatte nur stumm genickt, und dann hatte sie die Daumenschrauben sogar noch angezogen.

»Wir werden dann nicht vierzig Minuten lang stumm voreinander sitzen, bevor Sie bereit sind, sich zu öffnen. Ich erwarte ein besseres Verhalten von Ihnen. Habe ich mich klar ausgedrückt?«

Kurz hatte ich mich gefragt, ob sie von mir einen Zusammenbruch erwartete. Glaubte sie, ich würde mich wie eine trotzige Fünfjährige auf den Boden werfen? So ging sie jedenfalls mit mir um.

»Ich verspreche Ihnen, mit dem Moment, in dem mein Hintern den Sessel berührt, werde ich wie ein Teenager losquasseln«, erklärte ich ihr.

Sie brachte sogar ein Lächeln zustande. »Wie wäre es, wenn wir es einfach mit einem aufrichtigen Gespräch versuchen?«

»Ich werde mit Ihnen kommunizieren. Ob ich die Wahrheit sage, müssen Sie entscheiden.« Ich erwiderte das Lächeln.

Ein blechernes Hupen vom Wagen hinter mir riss mich aus den Gedanken. Ich stieg aufs Gas, und mein Sportwagen schoss nach vorne, sodass sich die sechs Meter große Lücke zwischen meinem Wagen und dem Truck vor mir rasch schloss.

»Ich hoffe, du fühlst dich besser, Arschloch«, sagte ich zu mir selbst und starrte den hupwütigen Fahrer im Rückspiegel an. Ich klappte die Sonnenblende herunter und sah mich im Spiegel an, wobei ich aufpasste, ob der Verkehr vor mir sich wieder in Bewegung setzte.

»Maddie, die Psychiaterin hat recht. Die letzten Jahre waren echt hart für dich. Aber das musst du jetzt überwinden. Früher hattest du Spaß am Leben, du hast gelacht und warst glücklich. Wird Zeit, dass du wieder die lustige, glückliche Frau von damals wirst …« Ich starrte mein Spiegelbild lange an. »Und damit fängst du sofort an.«

Als der Kerl hinter mir erneut hupte, drehte ich mich um und warf ihm einen Luftkuss zu.

6 Shelbie

Die sechzehnjährige Shelbie Saunders wusste, dass sie großes Glück hatte, einen Job in der angesagtesten Pizzeria im San Fernando Valley zu ergattern. Alle Kids wollten hier arbeiten. Die Bezahlung war genial. Der Besitzer Harley zahlte ihr nicht nur zwölf Dollar pro Stunde für die Arbeit als Bedienung, er gab ihr auch jeden Abend zusätzlich zwanzig Dollar, weil sie nicht so viel Trinkgeld bekam wie die anderen Bedienungen. In den drei Wochen, die sie hier gearbeitet hatte, hatte sie fast sechshundert Dollar verdient.

Der einzige Nachteil war Harley mit seinem dicken Bierbauch, den fettigen Haaren und dem säuerlichen Körpergeruch. Es war Shelbie unangenehm, wie er immer nach einer Möglichkeit suchte, sie zu berühren. Sie hatte mitbekommen, dass die anderen Mädchen das einfach ertrugen. Aber sie wusste, dass es falsch war. Sie war sich sogar ziemlich sicher, dass es gegen das Gesetz war. Aber sie würde deshalb nicht kündigen oder sich beklagen. Dazu brauchte sie den Job zu dringend.

»Okay, Leute. Kommt mal alle schnell her«, rief Harley seinen Mitarbeitern zu. »Wir müssen noch die Bereiche aufteilen und unser hübsches Lächeln aufsetzen, es ist nämlich Freitagabend!«

Shelbie ging mit den anderen Mitarbeitern zu der großen Holzbar, die eine komplette Wand des Restaurants einnahm. Der Bereich mit den Tischen bestand aus einem großen Raum, die Bar dagegen war durch drei gewölbte Säulen abgesetzt, die ein Dach mit roten Ziegeln trugen, wodurch die Illusion von zwei Räumen in einem entstand.

Hinter dem lackierten Holztresen standen die obligatorischen Flaschen mit Alkohol. Darüber waren acht riesige Flatscreen-Fernseher an der Wand montiert, auf denen verschiedene Ballsportarten liefen.

Harley stand hinter der Bar und bellte die Anweisungen für seine Mitarbeiter. Shelbie wusste schon, wo sie eingesetzt wurde – an dem U-förmigen Podium unmittelbar vor dem Eingang. Wenn sie an ihrem Platz stand, war die Bar zu ihrer Linken, und sehr selten kam es vor, dass der Barkeeper Walt und sie ein bisschen Small Talk machten.

Irgendwas hatte Walt an sich, das Shelbie gefiel. Anders als ihr Chef war Walt ziemlich dünn, doch er hatte angenehm breite Schultern. Er hielt die schulterlangen, braunen Haare mit einem Stück Wildleder im Nacken zusammen. Hinter seiner stillen Art lauerte eine Kraft. Sie hatte den Barkeeper schon häufiger dabei beobachtet, wie er Harleys körperliche Annäherung an die Mitarbeiterinnen beäugte. Daran, wie Walt dabei die Augen zusammenkniff, erkannte Shelbie, dass es ihm nicht gefiel, wie der Boss mit den Mädchen umsprang. Doch er hielt den Mund. Er schien den Job genauso dringend zu brauchen wie sie selbst, dachte Shelbie.

Plötzlich flackerte der Schriftzug »Breaking News« über den Bildschirm. Alle hielten inne, und Harley griff zur Fernbedienung, um den Ton lauter zu drehen.

Mit angespannter Stimme berichtete der Nachrichtensprecher, es sei erneut zu einem sexuellen Übergriff im Valley gekommen. Dieses Mal in Sherman Oaks.

»Das ist nur wieder eine Vergewaltigung«, sagte Harley und stellte den Ton leise. Dann schaute er auf die Uhr. »Drei Minuten, bis wir öffnen. Euch allen einen guten Abend und haut ordentlich Alkohol raus!«

Bevor Harley die Bar verließ, blickte er Shelbie prüfend von oben bis unten an. »Shelbie! Dein T-Shirt ist zwei Größen zu groß. Komm schnell mit, dann können wir das noch ändern.«

Ihre Wangen brannten. Shelbie warf den anderen Mitarbeiterinnen einen Blick zu, weil sie hoffte, jemand würde ihr zur Seite springen und Harley erklären, dass das T-Shirt genau passte. Stattdessen verteilten sie sich im Raum und bereiteten sich auf den Ansturm vor.

Die Uniform für die Mädchen bei Harley s Hot Pieces bestand aus einer schwarzen Hose und einem weißen T-Shirt, geziert von zwei »dampfenden« Pizzastücken, die strategisch über den Brüsten platziert waren. Die Spitzen der Pizzastücke zeigten nach oben, sodass dazwischen Platz war für den Spruch: *Superheiß! Willst du eins?*

Alle männlichen Kollegen, auch die Köche und Hilfskellner, trugen Schürzen mit demselben Spruch und einem einzelnen Stück Pizza direkt über dem Schritt.

Harley ging mit langen Schritten voran, und Shelbie musste fast rennen, um mit ihrem Boss Schritt zu halten. Sie wusste von ihrem Bewerbungsgespräch, dass das der Weg zu seinem Büro war. Ein ungutes Gefühl beschlich sie. *Worum machst du dir Sorgen? Er hat gar keine Zeit, jetzt handgreiflich zu werden. Er muss in zwei Minuten das Restaurant aufschließen.*

Sie erreichten die verschlossene Tür. Harley zog die Schlüssel hervor und öffnete rasch das Büro. Dann hielt er die Tür auf und bedeutete ihr, vor ihm hineinzugehen.

»Der Karton mit den T-Shirts steht da drüben in der Ecke. Du solltest was in XS tragen. Such dir eins raus, zieh es an und geh zu deinem Platz. Wenn du rausgehst, mach die Tür hinter dir zu. Sie verschließt sich automatisch.«

Erleichtert, weil ihr Chef wieder ging, lief Shelbie zu dem Karton und beugte sich darüber. Keine drei Sekunden später spürte sie Harleys Hand, die von ihrer Taille zu ihrem Hintern hinabfuhr. Sie schnappte nach Luft, richtete sich auf und drehte sich gleichzeitig zu ihm um.

»Was zum Teufel machen Sie da?«, rief sie in scharfem Ton.

»Ich will nur sicherstellen, dass du die richtige Größe findest.«

»Die habe ich doch schon. Hier.« Sie wedelte mit dem T-Shirt vor seinem Gesicht.

»Na, dann los. Zieh es an.«

»Mache ich. Auf der Damentoilette.« Shelbie schob sich an ihm vorbei. »Und noch etwas. Fassen Sie mich nie wieder so an.«

»Ach, Shelbie, Shelbie, Shelbie … Was soll ich mit dir nur machen?«

7 Blake

An diesem frühen Freitagabend saß Blake Saunders am Kopfende seines Betts, während seine zwei jüngeren Brüder am Fußende hockten. Vor ihnen lag Geld – ein Haufen Geld. Du hättest das Geld lieber allein zählen sollen, dachte er. Dafür war es jetzt zu spät.

»Verdammt aber auch! Was für eine Woche«, sagte der vierundzwanzigjährige Logan. Er streckte die Hand aus, um das Geld zu streicheln.

Blake schlug die Hand weg. »Niemand außer mir fasst das an.«

»Fick dich! Jeremy und ich haben hart dafür gearbeitet.« Logan streckte den Arm, den ein Tribaltattoo zierte, erneut aus.

»Willst du wirklich, dass ich dir 'nen Tritt in den Arsch verpasse?«, drohte Blake. Es nervte ihn, dass Logan in den vergangenen Wochen immer aggressiver geworden war.

»Du wüsstest gar nicht, wie das geht. Du bist ein Milchgesicht und Weichei, Blake. Warst du schon immer.«

»Ich glaube, ich muss dich nicht daran erinnern, dass ich genug Grips im Kopf hatte, um deinen Arsch vor dem Knast zu bewahren, Logan.«

»Hey, Jungs, warum zählen wir nicht endlich, damit wir ins Wochenende starten können?« Die Stimme der Vernunft kam von ihrem ruhigeren, zweiundzwanzigjährigen Bruder Jeremy. Blake war froh über den Vorschlag.

Jeremy versetzte Logan einen leichten Stoß gegen den Arm. »Lass ihn das Geld zählen.«

»Na gut«, sagte Logan und fuhr sich mit beiden Händen durch die sandblonden Haare. »Aber wir zwei sollten mehr kriegen. Wir nehmen das ganze Risiko auf uns.«

Blake spürte, wie Jeremy ihn erwartungsvoll ansah. »Ihr macht wohl Witze«, sagte er. »Niemand sieht euch, Leute. *Ich* bin derjenige, den sie identifizieren können, wenn wir irgendwann erwischt werden. Nicht, dass ich glaube, das passiert irgendwann.« Er nahm einen Stapel Hunderter und begann zu zählen.

»Dad ist wieder da«, sagte Jeremy, als sie hörten, wie unten das Garagentor aufging. »Soll ich den Rest verstecken?«

Blake schüttelte den Kopf, zählte aber weiter. »Dreizehnhundert.« Er faltete das Geld und steckte es in die Hemdtasche seines Button-down-Hemds. Als Nächstes nahm er einen dicken Stapel Zwanziger und begann wieder zu zählen.

Logan stand vom Bett auf und schaute aus dem Fenster.

Einige Minuten später klopfte es, und ihr Vater, Steven Saunders, steckte den Kopf zur Tür herein. »Hey, Jungs. Wow! Das ist ja ein Haufen Geld. Ihr hattet wohl eine gute Woche im Laden?«

Blake zählte weiter, während Jeremy nickte. Das sonnengebleichte Haar fiel ihm in die Augen.

»Jep, wir werden noch mal Multimillionäre«, sagte Jeremy.

Ihr Vater lachte. »Na ja, so weit ist es wohl noch nicht, aber ihr seid auf einem guten Weg. Wo ist eure Schwester?«

»Sie ist nicht unsere Schwester«, knurrte Logan und starrte seinen Vater finster an.

»Shelbie ist bei der Arbeit«, sagte Blake.

»Ich wünschte, du würdest ihr sagen, sie soll nicht länger in diesem Pizzaladen arbeiten, das ist so peinlich«, sagte Jeremy. »Viele meiner Freunde gehen da hin, und dann steht meine Schwester in einem T-Shirt mit zwei Pizzastücken über ihren Möpsen da, über denen ›Willst du eins?‹ steht. Mom müsste eigentlich einen Anfall kriegen deswegen.«

Ihr Vater verzog das Gesicht. »Wir sind nicht gerade begeistert darüber, aber wir finden, sie hat eine Menge Initiative gezeigt, um in so jungen Jahren einen Job zu bekommen. Mal sehen, wie lange die Begeisterung anhält.«

Blake bemerkte, wie sein Vater jeden seiner Söhne kurz musterte.

»Ich bin stolz auf euch, Jungs. Macht weiter so. Eure

Mom und ich gehen aus, wenn sie heimkommt. Ihr könnt ja auf euch selbst aufpassen, oder?«

Blake schnaubte. »Himmel, Dad! Ich gehe auf die dreißig zu, die beiden hier sind über zwanzig. Wir kommen klar. Wir wünschen Mom und dir viel Spaß.«

Ihr Vater salutierte zackig, dann zog er die Tür hinter sich zu und ließ sie allein.

Jeremy ergriff als Erster das Wort. »Hat sich einer von euch schlecht gefühlt, als er meinte, er wäre stolz auf uns?«

»Kein bisschen«, sagte Logan. »Seit Prinzessin Shelbie bei uns lebt, ist es ihnen scheißegal, was wir machen. Sie sind froh, dass wir erwachsen sind und sie sich nicht länger mit uns abgeben müssen.«

»Solange wir uns von der Filmindustrie und von den Drogen fernhalten, sind Dad und Mom glücklich, dass wir noch zu Hause wohnen«, sagte Blake. »Und wieso sollten wir auch ausziehen? Wir zahlen keine Miete, Essen gibt's umsonst, dazu ein Heimkino, einen Swimmingpool, Spa und Sauna, und einmal pro Woche kommt die Haushaltshilfe. Und wir können kommen und gehen, wie es uns gefällt.« Er wedelte mit dem Stapel Zwanzigdollarnoten, die er gezählt hatte. »Wie wir an unser Geld kommen, ist *unsere* Sache. Das hier sind noch mal zwei Riesen.«

8 Maddie

Am Samstagmorgen wachte ich früh auf und lief bei Sonnenaufgang drei Meilen. Danach wusch und wachste ich meinen Wagen, ich duschte und ließ mehrere Maschinen Wäsche laufen und schrieb eine Einkaufsliste. Doch es brachte nichts. Ich konnte mich nicht selbst täuschen. Ich war nervös wegen meines Termins mit der Psychiaterin. Ich wusste, sie würde mich dazu bringen, über Dinge zu reden, die für meinen Verstand verboten waren. Ich brauchte Ablenkung. Darum ging ich ins Wohnzimmer, wo ich die Reisetasche und den Karton abgestellt hatte, die ich letzte Woche mit meinen Sachen aus dem Polizeihauptquartier vollgeräumt hatte. Ich schaltete den Fernseher ein.

»Ich kann genauso gut meine Ausrüstung für den großen Umzug ins Valley fertig machen«, sagte ich laut zu mir selbst. Die Mittagsnachrichten fingen gerade an. Die Stimme des Nachrichtensprechers klang sehr ernst.

»Die Polizei von Los Angeles teilte heute mit, der Valley-Vergewaltiger habe wieder zugeschlagen. Dieses Mal in Sherman Oaks. Ich spreche mit Catalina Espanata, die uns mehr berichtet.«

»Danke, Chuck. Es war gestern gegen ein Uhr mittags, als eine zweiundvierzigjährige Hausfrau in Sherman Oaks brutal in ihrem eigenen Haus angegriffen wurde.«

Ich ließ mich aufs Sofa fallen und drehte den Ton lauter. Ich wollte kein Wort verpassen.

»Die Polizei sagte, das Opfer sei allein gewesen in dem im Ranchstil gehaltenen Haus am Eins-fünf-vier-Tausender-Block der Dickens Street südlich vom Ventura Boulevard. Die Frau sei gerade in die Küche gegangen und von hinten gepackt und sexuell angegriffen worden. Erst als der Ehemann des Opfers nach Hause kam und seine Frau fand, wurde die Polizei gerufen.«

»Aha! Davor ist er also weggelaufen. Ich muss ihn direkt nach dem Angriff gesehen haben«, sagte ich zu mir.

Der Sender zeigte jetzt einen Lieutenant von der Pressestelle, der im Interview genau das sagte, was die Reporterin gerade enthüllt hatte.

»Lieutenant, ich habe Berichte über eine Polizistin außer Dienst gehört, die den Verdächtigen gestern Nachmittag in die Sherman Oak Galleria verfolgt hat. Können Sie diese Information bestätigen?«

»Derzeit nicht«, sagte er.

»Gilt es als sicher, dass dieser Verdächtige der Valley-Vergewaltiger ist?«

»Wir haben Hinweise, die darauf hindeuten, dass es sich um denselben Verdächtigen handelt.«

Nach ein paar weiteren Augenblicken, die die Reporterin dazu nutzte, alle daran zu erinnern, dass der Valley-Vergewaltiger seit über einem Jahr Frauen terrorisierte und seine Verbrechen in letzter Zeit vermehrt auftraten, gab der Lieutenant noch ein paar Tipps zur Verbrechensprävention. Dann wechselte der Nachrichtensprecher zum nächsten Thema – zu einem Passagier, der hinter einem TSA-Flieger auf dem Burbank-Flughafen hergelaufen war.

»Vielleicht bin ich ja gar nicht so verrückt«, sagte ich mir. »Sollte nicht lange dauern, bis ich wegen des Verdächtigen einen Anruf von Major Crimes bekomme.«

Ich schaltete den Fernseher aus und nahm den zusammenklappbaren Schlagstock von meiner Ausrüstung zur Hand. Mit einer Drehung des Handgelenks entfaltete sich der Stab mit einem lauten Knall zu seiner vollen Größe. Ich ging in die Knie und führte einen niedrigen Block aus, dann richtete ich mich rasch auf und streckte die Arme über den Kopf, um einen imaginären, hohen Schlag abzuwehren. Ich vergewisserte mich, dass ich keine Lampe oder Ähnliches erwischte, und begann herumzublödeln. Kräftige Schläge, Stöße und Hiebe in alle Richtungen.

Ich bellte dabei die Namen der verschiedenen Schläge, wie es mir die Lehrer an der Akademie vor zehn Jahren beigebracht hatten. Ich beschleunigte das Tempo, bis ich anfing zu schwitzen. Doch es reichte nicht, die Luft zu schlagen. Ich sah ein altes Zierkissen an, das auf einem noch älteren Fernsehsessel lag. Dann drosch ich darauf ein. Ja, das ist besser, dachte ich und schlug erneut auf das Kissen ein … Und wieder … und wieder … Bevor ich wusste, wie mir geschah, explodierten rings um mich im Zimmer die Federn und sanken muffig riechend überall nieder.

Als ich das unbeschreibliche Chaos sah, das ich angerichtet hatte, bekam ich sofort »Schlagstockreue« und brach in Tränen aus. Einige Minuten später klingelte das Telefon. Ich versuchte, mich irgendwie zu fassen, ehe ich den Hörer abnahm.

»Hallo?«

»Hallo, ehemalige Partnerin. Bist du bereit, Streithähne zu trennen, in der Hitze zu brüten und einen reichen Arsch drüben in Devonshire zu küssen?«

»Darius!«, rief ich. Meine Probleme hatte ich augenblicklich vergessen. »Ich bin so froh, dass du anrufst.«

Die Stimme meines Freunds klang sofort ernst. »Warum? Was ist los?«

»Nichts ist los«, sagte ich und wischte ein paar Federn beiseite, die noch durch den Raum schwebten. »Na ja, bis auf die Tatsache, dass ich gerade ein Kissen mit meinem Schlagstock zur Unterwerfung gezwungen habe und ein Sturm aus Gänsedaunen durch mein Haus fegt.«

Sein Lachen klang wie ein Bellen, und ich zuckte zusammen. »Freut mich zu hören, dass du dich nicht verändert hast. Das Gute daran ist, dass ich nicht länger das Durcheinander aufräumen muss, und es klingt, als würdest du es dir richtig gut gehen lassen. Ich glaube allerdings nicht, dass du über die Kissenschlägerei drüben in Devonshire reden möchtest.«

Ich verdrehte die Augen. »Wohl kaum.«

»Darum rufe ich an«, sagte er. »Ich wollte hören, wie du mit der großen Veränderung zurechtkommst.«

Ich zuckte mit den Schultern, obwohl er das nicht sehen konnte. »Ich war nur damit einverstanden, weil die Spritpreise gestiegen sind und ich nicht jeden Tag in die Innenstadt fahren will. Außerdem weiß ich, dass Jade und ihr Mann in Simi leben. Für sie wird es auch besser sein.«

»Warum hast du mir gegenüber nie so viel Mitgefühl gezeigt, als wir noch zusammengearbeitet haben?«

»Habe ich doch! Ich habe mit dir gearbeitet – als niemand sonst den Job wollte.« Da wir fast zwei Jahre zusammengearbeitet hatten, wusste er, dass ich Witze machte.

»Okay. Und wieso musste das Kissen dran glauben?«

Ich zögerte, denn seine Frage brachte unser Gespräch um den leichten Unterton.

»Maddie, bist du noch da?«

»Ja, ich bin hier. Ich habe heute noch einen Termin bei Dr. Stevens, der Psychiaterin vom Department, bei der Travis war, bevor er ermordet wurde. Als ich gestern dort war, hat sie mir einen Tennisschläger in die Hand gedrückt, mit dem ich ein Kissen bearbeitet habe, und danach ging es mir besser. Als ich vorhin den Schlagstock in der Hand hatte und das Kissen sah, schien es das Richtige zu sein.«

»Es war sicher das Klügste, Maddie.« Darius' Stimme klang ernst. »Du musst irgendwie ein Ventil für die Wut und die Trauer finden.«

»Ich weiß«, sagte ich leise.

»Okay, Mädchen«, sagte Darius und klang nun wieder gewohnt munter. »Ich muss los. Ich habe ein heißes Date. Viel Glück für Montag. Und versuch mal, dich aus Schwierigkeiten rauszuhalten.«

»Danke für den Anruf, Darius. Das bedeutet mir viel.«

»Kein Problem. Ich bin immer auf deiner Seite, Maddie.«

9 Harley

Das Gejammer seiner Kinder, die sich darüber stritten, welchen Zeichentrickfilm sie diesen Samstagmorgen gucken durften, weckte Harley Elliot verschwitzt aus einem Traum, in dem er Shelbie fickte, die Blonde mit dem Apfelarsch. Widerstrebend öffnete er die Augen, griff nach unten und genoss seinen Steifen. Er war so beeindruckt, dass er die Decke zurückschlug, um ihn zu betrachten. *Verdammt, wie gerne ich dieses Ding in sie rammen …*

»Harley, stehst du irgendwann mal auf? Die Kinder machen mich wahnsinnig!«

Er ließ die Decke sofort wieder fallen. Die Tür zum Schlafzimmer sprang auf, und seine Frau schlurfte mit dem Baby auf der Hüfte herein. Sie trug eine Leggings, die zwei Nummern zu klein war, und ein neongrünes T-Shirt in Übergröße. Jennifer schaffte es, die beste Erektion seit Jahren zu plätten.

»Ja, ich steh ja gleich auf.«

»Willst du was essen?«

Der Geruch von verbranntem Toast stieg ihm in die

Nase. »Jetzt nicht. Gib mir eine Minute, Jen. Ich bin noch nicht richtig wach.«

Wortlos drehte seine Frau sich um und wollte den Raum verlassen. Dann hielt sie inne. »Oh, eins der Mädchen, ich glaube China, hat angerufen und gesagt, sie sei krank und könne heute nicht zur Arbeit kommen.« Sobald sie ihre Nachricht überbracht hatte, ließ Jennifer ihn in Ruhe.

Sofort hob sich Harleys Stimmung. Shelbie hatte heute Abend eigentlich frei, aber jetzt hatte er einen Grund, sie anzurufen und zur Arbeit zu bestellen. Er spürte, wie sich etwas in seinen Lenden regte. Dafür, dass der Tag so mies angefangen hatte, entwickelte er sich gerade prächtig.

10 Jade

Jade kam nach Hause, nachdem sie Donnie zu ihrem Vater und dessen neuer Frau gebracht hatte. Sie betrat die Küche und fand Mac am Tisch sitzend vor, lediglich mit einer Jogginghose bekleidet. Er sah einen Bericht über den jüngsten Angriff des Valley-Vergewaltigers im Fernsehen. Die dunklen Haare standen in alle Richtungen ab.

»Guten Morgen! Oder sollte ich lieber guten Tag sagen, du Schlafmütze?«

Mac lächelte sie an und hob seinen Becher. »Wo warst du?«

Jade erklärte ihm, sie habe Donnie zu ihrem Vater gebracht.

»Willst du mir damit sagen, wir haben das ganze Haus

für uns? Kein Sechsjähriger, der uns stört, wenn wir etwas ganz Bestimmtes tun wollen?«

»Für die nächste Stunde will ich genau das sagen«, sagte Jade und grinste ihren Mann an.

Mac stand sofort vom Tisch auf. »Ich geh mir nur schnell die Zähne putzen. Wir treffen uns im Schlafzimmer.«

Jade kicherte wie ein Schulmädchen und lief hinter ihrem Mann her, der schnurstracks durch den Flur eilte. Während sie lief, begann sie die Kleidung abzustreifen.

Mac gesellte sich nackt zu ihr ins Bett.

»Und was hat dich bis heute Morgen um halb sechs bei der Arbeit gehalten? Nicht, dass mich die bezahlten Überstunden stören würden«, sagte sie und gab ihm einen Kuss.

»Sie haben die Leute von der Abteilung für Bandenkriminalität im Valley von Van Nuys nach Devonshire geschickt, weil in den letzten zwei Wochen zunehmend Verbrechen von der White Power begangen wurden. Dev hat einen Mord und drei weitere Angriffe verzeichnet – und jedes Mal waren es Überfälle mit Waffen. Die Graffiti sind völlig außer Kontrolle, und man befürchtet, dass die Insane Nazi Boys weiße Tagging-Gangs rekrutieren, damit sie sich ihnen anschließen.« Mac nahm ein Kissen, drückte es gegen das Kopfteil und richtete sich zu einer sitzenden Position auf.

»Gegen zehn Uhr abends kam ein Anruf wegen einem Mann in der Alibi Lounge in der Mason, einem bekannten Wasserloch der INB. Der neue Partner, ein richtiger Teufelskerl, und ich waren weniger als eine Minute entfernt. Die Einsatzzentrale lieferte uns eine gute Beschreibung, deshalb wusste ich, dass es definitiv die Möglichkeit gab, den Verdächtigen zu erwischen.«

Jade sagte nichts. Auch ihr Gesichtsausdruck blieb unverändert, doch ihr Herz stockte bei der Vorstellung, wie Mac einem bewaffneten weißen Rassisten gegenüberstand, zumal sein Partner gerade erst frisch von der Akademie kam. In der Realität konnten nämlich die meisten jungen Cops ihren Arsch nicht von einem heißen Stein unterscheiden. Mac schien die Besorgnis in ihren Augen zu sehen.

»Keine Sorge, ich habe die erste Stunde nach Dienstantritt erst mal damit zugebracht, ihm zu erklären, wie ich die Dinge angehe. Erst danach ging's raus aufs Feld. Ich habe ihm erklärt, dass er sich jetzt in der echten Welt befindet und die Drecksäcke, mit denen wir es zu tun bekommen, mit echten Kugeln auf uns schießen. Er zeigte mir ein bisschen was von den neuen Sachen, die sie an der Akademie jetzt lehren, darum wusste ich zumindest, wie er vermutlich reagieren würde.«

»Und was ist dann passiert?«

»Wir fahren bei der Bar vor, und ein Typ, auf den die Beschreibung des Verdächtigen passt, rennt aus der Vordertür. Er schaut sich zu uns um und läuft los.« Mac lachte. »Mein Partner will aus dem Wagen steigen und zu Fuß die Verfolgung aufnehmen. Ich rufe ihn zurück und frage ihn, warum er denn laufen will, wenn wir doch mit dem Auto schneller sind.« Mac ist jetzt voll in der Geschichte drin und spricht schneller. »Wie ein Blitz verdrückt sich der Verdächtige zwischen ein paar Gebäuden. Der Neuling und ich rennen hinterher. Es war, als hätte mein Partner Raketen in den Schuhen. Hat mich fast umgebracht, mit ihm Schritt zu halten.«

»Na, aber du bist ja auch über vierzig«, unterbrach Jade ihn. »Und dein Partner ist vermutlich gerade mal zweiundzwanzig. Ich denke, du hast dich gut geschlagen.«

Mac ignorierte ihren Einwand und fuhr fort: »Der Verdächtige rennt die Gasse entlang, und eine andere Einheit schneidet ihm den Weg ab. Das Arschloch will über einen Zaun in den Garten eines Anwohners entwischen, aber mein Junge kriegt ihn am Bein zu fassen, und dann packen wir beide ihn und reißen ihn zurück.«

»Hatte er eine Waffe dabei?«

Mac nickte. »Eine 45er Halbautomatik. Nicht nur das, er ist auf Bewährung draußen *und* hatte einen Haufen Meth dabei.«

»Ist ja ein tolles Ding. Ihr habt Drogen und eine Waffe bei einem Knastbruder auf Bewährung sichergestellt«, sagte Jade.

»Ja, nicht schlecht für einen alten Mann. Ich glaube, mein Partner hält mich für einen sturen Hund, aber er ist während der Schicht nicht aus der Reihe getanzt. Gott sei Dank war ich vorher schon mit ihm an der Alibi Lounge vorbeigefahren. Ich habe ihm erklärt, dort würden die Kerle vom INB immer abhängen, und habe ihm außerdem gezeigt, wo sich Verdächtige gerne verstecken und wo man uns in einen Hinterhalt locken könnte.«

»Du bist so klug, Officer Stryker. Ich glaube, ich ernenne dich zum Officer des Monats.« Sie bedachte Mac mit einem verruchten Lächeln. »Und ich habe sogar eine Belohnung für dich.«

»Junge, Junge«, sagte er. Sein Blick glitt an ihrem nackten Körper nach unten.

»Das ist das Mindeste, was ich für L.A.s Besten tun kann«, flüsterte sie mit rauchiger Stimme.

11 Maddie

Als ich wieder im Wartezimmer in der Praxis der Psychiaterin saß, versuchte ich, mir eine Methode zu überlegen, wie ich das Wohnzimmer von den Millionen Federn befreien konnte, die ich freigesetzt hatte. Aber auf die Schnelle fiel mir keine Lösung ein. Bei meiner letzten Sitzung mit Dr. Stevens hatten wir zum Schluss über meine Schuldgefühle wegen Travis' Tod geredet. Ich war sicher, wir würden heute dort anknüpfen. Ich wollte nicht darüber reden, doch ich wusste, dass ich es tun musste, ob es mir gefiel oder nicht.

Die Tür zum Büro ging auf, und ich war überrascht, die Psychiaterin mit ihrer etwas fülligen Figur in Jeans und einer Bluse aus Chambraystoff zu sehen. Die lockigen, roten Haare hatte sie zu einem Pferdeschwanz zusammengebunden, nur ein paar verirrte Strähnen umrahmten ihr Gesicht. Sie roch nach Rosen.

»Es ist Casual Saturday«, witzelte sie.

Ich versuchte zu lächeln, doch mir war nicht danach. Also folgte ich ihr nur in das Büro und setzte mich. Sie hätte mich genauso gut zu einem Erschießungskommando führen können.

»Also, Maddie, was haben Sie heute gemacht?«

Ich ratterte die Liste der Haushaltspflichten herunter, die ich am Vormittag erledigt hatte.

Die Ärztin nickte. »Sehr beeindruckend. Es muss sich gut angefühlt haben, so viel geschafft zu haben.«

Ich zuckte mit den Schultern.

Sie seufzte. »Wir haben darüber gesprochen. Ich dachte, Sie labern mich heute zu wie ein Teenager.«

»Na gut.« Ich verschränkte die Arme vor der Brust. »Ich habe alle Hausarbeiten erledigt, und dann habe ich meinen ausklappbaren Schlagstock genommen und aus einem Daunenkissen den ganzen Scheißdreck rausgeprügelt. Jetzt sieht mein Wohnzimmer aus, als wäre es in der Mauser.«

Es freute mich, weil ich sah, wie sie das Lächeln nicht unterdrücken konnte, das ihren Mundwinkel umspielte. »O...kay«, sagte sie gedehnt. Sie verlagerte ihr Gewicht. »Warum reden wir nicht darüber, dass Sie ab Montag wieder zur Arbeit gehen?« Sie rückte den Block auf ihrem Schoß zurecht. »Glauben Sie, Sie sind mental fit genug, um wieder voll in den Dienst einzusteigen?«

»Ich würde ja nicht zurückgehen, wenn ich das Gefühl hätte, dass ich meinen Job nicht machen kann.«

»Sie machen sich also keine Sorgen, weil Sie in eine ganz neue Abteilung wechseln und es mit einem neuen Dezernat zu tun haben, bei dem Sie die meisten Detectives nicht kennen?«

Darüber dachte ich kurz nach, bevor ich antwortete: »Das ist vermutlich der beste Zeitpunkt für meine Rückkehr. Wenn ich wieder zur Abteilung für Vermisstenfälle zurückgekehrt wäre, hätte ich wegen Travis' Tod im Mittelpunkt des Interesses gestanden. Bei einer neuen Division, wo alle anderen auch neu sind, bin ich eine unter ungefähr fünfzig Kollegen, die versuchen, sich in einer neuen Umgebung zurechtzufinden. Darum werden nicht alle Blicke auf mich gerichtet sein. Die Leute werden zu sehr damit beschäftigt sein, sich einzuleben.« Zufrieden sah ich, wie die Psychiaterin nickte und etwas auf dem Notizblock vermerkte.

»Und wie ist es mit der Tatsache, dass Sie sich in den

letzten drei Monaten darauf eingestellt haben, in Zukunft mit Jade Donovan zusammenzuarbeiten? Was machen Sie, wenn man Ihr Team in Devonshire trennt?«

»Nun, ich will Sie nicht belügen. Gefallen würde mir das nicht. Mein alter Partner Darius hat mit Jade gearbeitet, solange ich beurlaubt war. Er hat mir erzählt, man könne toll mit ihr zusammenarbeiten und dass wir vermutlich sehr gut miteinander auskommen.«

»Also was unternehmen Sie, wenn Ihr Vorgesetzter Jade und Sie trennt?«

Ich schaute auf meinen Schoß und hob dann wieder den Blick. »Ich wüsste nicht, warum mein Vorgesetzter die traumatisierte Witwe eines SWAT-Offiziers von der für sie vorgesehenen Partnerin trennen sollte.«

Die Ärztin nickte. »Da haben Sie wohl recht.«

Sie schwieg eine Minute lang und schien darüber nachzudenken, wie sie die folgende Frage formulieren sollte.

»Als Sie gestern hier waren, haben Sie erfahren, wie sehr es Sie von der Wut befreit, wenn Sie mit einem Tennisschläger auf ein Polster einschlagen.« Sie warf mir ein schiefes Lächeln zu, ehe sie fortfuhr: »Das ging so weit, dass Sie heute Morgen bei sich zu Hause dieselbe Strategie mit einem klappbaren Schlagstock und einem unglückseligen Kissen wiederholt haben.«

Ich erwiderte ihr Lächeln und nickte.

»Was passiert, wenn Sie bei der Arbeit auf jemanden sauer werden und ein Ventil für Ihre Wut suchen?«

»Nun, ich werde wohl nicht den Schlagstock zur Hand haben. Vermutlich muss ich denjenigen dann würgen«, sagte ich mit ernster Miene.

»Maddie, das ist nicht unbedingt die Lösung, nach der ich gesucht habe.«

Auf gar keinen Fall würde ich ihr erzählen, wie depressiv ich war. Ich hatte beschlossen, wieder zur Arbeit zu gehen, und dieses Ziel verfolgte ich nun. »Doktor, wenn Sie mir eine dumme Frage stellen, gebe ich Ihnen auch eine dumme Antwort.«

»Warum erzählen Sie mir nicht, was Sie gedacht haben, als Sie heute Morgen auf das Kissen einprügelten?«

Sofort stiegen mir Tränen in die Augen, und sie reichte mir wortlos ein Taschentuch aus der Schachtel, die vor mir auf dem Couchtisch stand. Ich nahm es und betupfte meine Augen. »Ich bin so wütend. Jedes Mal, wenn ich auf das Kissen einprügelte, kam mir ein anderer Grund in den Sinn, warum ich wütend sein konnte. Ich wurde immer zorniger, und ich sah, wie das Kissen aufplatzte und die Federn durch die Luft flogen, aber das war mir egal.« Wieder füllten sich meine Augen mit Tränen, und ich presste das Taschentuch dagegen, damit es aufhörte. »Ich habe darauf eingeschlagen, wieder und wieder, und ich sah das Chaos, das ich anrichtete, und das machte mich noch wütender, aber ich habe trotzdem weitergemacht.«

»Was hat Sie zum Aufhören bewegt?«

»Ich bekam eine Blase an der Hand.«

»Und was haben Sie gedacht, als Sie ein letztes Mal auf das Kissen einprügelten?«

Ich zögerte, weil ich nicht wusste, ob ich ehrlich sein durfte. »Ich wünschte, es wäre der Kopf meines Vergewaltigers.«

12 Blake

Blake ließ ein letztes Mal seinen Blick durch den Gebrauchtwarenladen in Palmdale gleiten, der ihm und seinen Brüdern gehörte. Der samstägliche Andrang war vorbei, und er wollte jetzt gehen. Das hieß auch, dass seine Brüder Logan und Jeremy in den letzten zweieinhalb Stunden allein die Verantwortung trugen. Blake fühlte sich immer unwohl, wenn er am Samstagnachmittag früher ging. Er vertraute den beiden nicht und fürchtete, sie könnten ein teures Produkt zu billig verkaufen. Die beiden Brüder kamen samstags erst gegen Mittag in den Laden, weil sie es aus irgendwelchen Gründen nicht schafften, früh genug aufzustehen und schon zur Öffnungszeit da zu sein.

Blakes Brüder waren verwöhnt, weil sie aus dem College genommen worden waren, als Jeremy gerade achtzehn war. Die ganze Familie war damals für vierzehn Monate nach Kanada gezogen, wo ihr Vater als Cutter für ein großes Filmprojekt arbeitete. Der Zeitpunkt hätte kaum besser gewählt sein können – die Familie brauchte eine Pause, nachdem sie in eine Gerichtsverhandlung verwickelt worden war, die großes Medienecho fand. Als die Familie wieder nach L. A. zurückkehrte, war es mitten im Schuljahr.

Blake hatte seinen Eltern vorgeschlagen, dass die Familie so etwas wie ein normales Leben führen konnte, wenn er seine Brüder in sein neues Geschäft aufnahm. Er legte dar, sie könnten praktische Lebenserfahrung sammeln, wenn sie zu dritt den Gebrauchtwarenladen in Palmdale führten, den Blake gekauft hatte. Aber nachdem Blake seine Eltern überzeugt hatte, dass die Idee gut war und allen nützte, weigerten sich seine Brüder, auch nur einen Handschlag zu tun. In Wahrheit allerdings interessierte es Blake gar nicht, was seine Brüder mit ihrer Zeit anfingen, solange sie verfügbar waren und ihm halfen, wenn er sie brauchte, um neue Waren für den Laden zu beschaffen.

Inzwischen hatte Blake ein älteres Ehepaar aus der Gegend angestellt, das unter der Woche im Laden half. Der Mann arbeitete auch samstags und sonntagmorgens mit Blake im Geschäft. Im Laden war immer so viel los, dass Blake keine andere Wahl blieb. Außerdem waren Lloyd und Betty zuverlässig. Sie entstammten noch einer Generation, in der ein Mitarbeiter seinem Arbeitgeber gegenüber loyal war, und sie würden ihr Bestes tun, um für ihren Chef einen exzellenten Preis herauszuhandeln.

Lloyd war vor einer Weile gegangen. Er sagte nie etwas in der Richtung, doch Blake wusste, dass der alte Mann nicht besonders viel von seinen Brüdern hielt.

Blake verstand auch, warum das so war. Er war noch nicht aus der Tür, und die beiden hatten bereits eine Xbox 360 an einen der großen Fernseher angeschlossen und spielten ein Videospiel, bei dem sie sich als Soldaten gegenseitig niedermetzelten.

»Ich gehe jetzt. Wenn ein Kunde kommt, schaltet ihr den Fernseher aus und helft ihm. Vergesst nicht, die Sicherheitsgitter zu schließen und den Alarm einzuschalten, wenn ihr zumacht. Wir wollen schließlich nicht unser Inventar verlieren.«

Logan und Jeremy warfen ein lahmes »okay, yeah« in seine Richtung, doch sie nahmen nichts um sich herum wahr außer der Frage, wer gerade wen in die Luft jagte.

Blake verließ das Geschäft durch den Hintereingang und wurde sofort von dem heftigen Wind umtost, der regelmäßig durch das Antelope Valley in der Hochwüste fegte. Er schaute auf die Uhr und sah, dass er sich beeilen musste, um rechtzeitig vor seinem Date zu duschen und sich umzuziehen.

Er sprang in seinen Lexus SUV, startete den Motor und ließ die Heizung warmlaufen, während er in seinem Handy nach dem Namen seines Dates suchte. Sylvia. Kurze blonde Haare und ein straffer Körper und richtig schicke Möpse. Sie war ungefähr Mitte vierzig, aber die Frauen in Porter Ranch dachten sich nichts dabei, ihre Falten wegstraffen, die Lippen aufspritzen und die Brüste aufpumpen zu lassen. Er hatte sie vor zwei Wochen bei einem Treffen der Nachbarschaftswache kennengelernt, das seine Mutter auf Bitten eines Bewohners arrangiert hatte.

Seine Mutter Robin Saunders war Maklerin für Luxusimmobilien. Deshalb war das Treffen für sie das ideale Marketinginstrument, und sie hatte ihn damit geködert, dass sie ihn vielleicht mit einem Casting-Agenten bekannt machen konnte, der gute Verbindungen zur Realityshow »The Apprentice« mit Donald Trump hatte. Offenbar lebte der Agent in den Tuscan Breeze Estates. Dieser Anreiz genügte, um Blake zu dem Treffen zu locken, doch der Agent tauchte nicht auf. Stattdessen traf er Sylvia.

Der Polizist, der die Veranstaltung leitete, hatte Sylvia auch angestiert, und Blake machte sich schon Sorgen, der Mann in Uniform könnte als Sieger vom Platz gehen, bevor er überhaupt eine Chance bei ihr bekam. Aber sobald die Fragerunde begann, hatte die heiße Blondine ihren Kaffeebecher ausgetrunken, ihn angelächelt und war zur Tür gegangen. Blake folgte ihr und verwickelte sie in ein Gespräch, um sie mit seinem Charme zu bezirzen.

Es stellte sich heraus, dass sie am Ende der Straße

wohnte. Er begleitete sie nach Hause, »damit dir auch nichts passiert«. Nachdem sie die Tür aufgeschlossen und sich bei ihm bedankt hatte, fragte sie, ob er noch auf ein Glas Wein hereinkommen wolle.

Er zögerte, aber dann sagte sie die Worte, die er hören wollte.

»Ich bin allein zu Hause. Mein Mann und ich leben getrennt.«

Er hatte ihr sein Lächeln mit dem Grübchen zugeworfen und erklärt: »Ein trockener Chardonnay wäre großartig.«

13 Shelbie

Obwohl die Nachmittagssonne auf die schwarz lackierten Türen von Harley's Hot Pieces niederbrannte, war es einfach zu kalt, als dass Shelbie hätte warm werden können, während sie draußen wartete, dass jemand sie reinließ.

Ihre Kollegin Mindy schoss über den Parkplatz. Ihr Gesichtsausdruck war finster, und sie trug bereits das Hot-Pieces-T-Shirt, das nicht annähernd so üppig ausgefüllt war wie Shelbies. »Warum stehst du denn hier draußen in der Kälte?«

»Weil niemand die Tür aufmacht.«

Mindy rüttelte an der Tür, dann hämmerte sie mit der Faust dagegen und fluchte. »Wie lange stehst du schon hier?«

»Zehn, vielleicht fünfzehn Minuten.«

»Hast du geklopft?«

Shelbie nickte. Glaubte die andere etwa, sie wäre eine Idiotin?

»Hm. Ich frage mich, ob der Hintereingang offen ist. Hast du nachgeschaut?«

»Nein, ich dachte, irgendwann wird schon jemand kommen.«

»Es ist echt komisch, dass Harley am Samstag nicht schon früher da ist. Komm, wir gehen hintenrum.« Die beiden Mädchen umrundeten das große Gebäude bis zum Serviceeingang auf der Rückseite.

Shelbie war froh, weil sie so die Gelegenheit hatte, mit Mindy allein zu reden. Sie wollte das andere Mädchen fragen, was sie gegen Harleys vagabundierende Hände tun konnte. »Ähm, Mindy … Kommt es dir auch so vor, als wäre Harley mit uns Mädchen etwas zu … körperlich?«

»Ha!« Das ältere Mädchen drehte sich zu ihr um. »Ist dir das auch schon aufgefallen? Es ist eine Art Tauschgeschäft. Er bezahlt uns gut, damit wir bleiben. Im Gegenzug darf er uns anstarren und umarmen und gelegentlich auch begrapschen.«

»Und das ist für dich in Ordnung? Ich denke, was er da tut, ist gegen das Gesetz.«

»Für mich ist es okay, weil ich hier das Doppelte von dem verdiene, was meine Freunde bei ihren Jobs kriegen.« Mindy verlangsamte ihre Schritte und legte Shelbie den Arm um die Schulter. »Weißt du was? Ich versuche, mich zwischen euch zu werfen. Harley ist so bei allen neuen Mädchen. Sobald er eine andere einstellt, wird er dich viel seltener belästigen.«

Obwohl sie erleichtert war, dass Mindy versuchen würde, ihr den Chef vom Leib zu halten, war Shelbie nicht sicher, wie lange sie Harleys Hände auf Abwegen noch aushielt. Mindys nächste Worte halfen ihr auch nicht gerade.

»Es ist besser, wenn du dich daran gewöhnst, Shelbie. Männer wollen eben ihren Spaß haben. Dein Körper verfügt über große Macht.« Das ältere Mädchen zog den Arm zurück. »Benutze die Männer, wo du nur kannst. Denn glaub mir, sie haben kein Problem damit, dich zu benutzen.«

14 Zak

Sergeant Zak Murdock saß im Büro des Einsatzleiters und ging die Liste der Versetzungen durch, die gestern veröffentlicht worden war. In den zwölf Jahren, die er nun schon dabei war, hatte er nichts Vergleichbares erlebt. Seite für Seite waren die Namen von Polizisten aufgelistet, die von der Devonshire Division aus in ganz L. A. verstreut wurden. Zugleich wurden Hunderte Mitarbeiter, vor allem von den Divisionen im Valley kommend, hergeschickt, um die Lücken zu füllen. Dann wurden wieder andere Kollegen versetzt, um diese Stellen zu besetzen.

»So was haben wir nicht mehr erlebt seit der Foothill-Versetzungswelle nach Rodney King«, sagte der erfahrene Einsatzleiter. »92 haben sie die zivilen Mitarbeiter in Ruhe gelassen, aber die meisten Polizisten aus Foothill rausgenommen und versetzt. Die Glücklichen mit dem passenden Dienstalter kamen nach North Hollywood und ins West Valley. Diejenigen, die nicht so lange dabei waren, wurden verstreut wie Dünger auf frischem Rasen.«

»Aber das hier ist noch schlimmer«, sagte Zak. »Sie haben die zivilen Mitarbeiter auch versetzt. Wenn Sie und ich nicht bereits bei der letzten Versetzung in Devonshire gelandet wären, hätte es uns auch erwischt. Echt schwer vorstellbar.«

»Ich sage Ihnen mal, was ich schwer vorstellbar finde: Die Polizeibehörde hat es geschafft, den neuen Bürgermeister zu überreden, Chief Fryer zu entlassen. Jetzt haben sie diesen scharfen Hund aus Chicago eingestellt. Fryer war vielleicht nicht gerade beliebt bei der Truppe, aber er war einer von uns. Hat die Akademie absolviert wie Sie und ich. Dieser neue Mann, dieser Coy Bullock, ist nichts weiter als ein Verwalter, der schön daherredet. Hat sich in Philly einen Namen gemacht, als er ihre Ärsche gerettet hat, und jetzt kommt er nach L. A., um hier die Ordnung wiederherzustellen und sich einen noch größeren Namen zu machen. Das ist doch scheiße.« Das Telefon klingelte, und der Einsatzleiter nahm ab.

Zak überflog weiter die Liste der neuen Kollegen. Sein Finger glitt über die Namen der Detectives, die nach Devonshire versetzt worden waren. Jade Donovan.

Hmmm. Sie war also inzwischen zum Detective befördert worden. Seit sie noch während ihrer Probezeit diesen Gangster festgesetzt hatte, war sie das Aushängeschild des Departments dafür gewesen, wie eine Polizistin sein sollte. Natürlich hatte das Department ein Auge zugedrückt, als sie von ihrem alkoholisierten Ausbildungsleiter geschwängert wurde. Die Gerüchteküche behauptete, Mac Stryker sei inzwischen trocken, und sie hatten vor ein paar Jahren geheiratet.

»Murdock, Einheit 17A23 braucht einen Vorgesetzten.«

Zak wurde aus seinen Überlegungen gerissen.

»Ein typischer Samstagabend. Es geht um häusliche Gewalt, und jemand möchte sich über die Polizisten beschweren«, fuhr der Lieutenant fort und kritzelte etwas auf einen Zettel. »Hier ist die Fallnummer«, sagte er und gab ihm den Zettel. »Die Jungs haben schon durch die Versetzung die Arschkarte gezogen. Tun Sie, was Sie können, um die Situation zu entschärfen.«

Zak nahm den Zettel und nickte, doch er hörte gar nicht richtig zu. In Gedanken war er bei Jade Donovan, einer eingebildeten Brünetten mit teuflisch grünen Augen, die schon bald hier arbeiten würde. Hier bei ihm.

Zak hatte Jade Donovan schon nicht gemocht, als er noch ihr Ausbilder war, und jetzt mochte er sie genauso wenig. Er mochte grundsätzlich keine Frau, die so viel Schneid besaß, ihm einen Korb zu geben, wenn er sie zu einem Date einlud.

15 Blake

Blake trat bei seinem Lexus ordentlich aufs Gas und fuhr die steile Steigung zu den Tuscan Breeze Estates hoch. Sylvias baldiger Exmann schien ein Vermögen zu besitzen, wenn er sie in einem der teuersten Viertel im Norden des San Fernando Valley wohnen ließ und noch eine zweite Wohnung unterhielt.

Während er durch die breiten Straßen fuhr, ließ Blake in Gedanken den bisherigen Tag Revue passieren. Der Morgen im Geschäft hatte an die fünfzehnhundert Dollar gebracht. Er hatte erfolgreich die Waffen bei den Skinheads abgeliefert und ihnen den Lagerplatz für das nächste Mietlager durchgegeben. Und jetzt würde er ein vornehmes Dinner mit einer Wucht von einer Mittvierzigerin genießen und sie anschließend nach Hause begleiten. Eines hatte er bereits über Sylvia gelernt: Wenn er sich zuerst um ihre Bedürfnisse kümmerte, wusste sie wirklich, was ein Mann im Schlafzimmer haben wollte. »Schon toll, ich zu sein«, sagte er zu sich, ehe er vor dem großzügigen Bungalow hielt, in dem der Sicherheitsdienst vor den Toren des Viertels untergebracht war.

Der Sicherheitsmann am Tor kannte Blake vom Sehen, und nachdem er erfahren hatte, dass Blake Sylvia vögelte, plauderte er gerne mit ihm, wenn sich die Gelegenheit bot.

»Hey, wie geht's denn so?«, fragte der Typ in Uniform.

»Kann nicht klagen.«

Der Mann schnaubte. »Das will ich meinen. Sie haben da ein echt heißes Weib am Start in den letzten Wochen. Wo wir schon von geilen Ärschen reden, die reichen Schlampen hier oben flippen noch mal völlig aus wegen diesem Vergewaltiger.«

Blake zuckte mit den Schultern. »Die Medien versetzen die Leute eben in Panik. Gibt man den Ladys was, worüber sie sich Sorgen machen können, wenn ihre Nägel schon hübsch sind.«

Der Sicherheitsmann lachte. »Ha! Sie gehen lieber, bevor der Vergewaltiger ihre Muschi poliert, ehe Sie es tun können.«

»Tja, wissen Sie, es ist ein schmutziger Job. Aber irgendwer muss ihn ja machen«, witzelte Blake und wollte wieder losfahren.

»Nehmen Sie's locker, Kumpel«, sagte der Sicherheitsmann, drückte den Knopf, mit dem das verschnörkelte

Eisentor aufschwang, und gab den Weg ins Wohnviertel frei.

Blake fuhr die Strecke inzwischen im Schlaf. Große, steinerne Villen flankierten beide Seiten der Straße. Selbst an einem Samstagabend war es auf der Straße ruhig. Minuten später parkte er in der Einfahrt vor Sylvias Haus.

Als er den Wagen verließ, ging die Haustür auf und seine Verabredung erschien. »Ich bin fertig. Wo geht es heute hin?«, fragte sie und schloss die Tür ab.

Sie war ein Fest für die Augen in der hautengen, schwarzen Jeans und dem langärmeligen Top mit Leopardenmuster. Der tiefe V-Ausschnitt reichte bis zu ihren Brüsten hinab. Die hüpfenden Berge drohten, jeden Moment aus dem Stoff zu springen. Lächerlich hohe, rote Pumps vervollständigten das Outfit. Er wollte sie am liebsten an Ort und Stelle ficken.

»Oh, äh … ich hoffte, ich könnte bei dir noch kurz aufs Klo.«

Sie runzelte leicht die Stirn. »Kannst du nicht warten, bis wir im Restaurant sind? Ich habe schon alles abgesperrt.«

Er schüttelte leicht den Kopf. »Tut mir leid. Ich hätte gehen sollen, bevor ich aus dem Haus bin.«

Mit einem dramatischen Seufzen kramte Sylvia in ihrer Designerhandtasche und förderte die Schlüssel zutage. »Ich könnte auch noch mal gehen.«

Nachdem er das Gästeklo benutzt hatte, stand Blake im Foyer und bewunderte die hölzernen Waffenschränke, die hier prominent aufgestellt waren. In den Halterungen ruhten einige sehr teure Schusswaffen.

»Eine sehr beeindruckende Waffensammlung«, sagte er, während er wartete, dass Sylvia den Alarm wieder einschaltete.

»Oh, die gehören alle meinem Mann. Er hat noch viel mehr in unserem begehbaren Kleiderschrank. Ich finde, das ist Verschwendung, denn er schießt nicht mal damit.« Sylvia wandte sich zur Tür. »Bist du so weit?«

»Aber sicher bin ich das. Ich dachte, wir könnten in das Steakhaus in der Promenade Mall gehen. Als ich das letzte Mal dort war, habe ich ein paar It-Girls gesehen, die nur fürs Berühmtsein berühmt sind.« Er legte den Arm um Sylvias schmale Taille. »Ich würde gerne mit dir an meiner Seite dort reingehen und ihnen zeigen, wie wahre Schönheit aussieht.«

Sylvia schmiegte sich an ihn und legte ihren Arm um seine Hüfte. »Du weißt immer, was du sagen musst.«

Natürlich weiß ich das, du dummes Häschen … Ich sage dir, was du gerne hörst. So einfach ist das.

16 Harley

Harley war den ganzen Samstagabend ziemlich launisch. Es begann schon früh, als Mindy und Shelbie an die Tür hämmerten und damit seinen samstäglichen Telefonsex unterbrachen. Er musste auflegen, bevor er fertig war, und das machte ihm richtig miese Stimmung. Fünfzig Schleifen verschwendet ohne Happy End.

Nicht nur das. Nachdem er den Laden für den Samstagsansturm geöffnet hatte, erhoffte er sich, mit Shelbie während ihrer Schicht ein wenig spielen zu können. Aber jedes Mal, wenn er es schaffte, in die Nähe der Sechzehnjährigen zu kommen, kam Mindy mit einem Problem zu ihm oder rief ihn in den Lagerraum, damit er ihr etwas vom Regal holte, das sie problemlos selbst erreichen könnte, wenn sie sich auf einen Stuhl stellte.

Das war der einzige Lichtblick seines Abends, als er Mindy erklärte, sie käme bestimmt an das Regalfach, wenn sie sich ein bisschen mehr streckte. Dann hatte er ihren Brustkorb umfasst und sie einige Zentimeter hochgehoben. Als er sie wieder absetzte, konnte er mit den Händen über ihre Titten fahren – zumindest was sie an Titten hatte. Tatsächlich hatte sie sich ihm nicht mal entzogen wie sonst. Es war fast so, als würde sie ihn mögen.

Könnte es sein, dass Mindy ihn mochte und eifersüchtig auf die junge Blondine war? Es schien ihm unmöglich, aber was sonst mochte der Grund dafür sein? Vielleicht sollte er seine Optionen überdenken. Mindy war ein nettes, kleines Ding, und wie viele Chancen hatte ein verheirateter Familienvater über fünfzig schon bei einer heißen Neunzehnjährigen? Nicht viele. Diese jüngste Entwicklung sollte er im Auge behalten.

Harley schaute auf die Uhr. Es war schon fast Mitternacht. Er wollte schleunigst die Kunden loswerden, die an der Bar und im Raum herumlungerten. Gewöhnlich ließ er das Restaurant bis um zwei offen, wenn die späten Gäste noch aßen und tranken. Aber jetzt wollte er das Restaurant möglichst schnell leer kriegen. Alles, woran er denken konnte, war Mindy, mit der er allein sein wollte.

Er ging zum Ende der Bar und rief den Barkeeper heran. »Hey, Walt, wir machen heute Nacht früher zu. Sag den Leuten, das ist die letzte Runde.«

Walt drehte sich zu dem Regal über der Kasse um, über dem eine Uhr hing. »Es ist erst Mitternacht. Warum machen wir so früh zu?«

Großmaul. »Weil ich der Chef bin und es sage.«

Harley mochte Walt nicht, denn einige seiner »Engel« waren von seinem jungen Gesicht und den breiten Schultern eingenommen. Er würde ihn auch feuern, aber der Junge war ein guter Barkeeper. Seine Kasse stimmte jeden Abend genau, und er schenkte auch keine Freigetränke aus. Gut aussehender Kerl, der seinen Job gut erledigte also, und seit er ihn vor ein paar Monaten eingestellt hatte, war an der Bar deutlich mehr los. Nein, Harley mochte Walt nicht und *vertrauen* tat er ihm erst recht nicht.

Der Barkeeper stahl vielleicht kein Geld und keinen Alkohol, aber irgendwas ging bei Walt unter der Hand vor sich. Ein Teil der Kundschaft, die mit Walt gekommen war, gefiel Harley nicht. Diese Kunden trugen Jeans mit roten Hosenträgern, dazu schwarze Arbeitsschuhe, und ihr Blick verriet Nervosität und Skepsis, während sie geduckt an der Bar hockten und ihr Bier tranken. Sie kamen rein, bestellten, tranken und gingen wieder. Das gefiel Harley nicht, aber es brachte gutes Geld.

Er war überrascht, als Walt hinter der Bar hervorkam und sich direkt vor ihm aufbaute. Harley hoffte, er würde nicht irgendeine Dummheit machen, sodass er sich gezwungen sah, ihn zu feuern. Einige der Männer an der Bar beobachteten ihren Austausch mit Interesse.

»Harley, das ergibt überhaupt keinen Sinn. Es ist Samstagabend, und heute ist richtig viel los. Du wirfst das Geld zum Fenster hinaus.«

Walts Stimme war respektvoll. Das hatte Harley nicht erwartet.

»Ähm, ich fühle mich nicht gut. Darum will ich früher zumachen.«

»Okay, dann gib mir die Schlüssel. Du gehst nach Hause, und ich mache später für dich zu.« Walt nickte in Richtung Restaurantbereich. »Im Moment wird noch an sechs Tischen gegessen. Und sieh nur zur Bar rüber, dort sitzen auch noch mal acht Gäste.«

Plötzlich kam Harley eine großartige Idee. »Okay, ich gebe dir einen Schlüssel. Komm mit, ich zeige dir, wie du die Alarmanlage einschaltest.« Harley führte ihn zu dem Bedienfeld an der Hintertür. »Das ist ein Kinderspiel. Du gibst den Nummerncode ein, und schon ist der Alarm aktiv. Danach hast du dreißig Sekunden Zeit, um abzuschließen. Wenn du noch mal reinmusst, hast du eine Minute Zeit, den Alarm zu deaktivieren, bevor er losgeht.«

»Wie sieht es mit Sicherheitskameras aus?«

Harley schüttelte den Kopf. »Nee, wir wurden nur ein paarmal ausgeraubt bisher, und da haben sie jeweils nur ein paar Hundert Dollar erbeutet. Ein gutes Kamerasystem würde mich zehn Riesen kosten. Glaubst du, das kriegst du hin, Walt?«

»Kein Problem. Gib mir die Schlüssel, und dann kannst du nach Hause fahren und dich ausruhen.«

Ein Gast pfiff und winkte mit dem leeren Bierkrug nach Walt.

Walt nickte ihm kurz zu, dass er ihn gesehen habe.

»Okay, ich hole den Ersatzschlüssel und bringe ihn dir an die Bar«, sagte Harley. »Die Kassenschubladen kannst du einfach in meinem Büro einschließen.«

Der junge Mann nickte. »Wie lautet der Alarmcode?«

Harley schnaubte. »Der ist total einfach. 69, 69, 69.«

»Hey, Kumpel!«, rief der durstige Gast. »Dein Trinkgeld wird mit jeder Sekunde kleiner.«

Walt drehte sich um und eilte zurück hinter den Bartresen.

Harley ging zurück ins Büro und holte den Ersatzschlüssel für Walt. Auf dem Weg zurück zur Bar sah er Mindy, die zur Küche eilte.

»Ähm, Mindy? Kannst du mal herkommen, bitte?«, rief er.

Harley musterte die attraktive, junge Frau, während sie auf ihn zukam, und spürte, wie sich etwas in seinen Lenden regte. Er wies auf eine Nische vor der Küche. Leider konnten die Köche und Tellerwäscher sie deutlich sehen. »Mir geht's nicht besonders, Mindy. Meinst du, du kannst mich nach Hause fahren?«

Das Mädchen blickte ihn überrascht an. Sofort huschte ihr Blick zurück ins Restaurant. »Was wird aus meinen Tischen?«

»Katrina kann sich darum kümmern.« Dann erst ging ihm auf, worum sich seine Schöne Sorgen machte. »Ich gebe dir das doppelte Trinkgeld von dem, was die Tische dir gebracht hätten.« Selbst nach diesem Angebot schien sie nicht so erfreut darüber, mit ihm Zeit zu verbringen. Er spürte, wie Ärger in ihm aufstieg.

»Okay, ich denke schon. Ich sage nur den anderen Mädchen Bescheid, wohin ich gehe.«

»Beeil dich. Mein Magen oder irgendwas zieht sich übel zusammen«, sagte er und spürte zugleich, wie er einen Steifen bekam.

Er sah zu, wie Mindy die anderen Mädchen um sich versammelte und ihnen erklärte, was sie vorhatte. Die Kellnerinnen drehten sich um und starrten ihn an. Er verzog das Gesicht und fuhr sich mit der Hand über den Bauch.

»Okay, Harley. Dann mal los«, sagte sie und zog die Autoschlüssel aus der Hosentasche.

»Hey, Mindy! Wohin gehst du?«, rief Walt hinter der Bar hervor.

»Ich bin gleich wieder da.«

»Mindy, warte!«, rief Walt.

»Beeil dich, Mindy. Ich kann nicht länger warten«, jammerte Harley.

17 Blake

Was für ein toller Samstagabend, dachte Blake. Er lag in Sylvias Bett, nachdem er eine weitere Runde fantastischen Sex genossen und sie anschließend überzeugt hatte, ihm den geheimen Wandschrank ihres Mannes zu zeigen, in dem dieser seine Waffen lagerte. Der Anblick von Hunderten Schusswaffen hatte Blake erregt, und er schmiedete bereits Pläne, wie er aus diesem Überraschungsschatz das meiste rausholen konnte.

Jetzt ruhte Sylvias Kopf an seiner Brust, während er in der Dunkelheit an die Decke starrte und … plante.

Er zuckte zusammen, als das Telefon klingelte. Wie der Blitz schnappte Sylvia sich den Hörer und säuselte ein Hallo. Nachdem sie für eine Sekunde gelauscht hatte, wirkte sie allerdings eher so, als wäre etwas nicht in Ordnung. Sie griff nach einem Stift und begann, auf den Buchrücken eines Taschenbuchs auf ihrem Nachttisch einzuhacken.

»Was ist los?«, fragte er, sobald sie das Gespräch beendet hatte.

»Du musst von hier verschwinden.«

»Warum? Es ist gerade mal Mitternacht. Was ist los?«

»Das war mein Ehemann. Er sitzt in der Limo und wird vom Flughafen hergebracht.«

»Ich dachte, ihr habt euch getrennt.«

»Haben wir auch – für die drei Wochen, die er in Mexiko war«, sagte sie. Vom Fußende des Betts griff sie ihren Morgenmantel und schlüpfte hinein. Dann raffte sie Blakes Klamotten vom Boden und warf sie ihm zu. »Ich mach keine Witze, du musst jetzt verschwinden. Beeil dich!«

Dass er einfach fortgeschickt wurde wie ein gewöhnlicher Liebhaber, gefiel Blake gar nicht, doch die Konfrontation mit Sylvias Ehemann scheute er ebenfalls. Er stieg aus dem Bett und begann, sich anzuziehen.

In der Zwischenzeit nahm Sylvia Fahrt auf. Sie riss die Laken und Bezüge vom Bett und bezog es frisch.

»Heißt das, die Sache zwischen uns ist vorbei? Ich meine für immer?«, fragte Blake und half ihr mit dem großen Laken.

»Süßer, ich kann gerade keinen klaren Gedanken fassen. Bitte beeil dich, steig in deinen Wagen und verschwinde. Ich rufe dich an, wenn es geht«, sagte sie, schlüpfte auf ihrer Seite ins Bett und warf sich hin und her, um die Laken zu zerknittern. Offenbar zufrieden, weil das Bett benutzt aussah, sprang sie hinaus und lief ins Badezimmer, um die Dusche aufzudrehen. Dann schoss sie wieder auf Blake zu. Sie nahm sein Gesicht zwischen beide Hände. »Du bist ein unglaublicher Mann, Blaine. Ich rufe dich an.« Sie gab ihm einen flüchtigen Kuss auf die Lippen, rannte zurück ins Bad und stellte sich unter den heißen Wasserstrahl. »Du findest alleine raus, oder?«

Er war verärgert. Sie wusste nicht mal seinen Namen! Trotzdem reckte er einen Daumen hoch und ging zur Treppe. Da er allein war, schaute er sich unten noch mal kurz um. Er entdeckte ein zweites Schlafzimmer mit angrenzendem Bad, ein Heimkino und auch einen großen

Waschraum. Eine große Hundeklappe war neben der Waschmaschine in die Wand eingelassen. Er fragte sich, warum er nie einen Hund gesehen hatte. Doch darum musste er sich nicht jetzt den Kopf zerbrechen. Er musste von hier verschwinden.

Draußen in der Stille seines Wagens nahm er noch einmal die Außenanlage des Hauses in Augenschein. Er entdeckte nichts, was ihm verdächtig vorkam, und so setzte er in der Einfahrt zurück und fuhr durch die stillen Straßen des Viertels.

Vor dem Bungalow des Sicherheitsdienstes wartete er geduldig, bis das äußere Tor sich automatisch öffnete. Eine schwarze Limo fuhr auf der anderen Seite vor dem Wachmannhäuschen vor. Blake versuchte, den Mann auf dem Rücksitz zu erkennen, doch die Scheiben waren verdunkelt. Er konnte einfach nicht glauben, wie sich die Sache entwickelt hatte. »Willkommen zu Hause, Trottel. Ich habe von deiner Frau alles bekommen, was ich wollte.« Er konnte sich ein Kichern nicht verkneifen und fügte hinzu: »Und sogar ein bisschen mehr.«

18 Harley

Als Harley und Mindy nach draußen traten, zeigte die kühle Luft eindeutig Wirkung unterhalb seiner Gürtellinie.

»Tut mir leid, dass du dich nicht gut fühlst, Harley.«

Ihm entging nicht, dass Mindy keine Jacke anhatte und sich beeilte, in ihren Wagen zu kommen. Er stellte sich vor, was die kalte Luft mit ihren Nippeln machte.

»Soll ich heute Abend für dich den Laden zumachen?«

»Das habe ich Walt schon übertragen. Aber behalt ihn im Auge, damit er es richtig macht.« *Doch bevor du das tust, habe ich noch eine andere Aufgabe für dich.*

Sie stiegen in das verbeulte, zweitürige Coupé, und sie ließ sofort den Motor an und schaltete die Heizung ein. »Wo geht's hin?«

Er gab ihr entsprechende Anweisungen, und sie fuhr vom Parkplatz, der in den frühen Morgenstunden dieses Sonntags verwaist war. Eine Weile fuhren sie schweigend, was sich unangenehm anfühlte.

»Äh, Mindy ... Ich wollte dir sagen, wie sehr ich deinen Einsatz heute Abend schätze. Du warst echt flott. Zum Beispiel im Lagerraum, da war ich sehr beeindruckt. Hat mir gefallen, was ich gesehen habe. Was ich *gefühlt* habe.« Seine Lenden erwachten wieder zum Leben.

»Danke, Harley. Ich versuche, eine gute Arbeitnehmerin zu sein.«

»Ich würde dir gerne meine ... Dankbarkeit zeigen. Warum fährst du nicht da drüben bei dem Supermarkt rein? Wir können uns Wein oder Bier holen und ein bisschen Spaß haben. Komm, das wird bestimmt toll.«

»Ich dachte, du bist krank?«

»Na ja, vielleicht brauchte ich nur ein bisschen frische Luft.«

»Tut mir leid, Harley. Wirklich. Aber ich kann nicht. Morgen früh muss ich zeitig raus und meine Großmutter zur Kirche begleiten. Vielleicht ein anderes Mal.«

Der Steife, den er während des Gesprächs bekommen hatte, schrumpfte wie eine Dörrpflaume. Sie fuhren schweigend weiter, bis Mindy den Wagen in seine Straße lenkte.

»Du bist ein toller Chef, Harley.« Als sie vor seinem

Haus hielt, legte Mindy ihre Hand auf seine Brust und rieb ihn ein wenig durch das T-Shirt. »Das meine ich ernst.«

Seine Erektion lebte wieder auf und wuchs zu voller Größe.

Dann nahm sie ihre Hand weg.

»Mindy, Mindy, Mindy, was soll ich bloß mit dir machen?«

»Mir das Trinkgeld geben, das du mir versprochen hast?«

Er musste gegen seinen Willen lachen. Dann zog er ein Bündel Geldscheine aus der Tasche und gab ihr einen Zwanziger. »Okay, dann vielleicht ein anderes Mal«, sagte er und wuchtete sich aus dem tiefliegenden Sitz. »Du weißt doch, dass du mein Liebling bist, nicht wahr?«

»Ich kann dir gar nicht sagen, wie sich das für mich anfühlt«, sagte sie und schenkte ihm ein breites Lächeln. Sie bedeutete ihm, die Beifahrertür zu schließen.

»Bis morgen Abend!«, rief er und blickte den Rücklichtern nach, als ihr Wagen kleiner wurde.

19 Shelbie

»Ich bin so froh, dass wir uns vor der Arbeit treffen können«, sagte Mindy am Sonntagnachmittag. »Möchtest du was essen? Ich zahle.«

Shelbie schüttelte den Kopf. Sie fragte sich, was ihre Kollegin von ihr wollte. In den drei Wochen, die Shelbie nun bei Harley's Hot Pieces arbeitete, hatten Mindy und sie sich gelegentlich unterhalten, doch sie waren sich nicht besonders nah. Darum war sie am Vorabend so überrascht gewesen, als die Ältere ihr anbot, sie wolle versuchen, Harley von ihr abzulenken. Sie war sogar so weit gegangen, Harley nach Hause zu fahren.

»Also, ich verhungere gleich. Ich nehme einen Burrito. Bist du sicher, dass du nicht auch was essen willst?«

In Wahrheit hatte Shelbie schon ein bisschen Hunger. Vielleicht wäre ein Taco eine Idee. »Okay, dann vielleicht ein Taco und eine Diätcola.«

»Mehr nicht? Kein Wunder, dass du so dürr bist.« Mindy glitt aus der Nische. »Bin gleich wieder da.«

Shelbie ließ das andere Mädchen nicht aus den Augen, während es in der Schlange stand und ihre Bestellung aufgab. Sie wusste, Mindy musste mindestens achtzehn sein, denn sie durfte im Restaurant auch Alkohol servieren. Shelbie schätzte ihre Kollegin auf ungefähr eins siebenundsiebzig und vielleicht dreiundsechzig Kilo. Äußerlich betrachtet war an diesem Mädchen mit kurzen braunen Haaren nichts Bemerkenswertes. Nur ihr Durchsetzungsvermögen ließ Mindy hervorstechen. Das war Shelbie zuerst im Umgang mit Harley aufgefallen. Mindy hatte keine Angst davor, ihm die Stirn zu bieten. Aber sie bemerkte auch, wie die anderen Kollegen im Restaurant sich an Mindy orientierten. Sie schien zu den Leuten zu gehören, die immer eine Antwort hatten.

Mindy kam mit dem Essen zurück und nahm es vom Plastiktablett herunter. »Du fragst dich bestimmt, warum ich mich mit dir hier treffen wollte.«

Shelbie lächelte. »Schon irgendwie.«

Die andere nahm einen großen Bissen von ihrem Essen, kaute rasch und schluckte ihn hinunter. »Ich wollte dir sagen, dass ich gestern Abend noch mit Harley geredet habe. Ich glaube, er wird dich jetzt nicht mehr so sehr belästigen.«

»Oh. Was hast du denn zu ihm gesagt?«

»Nun, ich habe ihm etwas mehr Aufmerksamkeit geschenkt, und jetzt folgt er mir wie ein liebeskranker Welpe überallhin.«

Shelbie runzelte die Stirn und schüttelte den Kopf. »Aber das ist doch nicht richtig. Was er da macht, ist sexuelle Belästigung, und wir sollten ihn melden.«

»Nein! Ich weiß nicht, wie es dir geht, aber ich brauche diesen Job, und ich brauche das gute Geld, das ich dort mache. So geht es den anderen Mädchen auch, und darum lassen sie Harley *und* seine Hände gewähren.«

Shelbie war verunsichert und wusste nicht, was sie sagen sollte. Sie wollte die einzige Kollegin im Restaurant, die freundlich zu ihr war, nicht vor den Kopf stoßen. Aber Harley war ihr unheimlich, und was er tat, war falsch. Offenbar kamen die anderen Kellnerinnen mit der Situation klar. Shelbie wollte sich nicht wie ein kleines Kind aufführen. Schlimm genug, dass ihre Familie sie so behandelte. Bei ihren Kollegen wollte sie diesen Eindruck unbedingt vermeiden.

»Ich sag dir, was wir tun können«, sagte Mindy. »Warum treffen wir beide uns nicht mit Harley heute Abend nach Arbeitsschluss? Ich erkläre Harley, dass du dich in seiner Gegenwart unwohl fühlst und er dich in Ruhe lassen soll.«

»Glaubst du nicht, er wird sauer, weil ich dir von ihm erzählt habe?«

Mindy schnaubte. »Seit er das Restaurant eröffnet hat, arbeiten junge Frauen für ihn. Ich wusste schon, bevor er mich eingestellt hat, dass er die Hände nicht bei sich behalten kann.« Sie nahm einen Schluck. »Er weiß, dass wir reden.«

»Du glaubst doch nicht, dass er mich rauswirft, oder?«
Mindy musterte sie von oben bis unten. »Nie im Leben.« Sie winkte ab. »Genug über Harley. Lass uns über was Interessantes reden. Hast du eigentlich einen Freund?«

20 Blake

Blakes Mutter wirbelte in die Küche, als hätte sie Rollschuhe unter den Füßen, und brachte die kalte Abendluft mit sich. Sie trat zu ihrem Mann, der am Herd stand und das Chili in einem Schmortopf umrührte, küsste ihn auf die Wange und atmete den würzigen Duft ein, der durch den Raum waberte.

»Das Schlimmste sind diese Häuser, die sonntags öffnen. Da kommt normalerweise niemand außer den neugierigen Nachbarn.«

»Also, bis dieser Vergewaltiger gefasst ist, finde ich ja, du solltest bei den offenen Häusern jemanden bei dir haben.«

Robin stellte ihre Handtasche neben die Couch und winkte ab. Dann drehte sie sich zu ihrem Ehemann um. »Steven, ich weiß nicht, wie du das machst. Das Abendessen ist fertig, und du hast sogar die Jungs dazu gebracht, dir zu helfen.«

»Nicht freiwillig«, sagte er und schenkte seiner Frau ein Glas Rotwein ein. Er füllte auch sein Glas nach.

»Hey, wir haben heute auch hart gearbeitet«, beschwerte sich Logan, der gerade den Tisch deckte. »Wir mussten eine ganze Lastwagenladung Zeug für den Laden einräumen.«

»Ihr seid junge, starke Burschen. Ein bisschen körperliche Arbeit tut euch gut«, sagte der Vater. »Jeremy, pass gut auf den Knoblauchtoast auf. Der verbrennt sonst.«

»Das kriege ich schon hin, Dad«, sagte Jeremy. »Ich bin kein Idiot.«

Logan lachte. »Nein, du bist nur un…«

»Und was hast du gemacht, Blake?«, fragte seine Mutter und hob die Stimme, um Logan zu übertönen, während sie sich am Spülbecken die Hände wusch.

»Lloyd und ich haben die Sachen danach eingeteilt, was wir sofort verkaufen können, was aufgearbeitet werden muss und wo wir mehr über den Wert herausfinden müssen.«

»Er hat sich den ganzen Tag mit Lloyd den Hintern platt gesessen und so getan, als würde er arbeiten«, maulte Logan. Er kam wieder in die Küche und stellte sich Blake gegenüber ans andere Ende der Kücheninsel.

Blake nahm eine Möhrenscheibe aus dem Salat, den er gerade schnippelte, und warf sie seinem Bruder an den Kopf. Er verfehlte ihn, und das fliegende Gemüse traf seine Mutter am Rücken.

»Hört auf damit, Jungs. Es ist Sonntag und der einzige Abend in der Woche, an dem wir zusammen essen. Wo steckt Shelbie?«

»Bei der Arbeit«, sagten die drei Jungs im Chor.

»Steven, ich dachte, wir haben darauf bestanden, dass sie nicht sonntags arbeitet.«

Ihr Vater deutete einladend auf den Tisch, während Jeremy das Knoblauchbrot aus dem Ofen holte. »Ich weiß, Robin, ich weiß. Die andere Bedienung ist krank geworden, und Shelbie meinte, ihr Chef habe ihr einen Bonus angeboten, wenn sie heute kommt.«

Robin runzelte die Stirn. »Das gefällt mir nicht. Die

Sonntage gehören der Familie. Ich habe jetzt schon das Gefühl, Shelbie kaum mehr zu sehen.«

»Okay, dann reden wir diese Woche mit ihr darüber.« Steven hievte den schweren Topf vom Herd und stellte ihn auf einen Dreifuß in der Mitte des Tischs. »Setzt euch, Jungs, jetzt gibt's was zu essen.«

Vierzig Minuten später, in denen sie ihrem Vater gelauscht hatten, wie er über seine Arbeit und den unzufriedenen Regisseur meckerte, übernahmen die Jungen das Abspülen, während ihre Eltern zu einem Abendspaziergang aufbrachen.

»Jeremy, geh und schließ die Tür ab«, befahl Blake. »Logan, du räumst den Tisch ab, und dann hilfst du Jeremy, den Rest vom Chili umzufüllen.«

»Was gibt dir das Recht, dich so aufzuspielen?«, wollte Logan wissen.

»Meinst du die Frage ernst? Dein schlechter Fahrstil zum Beispiel. Und jetzt sei still. Wir haben nicht viel Zeit, um die kommende Woche zu planen.«

Jeremy kam zurück und half dem mittleren Bruder beim Abräumen.

»Ich habe diese Woche zwei Einsatzorte für euch, und beide werdet ihr am Mittwoch räumen.«

»Wir haben noch nie zwei an einem Tag gemacht«, sagte Jeremy. Er klang besorgt.

»Ich weiß«, sagte Blake. »Aber es geht nicht anders. Wir müssen zuschlagen, wenn der richtige Moment gekommen ist.«

»Und warum machen wir den einen nicht diese Woche und den anderen nächste?«, fragte Jeremy, sichtlich beunruhigt.

Blake fuhr sich mit der Hand durch die Haare. »Weil

sonst die Regale im Laden zu schnell leer sind. Wir sind wie Walmart. Wir verkaufen eine Menge gute Sachen zu niedrigen Preisen. Vielleicht müssen wir einfach mehr arbeiten diese Woche. Es hängt alles davon ab, wie schnell ich die geeigneten Einsatzorte finde.«

»Ich wette, ich kann auch ein paar Orte auftun. Ist bestimmt leicht. Aber ich müsste dann auch eine Halbautomatik tragen«, sagte Logan.

»Nein! Keine Waffen«, sagte Blake und warf seinem Bruder einen Blick zu, der ihn hoffentlich einschüchterte.

»Du hast gut reden. Du nimmst ja auch kein Risiko auf dich.«

»Das stimmt so nicht, Logan. Ich bin derjenige, der den idiotensicheren Plan ersonnen hat, wie wir einen Haufen schnelles Geld machen können. Und das lasse ich mir nicht von dir versauen, nur weil du denkst, du wärst ein knallharter Gauner und müsstest eine Knarre mit dir rumtragen. Als wir damit angefangen haben, waren wir uns einig, nie irgendwelche Waffen zu tragen, sodass niemand zu Schaden kommt.«

»Tja, großer Bruder, dann lass mich dir mal was sagen. Es wird eine Zeit kommen, da will ich deinen Job machen, und du wirst meinen übernehmen.«

Auf keinen Fall würde Logan jemals in der Lage sein, Blakes Platz einzunehmen. Er hatte nicht Blakes gutes Aussehen oder seinen Verstand. Aber es hatte keinen Sinn, jetzt mit seinem Bruder zu streiten.

»Egal, Logan«, sagte Blake. »Setzt euch an den Tisch, Jungs, dann zeige ich euch die Karten und die Luftaufnahmen.«

21 Maddie

Sonntagabend. Am Vorabend meines offiziellen Dienstantritts in Devonshire fuhr ich mit meinem zweisitzigen Sportflitzer vor dem Tor des Reviers vor. Mein Instinkt als Cop sprang sofort an, als ich vor mir im Licht der Straßenlaternen einen großen, bulligen Sergeant sah, der sich vor einem makellosen 1980er Buick Riviera aufbaute, an dessen Steuer eine alte Dame mit silbernem Haar saß. Vor dem Buick stand ein schwarz-weißer Streifenwagen. Ich nahm an, der gehörte zu dem Sergeant. Ich hatte das Seitenfenster nicht offen, aber die Körpersprache und die abgehackten Gesten des Sergeants verrieten mir auch so, dass die alte Dame gerade eine ordentliche Standpauke bekam.

Ich wusste nicht, was die Frau angestellt hatte, aber mein Bauchgefühl sagte mir, dass dieser Sergeant vermutlich einen Großteil seiner Karriere im Süden von L. A. verbracht hatte. Es war offensichtlich, dass er keine Ahnung hatte, wie die Bürger in Chatsworth oder Northridge von der Polizei behandelt werden wollten.

Ich lenkte meinen Wagen näher, hielt an und stieg aus.

Der Sergeant unterbrach seine Tirade und warf mir einen versteinerten Blick zu. »Lady, steigen Sie wieder in den Wagen. Ich kümmere mich sofort um Sie.«

Darauf war ich vorbereitet. Ich zückte meine Marke und kam näher.

Ich bin sicher, er hatte keine Ahnung, wer ich war, und aus der Entfernung, in der ich mich auswies, konnte er unmöglich meinen Rang erkennen. Nach allem, was er wusste, konnte ich genauso gut seine Vorgesetzte sein, und das brachte ihn zum Schweigen.

»Guten Abend, Sergeant …« Ich schaute auf sein Namensschild. »Murdock.«

Nun wandte ich mich der älteren Frau zu und beugte mich hinunter, um durch das Fenster mit ihr zu reden. »Guten Abend, Ma'am. Ich bin Detective Divine. Kann ich Ihnen helfen?«

Erleichterung zeichnete sich auf dem Gesicht der alten Frau ab. »Also, meine Liebe, ich bin zur Polizei gegangen, weil ich den Verlust meiner Handtasche melden wollte. Sie wurde gestohlen. Ich habe überall gesucht und kann sie nicht finden.«

»Wie lautet Ihr Name, Ma'am? Und wie sieht Ihre Tasche aus?«, fragte ich.

»Mein Name ist Sadie Norling, und die Handtasche ist rubinrot.« Die Unterlippe der Frau begann zu beben. »Ich war noch nie bei der Polizei und habe gesehen, wie andere Autos hier reinfuhren. Darum dachte ich, es ist ein Parkplatz.«

Murdock verlagerte das Gewicht. Als er das Wort ergriff, klang seine Stimme eisig. »Ich habe alles unter Kontrolle, *Detective.* Ich habe dieser Frau gerade erklärt, dass dies ein nicht öffentlicher Parkplatz ist und sie nicht überall hinfahren kann, wohin zum Teufel sie will.«

Ich starrte den Mann an, der mich überragte. »Ja, ich habe genau gesehen, wie Sie alles unter Kontrolle hatten.«

Wieder wandte ich mich an die Frau. »Miss Norling, es gibt einen öffentlichen Parkplatz dort drüben«, sagte ich und zeigte auf ein paar freie Parklücken am Bordstein vor dem Revier. »Aber ich glaube, den brauchen Sie nicht, denn ich sehe eine Handtasche auf Ihrem Rücksitz.«

Die ältere Frau schaute über die Schulter und schnappte nach Luft. »Grundgütiger! Da ist meine Handtasche. Rot ist eine schöne Farbe, finden Sie nicht? Ich bin so ein Dussel.«

»Ich freue mich, dass wir helfen konnten, Miss Norling.«

Ein besorgter Ausdruck huschte über ihr Gesicht. »Wie komme ich jetzt wieder hier raus?« Sie warf Murdock einen ängstlichen Blick zu.

»Ich fahre rückwärts raus, und dann helfe ich Ihnen, damit Sie auf die Straße zurücksetzen können.«

»Warum wischen Sie ihr nicht gleich den Arsch ab, wenn Sie schon dabei sind?«, flüsterte Murdock mir zu.

»Weil ich zu sehr damit beschäftigt bin zu überlegen, ob ich Ihnen den Arsch in Ihren fetten Kopf trete.«

Murdock schnaubte, und ich glaube, er murmelte irgendwas von wegen, ich wäre eine Schlampe, aber er stieg in seinen Streifenwagen und gab Gummi.

Ich brachte die alte Dame zurück auf die Straße und stieg wieder in meinen Wagen. Mit meinem Ausweis öffnete ich das elektrische Tor und fuhr bei meiner neuen Wirkungsstätte vor. Ich machte mir keine Sorgen, dass der Sergeant bereits unsere Auseinandersetzung im Revier verbreitete, denn er war es, der sich wie ein Wichser benommen hatte. Vermutlich geriet er eher ins Schwitzen, weil er fürchtete, ich könnte eine Beschwerde gegen ihn einreichen.

Obwohl ich offiziell erst morgen bei der Devonshire Division anfing, trug ich meine Uniformen und die Sachen, die ich in meinen Spind packen wollte, schon jetzt nach oben. Ich spürte, wie die Polizisten, an denen ich im Korridor vorbeikam, mich misstrauisch beäugten.

Dann fiel mir auf, dass sie sich vermutlich gerade für die Nachtschicht vorbereiteten und es für viele die erste Nacht in dieser Division war. Ich fragte mich, ob der neue Chief auch mal einen Gedanken daran verschwendet hatte, was passierte, wenn er einen Haufen nervöse Cops und Detectives auf die Straße schickte. Offenbar scherte sich unser neuer Chief nicht um die Leute, die an vorderster Front unterwegs waren. Es ging nur um ihn und die Zahlen. Es ging nur darum, die Kriminalstatistik zu drücken, damit Chief Coy Bullock gut aussah. Was für ein Geistesblitz!

22 Walt

Walt Lamb stand hinter der Bar und arbeitete wie ein Mann auf Speed seit dem Moment, als sich die Türen von Harley's Hot Pieces um fünf Uhr geöffnet hatten. Sie hatten treue Gäste, die gerne sonntags ins Restaurant kamen, um die Footballspiele zu gucken. Er fand, sein Chef war ein Idiot, weil er nur abends öffnete, aber die Pizzeria war normalerweise von dem Moment an, wenn sie öffneten, bis nachts um zehn gerammelt voll. Egal was Walt dachte, Harley musste richtig viel Geld scheffeln, denn er verteilte immer zusätzliches Trinkgeld an die Mädchen. Er wünschte, sein Boss wäre bei den männlichen Angestellten genauso großzügig.

Mindy ging Walt schon den ganzen Abend aus dem Weg. Er hatte keine Möglichkeit gehabt, seit ihrem kleinen Ausflug mit Harley am Vorabend mit ihr zu reden. Weil es schon spät war, lichteten sich die Reihen an der Bar bereits. Er vergewisserte sich rasch, ob alle Gäste versorgt waren, ehe er sich auf die Suche nach Mindy machte. Hoffentlich fand er sie ohne Harley an ihrem Rockzipfel. Die ganze Situation war armselig. Ein Fünfzigjähriger, der wie ein rolliger Köter hinter einem jungen Mädchen herlief.

Walt wusste, dass Mindy dachte, sie hätte ihren Chef im Griff, doch er war sich da nicht so sicher. Harleys Zweideutigkeiten gegenüber den Mädchen waren inzwischen echt dreist, und dass er Mindy überredet hatte, ihn nach Hause zu fahren, bereitete Walt ehrliche Sorge.

Er fand sie in der Küche, wo sie mit einer Zange den Salat auf Tellern anrichtete.

»Ich will mit dir reden.«

»Verschwinde, ich bin beschäftigt.«

»Ist alles in Ordnung mit dir? Hat er irgendwas versucht?«

»Ich kann für mich selber sorgen.«

Walt riss ihr die Zange aus der Hand.

»Ey!«

»Hör mal, Mindy. Du solltest Harley nicht so herausfordern. Der Typ ist pervers und voll auf dich fixiert.«

»Meinst du nicht, das ist besser, als wenn er sich an Shelbie ranmacht? Ich komme mit ihm klar. Sie nicht.«

»Ich glaube, ich sollte ein Gespräch von Mann zu Mann mit ihm führen und ihm erklären, dass er die Finger von euch Mädchen lassen soll, weil ich sonst die Sache selber in die Hand nehme.«

»Dann schmeißt er dich raus. Willst du das?«, antwortete Mindy und verteilte Salatdressing auf den Tellern.

»Nein. Aber irgendwas muss sich ändern.«

»Sieh mal, Walt, jeder, der hier arbeitet, braucht das Geld. Harley ist eben der Nachteil an dem Job. Die Mädchen kommen klar. Bis auf Shelbie, und darum kümmere ich mich, bis sie das besser hinkriegt.« Mindy nahm die Salatteller hoch. »Außerdem treffen wir uns heute nach Geschäftsschluss mit Harley und legen ein paar Grundregeln fest.«

»Verdammt, Mindy! Warum weiß ich davon nichts? Wir sollten uns zu dritt mit ihm treffen. Aber jetzt kann ich nicht, weil ich nach der Arbeit mit ein paar Leuten verabredet bin.« Er sah ihr nach, als sie zu ihren Tischen ging. »Das kann ich nicht absagen«, fügte er schwach hinzu.

23 Jade

Jade war nicht überrascht, dass die Vans der Nachrichtensender mit ihren Antennen vor dem Polizeirevier standen, als sie am Montag pünktlich um halb sieben zu ihrem ersten Tag bei der Devonshire Division eintraf. Sie fuhr auf den Parkplatz für Angestellte, fand schnell eine Parklücke und eilte ins Gebäude.

Auf dem Weg sah Jade die Nachtschicht, die in ihren Streifenwagen vorfuhr und ihr Equipment auslud. Sie erinnerte sich an ihre eigenen Nachtschichten. Sie hatte es gehasst. Die Polizisten, die aus ihren Wagen stiegen, sahen müde aus, aber das war kein Wunder – sie hatten über zwölf Stunden Dienst hinter sich.

Im Gegensatz dazu verströmten die Detectives, die in ihren Privatwagen für den ersten Tag im neuen Revier eintrudelten, eine nervöse Aufregung. Wenn man in einer neuen Division anfing, war das für jeden aufregend. Jade atmete tief durch und betrat das Revier.

Das Erste, was sie hörte, war Gelächter, und dann nahm

sie den Geruch von Kaffee wahr. Ein Schild, auf dem »Appell« stand, verwies auf das obere Stockwerk, wo die morgendliche Besprechung in einem Raum neben der Kantine stattfand. Selbst ohne die Beschilderung hätte Jade gewusst, wo sie hinmusste, denn am Wochenende war sie mit Mac und Donnie bereits hergekommen, um ihr neues Revier auszukundschaften.

Sie stieg die Treppe hoch und hörte, wie jemand die Stufen herunterpolterte. Sie wollte schon lächeln, aber dann sah sie, wer ihr entgegenkam.

Zak Murdock. Seine Schicht war offenbar vorbei, denn er trug eine braune Cargohose und ein übergroßes T-Shirt. In der Hand hatte er eine kleine, schwarze Reisetasche. Er blieb abrupt neben ihr auf der Treppe stehen. »Na, sieh mal einer an! Hallo, Jade. Dich habe ich ja seit Jahren nicht gesehen. Was hat dich denn hierher verschlagen? Hast es drüben im PAB nicht mehr ausgehalten?«, fragte er. Mit dem PAB meinte er das Hauptquartier der Polizei in der Innenstadt.

Verärgert über die Stichelei dieses Blödmanns ignorierte Jade ihn und ging weiter.

»Wie ich sehe, haben sich manche Sachen nicht geändert. Du hältst dich immer noch für was Besseres. Kannst mir nicht mal einen guten Morgen wünschen, was? Aber ich bin sicher, wir sehen uns bald wieder. Schönen Tag noch.«

24 Maddie

Eigentlich merkwürdig, aber ich war ziemlich entspannt, als ich die Treppe in den ersten Stock des Reviers in Devonshire hochging. Ich folgte der Beschilderung und eilte am Konferenzraum vorbei. Durch die offenen Türen im hinteren Teil des Raums sah ich einige Nachrichtenteams, die den neuen Chief filmten, der vor einem Raum voller uniformierter Kollegen sprach. *Genießt es, wie viele Leute ihr jetzt seid, denn in sechs Monaten wird die Wache auf die Hälfte zusammenschrumpfen.*

Im Laufe der Jahre hatte ich begriffen, dass die Polizei von L. A. jedes Mal, wenn sie etwas Neues ausprobierte, um die Kriminalität zu bekämpfen, großzügig mit ihren Ressourcen umging. Mit der Zeit wurden diese Ressourcen dann wieder überallhin umgeleitet.

Ich ging an den Doppeltüren vorbei, die in den vorderen Teil des Raums führten, und konnte einen ersten Blick auf unseren neuen Chief werfen. Sofort war ich verärgert, denn er trug die Uniform des LAPD mit sechs Dienstzeitstreifen, die für insgesamt dreißig Jahre im Dienst standen. *Zehn Jahre als Kleinstadtpolizist und zwanzig Jahre, in denen er von zufriedenen Stadtvätern die Karriereleiter hochgereicht wurde, machen dich nicht zu einem Veteran mit dreißig Jahren Diensterfahrung bei uns in Los Angeles.*

Als könnte er meine Gedanken lesen, suchte der Chief meinen Blick, als ich vorbeiging. Ich beschleunigte meine Schritte und steuerte die Kantine an. Dort öffnete ich die Tür und prallte auf eine Mauer aus Geplapper. Detectives schlenderten in kleinen Grüppchen umher und machten sich miteinander bekannt.

»Maddie, hier drüben! Es gibt Kaffee und Bagels.«

Darius hatte recht. Ich sah, dass auch Jade, der anscheinend irgendetwas die Laune vermiest hatte, sich aufraffte und sich auf ein zweites Frühstück einließ. Nach einem Rundumblick hatte sie einen Klapptisch ausgemacht, auf dem der Lebensretter jedes Cops stand: ein heißes Käffchen. Die Bagels, die es dazu gab, waren für mich lediglich der Bonus – das aber auch nur so lange, bis ich die Schachtel mit den Donuts entdeckte.

Meine Partnerin bemerkte, woran mein Blick hängen blieb. »Du wirst doch nicht einen von diesen Dickmachern essen, oder?«

Ich nahm einen Donut und biss herzhaft hinein. »Mhm«, machte ich und schüttelte verneinend den Kopf, während ich kaute. Beim Rundumblick im Raum erkannte ich ein paar Gesichter, aber bisher war mir kein Partner oder Klassenkamerad von der Akademie aufgefallen.

Plötzlich schob sich ein kleiner Mann im Anzug, der die roten Haare und das zerknautschte Gesicht eines Kobolds hatte, zu dem Tisch neben dem Essen durch. »Alle mal herhören! Die Streife vom Tagdienst hatte gerade ihren Dienstappell. Wie ihr alle wisst, sind heute die Medien da, darum wollen wir mit eurem Appell um null-siebenhundert anfangen. Sorgt bitte dafür, dass die ersten Reihen besetzt sind.«

Seine letzte Anweisung führte zu Gelächter. Traditionell war die erste Reihe im Besprechungsraum immer für Kollegen in der Probezeit reserviert. Niemand in diesem Raum würde sich freiwillig da vorne hinsetzen, solange noch andere Plätze frei waren.

»Komm, wir suchen uns einen Platz weiter hinten«, sagte Jade.

»Noch nicht. Wenn wir als eine der Ersten reinkommen, wird so ein Lakai von der Pressestelle uns aufscheuchen, damit wir vorne sitzen. Wir müssen so kommen, dass wir in der Mitte sitzen können.«

Jade nickte, darum nahm ich an, dass meine Logik ihr einleuchtete.

»Hast du für den Captain einen Apfel dabei?«, scherzte ich.

»Nein, aber ich bin bereits in einen meiner Ausbilder reingelaufen. Zak Murdock. Er ist ein Arschloch.«

»Ich weiß«, sagte ich.

Jades Augenbrauen schossen nach oben. »Du kennst ihn?«

»Habe ihn gestern Abend getroffen, als er eine kleine, alte Dame angeschrien hat.«

»Das klingt nach ihm. Er war ein Arsch, als ich bei ihm in der Ausbildung war, und ich nehme mal an, er hat sich seitdem kein bisschen verändert. Ich glaube, er hat ein Problem mit Frauen.«

»Tja, das sollte er lieber mal überwinden, denn ich lasse mir nicht jeden Scheiß gefallen. Schon gar nicht von so einem Typen, der sich wie die Axt im Walde benimmt.«

Jade sah mich an. Sie runzelte besorgt die Stirn. »Na komm, auf zum Appell. Spielen wir einfach unsere Rolle in diesem Werbezirkus.«

Fünfzehn Minuten später stand der Chief mit ernster Miene vor den Detectives vom Revier Devonshire. Im hinteren Teil des Raums flüsterten Reporter in ihre Mikrofone und beschrieben ihren Zuhörern live, was gerade passierte.

»Guten Morgen«, sagte der Chief. »Heute haben Sie teil an einem historischen Tag im Revier Devonshire beim Los Angeles Police Department. Denn Sie wurden als erste

Division ausgewählt, um die Bullock-Strategie-Reorganisation umzusetzen, auch bekannt als TBSR. Wie Sie alle wissen, werden Gefangene aus den überfüllten Staatsgefängnissen entlassen und an das System der Bezirksgefängnisse überstellt, die ebenfalls überfüllt sind. Infolgedessen werden Kleinkriminelle aus den Bezirksgefängnissen entlassen. Seit dieses Programm in Kraft trat, haben wir hier in Devonshire den höchsten Anstieg der Kriminalitätsrate in der ganzen Stadt zu verzeichnen.

Die TBSR bedeutet nun, dass wir frische Truppen nach Devonshire versetzen, von den Büromitarbeitern bis zu den Polizisten auf Streife und sogar den Detectives, um die Kriminalitätsbekämpfung wiederzubeleben und zu stärken. Wir freuen uns auf innovative Ideen und moderne Lösungen. Außerdem werden wir so in der Gemeinschaft, die wir bilden, neue Beziehungen und Verbindungen knüpfen.« Bullock drehte eine Flasche Wasser auf und nahm einen großen Schluck.

»Als Ermittler wurden die Anwesenden in diesem Raum ausgewählt, weil sie über die geeigneten Fähigkeiten verfügen, in den Fällen zu ermitteln, die in dieser Division und im ganzen Valley typischerweise vorkommen.

Ich weiß sehr wohl, dass viele von Ihnen nicht glücklich damit sind, von den früheren Aufgaben entbunden worden zu sein, wo Sie sich wohlfühlten und gut eingearbeitet waren. Aber wie ich bereits in anderen Städten bewiesen habe, in denen ich Polizeichef war, funktionieren meine Methoden. Die Kriminalität wurde reduziert. Es geht hier nicht um Sie allein. Es geht um die Allgemeinheit, der wir dienen.

Sobald Sie sich in Ihrer neuen Position eingefunden haben, bin ich sicher, Sie alle werden den Wert dieser Prozesse erkennen. Wir werden die TBSR quartalsweise durchführen, bis die ganze Polizei neu strukturiert ist. Ich danke Ihnen allen für Ihre harte Arbeit und den Einsatz für die Bürger von Los Angeles. Danke.«

Sobald er fertig war und der höfliche Applaus verklungen war, verschwand unser großer Führer durch die Tür.

Die Kollegen erhoben sich, während der Kobold aufs Podium stieg. »Bitte bleiben Sie noch einen Moment sitzen. Lieutenant Pagani, Ihr Einsatzleiter, wird Sie für die einzelnen Abteilungen einteilen.«

»Ich wette, der Chief wollte keine unbequemen Fragen beantworten«, sagte Jade.

»Ganz bestimmt nicht«, sagte ich. »Dann hast du ihn so verstanden wie ich? Das LAPD ist müde, uninspiriert und altmodisch. Ach, und er denkt, wir sind egozentrisch und die Allgemeinheit ist wichtiger als seine Polizisten.« Ich schüttelte den Kopf. »Er kann dieses TBSR-Programm Bullock-Strategie-Reorganisation nennen, aber ich werde es als das bezeichnen, was es wirklich ist – das Totale Bullshit-Regime.«

25 Harley

Das laute Schnappen der Rollläden vor dem Schlafzimmerfenster riss Harley aus dem betrunkenen Schlaf. Sonnenlicht strömte über die schmuddeligen Bettlaken und brannte in seinen Augen. »Herrgott, Jennifer! Ich schlafe noch.« Er hob eine zitternde Hand und beschattete seine Augen.

»Das ist mir scheißegal, Harley«, sagte seine Frau und

zog die Jogginghose aus, um sich in eine Jeans zu zwängen, die sie aus dem Schrank gezogen hatte. »Ich muss mit dem Baby zum Arzt. Heute ist Montag, also musst du die beiden Kinder von der Schule abholen.«

Er schielte zwischen den Fingern hindurch zum Radiowecker auf dem Nachttischchen. Den neonroten Ziffern nach war es schon Mittag. »Sie kommen doch erst in zwei Stunden aus der Schule.«

Jennifer setzte sich aufs Bett, zog die Puschen aus und schob die Füße in ein schäbiges Paar Tennisschuhe. »Tja, aber erst mal gehst du duschen, während ich dir was zu essen mache. Dann werden wir zwei ein Wörtchen darüber reden, wo zum Teufel du letzte Nacht gesteckt hast.«

Die Erwähnung von Essen ließ Harleys Magen rotieren. »Was soll das heißen, du willst wissen, wo ich gestern Nacht war? Genau hier.«

Seine Frau stand auf und funkelte ihn wütend an. »Du bist bei Tagesanbruch hier reingestolpert. Zum Glück hast du die Kinder nicht geweckt.« Durch die Bettdecke klapste sie ihn auf den Arsch. »Aus dem Bett mit dir, beweg dich gefälligst. Langsam steht's mir mit dir bis hier.« Jennifer stand am Fußende des Betts und starrte ihn finster an. Dann zündete sie sich eine Zigarette an und verließ den Raum.

Seufzend setzte Harley sich auf. Der Raum drehte sich um ihn. *Blöde, rechthaberische Tussi.* Vor zehn Jahren hatte er geglaubt, er hätte das große Los gezogen, als er mit zweiundvierzig die achtzehnjährige Jennifer Torrance heiratete. Mit den hellbraunen Haaren, der weichen Haut und großen, braunen Augen war sie das hübscheste Mädchen, das ihm je begegnet war. Sie lernten sich kennen, als sie in einem Taco-Restaurant arbeiteten.

Sie hatte Harley nicht besonders viel Aufmerksamkeit geschenkt, bis er über fünfzehn Millionen in einer Lotterie gewann. Aber als er zur Arbeit ging, um seinem blöden Chef zu sagen, dass er jetzt richtig Geld hatte und er sich die Burritos sonst wohin stecken konnte, war Jennifer Torrance plötzlich überall. An dem Tag, an dem er kündigte, hatten sie das erste Date. Das war außerdem der Tag, an dem sie das erste Mal Sex hatten. Sechs Wochen später überredete sie ihn, eine erfolglose Pizzeria zu kaufen, und überzeugte ihn auch gleich, sie zu heiraten, weil sie schwanger war.

Seine junge Frau hatte ihm geholfen, einen Namen für das Restaurant zu finden und die Speisekarte zu entwerfen. Außerdem war es Jennifers Idee gewesen, nur abends zu öffnen. Auch war sie diejenige, die auf hübsche, junge Mädchen als Kellnerinnen bestand und die Uniformen entwarf. All diese Ideen hatten Harley's Hot Pieces in die exklusivste Pizzeria im ganzen San Fernando Valley verwandelt.

Aber jetzt, zehn Jahre später, erkannte Harley, dass sie ihn übers Ohr gehauen hatte. Jennifer hatte das meiste von seinem Lottogewinn durchgebracht. Im ersten Jahr ihrer Ehe hatte sie sowohl im Restaurant als auch zu Hause den Laden geschmissen. Als sie wieder schwanger wurde, schwand das Interesse an dem Geschäft. Zum Glück wurde der Laden zur selben Zeit einigermaßen profitabel. Und ungefähr zu diesem Zeitpunkt entdeckte er, wie stimulierend es war, wenn junge, sexy Mädchen für ihn arbeiteten.

Jennifer steckte den Kopf durch die Schlafzimmertür. »Beweg deinen Arsch unter die Dusche, Harley. Sofort!«

Harley seufzte schwer, quälte sich aus dem Bett und

schlich ins Badezimmer. Als er den Türknauf der Dusche umfasste, erinnerte er sich wieder daran, wie er gestern sein altbewährtes, nächtliches Ritual vollzogen hatte. Er hatte Bier gekauft und in einer dunklen Seitenstraße geparkt.

Harley runzelte die Stirn, als er die blauen Flecke und Kratzer auf beiden Unterarmen entdeckte. Dann fiel ihm wieder ein, woher sie kamen. Ihm blieb nur die Zeit unter der Dusche, um eine Lüge zu ersinnen, die er seiner Frau erzählen konnte.

26 Blake

Montags blieb das Geschäft geschlossen, und Blake konnte frühmorgens ins Fitnessstudio fahren, danach ein Brunch einnehmen und anschließend durch die Viertel fahren, die er im Visier hatte. Typische Vororte von Los Angeles. In jeder Straße standen mindestens zwei ramponierte Pick-ups, die den Gärtnern gehörten. Die Männer schwangen die Laubbläser wie Krieger ihre Schwerter und bliesen Wolken aus Staub und Abfall auf die Straßen der Stadt.

Blake parkte an der Kreuzung in der Nähe eines der Ziele für die kommende Woche. Er konnte die ganze Straße überblicken, in der das angepeilte Haus lag. Er wollte nicht riskieren, die Straße entlangzufahren, denn zu viele der vermögenden Hausbesitzer hatten Sicherheitskameras, die nicht nur ihr Zuhause, sondern auch die Straße erfassten.

Er holte das Notizbuch heraus und begann sich zu notieren, wen oder was er in der Straße sah. Als ein Wagen von

FedEx die Straße entlangrumpelte, schrieb er sich auch das auf.

Am Tag selbst trugen seine Brüder die Hauptlast des Risikos, doch das wurde durch Blakes penible Planung bereits minimiert. Jede Woche war er auf solch einer Erkundungstour. Die Aufträge waren so gut durchdacht, dass selbst ein Dorftrottel keine Probleme gehabt hätte, sie auszuführen. Es ärgerte ihn wirklich, dass sein fauler Bruder Logan glaubte, er könne diesen Teil der Arbeit übernehmen.

Plötzlich erwachte sein Handy vibrierend zum Leben. Auf dem Display stand Sylvias Name.

»Hallo?«

»Hi, Süßer. Wie geht's? Tut mir leid, wie das neulich nachts gelaufen ist.«

Er hatte sich bereits überlegt, wie er mit dieser Situation umgehen wollte. »Das sollte es dir auch. Du hast mich angelogen, als du behauptet hast, ihr würdet getrennt leben.«

Die Frau am anderen Ende der Leitung schwieg eine Minute, und Blake machte sich Sorgen, er könnte es sich jetzt doch mit ihr versaut haben.

»Hör mal, Blaine, mein Mann reist oft wochenlang durch die Weltgeschichte. Ich fühle mich einsam.« Sie schwieg einen Moment. »Zumindest war das so, bis ich dir begegnet bin. Wir hatten doch was Tolles laufen. Lass nicht zu, dass ein Missgeschick alles verdirbt.«

Es entmutigte ihn, dass sie seinen Namen immer noch nicht kannte. Aber vielleicht war das auch gar nicht so schlecht. »Nun …«

Sie schnitt ihm aufgeregt das Wort ab. »Er reist heute wieder ab. Warum verabreden wir uns nicht für heute Abend?«

Er wartete absichtlich volle fünf Sekunden, bevor er mit gesenkter Stimme antwortete: »Trägst du dann wieder die roten Stilettos?«

Die Vierzigjährige am anderen Ende der Leitung kicherte wie ein Cheerleader von der Highschool. »Ich hab sogar noch was Besseres für dich. Ich trage die Schuhe mit dazu passendem BH und String.«

Blake knurrte in sein Telefon und kam sich wie ein richtiger Trottel vor. »Dann haben wir ein Date. Ich hole dich um sieben ab.« Dann legte er auf. Ältere Frauen standen auf diesen Macho-Scheiß.

Logan, du glaubst vielleicht, du könntest diesen Teil meines Jobs übernehmen, aber ich kenne deinen Schwanz. Bruder, du hast einfach nicht, was es hierfür braucht.

27 Maddie

»Ich kann nicht glauben, dass wir am Katzentisch des Einbruchdiebstahls sitzen sollen. Ich dachte, wir bekommen es wenigstens mit Raubüberfällen oder Gewaltverbrechen zu tun. Diebstähle sind doch meistens sterbenslangweilig.« Endlich saßen Jade und ich in unserem Dienstwagen, und ich konnte meckern, wie es mir in den Sinn kam. Wir waren unterwegs in die Hügel von Porter Ranch. Den Vormittag hatten wir damit verbracht, unsere Schreibtische einzuräumen und über die Einbrüche zu grübeln, die übers Wochenende aufgenommen worden waren. Jetzt waren wir unterwegs, um einige der betroffenen Viertel zu überprüfen. Da ich diesen Teil des Valleys besser kannte als meine Partnerin, saß ich am Steuer.

»So schlimm ist es gar nicht, Maddie. Sie hätten uns zu den Autos versetzen können. Du hast die Übersicht von CompStat gesehen. Die Autodiebstähle sind in diesem Revier außer Kontrolle«, sagte sie. »Allein die in der Mall würden uns auf Trab halten.«

»Ach, die Punkte auf der Karte, die für Hauseinbrüche stehen, waren auch nicht besser«, erklärte ich verärgert. »Wir werden hier mit Fällen zugeknallt, und alles, was sie uns sagen, ist, dass es eine professionelle Bande sein könnte.«

Plötzlich hob Jade die Hand, damit ich den Mund hielt. Sie drehte den Knopf am Polizeiradio.

»17A27, wiederholen Sie Ihre Anfrage«, sagte der Disponent.

»17A27, wir brauchen einen Vorgesetzten und zwei weitere Einheiten an unserem Einsatzort für ein 187.«

»Um Himmels willen«, fauchte ich. »Man spricht doch nicht über Funk, wenn man am Tatort eines Mords steht. Die Medien werden schneller dort auflaufen als die Ermittler der Mordkommission. Was bringen sie diesen Kindern an der Akademie heute überhaupt noch bei?«

Jade ignorierte meinen Ausbruch und neigte den Kopf, um besser lauschen zu können. Sie kritzelte etwas auf ihren Block, während der Disponent die Anfrage der Einheit wiederholte. Dann las sie mir die Adresse vor. »Weißt du, wo das ist?«

Ich nickte. »Ist direkt um die Ecke. Wollen wir?«

Begeisterung glitzerte in den Augen meiner Partnerin. Sie nickte. »Wir können ihnen helfen, den Tatort zu sichern.« Sie nahm das Mikro und meldete dem Disponent, wir seien schon auf dem Weg.

Ich fuhr scharf rechts und trat das Gas durch, weil ich

vor allen anderen am Tatort sein wollte. Nur zwei Minuten später fuhren wir vor. Ich war klug genug, unseren Einsatzwagen in ausreichender Entfernung von der Adresse zu parken, damit er nicht vom Absperrband erfasst wurde, falls wir den Tatort weiträumiger absperren mussten. Aber dieser Tatort war so jungfräulich, dass noch gar kein Absperrband flatterte.

Die beiden jungen Streifenpolizisten, die bereits vor Ort waren, waren der Sache offenbar nicht gewachsen. Sie standen mit einer blassen jungen Frau vor dem Restaurant. Ein Officer redete mit dem Mädchen und füllte eine Befragungskarte aus. Der andere stand nervös daneben.

Als Jade und ich uns dem Gebäude näherten, rief ich den zweiten Officer. »Hey! Besorgen Sie uns Absperrband, und legen Sie ein Tatortlogbuch an. Sperren Sie am besten den ganzen Parkplatz ab.«

Der Junge zuckte zusammen, als hätte ich ihn getasert. Aber er tat, was ich sagte. Normalerweise würde ich niemandem sagen, wie er an seinem Tatort vorgehen sollte, aber die beiden waren noch Kinder und verhielten sich, als wären sie frisch von der Akademie gekommen und stünden das erste Mal ohne Ausbilder an einem Tatort. Sie brauchten ein wenig Führung.

Wir näherten uns der Eingangstür des Gebäudes, wo der andere Cop das Mädchen befragte.

»Ist das die Person, die den Vorfall gemeldet hat?«, fragte Jade.

Der Officer nickte nur.

»Wo ist die Leiche?«, fragte ich.

»Drinnen. Hinten in der Küche«, sagte der junge Kollege.

»Haben Sie das Gebäude abgesucht?«, fragte ich. Hoffentlich hatten sie in allen Räumen nachgeschaut, ob noch ein Verdächtiger vor Ort war …

Der Junge warf mir einen verärgerten Blick zu. »Ja, haben wir.«

Jade und ich gingen hinein. Es war eine Pizzeria, die netter eingerichtet war als die meisten. In der Ferne hörte ich sich nähernde Sirenen.

Wir gingen zum rückwärtigen Bereich des Restaurants und weiter in die Küche. Dort sahen wir bereits die Füße, die in schwarzen Tennisschuhen steckten. Im Näherkommen konnten wir die ganze Leiche erkennen.

»Wow«, murmelte Jade.

Das Opfer konnte nicht älter als siebzehn sein. Die langen blonden Haare waren von dem Blut überschwemmt, das sich unter ihrem Körper gesammelt hatte. Sie lag flach auf dem Rücken, den rechten Arm über den Kopf gehoben, die Hand leicht zum Ohr gedreht. Ihre linke Hand ruhte auf dem Bauch.

»Jemand war echt sauer auf das Mädchen«, sagte ich. Ich zog ein Paar Plastikhandschuhe aus der Jackentasche und streifte sie über. »Ich sehe ein paar Abwehrverletzungen an ihren Händen, aber das reicht nicht für so viel Blut. Der Großteil der Verletzungen muss ihr im Rücken zugefügt worden sein.«

Jade streifte sich ebenfalls Handschuhe über. »Sieh mal, wie ihr T-Shirt über eine Brust hochgeschoben wurde. Meinst du, das ist das Werk des Valley-Vergewaltigers?«

»Schwer zu sagen. So wie das T-Shirt aussieht, könnte es sein. Aber schau dir ihre Hose an. Sie ist komplett zugeknöpft.«

Zwei Rettungssanitäter kamen mit einem Notfallkoffer herein.

»Sie ist definitiv tot«, sagte Jade. »Aber es wird das Beste sein, wenn Sie sie für tot erklären.«

Die beiden Jungs vom Rettungsdienst nickten nur und machten sich an die Arbeit.

»Siehst du hier irgendwo die Mordwaffe herumliegen?«, fragte ich Jade.

Sie schüttelte den Kopf. »Die muss der Täter mitgenommen haben.«

Wir gingen wieder nach draußen, wo der junge Officer immer noch mit dem Mädchen redete. Sie schien erleichtert, als wir wieder auftauchten.

Ich lächelte die junge Frau an. »Ich bin Detective Divine, und das ist meine Partnerin Detective Donovan.«

»Ist sie tot?«, fragte das Mädchen.

»Ja. Haben Sie sie gekannt?«

Sie nickte. »Wir haben hier zusammen gearbeitet. Ihr Name ist Shelbie.«

28 Walt

Montagnachmittag. Als Walt das halbe Dutzend Polizeiwagen und das Absperrband um den Parkplatz von Harley's Hot Pieces sah, fuhr er auf den Parkplatz des Supermarkts gegenüber und parkte so, dass er sah, was dort los war. Ging es um ihn? Warteten die Cops nur darauf, ihm die Handschellen anzulegen und seinen Arsch in den Knast zu befördern?

Er beobachtete die Vorgänge und versuchte herauszufinden, was da abging. Es waren nicht nur Streifenwagen dort, sondern auch ein paar zivile Fahrzeuge, wie die Detectives sie fuhren. Was auch passiert war, es musste echt übel sein.

Dann entdeckte er Mindy. Selbst aus der Entfernung konnte er sehen, wie blass ihr Gesicht war.

Walt kaute auf der Innenseite seiner Unterlippe. Sollte er rübergehen und herausfinden, was los war? Oder sollte er lieber nach Hause fahren und alles beseitigen, wovon er nicht wollte, dass jemand es fand, wenn man seine Wohnung durchsuchte? Er wollte Mindy schon auf dem Handy anrufen, aber er wusste, dass die Cops jedes ihrer Worte belauschen würden. Sie würden vielleicht sogar darum bitten, mit ihm reden zu können. Aber das würden sie vermutlich in jedem Fall tun. Er fragte sich, ob von den anderen Angestellten schon jemand zur Arbeit erschienen war und befragt wurde.

Er hatte immer noch genug Zeit, nach Hause zu fahren und sein Apartment zu säubern, doch würden die Cops es nicht merkwürdig finden, wenn er um halb fünf statt um vier zur Arbeit kam? Gut möglich.

Aber wenn sie hinter ihm her waren, würden die Cops nicht so einen Wind machen. Sie würden jemanden undercover schicken, der eins seiner Produkte kaufte. Diese Erkenntnis ließ Walt erleichtert durchatmen. Wenn diese Aktivität dort drüben also nicht seinetwegen war, was war dann da los?

Walt startete den Motor und fädelte sich wieder in den Verkehr ein. Er wollte zum Ende der Straße fahren, dort wenden und dann vorfahren, als käme er wie gewohnt zur Arbeit.

Zwei Minuten später bremste er vor der Einfahrt zum Restaurant. Ein Polizist winkte ihn weiter. Walt ließ das Fenster herunter.

»Hi, Officer. Ich arbeite hier.«

»Nun, heute werden Sie hier nicht arbeiten.« Das langärmelige Uniformhemd des Polizisten hatte mehrere Streifen. Das hieß, dass der Typ schon verdammt lange Cop war, so viel wusste Walt. Der Cop zeigte auf den Parkplatz des Einkaufszentrums nebenan. »Parken Sie da drüben und sagen Sie dann dem Kollegen mit dem Klemmbrett, Sie sind ein Mitarbeiter. Er bringt Sie zu den Detectives.«

Walt schaute auf die Autoschlange, die hinter ihm wartete. »Was ist passiert?«

»Sir, parken Sie Ihren Wagen, und reden Sie dann mit den Detectives. Die werden Ihnen alles erklären.«

29 Harley

Auf dem Weg zur Arbeit ließ Harley in Gedanken die Befragung Revue passieren, die seine Frau ihm nicht erspart hatte. Was für ein Wochenstart! Sie wollte wissen, wo er bis frühmorgens gesteckt hatte. Er konnte ihr auf gar keinen Fall die Wahrheit sagen, darum hielt er sich lieber an das Wesentliche. Er hatte nach der Arbeit irgendwo geparkt und ein paar Bier getrunken, bevor er einschlief. Er erzählte ihr, er sei nach Hause gekommen, sobald er wieder aufgewacht sei. Was der Wahrheit entsprach.

Jennifer erklärte ihm, sie habe seine Trinkerei satt, und bezeichnete ihn als Trottel. Dann hatte sie das Baby im Kindersitz festgeschnallt und war zum Arzt gebraust, nicht ohne ihm vorher zu drohen, dass sie später noch mit ihm reden würde. Sie war nicht besonders glücklich und glaubte ihm kein Wort von dem, was er sagte. Natürlich überraschte ihn das nicht, schließlich war er auch nicht völlig aufrichtig gewesen. Er würde niemals irgendwem sagen, was letzte Nacht passiert war.

Er fuhr sich mit der Hand über den Kopf. Noch immer war er verkatert, und der pochende Schmerz hinter seinen Augen hörte nicht auf. Verfluchte Montage! Er wollte das Restaurant schon immer montags zumachen, aber Jennifer bestand darauf, sieben Tage die Woche aufzuhaben … Heilige Scheiße! Was suchten die vielen Streifenwagen hier?

Angst stieg tief aus Harleys Bauch bis in seine Kehle auf. Er schluckte Kotze runter. *Sie wissen über letzte Nacht Bescheid!*

Er fuhr langsam an seiner Pizzeria vorbei und entdeckte Walt, der mit einem Detective im Anzug redete. Mindy lehnte in einiger Entfernung an einem Streifenwagen. Sie sah besorgt aus und kaute an ihren Fingernägeln. Schweiß brach ihm aus und formte feuchte Flecken unter Harleys Achselhöhlen. Feuchtigkeit perlte ihm auf der Stirn. *Das konnte doch nicht alles seinetwegen sein … Was zum Teufel war hier los?*

Harley entdeckte Walts Wagen auf dem Parkplatz der angrenzenden Ladenzeile und stellte seinen Wagen ebenfalls dort ab. Er griff nach der Schachtel Taschentücher, die er immer auf dem Beifahrersitz hatte, und tupfte sich den Schweiß vom Gesicht. Das feuchte Papier warf er in den Fußraum des Minivans.

Er schlurfte zu dem gelben Plastikband, in ängstlicher Erwartung, er könnte jeden Moment einen Herzinfarkt bekommen, denn sein Herz hämmerte, als wollte es ihm aus der Brust springen. Gott sei Dank war er so geistesgegenwärtig gewesen, ein Wollhemd über das T-Shirt zu ziehen, weshalb die Striemen und Kratzer an den Armen abgedeckt waren. Er hatte sich von Jennifer keine Fragen anhören wollen, und bestimmt wollte er seine Verletzungen nicht vor der Polizei rechtfertigen. Jennifer hatte die Kratzer nicht erwähnt, deshalb hoffte er einfach, sie hatte sie nicht gesehen.

Ein junger Cop mit einem Klemmbrett näherte sich ihm. »Kann ich Ihnen helfen, Sir?«

»Mir gehört das Restaurant. Was ist hier los?«

Der Officer musterte ihn von oben bis unten. »Wie heißen Sie, Sir? Ich hole einen Detective, der wird mit Ihnen reden.«

Harley nannte dem Polizisten seinen Namen, der daraufhin zu einer Gruppe in Zivil ging, die sich vor der Eingangstür von Harley's Hot Pieces versammelt hatte. Harley war auch so schon nervös genug, doch dann drehten sich alle Polizisten zu ihm um und musterten ihn prüfend, als hätte er gefragt, ob er ihre Töchter im Teenageralter ausführen dürfe.

Der größte Mann löste sich aus der Gruppe und kam näher. Sofort erkannte Harley, dass er hier das Alphatier vor sich hatte. Er war nicht nur groß, sondern sein gutes Aussehen hätte ihm eine Karriere in Hollywood ermöglicht. Passend dazu war ihm der teure Anzug wie auf den durchtrainierten Leib geschneidert. Harley drückte den Brustkorb raus und zog den Bauch ein. Der Detective gab ihm die Hand.

»Mr Elliot, ich bin Detective McCool.«

Die perfekt geraden, professionell nachgeweißten Zähne überraschten Harley ebenso wenig wie der auffällige Name. Der Typ hatte es offenbar als Schauspieler nicht geschafft und war stattdessen Cop geworden. Harley schüttelte die Hand des Ermittlers und drückte besonders fest zu, damit der hübsche Junge wusste, dass er kein Weichei vor sich hatte.

McCool zog die Hand zurück, hob das Absperrband und duckte sich darunter hindurch.

»Was ist hier los? Ist jemand ins Restaurant eingebrochen?«

Der Detective entfernte sich von dem abgesperrten Bereich, und Harley folgte ihm.

»Wir sind nicht ganz sicher, was passiert ist. Ich würde Ihnen gerne ein paar Fragen stellen, wenn es Ihnen nichts ausmacht.«

Ein kurzer Moment der Panik erfasste Harleys Körper, und ihm brach erneut der Schweiß aus, dicht gefolgt von neuerlicher Sorge, der Cop könnte seine nervöse Ausdünstung bemerken. »Ähm, ich denk mal, das geht in Ordnung.«

Sie waren ein Stück weiter auf den Parkplatz gelaufen. Der Blick des Cops erfasste die parkenden Autos und blieb schließlich bei dem schäbigen, silbernen Minivan hängen. »Gehört der Ihnen?«

Harley versuchte, nicht zu peinlich berührt zu wirken, und nickte.

»Das könnte ein paar Minuten dauern. Vermutlich ist Ihnen wohler, wenn Sie sich setzen.« Er schaute über die Schulter zurück zum Tatort. »Warum nehmen Sie nicht in Ihrem Van Platz, statt den ganzen Weg zurückzugehen?«

Harley fummelte in der Hosentasche nach den Schlüsseln. Er war nicht sicher, ob das Zittern seiner Hand vom Kater oder der Nervosität kam. Der Detective müsste schon ein Idiot sein, um das Zittern zu übersehen. Er drückte den Entriegelungsknopf für das Auto.

»Setzen Sie sich doch einfach auf den Fahrersitz, Mr Elliot. Ich bleibe draußen stehen und erkläre Ihnen, was passiert ist.«

Als Harley auf den abgewetzten Ledersitz in seinem Wagen kletterte, hoffte er nur, der Cop würde nicht die zerknautschte Bierdose entdecken, die unter seinem Sitz hervorschaute.

»Sie sind also der Besitzer der Pizzeria Harley's Hot Pieces, korrekt?«

Harley nickte, und der Detective notierte sofort etwas auf dem gelben Notizblock.

»Wie viele Mitarbeiter arbeiten in Ihrem Restaurant?«

Gott, wie sehr Harley es jetzt bereute, dass er sich gestern Nacht besoffen hatte. Er konnte kaum einen klaren Gedanken fassen. Rasch zählte er in Gedanken zusammen. »Ähm, ungefähr sechzehn, mehr oder weniger. Wir haben sieben Tage die Woche geöffnet, allerdings nur abends. Darum gibt es immer zwei verschiedene Schichten.« Wenn dieser Typ ihn festnahm, wollte Harley es schnell hinter sich bringen. »Worum geht's denn überhaupt?«

Der Cop ignorierte seine Frage.

»Meinen Sie, Sie können mir die Namen und Kontaktinfos all Ihrer Mitarbeiter geben?«

»Klar, meine Frau hat bestimmt zu Hause so eine Liste. Aber sie ist nicht da, sie musste mit einem der Kinder zum Arzt.«

Der Detective nickte und schrieb weiter. »Wann schließen Sie das Restaurant, und wer schließt am Ende ab?«

»Ich mache das. Ich schließe abends den Laden ab. Normalerweise ist um elf Schluss, außer freitags und samstags. Am Wochenende haben wir bis zwei offen.« Harley fuhr sich mit der Hand über den Bauch. »Worum geht's überhaupt?«

»Verstehe. Und wer hat gestern abgeschlossen?«

»Das war ich.«

»Hat schon mal jemand anders für Sie den Laden zugeschlossen?«

Harley schüttelte den Kopf. »Nee, nur meine Frau. Aber sie hat das seit mindestens einem Jahr nicht gemacht.«

»Dann nehme ich an, dass auch Ihre Frau Schlüssel zum Restaurant hat?«

»Ja. Was ist hier los?«

»Gibt es sonst noch jemanden, der einen Schlüssel hat?«

»Nein. Oder doch, warten Sie! Walt hat einen Ersatzschlüssel, mit dem hat er vorgestern abgeschlossen.«

»Wer ist Walt, Mr Elliot?«

»Walt Lamb, mein Barkeeper. Ist jemand eingebrochen? Ich dreh ihm den Hals um, wenn sie die Flachbildschirmfernseher geklaut haben.«

»Hat Walt für Sie am Samstag zum ersten Mal den Laden geschlossen?«

»Ja doch, am Samstagabend. Mir ging es nicht gut. Ich dachte, er kriegt das hin. Er ist ein ziemlich guter Barkeeper. Ich hab sechzehn Riesen für die Fernseher ausgegeben, und die wird er mir zurückzahlen, wenn sie ersetzt werden müssen.« Langsam wurde Harley wütend. »Warum stellen Sie mir die ganzen Fragen? Ich muss ein Restaurant führen und …«

»Walt hat also am Samstagabend zugemacht und Sie gestern Abend?«

»Ja! Was zum Teufel ist hier los?«

»Ich habe noch ein paar Fragen zu einer Mitarbeiterin. Wie lange hat Shelbie Saunders für Sie gearbeitet?«

»Shelbie? Mensch, keine Ahnung.« Harley fuhr sich mit der Hand übers Gesicht. »Vielleicht drei Wochen oder so. Warum fragen Sie nach Shelbie? Sie ist wirklich ein nettes Mädchen. Sie würde die Flachbildfernseher nicht klauen.«

»Ist Ihnen jemals etwas Ungewöhnliches oder Komisches an Shelbie aufgefallen?«

»Sie meinen, abgesehen vom Apfelarsch, den der liebe Gott ihr geschenkt hat? Nein, sie ist ein nettes Ding.«

Der Blick des Detectives verengte sich, und Harley merkte zu spät, dass er offenbar etwas Falsches gesagt hatte.

»Ich meine, ob Ihnen aufgefallen ist, dass jemand ihr das Leben schwer gemacht hat. Oder hat sie von Problemen mit ihrem Freund erzählt oder dergleichen?«

Harley zögerte und dachte darüber nach. Er hatte nie mitbekommen, dass Shelbie über einen Freund geredet hätte. Und jeder, der sie kannte, mochte sie auch. »Nee. Ich habe nichts von einem Freund gewusst. Und niemand würde Shelbie das Leben schwer machen, solange ich in der Nähe bin.«

»Oh, und warum ist das so?«

»Ich verstehe echt keinen Spaß, wenn's um meine Engel geht. Jeden Armleuchter, der sie beschimpft oder handgreiflich wird, setze ich vor die Tür.«

»Sie nennen Ihre Angestellten Engel?«

Harley konnte sich das Lächeln nicht verkneifen. Das war ein brillanter Schachzug gewesen, als er seine Mädchen Harley's Engel taufte. »Es ist ein Wortspiel, Detective. Kennen Sie noch die TV-Serie, in der ein paar Mädchen für einen Typ namens Charlie arbeiten? Ich bin Harley, und die Mädchen, die für mich arbeiten, sind wie diese hübschen Puppen. Meine Mädchen sind Harley's Engel. Verstanden?«

»Ich hab's kapiert. Sie haben Ihre ›Engel‹ und beschützen sie.«

»Ganz genau, so ist es!«

»Mr Elliot, es gibt nur ein Problem. Shelbie Saunders wurde letzte Nacht in Ihrer Pizzeria ermordet.«

30 Jade

Jade schaute sich auf dem Parkplatz vor dem Restaurant suchend nach ihrer Partnerin um und fand Maddie nahe der offenen Tür, die in die Pizzeria führte, wo sie in ein Gespräch mit den Mordermittlern vertieft war. Maddies Gesten nach beschrieb sie, wie sie den Tatort bei ihrer Ankunft vorgefunden und was sie getan hatten, als sie hineingegangen waren und die Leiche von Shelbie fanden.

»Ist das Ihre Partnerin?«

Der große Detective, der sich hinter Jade geschlichen hatte, riss sie aus ihrer Beobachtung. »Ja, das ist Maddie Divine. Ich bin Jade Donovan«, sagte sie und reichte ihm die Hand. Sie konnte nicht anders, als zu denken, dass der Mann ohne Probleme als Model durchgehen würde, so gut sah er aus. »Und wer sind Sie?«

»Ich bin Cash McCool, Chef der Mordkommission. Maddie Divine? Ist sie nicht die Witwe von Travis Divine?«, fragte er und schaute etwas interessierter zu Maddie rüber.

Jade nickte. Ihr entging nicht, dass McCool nicht nur

scharfe Klamotten trug, sondern auch ein ziemlich guter Detective sein musste, wenn er Chef der Mordkommission war. »Ja, heute ist ihr erster Tag.«

»Wow. Sie hat ja echt was durchgemacht. Muss eine verdammt starke Frau sein.«

»Ja, denke ich auch.« Jade ging in Richtung Restaurant, und McCool folgte ihr. »Also? Was glauben Sie – wer hat das Mädchen ermordet?«

McCool zuckte mit den Schultern. »Der Typ, dem der Laden gehört, ist ein Schleimscheißer, aber der Barkeeper kommt genauso gut infrage.« Er schaute auf seinen Notizblock. »Haben Sie oder Ihre Partnerin ein Messer oder irgendwas Vergleichbares gesehen, das als Mordwaffe taugen könnte?«

»Nein. Es sei denn, es liegt unter der Leiche«, sagte Jade.

»Da war nichts. Als der Rechtsmediziner eintraf, haben wir sie gleich umgedreht. Fehlanzeige.«

Sie erreichten Maddie und die beiden anderen Detectives. Rasch stellten sie sich einander vor, und Jade entging nicht, wie McCool nicht nur Maddies Hand schüttelte, sondern sich auch den Notizblock unter den Arm klemmte und ihre Hand mit der freien Hand zusätzlich drückte. Es war eine tröstende Geste, und für Jade war sofort klar, dass es mehr mit diesem Mordermittler auf sich haben musste als gutes Aussehen und teure Kleidung.

»Ladys«, sagte McCool, »ich möchte Ihnen beiden danken, dass Sie so schnell vor Ort waren und den Kollegen von der Streife geholfen haben, den Tatort zu sichern.« Er schaute auf die Uhr. »Für Sie beide ist die Schicht fast vorbei. Haben wir für unseren Bericht schon die Angabe Ihrer Einheit und Ihre Dienstnummern vorliegen?«

Maddie und Jade bestätigten dies.

»Ich glaube nicht, dass wir außer Ihren schriftlichen Berichten sonst noch etwas brauchen. Sie können jetzt gehen.« Er schaute die anderen beiden Ermittler an, ob sie noch etwas hinzufügen wollten. Die beiden bedankten sich ebenfalls.

Als Maddie und Jade sich entfernten, hörten sie, wie McCool seine Leute enthusiastisch ansprach.

»Also, Leute. Was haben wir? Wen müssen wir für Befragungen mit aufs Revier nehmen?«

»Das war mal ein spannender erster Tag bei der neuen Division, findest du nicht?«, fragte Jade.

»Ja. Und jeder im Department glaubt, Devonshire wäre ein verschlafenes Nest. Vielleicht war das mal so, ist es aber heute definitiv nicht mehr«, fügte Maddie hinzu.

Sie erreichten ihren Wagen und stiegen ein. »Wir müssen wohl morgen wiederkommen und schauen, ob wir unsere Einbrecher finden. Lass uns zurück ins Revier fahren und unsere schriftlichen Aussagen machen.«

»Klingt nach einem Plan, Partnerin. Nach der Arbeit muss ich nach Hause und meinen Sohn Donnie bei meinem Dad abholen. Es ist wirklich ein Jammer … Sie war so jung. Ich beneide die Jungs von der Mordkommission nicht, die ihre Eltern benachrichtigen müssen.«

»Ja, Todesnachrichten können einem die Seele auffressen. Oh, das hat aber lange gedauert, bis die Medien Wind davon bekommen haben«, sagte Maddie und lenkte den Wagen an dem hellblauen Van eines Nachrichtensenders vorbei.

»Lasset die Spiele beginnen«, sagte Jade und schüttelte den Kopf.

Maddie drückte aufs Gas, um einer Kamera zu entgehen, die direkt in ihren Wagen gerichtet war. Sobald sie in sicherer Entfernung waren, hatte sie aber noch eine Frage. »Wer um alles in der Welt nennt sein Kind Cash McCool?«

31 Blake

Robin Saunders war ein Wrack. Vor wenigen Stunden, als Blake den Anruf seiner Mutter annahm, war sie vollkommen hysterisch gewesen. Niemand hatte von Shelbie gehört, seit sie gestern Nachmittag zur Arbeit gegangen war. Heute Morgen war die ganze Familie aufgestanden und ihren Geschäften nachgegangen in der Annahme, Shelbie sei schon zur Schule gefahren. Aber gegen elf rief die Schule seine Mutter an und sagte, Shelbie sei nicht gekommen.

Die drei Jungs hatten getwittert und über soziale Netzwerke Nachrichten an ihre Freunde geschickt, dass sie versuchten, Shelbie zu finden. Dann stiegen sie in ihre Autos und fuhren herum, wobei sie vor allem die Routen wählten, die ihre Adoptivschwester auf dem Weg zur Schule genommen haben könnte. Sie überprüften auch all die Orte, an denen die Teenager sonst rumhingen, wenn sie die Schule schwänzten.

Blake war schließlich gegen zwanzig vor zwei zu Harley's Hot Pieces gefahren, aber dort war alles verschlossen und weder Shelbie noch sonst jemand zu sehen.

Seine Mutter hatte seinen Dad nicht angerufen, weil sie ihn nicht am Set des Films stören wollte, an dem er gerade arbeitete. Aber gegen drei Uhr hielt sie es nicht länger aus. Eine Dreiviertelstunde später war er zu Hause, und gegen vier Uhr trafen sich alle Familienmitglieder auf dem

Polizeirevier und meldeten Shelbie als vermisst. Während seine Eltern mit den Cops redeten, ging Blake nach draußen und rief Sylvia an. Er hinterließ eine Nachricht auf ihrer Mailbox, dass er das Date wegen eines familiären Notfalls absagen müsse. Er wusste, Sylvia würde deswegen ausrasten, aber da musste sie jetzt durch.

Blake ging zurück in das Polizeigebäude und sah, dass der Polizist am Tresen immer noch den Bericht seiner Eltern aufnahm. Unruhig sagte Blake zu Logan, er sei gleich wieder da, und ließ die Familie im Revier zurück und fuhr nochmals zum Restaurant, weil er sehen wollte, ob seine Schwester wie durch ein Wunder bei der Arbeit aufgetaucht war. Vielleicht hatte sie sich betrunken oder etwas in der Art und hatte deshalb die Schule geschwänzt. Über die Alternativen wollte er lieber nicht nachdenken.

Blake blieb das Herz stehen, als er das Absperrband für einen Tatort und die polizeilichen Aktivitäten vor dem Restaurant sah. Das konnte nichts Gutes heißen. Er parkte rasch seinen Wagen am Straßenrand. Ein Streifenpolizist rief ihm zu, er könne dort nicht parken. Blake duckte sich unter dem Polizeiabsperrband hindurch und sprintete zu der offenen Eingangstür der Pizzeria. Der junge Polizist verfolgte ihn.

Kurz bevor er den Eingang erreichte, trat ein großer, gut gekleideter Mann ihm in den Weg. Blake kam schlitternd zum Stehen wie auch der Cop, der ihn verfolgte. Er packte Blakes Arme.

»Nehmen Sie die Hände hinter den Rücken!«

Blake hörte, wie Handschellen vom Gürtel gelöst wurden, und spürte die stahlharte Kälte an seinen Handgelenken. Doch bevor der Polizist sein Vorhaben zu Ende führen konnte, ergriff der große Mann das Wort.

»Lassen Sie's gut sein, Officer.« Der Mann ließ Blake nicht aus den Augen. »Wer sind Sie, und warum haben Sie es so eilig, hier reinzukommen?«

Der uniformierte Cop nahm Blake die Handschellen wieder ab.

Blakes Stimme war atemlos und zittrig. »Meine … ähm, meine Schwester Shelbie wird vermisst. Sie arbeitet hier und ist gestern Nacht nicht nach Hause gekommen. Meine Eltern und meine beiden Brüder sind drüben auf dem Polizeirevier und melden sie gerade als vermisst. Was ist hier passiert? Sagen Sie mir bitte, dass es nicht Shelbie ist.«

»Wie lautet Ihr Name, Sir?«

»Blake Saunders. Was ist los? Geht es Shelbie gut?«

Der große Mann nickte dem Polizisten zu, der sich umdrehte und wegging. »Mr Saunders, ich bin Detective McCool. Begleiten Sie mich doch bitte.«

Blake wurde zu einem marineblau und braun lackierten Wohnmobil geführt. An der Seite war es mit den Worten »Mobile Einsatzzentrale« beschriftet. Der Detective öffnete die Tür, und Blake stieg ein. Ein uniformierter Cop saß an einem Tisch im hinteren Bereich und spielte mit seinem Handy.

»Geben Sie uns einen Moment«, sagte der Detective. Wortlos stand der Cop auf und ging. McCool wies auf eine Sitzgelegenheit. »Mr Saunders, es tut mir leid, Ihnen mitteilen zu müssen, dass Shelbie tot ist.«

»O mein Gott! Meine Eltern werden verrückt vor Schmerz.« Blake war wie betäubt, doch er war nicht besonders traurig. Aber er wusste, dass er irgendeine sichtbare Reaktion zeigen musste. »Was zum Teufel ist da passiert?«, schrie er und hieb mit der Faust auf ein weißes Bord ein, das hinter dem Tisch montiert war. Das ganze Wohnmobil wackelte.

»Sie sagen, sie geben in diesen Minuten eine Vermisstenanzeige auf?«

Blake nickte. »Auf dem Revier.«

McCool öffnete die Tür und rief nach jemandem. Er redete leise mit demjenigen, ehe er wieder einstieg.

»Wir sorgen dafür, dass Ihre Familie auf dem Revier auf uns wartet. Ich bin hier fast fertig.«

»Wissen sie es schon?«

Der Detective schüttelte den Kopf. »Ich dachte, es wird leichter, wenn Sie und ich es ihnen gemeinsam sagen.«

Blake war wie betäubt. »Ich weiß aber gar nicht, was ich sagen soll. Ich hab doch keine Ahnung, was mit ihr passiert ist.«

»Sie wurde ermordet, Blake. Haben Sie eine Idee, wer Ihrer Schwester etwas antun wollte?«

32 Maddie

Obwohl ich nach dem ersten Tag in der neuen Division seelisch erschöpft war, saß ich wieder mal im Büro meiner Psychiaterin auf dem »Sofa der Wahrheit«. »Wir müssen aufhören, uns so zu treffen.«

Meine Ärztin erwiderte das Lächeln. »Ich glaube, es ist wichtig für uns, weiter über die Probleme und Herausforderungen zu sprechen, denen Sie in letzter Zeit begegnet sind.«

Alle Heiterkeit, die ich empfunden hatte, schwand urplötzlich, und Furcht machte sich stattdessen breit. »Und welchem Problem soll ich mich heute stellen? Geht es wieder um das Toter-Ehemann-Ding, oder wollen wir uns eingehender mit meiner Vergewaltigung befassen?«

Die Ärztin hob die Augenbrauen, doch sie ging nicht auf den herausfordernden Tonfall ein. »Ich dachte, es könnte klug sein, heute mal über den sexuellen Übergriff auf Sie zu sprechen. Es muss schwer für Sie sein, denn jedes Mal, wenn Sie den Fernseher oder das Radio einschalten, geht es in den Nachrichten um den Valley-Vergewaltiger. Als Sie mir von Ihrem Übergriff erzählt haben, geschah das am Ende einer Sitzung. Ich denke mal, das haben Sie mit Absicht getan.«

Ich fuhr mir mit einer Hand durch die Haare. »Ich verstehe einfach nicht, was gut daran sein soll, über ein Ereignis zu sprechen, das vor zwei Jahren stattgefunden hat.«

»Sehen Sie es denn so, Maddie? Denken Sie an Ihre Vergewaltigung als ein Ereignis?«

Ich konnte das verärgerte Seufzen nicht unterdrücken. »Es war eine schreckliche Erfahrung. Eine, die ich liebend gerne vergessen würde.«

»Glauben Sie denn allen Ernstes, Sie können es vergessen, Maddie?«

»Nein, aber das heißt auch nicht, dass ich darüber reden will. Ich würde gar nicht mit Ihnen reden, wenn das Department mich nicht dazu zwingen würde.«

Die Ärztin lächelte schwach. »Dessen bin ich mir bewusst. Warum ist das so?«

Ich stützte den rechten Ellbogen auf die Sofalehne und faltete die Hände vor der Brust. »Ich weiß nicht, wie lange Sie schon für die Polizei arbeiten, Dr. Stevens, aber eigentlich mögen Cops es nicht, mit anderen über ihre Gefühle zu reden. Das geht schon in der Akademie los. In den ersten Wochen geht es für die Ausbilder darum, Sie kleinzumachen – und Sie müssen das einfach hinnehmen. Nicht nur das; Sie verbergen auch Ihre persönliche Meinung, dass Ihr Ausbilder ein Arschloch ist.

Dann kommen Sie von der Akademie und schreiben für so einen Idioten einen Strafzettel, weil er eine rote Ampel missachtet und fast einen anderen Wagen gerammt hat. Dieser feine Bürger erklärt Ihnen, was für ein Stück Scheiße Sie sind und dass er Ihren Lohn bezahlt. Und Sie müssen einfach dastehen und es aushalten.

Danach bekommen Sie einen Funkspruch, wo so eine durchgeknallte Frau ihr Baby beim Freund gelassen hat und der Freund das Kind zu Tode geschüttelt hat. Sie wollen den Scheißkerl umbringen, aber das können Sie nicht. Als Sie ihn festnehmen, grinst er Sie an und erklärt, er wäre ohnehin in ein oder zwei Jahren wieder raus. Und Sie wissen, dass er recht hat. Und auch das müssen Sie einfach hinnehmen.« Ich rutschte nach vorne. »Also, Dr. Stevens, wenn Sie sich fragen, warum ich nicht mit Ihnen reden will, liegt das an den vielen Jahren, in denen ich alles ›ausgehalten‹ habe und verbergen musste, was ich wirklich denke. Ich wurde darauf konditioniert, *nichts* zu zeigen.« Ich senkte meine Stimme zu einem Flüstern. »Und das tue ich.«

Einen Moment war ich nicht sicher, ob die Ärztin schwieg, weil sie über meine Worte nachdachte oder weil sie warten wollte, bis ich mich ein bisschen beruhigt hatte.

»Okay, Maddie. Ich verstehe. Aber eines sollten Sie wissen. *Hier* sind Sie sicher und brauchen Ihre Gefühle nicht zu verstecken oder irgendwas auszuhalten. Sie können ruhig alles rauslassen, und ich bin hier, um Ihnen zu helfen, mit diesen Gefühlen klarzukommen.«

»Ich bin einfach nicht der Typ, der in kuscheliger Atmosphäre seine Gefühle zeigt.«

»Aber wollen Sie's nicht wenigstens versuchen?«

Ich komme nie hier raus, solange ich ihr nicht gebe, was sie will. Also nickte ich.

»Okay, Sie haben mir von Ihrem Angriff erzählt.«

»Seit ich vergewaltigt wurde, habe ich die Vergewaltigungen im Valley im Auge behalten. Direkt nach meinem Angriff kam es noch zu zwei weiteren Fällen, von denen ich glaube, sie wurden vom selben mutmaßlichen Täter verübt. Doch dann hörten sie eine Zeit lang auf und gingen danach wieder los. Ich trage diese Schuld jeden Tag mit mir herum, aber es gibt nichts, das ich jetzt noch dagegen tun könnte. Wenn ich Anzeige erstatten wollte, hätte ich das damals tun müssen. Aber wissen Sie, was aus meinem Ruf als Ermittlerin geworden wäre, wenn ich vor aller Welt verkündet hätte, dass ich in meinem eigenen Haus vergewaltigt wurde? Ich, eine angesehene Polizistin vom LAPD und Ehefrau eines SWAT-Offiziers?«

»Sie wollen also sagen, Ihr Beruf und Travis' Stellung hätten Einfluss auf die Entscheidung gehabt, ob Sie das Verbrechen melden wollten oder nicht?«

»Nein! Die ganze Sache ist einfach nur extrem beschämend.«

Stille erfüllte den Raum. Ich konnte schon wieder diese verdammte Uhr auf ihrem Schreibtisch ticken hören. Wir saßen bestimmt eine ganze Minute so, obwohl es mir eher wie zehn vorkam.

Ihre Stimme klang weicher, als sie schließlich sprach. »Maddie, ich möchte, dass Sie mir erzählen, was damals mit Ihnen passiert ist. Was Sie auch sagen, bei mir ist es sicher.«

Ich wollte das nicht noch einmal durchmachen. Weder für meine Psychiaterin noch für sonst jemanden. Aber allein ihre Frage ließ die verheerenden Erinnerungen wieder hochkommen. Sie saß mir gegenüber und beobachtete mich. Sah meinen inneren Kampf darum, die Kontrolle über eines der schlimmsten Dinge zu behalten, die mir je passiert waren.

»War es tagsüber oder nachts?«, fragte sie leise.

»Es war Abend, im Frühherbst. Der Tag war ungewöhnlich warm ... Indian Summer. Es war nach der Zeitumstellung, darum wurde es abends früh dunkel. Ich kam von der Arbeit nach Hause und wollte noch laufen gehen, bevor die Sonne ganz weg war. Mir blieb nicht viel Zeit, ich hatte es eilig ...« Ich verstummte, weil ich nicht weiterreden wollte.

»Reden Sie weiter.«

Ich brauchte etwas, worauf ich mich konzentrieren konnte, während ich die ganze Geschichte erzählte. Die Ärztin wollte ich nicht ansehen, weil ich ihrem Mitleid, ihrem Abscheu und ihrer Enttäuschung entgehen wollte. Enttäuschung, weil ich, obwohl ich dazu ausgebildet war, zu dienen und zu beschützen, nicht mal in der Lage war, mich selbst zu beschützen.

Tick, tick, tick. Die Uhr. Dort schaute ich hin. Selbst aus der Entfernung konnte ich sehen, wie der Sekundenzeiger mit jedem Ticken vorrückte. Ich überlegte, wie oft er wohl die Uhr umrunden würde, bis meine Geschichte erzählt war. Dauerte es fünf Minuten oder eher zwanzig?

»Ich fuhr in die Garage wie immer. Dann ging ich durch die Tür, die von der Garage ins Haus führt. Travis hatte Nachtschicht, sodass ich meist vier Stunden, nachdem er weg war, heimkam.

Ich zog meine Sachen schon auf dem Weg aus, und kaum hatte ich unser Schlafzimmer betreten, bekam ich einen Schlag auf den Hinterkopf mit einem stumpfen Gegenstand. Ich fiel um wie ein Sack Kartoffeln.«

»Haben Sie das Bewusstsein verloren?«

Ich nickte. »Als ich aufwachte, war ich nackt, und meine Arme waren an das Bett gefesselt, und das Arschloch war gerade dabei, mein linkes Bein ebenfalls zu fesseln. Er hatte mich geknebelt und saß rittlings auf meinem Bein. Ein riesiger Kerl. Ich habe mit dem rechten Bein nach seinem rechten Ohr getreten. Das hat ihn überrascht, doch er hat nicht mal innegehalten. Er trug eine Skimaske mit Löchern für Augen und Mund. Ich konnte sehen, dass er weiß war. Ich wollte ihm unbedingt die Maske runterreißen, damit ich ihn später identifizieren konnte.«

Ich hielt den Blick auf den Sekundenzeiger gerichtet. Fast drei Minuten waren rum. Drei Minuten, nach denen mir nun endlich die Tränen kamen.

»Er hat mich mit gespreizten Gliedmaßen fixiert. Dann stand er am Fußende des Betts und sah mich an. Das kam mir ewig vor.« Ich schaute die Ärztin an. Sie beobachtete mich ungerührt. Ich fuhr fort: »Dann sagte er: ›Halt's Maul, Schlampe. Ich sage, wo's langgeht.‹

Dann öffnete er seine Hose und zog sie runter. Einen Schuh hatte er wohl ausgezogen, denn er zog ein Bein komplett aus der Hose. Dann kam er aufs Bett und saß rittlings auf mir. Er hat mich nicht sofort vergewaltigt. Er fing damit an, mich ins Gesicht zu schlagen. Erst mit der flachen Hand, und als ich das ganz gut hinnahm, prügelte er mit der Faust auf mich ein. Das hat ihn erregt und er … er … drang in mich ein. Ich bin sicher, dass ich spätestens da unter Schock stand. Ich konnte nur daran denken, dass das nicht mir passierte und dass ich unbedingt eine Pistole in der Hand halten wollte.«

»Während er Sie schlug – haben Sie da das Bewusstsein verloren?«

»Nein, aber ich war ziemlich hinüber. Er hat mich noch mindestens zweimal bestiegen. Er schien es nicht eilig zu haben oder zu fürchten, dass jemand anders nach Hause kommen könnte. Als er ging, lag ich da und weinte. Er hatte mir ein paar Zähne abgebrochen, und ich konnte mich nicht bewegen. Ich schämte mich so sehr, weil Travis irgendwann nach Hause kommen und mich so finden würde.«

»Und was geschah, als Travis nach Hause kam?«

Die Erinnerung daran, wie mein Mann mich gefesselt und missbraucht auffand, war das Schlimmste.

»Ich hörte Travis nach Hause kommen. Er muss sofort gespürt haben, dass irgendwas nicht stimmte. Er rief nach mir und kam dann direkt ins Schlafzimmer. Als er das Licht einschaltete, war seine Miene so … so …«

»Wie, Maddie? Wie sah Travis' Gesicht aus?«

Ich bedeckte das Gesicht mit beiden Händen. »Vernichtet. Mein Mann sah vernichtet aus.« Ich legte die Hände wieder in den Schoß. »Er nahm den Knebel aus meinem Mund und löste die Fesseln, dann wollte er ans Telefon und Hilfe rufen. Ich schrie ihn an, das Telefon wegzulegen. Ich würde nicht zulassen, dass Kollegen mich so zugerichtet sahen und erfuhren, was passiert war.

Travis wollte einen Rettungswagen rufen, und auch das verbot ich ihm. Ich behauptete, ich würde eine Aussage machen, aber ich würde nicht ins Krankenhaus gehen.«

»Wie hat er das aufgenommen?«

»Nicht gut.«

»Und wie haben Sie ihn überzeugt, Ihre Wünsche zu befolgen?«

»Ich habe ihm gesagt, ich würde mich umbringen, wenn er jemals einer Menschenseele davon erzählte.«

33 Cash

Am Montagabend ging es im Revier zu wie im Bienenstock. Es war nicht nur Zeit des Schichtwechsels, bei dem die Kollegen von der Tagesschicht nach Hause gingen und die von der Nachtschicht rausfuhren. Es waren auch überall Zeugen für die Mordermittlung von Cashs Einheit untergebracht. Jemand musste sich um die Zivilpersonen kümmern, die auf alle möglichen Verhörräume, die Kantine und den Empfangsbereich der Detectives verteilt waren. Zeugen mussten voneinander getrennt gehalten werden, damit sie nicht über das redeten, was sie wussten oder glaubten zu wissen, und so die Erinnerungen der anderen verfälschten.

Cash hatte Polizisten vom Zwischendienst abgestellt, die sich als Babysitter betätigten. Das bedeutete, dass die Jungs von der Nachtschicht, die gerade erst ihren Dienst antraten, in den kommenden Stunden besonders damit beschäftigt sein würden, den Funk zu überwachen.

Cash kam gerade von der Herrentoilette und sah sich einem großen, breitbrüstigen Sergeant gegenüber, der vor dem Waffenraum stand.

»Hey, wie lange wollen Sie meinen Zwischendienst noch als Babysitter missbrauchen?«, wollte der Sergeant wissen.

»Detective Cash McCool. Und Sie sind?«

»Zak Murdock.«

Cash blickte zu den Streifenpolizisten, die die Ausrüstung für ihre Schicht zugeteilt bekamen und überprüften. »Ich versuche, die Befragungen so schnell wie möglich abzuwickeln. Als Erstes muss ich die Familie über den Tod der sechzehnjährigen Tochter informieren. Es sei denn, Sie möchten das machen.«

Der Sergeant schniefte herablassend. »Nee, aber meine Nachtschicht wird da draußen ganz schön beansprucht. Sie haben alle Einheiten vom Zwischendienst für die Beobachtung Ihrer Zeugen abgestellt.«

»Ich schicke Ihre Jungs so schnell wie möglich wieder raus. Bis dahin könnten ja auch *Sie* mal den ein oder anderen Funkspruch annehmen. Ich bin sicher, diese breiten Streifen auf Ihren Ärmeln haben Ihnen nicht die richtige Polizeiarbeit ausgetrieben.«

Bevor der bullige Cop antworten konnte, drehte Cash sich auf dem Absatz um und ließ ihn stehen. Er musste der Saunders-Familie mitteilen, dass Shelbie nie mehr nach Hause kommen würde.

Auf dem Weg durch das Morddezernat sammelte er Blake Saunders ein, der in einem der Bürowürfel hockte und ins Leere starrte. Der Polizist, der neben ihm saß, las eine Sportseite im Internet.

»Officer, Sie sind entlassen und können wieder auf Streife gehen. Wo ist Ihre Partnerin?«

»In der Lobby bei der Familie des Opfers.«

»Okay, ich lasse Ihre Partnerin auch gehen. Melden Sie sich beide bei Sergeant Murdock zurück.«

»Machen wir«, sagte er und verließ eilig den Raum.

Cash wandte sich an Blake. »Bereit?«

Tiefe Furchen zwischen den Brauen und die teigige

Gesichtsfarbe zeigten ziemlich deutlich die Verunsicherung des jungen Mannes.

Verdien damit mal dein Geld, Junge. Leichter wird das nie. Es war nicht so, dass Cash allen Ernstes dachte, Blake Saunders könne bei der Benachrichtigung seiner Familie aktiv helfen. Er hatte den jungen Mann von der Familie getrennt, damit er es ihnen nicht schon früher mitteilte.

Sie betraten die Lobby. Cash folgte Blake. Die Männer in der Familie waren alle hochgewachsen, während die Mutter wie ihre verstorbene Tochter zierlich wirkte. Sie saßen auf einer harten Holzbank, die sich an einer Seite des Raums erstreckte.

Die Mutter sprang sofort auf. »Blake! Wo hast du gesteckt? Hast du sie gefunden?«

Cash kannte diese schrille Verzweiflung. Die Familie wusste vermutlich, dass Shelbie tot war, aber solange es ihnen niemand offiziell mitteilte, mussten sie es auch nicht glauben.

Blake schüttelte den Kopf. »Setz dich, Mom«, sagte er leise und zwängte sich neben sie auf die Bank.

Cash trat zu den Eltern und ging vor ihnen in die Hocke. Er nahm jeweils die Hand eines Elternteils in seine. Er wusste, damit ging er ein Risiko ein, denn manchmal wollten die Familien »den Boten umbringen«. Doch bisher hatte er sich selten bei der Einschätzung einer Familie getäuscht.

»Mr und Mrs Saunders, es gibt wohl keinen einfachen Weg, es Ihnen zu sagen. Ihre Tochter Shelbie ist tot.« Für eine winzige Sekunde waren alle stumm. Dann schien die ganze Familie vor seinen Augen in sich zusammenzufallen.

»Oh, Steven«, sagte die Mutter. Sie entzog Cash die Hand und vergrub das Gesicht an der Brust ihres Mannes.

»Was ist passiert?«, fragte der Vater ruhig.

Cash stand auf und machte ein paar Schritte nach hinten. Er lehnte nun an dem langen Tresen und behielt die ganze Familie im Blick. »Sie wurde ermordet. Alle Hinweise deuten darauf hin, dass das Verbrechen dort verübt wurde, wo man sie fand – in dem Restaurant, in dem sie gearbeitet hat.«

»Ich *wusste*, wir hätten sie den Job nicht machen lassen dürfen«, heulte die Mutter an der Brust ihres Mannes.

»Psst, Robin, ruhig«, sagte der Mann und tätschelte ihre Haare.

Cash beobachtete die Jungs, die alle in ihre eigenen Gedanken vertieft waren.

Der größte von ihnen ergriff das Wort. »Was ist mit ihr passiert?«

Das war der Moment, in dem Cashs Job schwierig wurde. Er musste ihnen die Wahrheit sagen, ohne Details preiszugeben, die nur der Mörder wissen konnte, und ohne ihren Gemütern einen Schock fürs Leben zu verpassen. »Sie wurde erstochen. Es sieht nicht nach einem Einbruch oder Raubüberfall aus.«

»Wurde sie … angegriffen?«, fragte der Vater.

Cash wusste, was er wissen wollte. »Das kann ich nicht sicher sagen, bis wir die Untersuchungsergebnisse haben, aber es sieht nicht danach aus.«

Die Mutter hob den Kopf und sah ihn an. »Aber warum? Warum sollte jemand unser wunderschönes, kleines Mädchen ermorden?«, krächzte Robin Saunders.

»Ma'am, zu diesem Zeitpunkt habe ich darauf keine Antwort. Aber ich verspreche Ihnen, ich werde es mir persönlich zur Aufgabe machen, es herauszufinden.«

34 Harley

Harley steckte richtig tief in der Scheiße, und das wusste er. Sein Restaurant war nicht nur der Tatort eines Verbrechens, er war auch von ein paar Polizisten aufs Revier gebracht worden, die unterwegs kein Wort mit ihm gesprochen hatten. McCool, dieser große Detective, hatte ihn gefragt, ob er bereit sei, mitzukommen und ein paar weitere Fragen zu beantworten. Harley hatte nicht unkooperativ erscheinen wollen, weshalb er damit einverstanden war. Diese Entscheidung bereute er jetzt.

Man hatte ihm keine Handschellen angelegt oder dergleichen, aber als die beiden Polizisten ihn durch die Hintertür ins Revier brachten, schauten ihn andere Officer misstrauisch an. In einiger Entfernung beobachtete er, wie Mindy eine Treppe hinaufgeleitet wurde. Sie sah ihn nicht.

Er wurde in einen großen Raum mit vielen Bürowürfeln geführt. Die Polizisten bahnten sich schweigend und wie Mäuse im Labyrinth einen Weg durch den Raum und setzten ihn in einen kleineren Raum, der kaum größer als sechs Quadratmeter war. Ein Cop blieb vor der Tür stehen, und der andere verschwand.

Harley wollte seine Frau anrufen und ihr sagen, wo er war, aber sie baten ihn, lieber keine Anrufe zu machen.

Plötzlich stand McCool im Raum und schickte den anderen Polizisten raus; der wirkte erleichtert, dass er gehen durfte. Harley wollte mit ihm gehen.

»Okay, Mr Elliot, dann wollen wir mal. Tut mir leid, dass Sie so lange warten mussten. Es ist nur eine Formsache, aber ich muss Sie über Ihre Rechte aufklären. Ich brauche eine hörbare Antwort von Ihnen. Kein Kopfschütteln. Klar so weit?«

Harley nickte.

McCool verlas den Text, den Harley gefühlt schon eine Million Mal in Filmen und Fernsehserien gehört hatte – über sein Recht zu schweigen und auf einen Anwalt an seiner Seite. Darüber dachte er kurz nach, doch dann verwarf er den Gedanken. Wenn er einen Anwalt verlangte, sähe das so aus, als hätte er etwas zu verbergen. Was ja auch stimmte. Aber wie wahrscheinlich war es, dass sie herausfanden, was gestern Nacht passiert war?

Sobald die Formalitäten erledigt waren, kam der Detective gleich zur Sache und stellte Harley viele Fragen, die er ihm schon zuvor gestellt hatte. Wie viele Angestellte er hatte, wann das Restaurant geöffnet war und wer abends abschloss.

»Gut, Mr Elliot. Sie haben gestern, also Sonntagabend, das Restaurant abgeschlossen. War zu dem Zeitpunkt sonst noch jemand dort?«

Harley schüttelte den Kopf. »Nee, die Angestellten waren da schon weg. Wissen Sie, ich arbeite sieben Tage die Woche. Ich hatte schon ewig keinen Tag mehr frei. Als meine Frau noch mitgearbeitet hat, war es nicht so schlimm, da bekam ich gelegentlich einen Tag frei. Aber nach der Geburt des dritten Babys hat sie mir rundheraus gesagt, dass sie nicht mehr im Restaurant arbeitet.«

»Das ist ein ziemlich straffer Zeitplan.«

Harley nickte und zuckte gleichzeitig mit den Schultern. »Ich habe mich daran gewöhnt.«

»Sie sind also in Ihren Van gestiegen. Wohin sind Sie dann gefahren?«

»Zu dem 24-Stunden-Supermarkt an der Chatsworth, Ecke Balboa. Ich habe ein Bier gekauft.«

»Okay, was haben Sie dann gemacht?«

»Bin wieder gefahren, hab in einer Seitenstraße geparkt und mir ein paar Bier genehmigt.«

»In welcher Seitenstraße? Können Sie mich dort hinführen?«

»Nee, ich weiß nicht mehr, wo das war.«

»Wie viele Minuten sind Sie gefahren, nachdem Sie das Bier gekauft hatten? Zwei, zehn, dreißig?«

Harley wusste nicht, was er sagen sollte. Aber dann besann er sich darauf, seine Geschichte möglichst einfach zu halten. »Hmmm, so zwischen drei und fünf Minuten.« Er beobachtete, wie der Detective noch etwas auf den gelben Notizblock kritzelte, den er offenbar überall dabeihatte.

»Okay. Was haben Sie dann gemacht?«

Harley zwang sich, verlegen zu wirken. »Ich muss ein paar mehr Bier gehabt haben als gedacht, denn als Nächstes erinnere ich mich, wie ich das Bewusstsein verlor. Ich bin erst gegen fünf aufgewacht und sofort nach Hause gefahren.«

»Hat jemand mit Ihnen zusammen getrunken?«

»Äh, nein. Ich war ganz allein. Seit ich verheiratet bin, habe ich nie Zeit für mich.«

»Verstehe. Mr Elliot, würde es Ihnen etwas ausmachen, die Hände auszustrecken?«

Harleys Gesicht wurde knallrot, und sofort brach ihm der Schweiß aus allen Poren, und das Herz hämmerte ihm in der Brust. »Meine Hände? Wieso?«

»Ich will nur sehen, ob Sie irgendwelche Verletzungen haben.«

Harleys Blick schoss zu seinen Händen. War an ihnen irgendwas Verdächtiges? Verwundert stellte er fest, dass da nichts war. Am liebsten wäre er aufgesprungen und hätte getanzt. Er streckte McCool die Hände entgegen.

»Drehen Sie sie bitte um.«

Harley gehorchte, wobei sein Herzschlag sich beruhigte und sein Gesicht wieder die normale Färbung annahm. »Nichts zu sehen«, sagte er stolz und drehte die Hände hin und her, damit der Detective sie betrachten konnte.

»Okay. Macht es Ihnen etwas aus, das Hemd auszuziehen?«

35 Maddie

Die Sonne stieg über die Hügel, als ich auf den Parkplatz des Reviers fuhr. Tag zwei in Devonshire, und ich war jetzt schon völlig erledigt. Ich hatte nicht besonders gut geschlafen. Immer wieder wachte ich aus Albträumen auf, in denen es um meine Vergewaltigung ging. Das war der Grund, warum ich schon vor Langem gelernt hatte, nicht an diese Attacke zu denken oder darüber zu grübeln. »Blöde Ärztin«, murmelte ich und bog in eine Parklücke ein.

Als ich aus dem Wagen stieg, entdeckte ich Jades eisblauen SUV, der in der nächsten Reihe parkte. Die Fahrertür ging gerade auf, und meine Partnerin stieg aus.

»Das nenne ich mal gutes Timing!«, rief sie fröhlich.

»Was ist so gut daran?«

»Komm schon, Maddie. Wir wollen den Tag nicht mit schlechter Laune beginnen. Was ist los?«

Ich winkte verärgert ab. Wir gingen Seite an Seite zum Revier. »Nichts. Hab nicht gut geschlafen.« Jace sollte nicht wissen, dass sie mit einer Verrückten zusammenarbeitete. Darum verschwieg ich ihr, dass ich am Vorabend einen Besuch von zwei Detectives aus Van Nuys bekommen hatte, die mehr über meine Verfolgungsjagd des Mannes mit der Skimaske wissen wollten. Ich hatte ihnen alles erzählt, was ich wusste, obwohl das nicht besonders viel war. Zumindest glaubten sie mir meine Story.

»Tut mir leid, das zu hören. Aber ich habe gute Neuigkeiten. Was glaubst du, ist in diesen Taschen?«, fragte sie und hob beide Arme. In den Händen trug sie Leinenbeutel.

»Unsere ersten Pensionszahlungen?«

»Sehr witzig.«

Ich sperrte die Tür für sie auf, weil sie ja beide Hände voll hatte.

»Okay, ich geb's auf. Was ist in den Taschen, Partnerin?«

»Donnie und ich haben gestern Abend Mini-Zimtschnecken gebacken. Wir haben genug für alle Detectives und sogar für die Streife gemacht.« Sie senkte die Stimme zu einem Flüstern. »Aber ich habe für uns einen geheimen Vorrat beiseitegeschafft.«

»Was denn, bist du auch noch die perfekte Hausfrau?«

»Nein. Mein Wahnsinn hat Methode. Ich dachte, wir sollten eine kleine Belohnung haben, wenn wir die Einbruchdiebstähle von gestern durchgehen. Wir können prüfen, welche Viertel zuletzt betroffen waren, und können danach rausfahren.«

Eines musste ich meiner Partnerin lassen: Sie dachte mit. »Hast du Darius auch was Gebackenes mitgebracht, als ihr zusammengearbeitet habt?«

Jade grinste breit und wirkte fast verlegen. »Was soll ich sagen? Er liebte meine Blaubeermuffins.«

Ich schüttelte den Kopf und setzte mich an meinen Schreibtisch. »Vermutlich war er weniger hinter deinen Blaubeermuffins her.«

»Sei nicht albern, Maddie. Mac und er sind gut miteinander ausgekommen.«

Ich nickte nur und verdrehte gleichzeitig die Augen. »Willst du einen Becher Kaffee?«

»Ja, das wäre toll. Ich nehme ihn mit Milch.«

Ich ging quer durch den Raum und wurde dabei fast von Cash McCool über den Haufen gerannt, der aus dem Großraumbüro der Mordkommission kam.

»Hey«, sagte er. »Wie geht's?«

»Gut. Sind Sie die ganze Nacht hier gewesen?«, fragte ich, denn er trug dasselbe wie gestern.

Er nickte.

»Sie müssen völlig erledigt sein. Ich lade Sie zu einem Kaffee ein«, sagte ich und zeigte zu dem Wandschrank, der zu einer Kaffeebar mit zusätzlicher Mikrowelle umgebaut worden war.

»Ich habe eine bessere Idee. Ich kaufe *Ihnen* einen Kaffee, aber nicht diese Revierplörre. Kommen Sie.«

»Oh, das geht gerade nicht. Ich bin eben erst gekommen, und Jade wartet auf ihren Kaffee.«

»Hey, Jade«, rief Cash quer durch den überfüllten Raum. Einige andere Detectives schauten von ihren Berichten auf und starrten ihn an. »Ich gehe mit Ihrer Partnerin los, wir holen Ihnen einen anständigen Kaffee. Sind gleich wieder da.«

Jade, die schon am Telefon hing, nickte und lächelte mir zu. Sie reckte den Daumen nach oben und machte dann eine scheuchende Handbewegung, dass wir uns verkrümeln sollten.

»Kommen Sie, Doc. Wir können«, sagte McCool.

»Wie haben Sie mich genannt?«

»Doc.« Er grinste. »Die Initialen für Maddie Divine, verstehen Sie? M. D. – Medizinischer Doktor. Darum sind Sie für mich Doc.«

Ich spürte die Blicke der Kollegen auf uns ruhen, als wir durch den Raum gingen. »Mussten Sie denn unbedingt jedem mitteilen, dass wir Kaffee holen? Sie haben gerade einen ziemlichen Wirbel veranstaltet.«

»Nehmen Sie's locker, Doc. Das Leben ist zu kurz, um sich wegen Kleinigkeiten ins Hemd zu machen.«

36 Blake

Blake Saunders lag im Bett und hörte, wie seine Eltern in ihrem Schlafzimmer weinten. Sobald die Familie gestern Abend vom Polizeirevier nach Hause gekommen war, hatte sein Dad seinen Bruder Jack angerufen, der sich sofort aus den Hollywood Hills auf den Weg zu ihnen gemacht hatte.

Onkel Jack war über Nacht bei ihnen geblieben und stand jetzt unter der Dusche. Blake war ihm vor einer halben Stunde in der Küche über den Weg gelaufen. Sein Onkel sagte, er werde einige Anrufe für Blakes Eltern erledigen und ihnen bei den Vorbereitungen helfen, sobald er aus der Dusche kam.

Blake schlüpfte aus dem Bett und ging in Shelbies Zimmer. Dabei kam er an Logans Zimmer vorbei und hörte durch die geschlossene Tür das lästige Schnarchen seines Bruders. Jeremys Tür war ebenfalls zu, aber aus dem Raum war kein Geräusch zu hören.

Er fragte sich oft, wie drei Söhne derselben Eltern so unterschiedlich sein konnten. Sie hatten alle die große Statur des Vaters geerbt und überragten ihn sogar. Während Blake gut aussah und schlau war, war Logan ein hitzköpfiger Aufschneider, der sich durchs Leben treiben ließ. Er reagierte immer nur auf das, was geschah, und übernahm nie Verantwortung. Wenn Blake nicht letztes Jahr bei Logans Fehltritt eingegriffen hätte, säße sein Bruder jetzt im Gefängnis. Natürlich hatte Blake die Situation als Druckmittel benutzt, damit sein Bruder ihm bei seinem idiotensicheren Plan half.

Blakes jüngster Bruder Jeremy war schon immer ein lebhaftes Kind gewesen, aber nach einem Skandal und der anschließenden Gerichtsverhandlung war er introvertierter. Blake dachte oft, dass Jeremy vermutlich genauso klug war wie er, doch es fehlte ihm an Selbstbewusstsein, um etwas aus seinem Leben zu machen. Blake verstand, warum sein jüngerer Bruder den Wunsch verspürte, möglichst wenig aufzufallen – danach strebte nämlich die ganze Familie. Aber Blake verstand nicht, warum Jeremy in allen Dingen so *schlaff* war. Er machte sich ständig Sorgen und versuchte nicht mal mehr, sich gegen die verbalen Spitzen von Logan oder sonst wem zu wehren.

Shelbies Zimmer lag am anderen Ende des Flurs. Wie alle anderen war auch diese Tür geschlossen. Er legte die Hand auf den Türknauf und zögerte. Dann öffnete er die Tür.

Shelbies Zimmer war nicht das eines typischen Teenagers. An den Wänden hingen nicht die Poster ihres neuesten Schwarms. Die Wände waren schlicht braun gestrichen – kein Zuckerwatterosa oder feuriges Rot für seine Adoptivschwester. Das Doppelbett war ordentlich gemacht, mit einer türkisfarbenen Überdecke und braunen Zierkissen. Zusammen mit den dunkelbraunen Möbeln aus Walnussholz hätte es ein Zimmer in jedem Fünf-Sterne-Hotel sein können.

Sie hatte den Raum immer sauber gehalten. Aber heute fiel Blake zum ersten Mal auf, dass es im Zimmer seiner Schwester absolut nichts Persönliches gab. Keine Preise, keine Fotos von Shelbie und ihren Freundinnen, wie sie herumalberten, nicht mal ein Stofftier aus ihrer Kindheit. Plötzlich kam ihm in den Sinn, dass er Shelbie gar nicht kannte – nun, abgesehen von der Tatsache, dass er ihr erster Liebhaber gewesen war.

Er hatte sofort in der Woche angefangen, sich an sie ranzumachen, in der sie einzog. Sie war dreizehn, sah aber fünf Jahre älter aus, und er war fast sechsundzwanzig. Er hatte mit ihr bei jeder sich bietenden Gelegenheit geflirtet, wenn sie allein waren. Und nach anfänglichem Widerstand hatte sich ihr erblühendes Teenagerherz für ihn geöffnet. Drei Monate später war es ihm irgendwie gelungen, den Rest der Familie aus dem Haus zu bekommen.

Er hatte Shelbie mit einem billigen Wein bearbeitet, und das Nächste, woran er sich erinnerte, war Shelbie, die ihn anflehte, sie zu küssen. Und kurz darauf steckte sein Schwanz in der engsten, weichsten und nassesten Muschi, die er sich überhaupt vorstellen konnte. Danach hatte er ihr erklärt, sie dürften das nie wieder tun. Und wenn sie irgendwem erzählte, was sie getan hatten, würden seine Eltern sie für eine Irre halten und ins Waisenhaus schicken.

Sie hatte geweint und gerufen: »Ich dachte, du hast gesagt, du liebst mich!«

»Das tue ich auch, aber von nun an muss es wie bei Bruder und Schwester sein zwischen uns. Die Leute würden unsere Liebe nicht verstehen. Ich werde dich wissen lassen, wenn du den richtigen Mann triffst. Einen, der gut genug ist für dich. Du kannst meinem Urteil vertrauen.«

Blake hörte, wie die Dusche im Gästebadezimmer abgedreht wurde. Ein letzter, rascher Blick durchs Zimmer, das das Leben seiner Adoptivschwester repräsentierte. »Scheiße, dass du tot bist, Shelbie«, flüsterte er. Mit diesen Worten schloss er die Tür und eilte den Flur entlang. Er wollte die ganze Sache einfach nur hinter sich lassen.

37 Cash

Früh am Dienstagmorgen wartete Cash McCool geduldig hinter dem Lenkrad seines Dienstwagens, einem Crown Vic, während vor ihm ein Wagen nach dem anderen zu dem Schalter des Cup-o'-Joe-Kaffeekiosks am Reseda Boulevard vorrückte. In der Nähe des Campus der Cal State University in Northridge gelegen, machte der Laden während des Semesters ein Bombengeschäft. Obwohl die Schlange vor ihm lang war, genoss Cash es, denn so konnte er Zeit mit Maddie verbringen.

Er wandte sich an seine Beifahrerin. »Also, Doc. Haben Sie hier schon mal Kaffee gekauft?«

»Ich wünschte, Sie würden mich nicht so nennen. Mein Name ist Maddie. Und nein, ich wusste nicht, dass es diesen Laden gibt.«

Er lachte. »Wenn Sie die wirklich tollen Kaffeeläden in der Stadt kennenlernen wollen, sollten Sie mit den Mordermittlern abhängen. Wir gehen oft auf dem Zahnfleisch, darum wissen wir, wo die *echten* Kaffeebuden sind, wo es den Sud gibt, der einen unter Strom setzt.«

»Ich habe keine Ahnung, wie Sie das schaffen. Sie arbeiten jetzt seit vierundzwanzig Stunden, obwohl man Ihnen nicht ansieht, dass Sie schon so lange dieselben Klamotten tragen«, sagte sie und musterte ihn bewundernd. »Sie sehen immer noch frisch aus.«

»Ich bin immer frisch, Doc«, sagte er und zwinkerte ihr zu. Er kam langsam an sie ran. Doch es war ihr schweres Seufzen, das ihn irritierte. Er wusste nicht mal, warum er mit ihr flirtete. Sie war nicht nur nicht sein Typ, er ging auch nie mit Frauen aus, mit denen er zusammenarbeitete. Außerdem war sie noch nicht besonders lange verwitwet. Trotzdem fühlte er sich veranlasst, ihr ein Lächeln aufs Gesicht zu zaubern.

»Dann stehen Sie in dem Mordfall kurz vor einer Verhaftung?«

Er ließ das Auto eine weitere Wagenlänge vorrollen und schüttelte den Kopf. »Mitnichten. Ich denke, die Gerichtsmedizin wird eine große Rolle spielen. Ich habe einen meiner Jungs zur Autopsie geschickt. Wir hoffen außerdem auf Hinweise bei den Überwachungskameras der umliegenden Geschäfte.« Er wandte sich ihr direkt zu. »Können Sie glauben, dass heutzutage ein Restaurant mit Bar keine Kameras hat? Was für ein Idiot führt denn so einen Laden?«

»Offenbar der Besitzer von Harley's Hot Pieces.«

»Nun, Mr Harley Elliot steckt jedenfalls richtig in Schwierigkeiten. Er hat ein schwachsinniges Alibi, und als ich ihn fragte, ob ich seine Arme sehen dürfe, waren diese mit

Kratzern und Schürfwunden übersät. Seine Hände waren nicht so übel zugerichtet, obwohl es schwer einzuschätzen war, ob seine Knöchel vom Trinken oder von einem Kampf so geschwollen waren.«

»Klingt vielversprechend.«

»Ich habe meinen Partner auf einen Durchsuchungsbeschluss für seinen Wagen, seine Computer und das Handy angesetzt.« Er zückte seine Geldbörse und zog ein paar Scheine hervor. »Aber ich habe keine Ahnung, ob das zu ihm passt. Er genießt die Aufmerksamkeit seiner jungen Mitarbeiterinnen.«

»Vielleicht hat er ihr Avancen gemacht, und sie hat ihn abgewiesen, woraufhin er sauer wurde und sie ermordet hat.«

»Ich habe einfach nicht das Gefühl, dass es passt«, sagte Cash. »Er verbirgt etwas, aber Mord ist es nicht. Außerdem habe ich erfahren, dass Shelbie gar nicht die Tochter der Saunders war. Sie gehörte zur besten Freundin von Robin Saunders. Vielleicht haben Sie den Namen schon mal gehört. Lacey Dunn war offenbar eine Schauspielerin im Reality TV und wurde vor drei Jahren von einem verrückten Fan vor einer Bar in New York erschossen.«

Maddie zuckte mit den Schultern. »Ich erinnere mich vage an so einen Fall.«

»Es gab sonst keine Familie, darum haben die Saunders sie adoptiert. Dadurch bekommt der Fall eine ganz neue Wendung … Vielleicht war jemand in der Familie nicht besonders erpicht darauf, ein neues Familienmitglied willkommen zu heißen.«

»Hmmm, ich bezweifle ernsthaft, dass einer der Jungs sich darüber beklagt hat, als ein hübsches, junges Mädchen einzog.«

Cash nickte. »Guter Punkt. Verflixt, der Fall wird langsam kompliziert.«

Schließlich waren sie an der Reihe, und der Barista übergab ihnen drei große Becher in einem Halter und dann einen speziellen Pappbehälter, in dem literweise Kaffee Platz hatte. Es folgte eine Tüte mit Sahne, Zucker und Rührstäbchen.

Normalerweise würde Cash mit der jungen Frau an der Kasse flirten, aber vor Maddie wollte er nicht als Arschloch rüberkommen. *Seit wann kümmerte es ihn, was eine Kollegin über ihn dachte?* Er schaute sie von der Seite an, um sicherzugehen, dass sie die Becher unter Kontrolle hatte, bevor er Gas gab.

Sie hatte einen der Becher herausgezogen und begutachtete die Manschette, mit der ihre Finger vor dem heißen Inhalt geschützt wurden. »Hey, das ist ja Sergeant Friday«, sagte sie.

»Ganz genau, Doc. Jetzt wissen Sie auch, warum der Laden Cup o' Joe heißt.«

38 Maddie

Der Lärm im Großraumbüro nahm um mindestens ein Dezibel ab, als McCool und ich mit Koffein in der Hand zurückkamen. Cash hatte mir keinen Gefallen damit getan, als er die allgemeine Aufmerksamkeit darauf lenkte, dass wir gemeinsam Kaffee holen würden. Die Klatschweiber waren in der Zwischenzeit zur Höchstform aufgelaufen.

»Man sieht sich«, sagte McCool und schlenderte mit

dem Pappbehälter voll Kaffee zum Büro der Mordkommission.

Ich ging zu Jades Schreibtisch und stellte ihren großen Kaffeebecher ab.

»Freut mich, dass du zurück bist«, sagte Jade. »Die Telefone stehen nicht still. Offensichtlich erwarten die Bürger im San Fernando Valley regelmäßig Anrufe mit Updates von ihren Detectives. Und wenn wir sie nicht anrufen, rufen sie uns an.«

»Das vorhin tut mir leid. Dieser McCool ist ein Doofkopp.« Ich nahm einen Schluck aus meinem dampfenden Becher. »Also, was haben wir?«

Jade erklärte mir, wie sie die Einbruchsmeldungen vom Vortag nach Orten aufgeschlüsselt hatte. Sie hatte nichts gefunden, was nach der Einbruchserie aussah, die in den Hügeln ablief.

»Was es nur noch wahrscheinlicher macht, dass sie heute wieder da oben sind«, sagte ich und nahm mir eine von den Zimtschnecken, die Jade mir anbot. »Wir müssen da rausfahren und uns ein Bild von der Lage machen.«

Jade zog ein Papier hervor, auf dem eine Ansammlung bunter Kreise zu sehen war, und gab es mir. »Ich habe die Einsatzleitung gebeten, die Einbruchsdelikte in der genannten Gegend für die letzten drei Monate auszuwerten. Der Schlüssel scheint das Vorgehen bei diesen Diebstählen zu sein. Es sieht aus, als hätte sich kein einziges Mal jemand gewaltsam Zutritt verschafft.«

Ich inspizierte die Karte, die das Team für uns zusammengestellt hatte. »An den Tagen, an denen sie aktiv werden, begehen die Täter nur jeweils einen Einbruch. Sie wollen keinen Rundumschlag, sondern gehen eher nach einem gleichbleibenden Zeitplan vor.«

Jade schaute auf die Uhr. »Lass uns doch ein paar Anrufe tätigen und die Einbrüche prüfen, die nicht in das Muster passen. Die können wir dann schon mal ausschließen und in ungefähr zwei Stunden in die Hills fahren. Die Typen haben immer nach zehn Uhr morgens zugeschlagen.«

»Gute Idee.« Ich schnappte mir noch eine Zimtschnecke aus dem Plastikbehälter und setzte mich an den Schreibtisch.

Ungefähr eindreiviertel Stunden später saß ich hinter dem Steuer unseres Dienstwagens, und wir waren unterwegs ins Herz unseres Kriminalitätsproblems. Jade saß auf dem Beifahrersitz und blätterte in dem Notizbuch, in dem wir die kürzlich eingegangenen Einbruchsberichte katalogisiert hatten.

»Vielleicht schaffen wir ja heute wirklich was«, sagte Jade und reckte den Hals, um den Straßennamen zu erkennen, als wir eine kurvige Straße in einem Wohnviertel hochfuhren.

Während wir in dem Viertel unterwegs waren, erzählte ich Jade, was McCool von der Mordermittlung erzählt hatte. »Klingt für mich, als stünde der Restaurantbesitzer ganz oben auf der Liste der Verdächtigen«, schloss ich.

Wir patrouillierten durch die Straßen und konzentrierten uns dabei auf diejenigen, die bisher nicht Ziel der Einbrüche geworden waren.

»Achtung, an alle Einheiten in Devonshire«, dröhnte die Stimme des Disponenten aus dem Funkgerät. »Gerade kam eine Meldung rein, Angriff in 13320 Eagle Nest Way. An alle Einheiten in Devonshire, Code 3.«

Der Begriff *Angriff* war der polizeiinterne Euphemismus für Vergewaltigung. »Guck mal auf die Karte«, sagte ich zu Jade. »Ich glaube, wir sind nicht weit weg, aber diese kurvigen Straßen hier oben klingen irgendwie alle gleich. Ich weiß nicht, wo wir langmüssen.«

Jade meldete der Zentrale, dass wir zum Einsatzort fahren würden, und zog den Straßenführer hervor, in dem für jede Straße im Revier die ungefähre Richtung verzeichnet war. Sie las vor, und ich fuhr wie ein Rennfahrer. Über Funk hörten wir, dass Streifeneinheiten der Zentrale meldeten, sie würden mit Blaulicht und Sirene vorfahren.

»Verdammt!«, schrie ich. »Ich wusste, ich hätte mein GPS mitnehmen sollen. Es liegt noch im Karton auf meinem Schreibtisch«, schimpfte ich.

Mit Jades Anweisungen brachte ich uns in weniger als drei Minuten in den Eagle Nest Way. Selbst bei wenig Verkehr waren die Streifenwagen noch mindestens sieben Minuten entfernt.

Jade griff zum Mikro. »17W51 und 17W52, wir sind vor Ort im Eagle's Nest«, sagte sie und identifizierte uns so für die Zentrale.

Ich folgte dem Standardverfahren und parkte ein paar Häuser entfernt vom Haus des Opfers. Wir verließen unser Fahrzeug, und näherten uns.

Alles wirkte ruhig. Fast schon zu ruhig. Kein Rasenmäher brummte, kein Vogel zwitscherte, keine Musik, nichts. Mir sträubten sich die Nackenhaare. Ich wusste, dieser Notruf war echt.

Ich näherte mich der Haustür. Jade blieb vor der Veranda stehen, hatte mich dabei aber permanent im Blick. Aus diesem Blickwinkel konnte sie bis zur Seite des Hauses sehen, sollte jemand aus einem Fenster steigen. Trotzdem behielt sie mich im Auge, falls die Sache schieflief.

Ich verschaffte mir ihre Aufmerksamkeit und bedeutete ihr, dass die Haustür offen stand.

Jade kam auf die Veranda zu mir. Die Fliegengittertür war geschlossen, aber durch die offene Haustür konnten wir hineinsehen. Ein typisches Vorstadthaus. Sauberer als die meisten.

»Los Angeles Police Department«, rief ich und öffnete die Fliegengittertür.

»Ich bin hier hinten«, rief eine Stimme aus einem Korridor hinter dem Eingangsbereich.

»Kommen Sie raus zu uns«, befahl ich.

»Ich kann nicht. Ich bin verletzt.«

Jade und ich traten ein und durchsuchten rasch den anderen Teil des Hauses. Dann gingen wir zu dem Flur, aus dem wir die Stimme der Frau gehört hatten. Wir hielten unsere Waffen schussbereit und bewegten uns durch den Flur. Ich ging vor, und Jade folgte mir rückwärts. Mit dem Rücken zur anderen hatten wir den kompletten Rundumblick. Niemand könnte uns so von hinten überfallen. Wir schauten flüchtig in die Räume, an denen wir vorbeikamen. Sobald wir das Opfer gefunden und ihre Situation ermittelt hatten, würden wir die Zimmer gründlicher durchsuchen. Vor der einzigen verschlossenen Tür blieben wir stehen.

»Bereit?«, flüsterte ich.

»Ja«, erwiderte Jade.

Ich legte die Hand auf den Türknauf und drehte. Die Tür war abgeschlossen. Ich bedeutete ihr zurückzutreten, weil ich die Tür eintreten musste.

Jade ging aus dem Weg und überwachte weiter den Flur, während ich mich in Position brachte. Sekunden später sprang die Tür nach einem kräftigen Tritt direkt neben den Knauf auf und riss dabei den Rahmen von der Wand.

Im Zimmer lag eine kleine Frau gekrümmt in Embryonalstellung auf dem Bett. Ihre beiden Augen waren schwarz verschmiert, und üble, violette Blutergüsse bildeten sich auf ihrem Gesicht. Sie war mit einem T-Shirt und einer Stretchhose bekleidet. Die Seidenkrawatte eines Mannes war über dem linken Kopfteil des Betts festgezurrt, und eine andere lag zwischen den Kissen. Eine dritte war um den linken Bettpfosten am Fußende geknotet.

Ich erfasste die ganze Szene und konnte mich nicht rühren.

Jade stürzte an mir vorbei und kam der Frau zu Hilfe. »Ruf die Sanitäter«, sagte sie.

Ich konnte nicht atmen und war unfähig, mich zu bewegen.

»Hast du gehört, was ich sage? Wir brauchen sofort einen Rettungswagen.«

Ich bemerkte, wie Jade mich anstarrte. Dann zog sie ihr Funkgerät hervor. »17W52. Wir brauchen einen Rettungswagen an unserer Position. Für eine Frau, ungefähr 54 Jahre alt, bei Bewusstsein und atmend. Sie ist Opfer einer Schlägerei und möglicherweise eines Angriffs geworden.«

In weiter Ferne hörte ich die Sirenen der Streifenwagen.

»Kümmern Sie sich nicht um mich«, krächzte die Frau. »Mein Mann ist im Badezimmer. Er braucht Hilfe.« Sie hob eine zitternde Hand und zeigte auf eine weitere Tür.

Ich war froh, der Szene vor meinen Augen zu entkommen, und stürmte ins Badezimmer. »Ach du meine Güte«, murmelte ich. Ein nackter Mann lag in einer Blutlache, und Teile von Haut und Gehirn klebten an der Wand hinter ihm. Ich nahm das Funkgerät und forderte einen zweiten Rettungswagen an, diesmal für ein Opfer mit Kopfschusswunde. Ich weiß nicht, warum ich überhaupt den

Krankenwagen rief, denn es war offensichtlich, dass der Mann tot war. Aber für den unwahrscheinlichen Fall, dass ich mich irrte – und obwohl ich das nicht tun wollte –, beugte ich mich zu ihm runter und suchte nach einem Puls.

Erst da erkannte ich den toten Mann als meinen früheren Chef Lieutenant Larry Conrad.

39 Harley

»Harley! Beweg deinen fetten Arsch aus dem Bett. Die Cops sind hier und nehmen gerade deinen Wagen und unsere Computer mit.«

Gott! Hörte dieser Albtraum denn nie auf? Welcher Tag war heute? Dienstag? Er schaute auf den Wecker. Acht Uhr morgens.

Nachdem Harley die Beine aus dem Bett geschwungen hatte, richtete er sich mühsam auf und suchte schwankend das Gleichgewicht. Eine weitere Nacht mit zu viel Bier lag hinter ihm. Sobald er einigermaßen stabil stand, bückte er sich nach der Hose, die vom Vortag noch auf dem Boden lag. Als er ein Bein hob, um hineinzusteigen, verlor er die Balance und fiel zurück aufs Bett.

Genau in diesem Moment klopfte jemand kurz an die Schlafzimmertür, und ein Detective stürmte herein und schrie: »Polizei, Durchsuchungsbefehl!« Er konnte Harleys nackten Arsch und die schlaffen Hoden sehen, die über die Matratze hüpften.

»Zeigen Sie mir Ihre Hände! Stehen Sie langsam vom Bett auf.«

Harley starrte auf die Waffe, die der Detective mit beiden Händen auf den Boden gerichtet hielt. »Entspannen Sie sich, ich will doch nur meine Hose anziehen.«

Zu seiner Überraschung schien der Detective sich zu beruhigen, doch das änderte nichts an Harleys Verlegenheit, weil er im wahrsten Sinne des Wortes mit heruntergelassener Hose erwischt worden war.

Nachdem er sich angezogen hatte, steckte der Detective die Waffe weg.

»Mr Elliot, wir haben einen Beschluss, der uns ermächtigt, Ihr Haus zu durchsuchen und Ihren Computer zu beschlagnahmen.«

Harley nickte. Er überlegte, ob es nicht das Einfachste war, wenn er den Cops die Wahrheit sagte. Denn wie viel schlimmer konnte es jetzt noch werden? Dieser Ermittler mit den zurückgegelten Haaren hatte ja sogar schon seinen Schwanz und seine Eier gesehen.

Aber selbst die Demütigung der aktuellen Situation war nicht vergleichbar mit dem, was Sonntagabend passiert war. Es war besser, wenn er den Mund hielt und sie einfach ihre Ermittlungen machen ließ.

Ein weiterer Detective kam ins Schlafzimmer. Er brachte ein Klemmbrett und eine Kamera mit und machte ein paar Fotos vom Raum. Dann erst begann der erste Typ, den Computer auszustöpseln, der auf einem Spieltisch in der Zimmerecke stand. Sobald sie die Seriennummer des Geräts notiert hatten und alle Sachen im Schrank, in der Kommode und überall sonst im Raum begrapscht hatten, gaben sie ihm eine Art Quittung und erklärten, er solle besser ins Wohnzimmer gehen.

Die Detectives folgten ihm. Jennifer saß auf der Couch und wiegte das Baby. Zwei gelangweilt wirkende Cops in

Uniform standen daneben. Wenn Blicke töten könnten, hätten die Dolche, die seine Frau in Harleys Richtung schickte, ihn auf der Stelle erledigt. Sie sagte nichts, doch ihr funkelnder Blick ging zwischen den Eindringlingen von der Polizei und ihrem Ehemann hin und her.

Es dauerte ungefähr eine Stunde, aber schließlich brachen die Detectives und Cops auf und ließen ihre Visitenkarten auf dem zerkratzten und mit Wachsmalern versauten Kaffeetisch liegen.

Sobald sie allein waren, zündete seine Frau sich eine Zigarette an und ergriff das Wort. »So habe ich mir das nicht vorgestellt, Harley. Ich überlege, ob ich mit den Kindern ausziehen soll.« Sie blies eine wütende Wolke Rauch durch die Nase. »Wenn du das Mädchen umgebracht hast, sitzt du richtig tief in der Scheiße, denn ich werde nicht alles verlieren, nur um deinen fetten Arsch zu retten. Ich habe dir die besten Jahre meines Lebens geschenkt, und so dankst du es mir.«

Jennifer setzte das Baby auf der Couch ab und griff zur Fernbedienung, um den Fernseher einzuschalten. Just in diesem Moment tauchte auf dem Bildschirm eine Talkshow-Moderatorin auf und verkündete: *Wenn eine Frau wegen des Geldes heiratet und danach keins mehr da ist, erkennt sie, dass ihr Mann eine Närrin geheiratet hat.*

40 Blake

Nachdem Blake anderthalb Stunden im Sportstudio gewesen war, kehrte er nach Hause zurück. Die Familie hatte sich in der Küche versammelt, aber niemand redete. Der Geruch nach Kaffee und Bacon verriet ihm, dass er das Frühstück verpasst hatte.

Selbst in Trauer war seine Mutter perfekt frisiert, als wollte sie jeden Augenblick aus dem Haus stürmen, um den nächsten Vertrag über eine Luxusimmobilie abzuschließen. Auf den ersten Blick sah sie normal aus, aber als Blake sie beobachtete, wie sie die Küche aufräumte, bemerkte er, dass sie die Plastikflasche mit antiseptischer Handseife in die Spülmaschine räumte.

Im Gegensatz dazu sah sein Vater mit den zerzausten Haaren und den graumelierten Stoppeln am Kinn völlig niedergeschmettert aus. Dunkle Ringe unter den geröteten Augen bildeten einen starken Kontrast zu der teigig bleichen Hautfarbe. Immer noch im Pyjama, saß er am Tisch und starrte ins Leere, während sein Bruder Jack am Telefon die wenigen Details, die sie bisher über Shelbies Mord kannten, an einen weiteren Verwandten am anderen Ende des Landes weitergab.

Logan saß auf dem Sofa und tippte in sein Handy. Er starrte Blake an, als er den Raum betrat. »Wo zum Teufel hast du denn so früh am Morgen gesteckt?«

Blake ließ die Sporttasche neben der Kochinsel mit Granitarbeitsplatte auf den Boden plumpsen. »Im Fitnessstudio, Krafttraining.«

»Glaubst du nicht, du solltest lieber hierbleiben?«

»Warum? Damit ich mir den Arsch platt sitze und den

ganzen Morgen SMS verschicke wie du? Ich muss in Form bleiben.«

»Kommt schon, Jungs. Nicht streiten. Das ist weder die richtige Zeit noch der richtige Ort dafür«, sagte Jeremy. Seine Haare waren noch feucht vom Duschen.

»Kümmere dich um deinen eigenen Kram, Jeremy«, warnte Logan ihn. »Ich bin seit acht mit der Familie auf. Blake war bereits im Fitnessstudio, und du hast bis vor fünfzehn Minuten nicht mal deinen Hintern aus dem Bett gekriegt.«

Jack beendete seinen Anruf und legte das Telefon zurück in die Station. »Jungs! Dieser Hickhack muss aufhören. Robin, du stellst Steven unter die Dusche. Er soll sich rasieren und anziehen. Einige Detectives werden in einer Stunde hier sein, um mit euch zu reden.«

Jack richtete seine Aufmerksamkeit wieder auf die Jungs. »Ich bin nicht sicher, ob die Polizei auch mit euch reden will. Habt ihr nicht irgendwas in euren Zimmern zu tun? Streitet nicht vor euren Eltern, macht euch lieber dünn.«

Blake bemerkte die angespannten Kiefermuskeln und die Röte im Gesicht seines Onkels. Er wusste, Jack würde keinen Widerstand dulden. »Kommt, Jungs. Onkel Jack hat recht. Wir müssen ohnehin noch über unseren Lagerbestand reden.«

Wenige Minuten später hatten Blake und seine Brüder sich in seinem Schlafzimmer versammelt. Er saß auf seinem Schreibtischstuhl und legte die Füße auf dem Bett ab wie auf einer Ottomane. Er kippte einen Proteinshake runter und aß eine Banane. Logan und Jeremy lagen auf dem Bett.

Sein jüngster Bruder zupfte an einem losen Faden des

Bettüberwurfs, während Logan sich die Fingernägel mit einem Taschenmesser säuberte.

»Wir lassen den Job diese Woche sausen, richtig?«, fragte Jeremy.

»Auf keinen Fall«, sagte Blake.

»Blake, Shelbie ist tot. Mom und Dad werden ständig im Haus sein«, beharrte Jeremy. »Glaubst du nicht, sie merken es, wenn wir dauernd weg sind? Und wenn nicht sie, dann bestimmt Onkel Jack.«

»Nein, ich glaube, sie werden absolut nichts mitkriegen. Sie bemerken uns gar nicht, es sei denn, es passt ihnen in den Kram. Meiner Meinung nach sollten wir die beiden Jobs machen, die wir bereits geplant haben. Ich könnte mir sogar noch einen dritten vorstellen. Er liegt in einer anderen Gegend und könnte etwas riskanter sein. Aber wenn man Vermögen aufbaut, ist das immer riskant.«

»Du bist verrückt«, stieß Jeremy hervor. »Wir werden erwischt, wenn wir mehr als einmal pro Woche zuschlagen.«

Logan schloss das Taschenmesser mit einem metallischen Schnappen. »Weißt du, kleiner Bruder, du hast vielleicht das Kreuz eines Linebackers, aber das Herz hast du auf keinen Fall. Du bist ein Schlappschwanz. Aber das wussten wir ja schon.« Logan lachte.

»Halt die Klappe, Logan«, sagte Blake. Er stand auf und ging ins Bad. »Jeremy, ich verspreche dir, alles geht gut.«

»Ja, Jeremy, du musst dir um nichts Sorgen machen«, sagte Logan, sobald Blake aus der Tür war. »Denn ich habe eine Waffe.«

41 Jade

Jade stand im Wohnzimmer der Conrads und sprach über den Tumult der Labortechniker und Polizeifotografen hinweg mit Cash McCool. Sie berichtete ihm, was Maddie und sie gesehen und getan hatten, nachdem sie am Tatort eingetroffen waren. »Maddie hat die Tür eingetreten, und wir fanden die Ehefrau Carole und riefen einen Rettungswagen. Dann entdeckte Maddie Lieutenant Conrad und rief auch für ihn einen Rettungswagen.«

Zum ersten Mal, seit Jade ihn kennengelernt hatte, wirkte McCool leicht angeschlagen. Dunkle Ringe zeichneten sich unter seinen Augen ab, und er lächelte nur selten, während er anderen Ermittlern in einem drängenden Ton Anweisungen gab. Das war nur zu verständlich. Der arme Kerl hatte in den letzten vierundzwanzig Stunden kaum geschlafen. Er hatte sich von dem Shelbie-Saunders-Mord losreißen müssen, um zum Conrad-Tatort zu eilen.

»Schon merkwürdig, dass es innerhalb von vierundzwanzig Stunden in Devonshire zu zwei Mordfällen ohne Bezug zueinander kommt«, erwiderte er. »Weil Conrad zu uns gehört, wird dieser Mord ziemlich viel Wirbel machen. Ich bin sicher, der Chief taucht hier auf und übergibt den Fall dem Dezernat für Kapitalverbrechen. Aber bis es so weit ist, will ich herausfinden, was zum Teufel hier passiert ist.«

»Nun, Mrs Conrad war recht mitteilsam. Jemand ist in das Haus eingebrochen, und dann kam ihr Mann hinzu. Sie leugnet einen sexuellen Übergriff, aber die Fesseln am Bett deuten darauf hin, dass es dem Täter um Vergewaltigung ging.«

»Entweder das oder Lieutenant Conrad und seine Frau hatten ein perverses Sexleben«, warf McCool ein.

Sie war nicht sicher, ob McCool einen Witz machte, und fuhr fort: »Mrs Conrad sagte, der Lieutenant und der Täter hätten im Badezimmer miteinander gerungen. Sie hörte Schüsse, und dann rannte der Täter aus dem Badezimmer und floh. Sie wusste nicht, ob er durch die Haustür oder die Hintertür entkommen ist.«

Jade bemerkte, wie McCools Blick während ihrer Worte durch den Raum bis zur Küche wanderte, wo Maddie am Küchentisch saß und mit Mrs Conrad redete. Gelegentlich streckte Maddie die Hand nach ihr aus und legte sie auf die von Carole Conrad.

Ein weiterer Detective trat zu McCool. »Der Captain ist unterwegs, und der Chief trifft in dreißig Minuten ein.«

»Großartig! Ich bin sicher, die Medien werden dicht hinter ihnen sein«, sagte McCool.

»Sie sind schon hier. Ach ja, und Sie werden Mrs Conrad vielleicht mit aufs Revier nehmen wollen, McCool. Der vorläufige Test auf Schmauchspuren an ihren Händen war positiv.«

42 Zak

Früh am Dienstagmorgen hatte Sergeant Zak Murdock eine Scheißlaune, und es war ihm egal, wer das wusste. Er stapfte wie ein Brahmanbulle auf zwei Beinen durchs Revier und genoss es, wenn andere Polizisten und Büromitarbeiter beiseitesprangen, als hätten sie Angst, er könne sie niedertrampeln.

Als Zak das Vorzimmer zum Büro des Captains betrat, spannten sich alle sechs Mitarbeiter an, kaum dass sie Zaks Stimmung spürten.

Zak baute sich vor der Adjutantin des Captains auf. »Ist er drin?« Mit dem Kopf zeigte Zak auf die geschlossene Tür zum Büro des Captains.

»Ja, aber er muss gleich los. Es gab eine Vergewaltigung und einen Mor…«

»Mir ist es scheißegal, was los ist. Ich will mit ihm reden.« Zak marschierte auf die geschlossene Tür zu, klopfte einmal, öffnete die Tür und trat ein.

Die junge Kollegin sprang auf. Sie folgte ihm und schloss die Tür hinter sich.

Als Zak einen letzten Blick zurückwarf, bemerkte er, wie alle Mitarbeiter ihn beobachteten.

Dann richtete er seine Aufmerksamkeit auf seinen Chef, der ihn anstarrte. Das Diensthandy des Captains lag auf dem Schreibtisch. Eine Textnachricht wurde angezeigt. Zak streckte die Hand aus. »Captain, wir haben uns noch gar nicht vorgestellt. Ich bin Zak Murdock. Ich arbeite im Zwischendienst. Zumindest tat ich das, bis ich vor einer Stunde einen Anruf von …« Er beugte sich vor und kniff die Augen zusammen, um das Namensschild der Adjutantin an ihrer rechten Brust besser lesen zu können. »… Sergeant Dancer bekam, die mich zu den Ermittlern der Tagschicht beordert hat.«

Erst jetzt wurde Zak nervös, denn der Captain sagte kein Wort und starrte nur stumm auf seine ausgestreckte Hand. Zak ließ den Arm sinken. Stille erfüllte den Raum, was Zak Zeit ließ, seinen Chef zu betrachten. Captain Troy Westfall war ein großer Mann mit dunkler, glatter Haut, die dank des hellblauen Hemds, das er trug, noch dunkler wirkte.

»Sergeant Dancer, gehen Sie zurück an Ihren Platz«, sagte der Captain ruhig.

»Sind Sie sicher, dass ich nicht lieber bleiben sollte?«

Nein, du blöde Ziege. Der Captain sagt, du sollst verschwinden. Warum müsst ihr Frauen immer alles hinterfragen? Warum könnt ihr nicht machen, was man euch sagt?

»Ja. Ich bin sicher, Sergeant Murdock und ich werden rasch zu einer Einigung bezüglich seiner Versetzung kommen.« Der Captain umrundete seinen Schreibtisch und hielt der jungen Kollegin die Tür auf.

Sobald sie verschwunden war, trat der Captain dicht vor ihn. Westfalls Augen waren dunkel, fast schwarz, und sie funkelten ihn an.

Zaks Puls beschleunigte sich, denn erst jetzt wurde ihm klar, dass sein Chef versuchte, seine Wut zu bezähmen.

»Hören Sie mir zu, und ich rate Ihnen, hören Sie *gut* zu«, sagte Westfall mit rauer, leiser Stimme. »Ich weiß von den faulen Äpfeln in meinem neuen Befehlsbereich, und wissen Sie, wer ganz oben auf der Liste steht? Sie.« Der Captain machte einen Schritt nach hinten. Doch Zak war klug genug, sich nicht zu rühren.

»Also, ich habe einen Vergewaltiger, der in unserem Revier fast täglich sein Unwesen treibt. Aufgrund des öffentlichen Interesses an der Neustrukturierung des Chiefs muss ich diesen Perversen ins Gefängnis bringen, und zwar lieber heute als morgen. Ich stelle daher gerade eine Task Force zusammen, die das Arschloch kriegen soll, und da Sie den Doppelstatus als Sergeant und Detective haben, habe ich Sie dafür ausgewählt. Wenn Sie und Ihr Team den Kerl kriegen, werde ich wohl alles überdenken, was ich bisher über Sie gehört habe. Wenn Sie allerdings scheitern … Sie sind perfekt dazu geeignet, für die Sache den Kopf hinzuhalten. Das wird es mir einfacher machen, Sie in eine andere Division zu versetzen.«

»Aber Captain, bei allem Respekt, Sie verletzen die Regeln der Polizei, wenn Sie mich mitten im Einsatz ohne vorherige Benachrichtigung versetzen.«

Bevor Zak auch nur blinzeln konnte, drückte Westfall ihn gegen die Wand seines Büros, und sein Zeigefinger stieß immer wieder in Zaks Brust, als er sprach.

»Sie müssen sich über eine Sache klar werden, Sergeant Murdock. In meinem Zuständigkeitsbereich werden unschuldige Frauen vergewaltigt. Der Chief will beweisen, dass seine Umstrukturierung funktioniert. Alle Augen schauen auf uns. Wir – *Sie* – werden nicht scheitern.« Westfall ließ von Zak ab und kehrte hinter seinen Schreibtisch zurück.

»Sie arbeiten jetzt bei den Ermittlern, und das werden Sie tun, bis dieser Drecksack hinter Gittern ist oder bis ich Ihren Arsch wieder in den Streifendienst versetze. Sie können gerne Ihren Verbandsvertreter kontaktieren, aber die Polizeiunion wird sich auf keinen Fall schon jetzt mit dem neuen Chief anlegen, nur weil jemand mit seiner Versetzung unzufrieden ist. Außerdem ist Chief Bullock noch vollauf damit beschäftigt, nach dem Strategieplan die Wellen zu glätten, und er wird einem jammernden Sergeant nicht gestatten, seine Vision zu hintertreiben. In dieser Übergangsphase müssen wir Anpassungen vornehmen, wie sie für die Allgemeinheit am besten sind.«

Westfall nahm sein Handy und begann zu tippen. »Sie können sich entweder mit dieser kleinen Änderung arrangieren, oder möchten Sie sich vielleicht lieber mit unseren diversen Jugendgruppen befassen? Immerhin verhalten Sie sich selbst wie ein Kind.« Der Chief drehte seinen Bürostuhl um und wandte Zak so den Rücken zu. »Lassen Sie die Tür nicht so laut zuknallen, wenn Sie gehen, Sergeant Murdock.«

Zak war wie betäubt von dem, was gerade passiert war, als er das Büro verließ. Die Mitarbeiter des Captains starrten ihn an, als er durch das Büro trottete. Er ging zu seinem Wagen und holte den Anzug, den er für den Fall mitgebracht hatte, dass seine Bitte nicht erhört wurde, weiterhin Streifendienst zu fahren.

Westfall hatte seine Rechte missachtet. Aber tief im Innern wusste Zak, dass Westfall recht hatte. Die Polizei würde alles tun, was nötig war, damit der neue Chief gut dastand. Und Zak wurde auch bewusst, dass er es sich soeben gründlich mit seinem neuen Boss verscherzt hatte.

Er hätte mit seiner Beschwerde zu dieser dürren Zicke Sergeant Dancer gehen sollen. Diese Versetzung war doch allein ihre Schuld.

43 Maddie

Ich redete gerade mit Carole Conrad, als McCool mich zur Seite nahm und mir von dem vorläufigen Ergebnis des Tests auf Schmauchspuren berichtete.

»Sie haben doch mit ihr geredet«, sagte er. »Hat sie irgendwas gesagt, das in Ihren Augen darauf hindeutet, dass sie ihren Mann erschossen hat?«

»Sehen Sie, McCool, ich weiß ja, dass wir immer zuerst auf den Partner als möglichen Täter schauen. Aber ich glaube, Sie sind hier auf dem falschen Dampfer. Sie haben die Seidenkrawatten gesehen, die ans Bett geknotet waren. Der Täter wollte sie vergewaltigen; es fehlte ihm nur die Gelegenheit.«

»Lassen Sie uns mal nachdenken. Larry Conrad war als Larry der Frauenschläger bekannt. Den Spitznamen bekam er nach einem Zwischenfall mit häuslicher Gewalt kurz nach seiner Ernennung zum Lieutenant. Der Chief wollte damals nicht wie ein Idiot aussehen, weil er einen Frauenschläger befördert hatte, darum hat er dafür gesorgt, dass die Anklage in allen Punkten fallen gelassen wurde.«

Ich schüttelte den Kopf. »Das ist schon lange her. Es hat seitdem keine weiteren Anschuldigungen wegen häuslicher Gewalt gegeben. Warum sollte Carole Conrad bis heute warten, um ihn zu erledigen?«

»Vielleicht kam es heute Morgen zu einem Zwischenfall, und es wurde extrem hässlich. Ich weiß es nicht, aber wenn das Verbrechen sich so zugetragen hat, wie sie behauptet, dürfte sie keine Schmauchspuren an den Händen haben. Außerdem gibt es keinen Beweis dafür, dass er sie nicht geschlagen hat. Wir wissen vielleicht nur nichts davon.« Er verstummte, während einer seiner Ermittler Mrs Conrad zu einem wartenden Fahrzeug führte. »Ich lasse sie aufs Revier bringen, da kann ich sie in Ruhe befragen.«

Ich wusste, was er als Nächstes sagen würde, bevor er es aussprach.

»Sie scheinen ein gutes Verhältnis zu ihr aufgebaut zu haben. Warum nehmen Sie nicht an der Befragung teil und schauen, ob sie sich Ihnen öffnet?«

»Äh … Jade und ich haben auch eine Menge zu tun.« Als wollte sie meine Worte unterstreichen, kam meine Partnerin in unsere Richtung. Als sich unsere Blicke trafen, starrte sie mich eisig an und runzelte die Stirn.

»Sind Sie jetzt fertig mit uns, McCool?«, fragte sie, als sie sich zu uns gesellte. »Wir haben noch was zu erledigen.«

McCools Blick ging zwischen uns hin und her. Offenbar spürte er die Anspannung, die von Jade ausging. Er zuckte mit den Schultern. »Ja, Sie können gehen. Aber vergessen Sie nicht, heute vor dem Heimgehen die schriftliche Aussage auszufüllen.«

»Werden wir nicht«, sagte Jade. »Wir legen sie auf Ihren Schreibtisch. Komm, Maddie.«

Als wir zurück zu unserem Wagen gingen, fragte ich mich, warum mein alter Partner Darius mir nicht erzählt hatte, dass Jade Stimmungsschwankungen hatte.

Als ich von dem Tatort wegfuhr, drehte Jade sich mir zu.

Ich blickte flüchtig zur Seite. »Was ist?«

»Was zum Teufel war da drinnen los mit dir? Du bist erstarrt – total! Ich schreie dich an, dass du einen Rettungswagen rufen sollst, und du bist wie eine Hirntote.«

Ich wusste nicht, was ich sagen sollte, denn sie hatte absolut recht. Ich war erstarrt.

»So hast du dich gestern in der Pizzeria nicht verhalten. Bei dem Tatort hast du die Verantwortung übernommen. Heute hast du eher ausgesehen, als würdest du einen vierköpfigen Alien sehen.«

»Das tut mir leid. Ich weiß nicht, was da mit mir los war.«

Jade schwieg einen Moment. Als sie wieder sprach, war ihre Stimme sanfter. »Hattest du einen Flashback? Hat dich das an das Motel erinnert, in dem Travis starb? Das Schlafzimmer der Conrads hatte ein Bett und einen kleinen Nachttisch, wie es sie in Motels auch gibt.«

Mein Magen krampfte sich zusammen bei der Erkenntnis, dass meine Partnerin angestrengt versuchte, eine Erklärung für meinen Aussetzer zu finden. Bevor ich sprach, bat ich Gott in Gedanken um Vergebung, weil ich meine Partnerin mit Absicht auf die falsche Spur führte. »Ja, Jade. Genau das ist passiert. Ich hatte einen Flashback. Und ich will echt nicht wie eine blöde Kuh klingen, aber ich will darüber nicht reden.«

44 Harley

Obwohl der Start in den Dienstag holprig gewesen war, musste Harley seiner Frau eins lassen. Statt total sauer auf ihn zu sein, hatte Jennifer einen Mietwagen bestellt, der ihnen bis vor die Tür gebracht wurde, und sie hatte sogar eine Firma gefunden, die auf Tatortreinigung spezialisiert war und ihre Leute zu Harley in die Pizzeria schickte. Er hatte nicht mal davon gehört, dass es solche Firmen gab, doch Jennifer meinte nur, wenn er hin und wieder Nachrichten schauen würde, könnte er durchaus noch was lernen. Es war ihm egal, wer den Job machte – er hoffte nur, sie würden sich schnell um das Durcheinander kümmern, damit er heute Abend wieder öffnen konnte. Jennifer meckerte immer noch rum, weil das Restaurant gestern zugeblieben war.

Er fuhr zum Restaurant, doch dann saß er nur in dem gemieteten Wagen auf dem Parkplatz. Er verspürte keine Lust, den Ort zu sehen, wo Shelbie gestorben war. Sein Handy klingelte, und das schreckte ihn auf. Jennifers Name leuchtete in Blockbuchstaben auf. Er bezweifelte, dass seine Frau mit guten Nachrichten anrief.

»Was ist los, Baby?«

»Spar dir dein ›Baby‹ für jemanden, den es interessiert, Harley. Der Typ von Bio-B-Gone hat angerufen. Er kommt später. Außerdem haben zwei deiner Kellnerinnen und ein Koch hier angerufen und gekündigt. Sie sagen, sie können nicht dort arbeiten, wo jemand gestorben ist. Ich habe bereits im Internet und in der Zeitung eine Anzeige geschaltet, damit wir neue Leute kriegen.«

Harley blickte zu seinem geschlossenen Restaurant rüber. Er fühlte sich genauso wie seine Mitarbeiter, aber das konnte er Jennifer wohl kaum sagen. »Der Barkeeper, Walt, hat nicht gekündigt, oder?«

»Von dem habe ich nichts gehört, aber ich habe ihm auf die Mailbox gesprochen. Die anderen habe ich auch angerufen und ihnen gesagt, dass ich mich melde, wenn wir wieder aufmachen.«

Harley fand, das Restaurant sollte lieber bis nach Shelbies Bestattung geschlossen bleiben, doch er wollte nicht den Zorn seiner Frau auf sich ziehen, indem er diese Meinung äußerte. »Ja, der Laden bleibt wohl eine Weile zu. Ich kann für den Koch einspringen, bis wir Ersatz gefunden haben.«

»Wie auch immer. Sobald die Reinigungsfirma da ist, frag sie, wie lange sie brauchen, bis der Laden sauber genug für eine Wiedereröffnung ist. Ruf mich dann direkt an, damit ich unsere Mitarbeiter benachrichtigen kann.«

»Okay.«

»Versau das nicht, Harley. Ich werde das Restaurant wieder aufmachen, damit wir Geld reinkriegen, und danach werde ich entscheiden, ob wir verheiratet bleiben oder nicht.«

45 Cash

Zurück im Revier ging Cash durch den kurzen, engen Korridor, der zu dem gemütlichsten der drei Verhörräume führte. Sein Partner hatte bereits überprüft, ob die Audio- und Videoaufzeichnung im Raum funktionierte, und hatte Mrs Conrad auf einen der beiden gepolsterten Stühle gesetzt. Er hatte ihr außerdem einen Becher Kaffee besorgt, während sie darauf wartete, dass Cash vom Tatort in ihrem Haus zurückkam.

Obwohl Cash sie schon vorhin in ihrem Haus getroffen hatte, stellte er sich noch einmal vor, da er davon ausging, dass Carole Conrad vermutlich unter Schock stand. Cash erklärte, er werde ihr Fragen zu den Vorgängen stellen, die sich an diesem Morgen in ihrem Haus abgespielt hatten. Zu ihrem eigenen Besten wolle er sie vorher über ihre Rechte informieren. Rasch fügte er hinzu, dass er ja wisse, dass sie nichts zu verbergen habe, weshalb es sich bloß um eine Formalität handele. Er klärte sie außerdem über die Aufzeichnung ihres Gesprächs auf. Eine weitere Formalität.

Während er diese vorgeschriebenen Punkte abhakte, musterte er sie verstohlen. Für eine Frau in den Fünfzigern hatte sie eine fast makellose Haut – wenn man von der Schwellung unter den Augen und der beginnenden Verfärbung eines Blutergusses am Kinn mal absah. Nur ein paar zarte Fältchen lagen um ihre blauen Augen, und Cash würde ein ganzes Monatsgehalt darauf verwetten, dass sie ihrem Schönheitschirurgen regelmäßig einen Besuch abstattete, damit es auch so blieb. Die dunkelblonden Haare hatten Strähnchen, die sie sich professionell beim Friseur machen ließ. Perfekt geformte Nägel mit hellrosa Nagellack unterstrichen ihre Hautfarbe. Mrs Conrad gab eine Menge Geld für ihr Aussehen aus. Nachdem er bereits mit einem Model und einem B-Promi ausgegangen war, wusste Cash, wie viel Mühe es eine Frau kostete, immer so auszusehen, dass der nächste Paparazzo zuschlagen konnte.

Carole Conrad verbrachte offenbar ebenfalls einen Gutteil ihrer Zeit damit, ihren zierlichen Körper in Form zu halten. Er war selbst kein Fremder im Fitnessstudio und erkannte die harte Arbeit, die sie in ihre wohlmodellierte Figur gesteckt hatte. Sie trug ein lavendelfarbenes T-Shirt mit Dreiviertelarm, eine schwarze Yogahose und Sneakers.

Mrs Conrad war mindestens zehn Jahre älter als Cash, aber wenn sie Single und dazu bereit wäre, würden viele Männer seines Alters sie allein wegen ihres Aussehens zu einem Date einladen.

Doch dieses Aussehen passte überhaupt nicht zu ihrem Verhalten. Das sorgfältig geschminkte Gesicht zeigte einen verstörten Ausdruck, der durch den leeren Blick noch betont wurde. Die Hände umklammerten die Ellbogen so fest, dass ihre Fingerknöchel weiß waren, und es sah aus, als hielten nur ihre verschränkten Arme sie an der Taille aufrecht. Sie hatte die Beine nicht einfach übereinandergeschlagen, sondern der Fuß, der nicht den Boden berührte, war hinter den Knöchel des anderen geklemmt. Die Frau stand unter Hochspannung.

Erster Schritt: Sie muss sich entspannen. »Kann ich Ihnen irgendwas holen, Carole? Noch einen Kaffee, Wasser, eine Limo?«

»Nein, mir geht's gut«, flüsterte sie und schüttelte den Kopf.

»Wie lange wohnen Sie schon im Eagle Nest Way?«

»Ich … herrje, das müssen so zwanzig Jahre gewesen sein. Ich weiß es nicht genau.«

Sie sprach zu leise. Er musste sie dazu bringen, lauter zu sprechen, damit ihre Antworten aufgezeichnet wurden. Er lächelte sie an. »Wissen Sie, Carole, ich habe an der Akademie Schießunterricht gegeben, darum ist mein Gehör mies. Glauben Sie, Sie können mir zuliebe etwas lauter sprechen?«

Sie nickte. »Ich denke schon«, sagte sie und hob die Stimme leicht.

Er lächelte erneut. »Super.« Danach verlagerte er sein Gewicht; ein wortloser Hinweis darauf, dass die Befragung eine andere Richtung einschlug. »Also, dann erzählen Sie doch mal, was Sie und Ihr Mann gestern Abend gemacht haben.«

»Gestern Abend?«

»Ja. Zum Beispiel, wann Larry von der Arbeit kam.«

»Hm, das war kurz nach sechs.«

»Was haben Sie gemacht?«

»Dasselbe wie jeden Montagabend. Wir haben gegessen, ferngesehen und sind ins Bett gegangen.«

Nachdem er sie durch die Stunden der Nacht vor dem Tod ihres Mannes geführt hatte, erklärte Carole Conrad, es sei nichts Ungewöhnliches geschehen. Es habe keine Anrufe gegeben und niemand habe an der Tür geklingelt.

Carole erzählte außerdem, Larry sei nicht wütend oder sauer wegen irgendwas gewesen. Er war einfach nur müde, was aber ganz normal war, wenn er von der Arbeit kam.

Cash bemerkte, dass er vorankam, denn Caroles Arme waren nicht länger vor dem Körper verschränkt. Jetzt hielt sie die Hände im Schoß gefaltet, doch sie war immer noch so verkrampft, dass die Knöchel weiß hervortraten.

»Vielleicht erzählen Sie mir jetzt mal, was heute Morgen passiert ist. Fangen Sie beim Aufstehen an. Wer von Ihnen stand zuerst auf, und wie spät war es da?«

Carole verspannte sich, doch dann atmete sie aus und begann, ihre Hände langsam an den Oberschenkeln auf- und abzureiben. »Larry steht immer zuerst auf. Während er unter der Dusche steht, mache ich sein Frühstück.«

»Um wie viel Uhr war das?«

»Gegen sechs.«

Cash nickte, sagte aber nichts. Ab jetzt sollte sie die Geschichte mit eigenen Worten erzählen.

»Ich habe Speck und Eier gemacht. Dabei habe ich den vollen Mülleimer bemerkt, also habe ich den Beutel durch die Garage nach draußen getragen, um ihn in die Tonne neben dem Haus zu werfen.« Sie hielt inne und verschränkte die Arme wieder vor der Brust.

»Was ist dann passiert?«

Tränen traten ihr in die Augen, glitten über die getuschten Wimpern und rannen langsam über ihr Gesicht.

Cash schob eine Schachtel Kleenex zu ihr hinüber.

Sie zog ein Taschentuch heraus und betupfte sich die Augen. Ihm fiel auf, wie sehr sie darauf bedacht war, ihr Make-up nicht zu verschmieren. Sie atmete tief durch und sprach weiter. »Ich ging zurück in die Küche und wollte gerade wieder zum Herd, als ich von hinten gepackt wurde. Ich konnte nicht schreien, weil er mir die Hand auf den Mund presste. Er zerrte mich zum Schlafzimmer.« Carole bedeckte das Gesicht mit beiden Händen und begann zu schluchzen.

Cash ließ sie weinen und schob die Taschentücher noch etwas näher zu ihr.

Nach ein paar Minuten gewann sie die Fassung zurück, doch sie schwieg.

»Geht es wieder, Carole? Können wir weitermachen?«

»Ich kann mich nicht daran erinnern, was danach passiert ist.«

»Hat der Mann Sie ins Schlafzimmer gebracht?«

»Ich kann das einfach nicht.«

»Carole, es ist wichtig, dass ich genau erfahre, was heute Morgen passiert ist. Bitte machen Sie weiter.«

Sie atmete mit einem Seufzen aus. »Er hat mich durch den Flur zum Schlafzimmer gezerrt. Er schien überrascht, weil die Dusche lief. Dann nahm er ein Paar Socken aus der Kommode und stopfte sie mir in den Mund. Ich versuchte, ihn abzuschütteln, aber ich konnte nicht. Ich konnte nicht!«, schluchzte sie.

Cash wartete geduldig.

Wieder atmete sie tief durch und versuchte es erneut. »Er nahm Larrys Krawatte und hat mir die Hände hinter dem Rücken gefesselt. Dann holte er Larrys Gürtel und wickelte ihn mir um die Fußgelenke. Er warf mich zu Boden, dann … dann fing er an, mir ins Gesicht zu schlagen.« Bei dieser Erinnerung verstummte sie und schloss die Augen. »Ich bemerkte, wie das Wasser in der Dusche aufhörte zu laufen. Er muss es auch mitbekommen haben, denn er ließ von mir ab und ging ins Badezimmer.«

Carole verstummte eine Minute lang, doch Cash wusste, dass sie weitersprechen würde, wenn sie sich bereit dazu fühlte. Sie umklammerte die Ellbogen, die sie vor sich auf dem Tisch aufgestützt hatte, dann rieb sie sich die Stirn und schirmte ihre Augen von ihm ab, als sie fortfuhr.

»Larry war gerne auf alles vorbereitet. Ich … ich habe ihn immer geneckt, weil er eine Waffe mit ins Badezimmer nahm, wenn er duschen ging ...« Sie brach erneut in Schluchzen aus, fasste sich aber schnell wieder. »Ich hörte einen Kampf und dann ein paar Schüsse ... dann nichts mehr. Plötzlich rannte der Kerl aus dem Badezimmer, durchs Schlafzimmer und den Flur.«

Carole sank in ihren Stuhl und schloss die Augen. Mit dem Taschentuch betupfte sie die Augenwinkel.

»Was ist dann passiert?«

Sie riss die Augen auf. »Was meinen Sie, was dann passiert ist? Ich habe den Notruf gewählt, die Polizei kam, und mein Mann ist jetzt tot.«

»Können Sie die Person beschreiben, die Sie aus Ihrem Schlafzimmer rennen sahen?«

Sie zuckte mit den Schultern. »Eigentlich nicht. Ein großer Kerl mit einer schwarzen Skimaske über dem Gesicht. Er trug schwarze Kleidung.«

»Hat er irgendwas zu Ihnen oder Ihrem Ehemann gesagt?«

Sie schüttelte den Kopf. »Nein.«

Es war an der Zeit, etwas mehr Druck auf sie auszuüben. »Wie konnten Sie den Notruf wählen, wenn Ihre Hände hinter dem Rücken gefesselt waren?«

»Ich habe lange an dem Knoten der Krawatte herumgefummelt, irgendwann habe ich ihn dann aufbekommen.«

»Wie viele Schüsse haben Sie gehört.«

»Hm, ich bin nicht sicher. Drei? Vier?«

»Bevor die Polizei kam, haben Sie da nach Ihrem Mann geschaut oder die Waffe in die Hand genommen, die wir im Badezimmer gefunden haben?«

Carole schüttelte heftig den Kopf. »Ich ... Ich bin nicht mal ins Badezimmer gegangen. Ich bin davon ausgegangen, dass der Einbrecher die Waffe mitgenommen hatte. Ich mag keine Waffen. Ich fasse sie auch nicht an.«

»Nun, Mrs Conrad, vielleicht können Sie mir dann erklären, wie es kommt, dass man an Ihren Händen Schmauchspuren fand?«

46 Jade

Zurück am Schreibtisch schluckte Jade den letzten Bissen des Sandwichs runter, das Maddie und sie sich zum Lunch geteilt hatten. Dann nahm sie einen Schluck Limo und las ein letztes Mal ihren Bericht über den Conrad-Mord auf Fehler durch. Sobald das erledigt war, druckte sie den Bericht aus. Als sie ihre Aussage aus dem Drucker zog, fand Jade auch Maddies Bericht im Drucker. Sie nahm ihn zur Hand und begann zu lesen. Wie hatte ihre Partnerin wohl den Moment beschrieben, in dem sie völlig handlungsunfähig wurde?

Ein flüchtiger Blick verriet ihr, dass Maddie geschrieben hatte, Jade habe Mrs Conrad geholfen, während sie ins Badezimmer gegangen sei und dort Lieutenant Conrads Leiche gefunden habe. An der Aussage war nichts Falsches, doch sie überging die Tatsache, dass Maddie am Tatort erstarrt war.

Jade nahm die Aussage ihrer Partnerin mit und legte sie auf Maddies Schreibtisch. Der schien es nichts auszumachen, dass Jade ihr den Ausdruck mitbrachte.

Neugierig schaute Jade auf das, woran Maddie gerade arbeitete. Ihre Partnerin saß am Computer und schien eine Liste der bekannten Einbrecher durchzugehen, die in der

Gegend wohnten und kürzlich auf Bewährung entlassen worden waren. »Irgendwas Interessantes dabei?«, fragte Jade.

Maddie schüttelte den Kopf. »Das Problem ist, unser Täter muss sich nicht gewaltsam Zutritt zum Haus verschaffen. Die Jungs, die auf Bewährung draußen sind, gehen nicht so geschickt vor. Gewöhnlich treten sie die Tür ein oder schlagen ein Fenster ein. Ich denke, wir suchen vielleicht nach einem Handwerker oder jemandem, der in Verbindung zu einem Hausmeisterservice oder etwas in der Art steht. Jemand, der schon mal in den Häusern war und entweder einen Schlüssel mitgehen ließ, den Code der Alarmanlage kennt oder eine Tür oder ein Fenster offen stehen lässt.«

»Weißt du, wie lange es dauert, wenn wir alle Geschädigten kontaktieren, um herauszufinden, welchen gemeinsamen Nenner die Einbrüche haben? Wenn es überhaupt einen gibt.«

Maddie hob beide Hände und nickte. »Ich weiß, ich weiß. Aber was können wir sonst tun?«

Jade nickte. »Ich finde, wir sollten uns mit Lieutenant Pagani kurzschließen, ob er noch irgendwelche Ideen hat. Aber er hat sich in seinem Büro eingeschlossen, seit wir von den Conrads zurück sind.«

Maddie drehte sich in ihrem Stuhl um und blickte zum Büro des Einsatzleiters. »Ich möchte gerade nicht in Paganis Haut stecken. Er hat einen toten Teenager, einen toten Cop, einen eifrigen Vergewaltiger und möglicherweise einen Einbrecherring, die alle unsere Division auf Trab halten. Sein Hintern sitzt auf einem Schleudersitz. Da würde ich mich auch im Büro verstecken.«

In diesem Moment ging die Bürotür auf. Jades Mageninhalt kam fast wieder hoch, als sie Zak Murdock sah, der einen Anzug trug und das Büro verließ. Er hielt mehrere Aktendeckel und einen gelben Notizblock in der Hand.

»Was zum Teufel treibt er da? Wieso hat er sich wie ein Detective verkleidet?«, zischte Maddie.

»Ich hab ein ganz schlechtes Gefühl, Maddie.«

»Du glaubst doch nicht, dieser Arsch wird auch bei den Ermittlern arbeiten, oder?«

»Ich verwette mein Gehalt darauf, dass genau das passieren wird«, sagte Jade.

»Das halte ich nicht aus, wenn sie ihn mit uns an der Einbruchserie arbeiten lassen.«

Jade beobachtete erleichtert, dass Zak in das kleine Büro ging, in dem die Ermittler für Mord und Sexualdelikte saßen. »Ich vermute, er wird mit deinem Kumpel McCool an den Morden arbeiten. Zwei Fälle in zwei Tagen, da müssen sie die Einheit ja verstärken.«

Maddie wandte sich wieder ihrem Computer zu. »Bei der Zunahme an Gewalttaten machen sich die Jungs von der Streife vermutlich ziemlich in die Hose.« Mit einem frechen Grinsen blickte sie hoch. »Was ja auch kein Wunder ist. Wir arbeiten schließlich unter Chief Bullocks Totalem Bullshit-Regime.«

47 Blake

»Schneller, Baby, schneller«, keuchte Sylvia.

Blake wusste schon von früheren Begegnungen, dass sie bald kommen würde. Er mobilisierte seine letzten Kraftreserven und stieß schneller in sie.

»Ohhh, ohhh, ohhh«, stöhnte sie und umschloss seine Lenden mit ihren Schenkeln. »Jaaaa.«

»Ahhhh«, grunzte er und pumpte seinen Saft in sie. Dann brach er auf ihr zusammen.

»Geh runter. Du zerquetschst mich ja.«

Himmel, ich habe ihr gerade einen Wahnsinns-Orgasmus geschenkt, und zehn Sekunden später mault sie mich an. Er rollte sich von ihr herunter. »Mir hat's gefallen«, witzelte er.

»Haha. Du bist ja so lustig.«

Blake fand, es war die richtige Entscheidung gewesen, Sylvias Haus schon diese Woche auf die Liste seiner Ziele zu setzen.

»Ich habe Hunger. Wollen wir ausgehen oder lieber was bestellen?« Sie sprang aus dem Bett und verschwand im Badezimmer.

Er schaute auf die Uhr. Es war vier. Er wollte eigentlich nicht länger als nötig bleiben, aber er wusste, dass Sylvia ihm eine Szene machen würde, wenn er ohne Essen ging. »Ich finde, wir sollten ausgehen.«

»Okay, ich dusche nur rasch. Vielleicht möchtest du dich ja zu mir gesellen und hilfst mir, den Rücken und andere Stellen einzuseifen«, rief sie aus dem Bad und kicherte wie ein Teenager.

Er hörte, wie die Duschtür geöffnet und das Wasser aufgedreht wurde. *Machte sie Witze?* Auf keinen Fall konnte er sie so schnell wieder ficken. Aber das wollte er ihr nicht unbedingt auf die Nase binden. Er stand auf und ging ins Badezimmer.

Sylvia stand in der geräumigen Duschkabine und rieb sich neckisch Duschgel über die üppigen Brüste. »Willst du auch?« Sie lächelte das Lächeln einer Schönheitskönigin, breit und unecht.

»Eigentlich wäre mir jetzt eher nach einem Glas Wein, Süße.«

Wie erwartet schmollte Sylvia ein paar Sekunden, doch als seine Worte zu ihr durchdrangen, lächelte sie. »Großartig! Ich glaube, ich habe eine Flasche Pinot Grigio im Kühlschrank liegen.«

»Bin gleich zurück«, sagte er, nahm ein Handtuch vom Ständer und legte es sich um die Taille.

Er lief die Treppe hinunter, ohne jede Angst, dass Sylvias Ehemann noch einen Überraschungsbesuch machte. Sie hatte Blake am Vormittag angerufen und ihm mitgeteilt, in den nächsten drei Tagen sei nichts zu befürchten. Sie hatte ihm erklärt, ihr Gatte sei nach Kolumbien geflogen, um sich dort mit ein paar Leuten von der Regierung zu treffen. Mehr erklärte sie nicht, und Blake stellte keine Fragen.

Die Marmorfliesen in der Eingangshalle fühlten sich kalt an unter seinen Füßen. Er lauschte, ob die Dusche immer noch lief, und schlich zu dem Tastaturfeld der Alarmanlage. Er rief sich den Zugangscode ins Gedächtnis, den Sylvia am Samstag eingegeben hatte.

Einmal tief durchgeatmet und rasch den Code eingetippt, den er sich bei Sylvia abgeguckt hatte. Als die LED-Leuchte für den eingeschalteten Alarm aufleuchtete, atmete Blake aus. Er wollte nur sichergehen, dass Sylvia oder ihr Mann den Code nicht zwischen seinen Reisen verändert hatten. Blake tippte den Code erneut ein, und der Alarm war wieder deaktiviert.

Das Wasserrauschen verstummte. Sylvia war wohl mit dem Duschen fertig. Blake lief in die Küche, zog zwei Weingläser aus dem Regal und fand den gekühlten Wein. Mit dem Korken machte er kurzen Prozess, schenkte den Weißwein ein und lief mit den Gläsern zurück ins Badezimmer. Sylvia wartete bereits auf ihn.

»Danke, Blaine«, gurrte sie und streckte die Hand nach dem Glas aus. »Ich habe mir den perfekten Ort fürs Abendessen überlegt«, sagte sie und nahm einen großen Schluck Pinot Grigio. »Aber ich verrate dir nicht, wohin wir fahren. Es wird dir gefallen, das verspreche ich dir«, fügte sie hinzu und gab ihm einen raschen Kuss, bevor sie in den großen begehbaren Kleiderschrank verschwand, der direkt ans Badezimmer grenzte.

Verärgert darüber, dass sie immer noch nicht seinen Namen kannte, lächelte er und hob hinter ihrem Rücken das Glas. *Ich frage mich, ob sie erwartet, dass ich wiederkomme und sie noch mal ficke.* Mit diesem Gedanken genehmigte er sich ebenfalls einen großen Schluck Wein.

48 Maddie

Tick, tick, tick.

»Da haben wir's. Heute ist Dienstag, und ich arbeite erst seit zwei Tagen mit Jade, und schon habe ich sie angelogen.«

Dr. Stevens lächelte mich an. »Dann lügen Sie sie eben nicht an. Sagen Sie ihr die Wahrheit.«

Ich schüttelte den Kopf. »Das kann ich nicht. Ich habe das Geheimnis zu lange für mich behalten. Was ist, wenn Jade es weitererzählt?«

»Glauben Sie, das würde sie tun? Sie haben mir gesagt, sie habe versucht, eine logische Erklärung zu finden, warum Sie sich am Tatort nicht wie erwartet verhalten haben.«

»Das Risiko darf ich nicht eingehen.«

Die Psychiaterin machte sich ein paar Notizen und verlagerte das Gewicht im Sessel. Als sie mich ansah, war ihr Blick prüfend. »Nun, Maddie, ob es Ihnen gefällt oder nicht, aber vermutlich werden Sie das, was passiert ist, offenlegen müssen. Nicht nur Jade gegenüber, sondern auch dem Department. Oder zumindest dem Detective, der im Conrad-Mord ermittelt.«

Ich schluckte die Galle runter, die mir hochkam. »Warum?« Und hasste mich für die Verzweiflung, die in diesem einen Wort mitschwang.

Dr. Stevens schaute auf die Notizen in ihrem Schoß. »Haben Sie mir nicht erzählt, dass der leitende Ermittler – wie heißt er noch mal?«

»McCool«, half ich nach.

»Haben Sie mir nicht gesagt, McCool tendiert zu der Annahme, dass Mrs Conrad ihren Mann ermordet hat?«

Ich nickte.

»Aber Sie glauben nicht, dass sie es war. Weil sie ans Bett gefesselt war, richtig?«

»Die Krawatten am Bett waren das eine. Aber es gibt noch mehr, warum ich sicher bin, dass sie von demselben Mann vergewaltigt wurde, der mich angegriffen hat.«

»Und das wäre?«

»Als ich mit Mrs Conrad bei ihr zu Hause darüber sprach, ehe sie aufs Revier gebracht wurde, sagte sie, bevor der Täter anfing, sie zu schlagen, hätte er sie angesehen und gesagt: ›Halt's Maul, Schlampe. Ich sage, wo's langgeht.‹ Genau das hat er auch zu mir gesagt. Mit dem Unterschied, dass er mich vergewaltigt hat. Und ich wette, er hat auch sie vergewaltigt. Dr. Stevens, es gab zwei Übergriffe direkt nach meinem, bei denen der Täter dasselbe zu den

Opfern sagte. Dann kam eine Pause. Aber ich habe die Vergewaltigungen im Valley im Blick behalten, und in den letzten zwei Monaten gab es fast ein Dutzend weitere mit demselben Modus Operandi.«

Dr. Stevens lehnte sich zurück und atmete tief durch.

»Sie haben also Anhaltspunkte, die darauf hindeuten, dass Mrs Conrad ihren Mann nicht ermordet hat, oder zumindest, dass sie Lieutenant Conrad aus Versehen erschossen hat, als er versuchte, sie zu beschützen.«

»Ich bin nicht ganz sicher, wie das ablief«, sagte ich verärgert. »Aber Mrs Conrad sollte einfach die Wahrheit sagen, dann müsste *ich* mich nicht in den Fall hineinziehen lassen.« Kaum waren die Worte raus, wurde mir bewusst, wie heuchlerisch das klang.

Bestimmt sah Dr. Stevens an meiner Miene, was ich gerade dachte, denn sie schenkte mir ein mitfühlendes Lächeln.

»Aber erzählen kann ich das *niemals*. Sehen Sie sich all die Frauen an, die nach mir vergewaltigt wurden. Und Larry Conrad könnte noch leben, wenn ich mich in jener Nacht hätte wehren können oder wenn ich sofort Anzeige erstattet hätte. Vielleicht wäre der Täter schon im Gefängnis. All die Frauen und ihre Familien haben gelitten und werden weiterhin leiden. Sie werden mich hassen. Die Leute, mit denen ich arbeite, werden den Respekt verlieren.«

»Kann schon sein«, stimmte die Ärztin zu. »Vielleicht aber auch nicht. Bitte rufen Sie sich ins Gedächtnis, dass andere Frauen ihre Vergewaltigung gemeldet haben. Trotzdem ist der Täter noch irgendwo da draußen.«

Kurz flackerte ein Funken Hoffnung in mir auf. Die Psychiaterin hatte recht. Vielleicht musste ich gar nichts sagen. Was würde es denn bringen? Doch dann holte mich die Realität genauso schnell wieder ein. Ich wollte Mrs Conrad dazu bringen, ihre Vergewaltigung einzuräumen. Wie konnte ich sie überhaupt bitten, von ihrem Angriff zu berichten, wenn ich selbst nicht dazu in der Lage war?

49 Blake

Für jemanden, der angeblich gleich vor Hunger umkam, nahm Sylvia sich genüsslich Zeit, um sich fürs Ausgehen fertig zu machen. Doch das war Blake egal. Er hatte die Zeit genutzt, um in die Schränke zu schauen, damit er seinen Brüdern etwas Zeit ersparte, wenn sie morgen zuschlugen.

Im Büro in einem Schrank hatte er einen Haufen Kameras und Ausrüstung gefunden, und im Geschirrschrank waren teures Silber und Kristall. Dieses Haus würde mehr Zeit erfordern als andere, um das gute Zeug rauszuschaffen.

Während er sich fragte, wie lange Sylvia noch brauchte, ging er den Flur entlang und stieß auf ein Gästeschlafzimmer. Links und rechts hingen Familienfotos an den Wänden. Blake blieb stehen und schaute sie sich interessiert an. Dabei fiel ihm ein Hochzeitsfoto von Sylvia und ihrem Mann auf. Der Mann hatte dunkle Haut und einen dicken Schnauzbart. Und obwohl sie auf dem Hochzeitsfoto beide glücklich lächelten, lag etwas wirklich Bedrohliches in seinem Blick.

Blake fragte sich, was schiefgelaufen war, dass der Mann nie zu Hause war und Sylvia für jeden die Beine breitmachte, der ihr sagte, was sie hören wollte. Diesem Ehemann würde er jedenfalls ungern über den Weg laufen. Der Kerl war so groß wie Liam Neeson und könnte Blake problemlos den Schädel zermalmen. Nach seinem Aussehen zu urteilen, würde er es sogar genießen, genau das zu tun.

»Blaine! Wo steckst du? – Ach, hier bist du.«

»Ich habe mir nur die Fotos angesehen. Du bist immer noch so schön wie … äh, damals«, sagte er und nickte Richtung Wand.

Sie winkte ab. »Das ist schon lange her. Komm, ich bin fast am Verhungern, und ich weiß, dass es dir gefallen wird, wo wir hingehen.«

Blake beäugte den eng anliegenden, marinefarbenen Stoff, der ihr an den Beinen klebte, und die dazu passende Kostümjacke, die ihn mit den roten Brokatpaspeln und goldenen Knöpfen an Freibeuter erinnerte. Darunter trug sie ein Spitzentop mit eckigem Ausschnitt, der viel zeigte. Das ganze Outfit wurde mit einem Paar schwarzer, hochhackiger Stiefel komplettiert, die bis über die Knie reichten. An jeder anderen Frau hätte es wie ein Kostüm ausgesehen. Bei Sylvia war es topmodisch. Er wusste, egal wohin sie gingen, sie würden alle Blicke auf sich ziehen.

Sie nahmen Blakes SUV. Er wollte, dass die Sicherheitskameras am Tor seinen Wagen regelmäßig kommen und gehen sahen, falls die Polizei die Videos überprüfte.

»Okay, fahr bis zur Chatsworth und dann links«, sagte Sylvia.

Blake folgte ihren Anweisungen. Vermutlich ging es zunächst auf den Freeway. »Was treibt deinen Mann dazu, die Stadt so oft zu verlassen?« Er bemerkte, wie Sylvia ihn von der Seite anstarrte.

»Wieso fragst du nach ihm?«

Er zuckte mit den Schultern. »Er ist oft fort, und du redest nie über ihn.«

»Dafür gibt es einen Grund.« Sie schaute rasch über die rechte Schulter. »Geh auf die andere Spur.«

Ein ungutes Gefühl beschlich ihn.

»Fahr weiter«, befahl sie.

Er entspannte sich etwas, während er sich darauf einstellte, an der nächsten Ampel rechts abzubiegen.

»Dort! Die nächste Einfahrt. Wir gönnen uns heute Pizza bei Harley's Hot Pieces.«

Starr vor Schreck fuhr er an der Einfahrt vorbei.

»Hey, was ist los? Du bist vorbeigefahren.« Sylvia kniff die Augen zusammen. »Macht nichts, du kannst auf dem Parkplatz vor dem Supermarkt drehen und zurückfahren.«

Blakes Gedanken rasten. Er wollte nicht in den Laden gehen. Shelbie war da drinnen ermordet worden. Konnte er nicht mal für einen Abend den Problemen seiner Familie entkommen? Wie gierig musste man eigentlich sein, dass man zwei Tage nach dem Tod einer Mitarbeiterin den Laden schon wieder aufmachte?

Er parkte den SUV vor dem Supermarkt.

»Was machst du? Brauchst du noch was aus dem Laden?«

»Ähm, mir ist heute irgendwie nicht nach Pizza.«

»Tatsächlich?« Sylvia runzelte die Stirn und verschränkte die Arme vor der Brust.

»Warum lässt du dich nicht von mir in das teure Restaurant oben auf dem Hügel ausführen? Von dort haben wir einen wundervollen Blick auf die Lichter im Valley. Und du siehst ehrlich gesagt so heiß aus, dass es Verschwendung wäre, nur in so einen finsteren Pizzaladen zu gehen.«

Sylvia ließ die Arme sinken, öffnete den Sicherheitsgurt und drehte sich im Beifahrersitz zu ihm um. »Hör mal, Blaine, ich habe mir schon heute Morgen Harley's Pizza in den Kopf gesetzt. Ich esse nicht so oft Pizza, und es ist ein Genuss, den ich mit dir zusammen erleben möchte. Wenn ich in diesem fossilen Laden auf dem Hügel essen wollte, hätte ich dir gesagt, du sollst mich dorthin bringen.« Sie schnallte sich wieder an. »Also, gibt es jetzt Pizza oder nicht?«

Rasch ging Blake seine Optionen durch. Dann seufzte er und legte den Gang wieder ein. Er hatte geglaubt, in den neunundzwanzig Jahren seines Lebens seien ihm schon viele anspruchsvolle Frauen begegnet, aber Sylvia hatte den Begriff Anspruch auf ein völlig neues Niveau gehoben.

Allmählich verstand er auch, warum Sylvias Mann so selten zu Hause war.

50

Harley

Obwohl ein Koch und zwei Kellnerinnen fehlten, konnte Harley den Pizzaladen wie gewohnt um fünf aufmachen. Er war dankbar, weil er das Restaurant nur am Montag hatte schließen müssen. Als er die Pizzeria betrat, konnte er erst nicht glauben, wie gut es hier aussah. *Ich sollte diese Jungs monatlich antanzen lassen.* Die Pizzeria war noch nie so sauber gewesen.

Bevor er den Laden aufmachte, kam Harley mit seinen Mitarbeitern zusammen. Er dankte ihnen, dass sie zur Arbeit gekommen waren, und ermahnte sie, ihr Bestes zu geben, um die schrecklichen Ereignisse der letzten Tage hinter sich zu lassen. Harley übernahm den Job des Kochs, Walt wies den Gästen ihre Plätze zu und bediente an der Bar, und Mindy und Krista kümmerten sich um den Service. Keiner von ihnen hatte viel zu tun.

Es hatte über eine Stunde gedauert, ehe sie die ersten Gäste begrüßen durften, und die zwei Sonderlinge, die auftauchten, waren nur wieder irgendwelche Kumpel von Walt, die was trinken wollten. Harley hatte sie von der Küche aus beobachtet und gesehen, wie die drei die Köpfe zusammensteckten und miteinander flüsterten.

»Wie die Geier«, murmelte Harley. »Die arme, kleine Shelbie ist noch nicht mal unter der Erde, und die Leute kommen her, weil sie sehen wollen, ob irgendwo geronnenes Blut klebt.«

Schon bald tauchten weitere Leute auf. Sie musterten die Restauranteinrichtung ebenfalls, besonders den Boden. Als suchten sie nach Beweisen für den Mord. Sie gingen ihm auf die Nerven. Bis die kleine, verwegene Lady hereinkam. Sie verdrehte trotz ihres Alters jedem Kerl den Kopf. Harley schätzte sie auf Anfang, Mitte vierzig.

Die kniehohen Stiefel und ihre wippenden Möpse erregten seinen kleinen Soldaten, der sich sofort aufrichten wollte. Harley maß den Jungen in ihrer Begleitung mit abschätzigem Blick. Er war entweder ihr Sohn, oder die Piratin war auch eine Raubkatze. Er tippte auf Letzteres. »Glücklicher Blödmann«, zischte Harley.

Walt sagte etwas zu seinen Freunden an der Bar und kam zu dem Paar, um ihnen einen Tisch zuzuweisen. Er versuchte, ihnen vorne eine Nische zu geben, aber davon wollte die Lady nichts hören. Sie zeigte auf die dunkelste Ecke des Restaurants am anderen Ende der Bar. Pflichtbewusst führte Walt sie dorthin und redete angeregt mit dem jungen Mann, der Walt die Hand gab, bevor er sich setzte.

Harley beobachtete, wie Walt ihnen die Speisekarten gab und ihre Getränkebestellung aufnahm und zurück zur Bar ging. Er sagte etwas zu seinen Freunden und lachte. Die beiden Clowns drehten sich um und beäugten das Paar ebenfalls. Walt ging hinter die Bar, um die Getränke herzurichten.

Plötzlich stieß Walts glatzköpfiger Freund seinem Kumpel mit dem Ellbogen in die Seite und sagte etwas. Der Zweite fuhr mit dem Kopf herum, um das Paar genauer in Augenschein zu nehmen.

Hm, irgendwas stimmt hier nicht, dachte Harley. Ging es ihnen um die Tussi oder den Jungen?

Offenbar hatten die beiden genug gesehen. Sie warfen ein Bündel Geldscheine auf die Bar, verabschiedeten sich mit einem Hitlergruß von Walt und verließen die Pizzeria.

51

Zak

Was ein Tag doch ausmachte. Nachdem Zaks Arsch in der Hand seines Captains war, hatte er sich einen Weg überlegt, wie er diese neue Aufgabe für sich nutzen konnte. Da er für diese Taskforce verantwortlich war, musste er nicht allzu viel tun. Er würde die Aufträge an seine Leute verteilen. Das hieß, er brauchte keines der Opfer zu befragen oder auch nur zu sehen. Er würde seinen Leuten schon sagen, wie hoch sie für ihn springen mussten, und dann würde er die Lorbeeren kassieren, wenn sie schließlich jemanden festnahmen.

Zak hatte einen Großteil des Dienstagabends damit verbracht, am Computer ein Profil der Taten zu erstellen – wo und wann sie passierten, Modus Operandi und ein Profil der Opfer. In Wirklichkeit war seine Präsentation nicht mehr als Schall und Rauch, um den Detectives und Officers, die unter ihm arbeiteten, das Gefühl zu vermitteln, er habe bei diesem Anstieg der Verbrechensrate alles unter Kontrolle und dass sie diese Vorarbeit schon bald zu dem Kerl führen werde, der hinter den Vergewaltigungen steckte. *Ha,* dachte er. *Einfach vortäuschen, bis man es schafft.*

Der einzig mögliche Nachteil war, dass sein direkter Vorgesetzter, Lieutenant Marco Pagani, meinte, Zak müsse unter Umständen Maddie Divine und ihre Partnerin Jade Donovan in die Ermittlergruppe aufnehmen. Das Letzte, was er brauchte, waren diese beiden Rampensäue, die in seinen Ermittlungen herumschnüffelten. Das ganze Revier war in Aufruhr, nicht nur, weil diese beiden Ermittlerinnen die Scheiße geradezu anzogen, sondern auch, weil sie extrem kompetent waren und ihren Job mit Hingabe machten. Er hatte sogar gehört, dass einige Detectives witzelten, sie wollten eine Wette darüber abschließen, wie lange es noch dauerte, bis die beiden den Valley-Vergewaltiger festnahmen.

Als Zak am Donnerstagmorgen zum Revier kam, stieg er aus dem Wagen und redete sich selbst auf dem Weg ins Gebäude gut zu. »Scheiß auf die beiden blöden Weiber. Sie sind nichts Besonderes. Sie fahren durch die Gegend und geiern darauf, dass eine heiße Sache per Notruf für die Streife reinkommt. Du bist viel klüger als die beiden und auch schlauer als dieser Vollidiot von Captain. Du wirst die Taskforce anführen und jemanden hinter Gitter bringen, und das schaffst du ohne die Unterstützung von Donovan und Divine.«

Eine halbe Stunde später verkündete Lieutenant Pagani bei der Morgenbesprechung die Bildung der Taskforce Vergewaltigung in Devonshire. Er erklärte seinen Leuten, dass Detective Zak Murdock die Taskforce leiten werde, aber dass jeder in der Einheit jederzeit für die Ermittlung abgestellt werden konnte. Pagani sagte außerdem, auch wenn Zak die Taskforce leite, geschehe dies unter der Führung von Detective Cash McCool.

Was sollte der Scheiß? Er hatte gestern Stunden in Paganis Büro gestanden, und der Arsch hatte nicht ein Wort darüber verloren, dass er »unter der Führung« von irgendjemandem arbeiten sollte. Immerhin bewahrte Zak die Fassung, während seine Autorität vor den Augen der ganzen Einheit unterlaufen wurde.

Zak beobachtete, wie die rechthaberische Maddie Divine der Schlampe Jade Donovan etwas zuflüsterte, das sie zum Grinsen brachte. Divine hatte vermutlich einen Witz über ihn gemacht. Das machte ihm keine Sorge. Er konnte sie problemlos an ihren Platz verweisen, wenn er sie für ihren Fehler bestrafte, der zum Tod ihres Mannes führte. Und was Jade Donovan anging … Bei ihr musste er vielleicht härtere Bandagen anlegen, aber auch das würde ihm früher oder später gelingen. Eines Tages würde sie erkennen, dass es ein Fehler gewesen war, seine Einladung zu einem Date auszuschlagen.

52 Blake

Blake drehte sich auf die Seite, öffnete die Augen und schaute auf die Uhr auf seiner Kommode. Verdammt! Er hatte verschlafen. Sofort sprang er aus dem Bett und verfluchte Sylvia, die ihn gestern Abend so lange wachgehalten hatte. Er hastete ins Badezimmer, um kurz zu duschen. Als wäre es nicht schlimm genug gewesen, in demselben Restaurant zu Abend zu essen, in dem seine Schwester ermordet worden war, hatte die kleine Nymphomanin Sylvia darauf bestanden, dass er sie nach Hause begleitete und ihr noch einmal zu Diensten war.

Heute war ein großer Tag, und er brauchte seinen ganzen Verstand und sein Durchhaltevermögen, damit seine Brüder und er die drei Jobs erledigt bekamen, die er für den heutigen Tag angesetzt hatte. Das einzige Problem war, dass seine Spielgefährtin ihn gestern sowohl emotional als auch körperlich ausgelaugt hatte. *Kaffee. Das brauchst du jetzt. Kaffee, einen Energydrink und einen neuen Schwanz.* Sein Penis fühlte sich sogar ein bisschen wund an.

Nach der Dusche war Blake voller Energie. Rasch zog er sich an und schaute dann nach seinen Brüdern. Sie wollten ihren Eltern erzählen, dass sie ins Geschäft fuhren, aber natürlich würden sie das nicht tun. Sie würden in den Häusern anderer Leute »einkaufen«. Ware für ihren Gebrauchtwarenladen in Palmdale auswählen.

Blake war überzeugt, dass seine Eltern froh sein würden, wenn die Jungs mal einen Tag lang nicht im Haus waren. Aus den Augen – aus dem Sinn.

Er nahm zwei Stufen auf einmal und rannte nach

unten. Fast die ganze Familie hatte sich zum Frühstück im Esszimmer versammelt. Alle waren dort, bis auf seinen Vater.

Logan und Jeremy schaufelten sich Rührei und Röstis in den Mund, als wäre es ihre Henkersmahlzeit.

Onkel Jack aß in Gedanken versunken, während er sich auf einem Block Notizen machte.

Anders als gestern war ihre Mutter heute noch nicht angezogen. Sie schob das Essen auf ihrem Teller lustlos an den Rand und wieder zur Tellermitte. Vermutlich war ihr nun doch bewusst geworden, dass Shelbie tot war.

Zum ersten Mal seit Langem sah Blakes Mutter tatsächlich so alt aus, wie sie war. Dann fiel ihm widerstrebend ein, dass sie nur ein paar Jahre älter als Sylvia war. Sein Verstand, der alte Verräter, rief ihm sofort Bilder von Sylvias festem Körper und ihren herrlichen Brüsten in Erinnerung.

»Blake, hörst du mir überhaupt zu?« Onkel Jack klang verärgert.

»Nein, tut mir leid. Was ist?«

»Deine Mutter und ich fahren zum Bestattungsinstitut, um die letzten Vorbereitungen für die Beerdigung am Freitag zu treffen. Du musst bei deinem Vater bleiben.«

»Ich kann nicht. Ich muss in unser Geschäft. Wir erwarten heute eine große Warenlieferung.«

Blake war überrascht, als seine Mutter das Wort ergriff. »Nein. Du bleibst hier. Dein Vater muss duschen, sich anziehen und etwas essen. Dann wirst du mit ihm reden und alles tun, damit er aus seiner tiefen Depression auftaucht.«

»Aber was ist mit dem Geschäft?«

»Du hast deine Brüder«, sagte sie. Ihr Blick huschte zu

ihren beiden jüngeren Söhnen. »Sollen sie sich darum kümmern.«

Blake sah den besorgten Gesichtsausdruck seiner Brüder, obwohl beide bemüht waren, möglichst lässig zu wirken. Wenn ein »Arbeitstag« für sie anstand, waren sie total aufgedreht. Sie waren bereit, sich um die Angelegenheit zu kümmern. Wenn ihre Mutter ihnen jetzt den Wind aus den Segeln nahm, würde der ganze Plan für den Tag zusammenfallen.

Blake fuhr sich mit den Fingern durch die Haare und warf seinen Brüdern einen verzweifelten Blick zu. Jeremy zuckte leicht mit den Schultern, doch Logan starrte ihn unverwandt an. Von seinen beiden Brüdern schien Logan derjenige zu sein, der mehr unter Strom stand vor einem Job.

»Ich denke, ich kann schon allen sagen, sie sollen ihre Aufgaben erledigen, als wäre ich da«, sagte er und warf seinen Brüdern einen wissenden Blick zu.

Jeremy schüttelte leicht den Kopf. Logan grinste nur breit.

»Du glaubst, der ganze Laden geht den Bach runter, wenn du nicht da bist«, sagte Logan. »Ich sag dir mal was, Bruder. Jeremy und ich sind sehr kompetent und wissen, was wir tun müssen.« Logan stand auf und warf die Leinenserviette auf seinen leeren Teller. »Du bleibst hier und spielst für Dad das Kindermädchen.«

Logan knuffte Jeremy in den Rücken. »Komm, Jeremy. Iss auf, wir haben einen Auftrag.«

53 Cash

Nach vier Stunden Schlaf fühlte Cash sich am Mittwochmorgen ziemlich gut, als Lieutenant Pagani ihn zu seinem Büro winkte und vor ihm darin verschwand.

Als Cash den Raum betrat, hielt Pagani sich den Telefonhörer ans Ohr und legte die Hand auf die Sprechmuschel. »Ich rufe gerade den Chief zurück. Warteschleife, natürlich.«

Cash schloss die Tür und setzte sich auf einen der zwei Besucherstühle mit Vinylpolster, die an der Wand standen. Plötzlich drückte Pagani das Kreuz durch. Der Chief war am anderen Ende der Leitung.

»Guten Morgen, Sir. Ja, wir hatten ein paar stressige Tage.«

Cash beobachtete Pagani, wie er hinter seinem Schreibtisch hin und her lief, während er aufmerksam lauschte und gelegentlich nickte.

»Ja, Sir, ich verstehe Ihre Sorge, aber …«

Pagani lauschte weiter, dann blieb er stehen. »Nein, Sir. Ich glaube nicht, dass das Dezernat für Kapitalverbrechen alles übernehmen sollte. Ich habe den leitenden Ermittler Cash McCool gerade hier. Soll ich auf Lautsprecher stellen?«

Cash sprang auf und trat hastig zu einem Stuhl vor Paganis Schreibtisch, wo er besser zuhören konnte und deutlicher zu verstehen war. Das Letzte, was Cash jetzt wollte, war, dass die sogenannten »großen« Ermittler seinen Fall übernahmen. Sie bekamen alle dicken Fälle zugeschustert und waren in den Nachrichten, aber sie hatten auch doppelt so viel Personal, um die Verbrechen aufzuklären. Pagani drückte einen Knopf am Telefon, und die Stimme des Chiefs erfüllte den Raum mit einem Echo, als stünde er in einem U-Bahn-Schacht.

»Ich hoffe, Ihr Junge hat vor, beide Morde in den nächsten vierundzwanzig bis achtundvierzig Stunden aufzuklären. Sonst habe ich keine andere Wahl, als die Fälle doch an das Dezernat für Kapitalverbrechen zu übergeben. Ich will das wirklich nicht machen müssen, nachdem die Bullock-Strategie-Reorganisation erst so kurz in Kraft ist und wir so viel Aufmerksamkeit von den Medien bekommen.«

Cash räusperte sich. »Guten Morgen, Chief. Detective Cash McCool hier. Wir arbeiten beim Saunders-Mord an einigen vielversprechenden Spuren.«

»Ist das der Fall, bei dem mehrmals auf eine junge Frau eingestochen wurde?«

»Ja, Sir. Der ist das.«

»Haben Sie schon einen Verdächtigen?«

»Im Moment haben wir ihren Chef im Auge, dem das Restaurant gehört, wo die Leiche gefunden wurde.« Cash zögerte. »Aber ich muss zugeben, dass mein Bauchgefühl sagt, dass er nicht derjenige ist, nach dem wir suchen, Chief.« Cash blickte auf. Sein Chef Pagani runzelte die Stirn.

»Wenn der Chef nicht der Verdächtige ist, wer dann?«

»Ich habe da was läuten hören, dass der Barkeeper in illegale Aktivitäten verstrickt ist und ein besonderes Interesse an dem Opfer gezeigt hat. Aber ich habe auch erfahren, dass das Opfer adoptiert wurde und drei Brüder hat – die alle in den Zwanzigern sind.«

»Dann besorgen Sie DNA-Proben von der Familie, damit Sie etwas zum Vergleichen haben, sobald der Bericht von der Gerichtsmedizin kommt. Vielleicht hatte einer der Brüder Frühlingsgefühle, und sie hat ihn abgewiesen.«

»Chief, bei allem Respekt, aber ich möchte gerne bis zur Beerdigung des Mädchens warten, bevor wir der Familie mit der Bitte um DNA-Proben kommen. Im Moment haben wir nichts, das auf einen Täter aus dem familiären Umfeld hinweist, und es gibt noch andere Verdächtige, auf die wir uns konzentrieren können.«

»Wissen Sie, McCool, mir ist es egal, wie Sie das machen, aber ich will eine Festnahme sehen. Wenn Sie jemanden haben, sollten Sie die Medien informieren, damit wir die Festnahme in die Nachrichten bringen. Die Öffentlichkeit soll wissen, dass die Bullock-Strategie-Reorganisation funktioniert.«

»Ja, Sir«, sagte Cash.

»Und was ist mit Conrads Tod? Wen haben Sie da in Verdacht?«

»Nun, wir denken da an die Frau, Chief«, sagte Cash.

»Echt?« Der Chief klang ehrlich überrascht.

Cash blickte Pagani fragend an, der leicht nickte.

»Ja, Sir. Wie Sie vielleicht wissen, hatte Lieutenant Conrad vor einigen Jahren private … Probleme. Es wurde Anklage erhob- …«

»Ja, ja, ich weiß über Larry Conrads Neigung Bescheid, seine Frau zu schlagen. Das hat seine Karriere im Keim erstickt. Er hätte es nie zu mehr als zum Lieutenant gebracht. Aber ich dachte, die Zeit wäre vorbei, und jetzt muss er sogar noch eine Etage tiefer.« Der Chief lachte über seinen eigenen Scherz und wurde sofort wieder ernst. »Warum glauben Sie, die kleine Frau hat das getan?«

Cash räusperte sich erneut. Seine Nervosität ärgerte ihn. »Am schwersten wiegt der Vorwurf, dass Carole leugnet, auch nur in der Nähe der Schießerei gewesen zu sein, obwohl sie Schmauchspuren an den Händen hatte.«

»Wirklich?«, fragte der Chief und klang ehrlich interessiert. »Vielleicht werden ja beide Mordfälle schnell gelöst.«

»Das hoffe ich, Chief«, warf Pagani ein.

»Was ist mit dem Serienvergewaltiger, der im Valley herumläuft? Haben Sie da jemanden als möglichen Verdächtigen?«

Pagani beugte sich zum Telefon vor. »Über die Liste der Sexualstraftäter hatten wir keinen Erfolg, darum hat Captain Westfall die Bildung einer Taskforce Vergewaltigung angeordnet. Detective McCool beaufsichtigt sie, aber die Einheit wird von Detective Zak Murdock geleitet.«

Einen Moment lang blieb die Leitung still. »Glauben Sie nicht, McCool hat genug damit zu tun, die Morde aufzuklären, ohne dass Sie ihm auch noch einen Serienvergewaltiger aufbürden?«

Cash ergriff das Wort. »Sir, ich beaufsichtige die Taskforce nur. Das wird meine Aufmerksamkeit nicht von den Mordermittlungen ablenken.«

»Gibt es Anlass zu der Annahme, dass der Vergewaltiger es auf das Saunders-Mädchen abgesehen haben könnte?«

Pagani bedachte Cash mit einem Blick, als wollte er sagen: *Bitte sagen Sie mir, dass Sie das überprüft haben und darauf eine Antwort wissen.*

Obwohl Chief Bullock es nicht sehen konnte, schüttelte Cash den Kopf. »Nein, Sir. Obwohl ihr T-Shirt nach oben geschoben war, gab es keine Hinweise, dass Saunders das Opfer eines sexuellen Übergriffs war. Außerdem erinnert das Vorgehen des Mörders nicht im Entferntesten an die Vergewaltigungen. Es ist höchst unwahrscheinlich, dass die Fälle zusammenhängen. Allerdings haben wir, nur um sicherzugehen, einige DNA-Proben genommen. Aber bei dem Rückstau im Labor habe ich keine Ahnung, wie lange wir auf Ergebnisse warten müssen.«

»Wissen Sie, ich war kürzlich bei einer internationalen Tagung der Vereinigung der Polizeichefs, und dort wurde viel darüber gesprochen, dass das FBI ausgerüstet wurde, um schnelle Ergebnisse zu liefern. Angeblich kann dieses neue Labor in nur zwei Stunden Resultate liefern, manchmal sogar schneller. Ich mache ein paar Anrufe und will mal sehen, ob man dort Ihre Proben testen kann.

Einstweilen gebe ich Ihnen Zeit bis Freitagnachmittag um fünf, um diese beiden Mordfälle zu lösen. Wenn Sie bis dahin niemanden festgenommen haben, werde ich das Dezernat für Kapitalverbrechen am Wochenende auf beide Fälle ansetzen, und dann ist für jeden Mord Anfang nächster Woche jemand in Haft. Verstanden?«

Cash sah, wie Paganis Kiefermuskeln mahlten. Er hatte auch nicht vor, sich von den Detectives im Hauptquartier vorführen zu lassen. Er musste die Angelegenheit hinbekommen.

Pagani und Cash antworteten daher gleichzeitig: »Wir kümmern uns darum.«

54 Maddie

Ich bekam Cash kaum zu Gesicht. Er rannte aus Paganis Büro und direkt in das der Mordkommission. »Sieht aus, als hätte jemand McCool gerade Feuer unterm Arsch gemacht«, sagte ich zu Jade.

»Ja nun. Lass uns diese Polizeiberichte durchgehen, sonst sind wir die Nächsten, die sich im Büro des Lieutenants einen Anschiss abholen können.«

Als hätte unser Chef uns gehört, kam Pagani aus dem Büro und zu unseren Schreibtischen.

Ich übertrug die Einbruchsdelikte in eine Tabelle, die ich entworfen hatte. Jade ging die Berichte durch und unterstrich wichtige Passagen. Sie hielt inne und wartete, bis Pagani heran war.

»Guten Morgen, Ladys. Hat unsere Einbrecherbande gestern zugeschlagen?«

Jade schüttelte den Kopf. »Nein, bisher nicht. Aber es ist auch noch ziemlich früh, um das zu sagen. Vielleicht wurden noch nicht alle Protokolle kopiert und verteilt.«

An Jades Art merkte ich, dass sie es lieber hätte, wenn ich Pagani meine Aufmerksamkeit schenkte, aber ich hatte es eilig, alle Daten in die Tabelle zu übertragen, damit wir wieder ausrücken konnten. Ich hatte das deutliche Gefühl, dass die Einbrecher heute wieder aktiv werden würden. Jade und ich hatten uns in Devonshire bereits einen Namen gemacht, weil wir die Scheiße geradezu anzogen. Ermittler, die die schwierigen Fälle auf sich zogen, und mir fiel keine bessere Möglichkeit ein, diesen Makel auszuräumen, als die Einbrecher zu fassen. Für Geplauder mit dem Lieutenant war jedenfalls keine Zeit.

»Ich wollte mich nur kurz mit Ihnen beiden abstimmen. Ich möchte, dass Sie heute nicht rausfahren.«

»Was?« Meine Hände ruhten noch auf der Tastatur, aber ich fuhr zu unserem Boss herum. »Warum wollen Sie, dass wir nicht rausfahren und unsere Ermittlungen fortsetzen? Das ist schließlich unser Job. Sie sollten froh sein, dass wir so ungern hinter dem Schreibtisch sitzen.«

Aus dem Augenwinkel sah ich, wie Jade ganz leicht den Kopf schüttelte.

»Hören Sie, Maddie. Ich weiß, das klingt lächerlich für Sie, aber jedes Mal, wenn Sie zwei rausfahren, geht Devonshires Kriminalitätsrate hoch. Montag ein Mord, gestern ein zweiter Mord und eine Vergewaltigung.«

Jade ergriff das Wort, bevor ich auch nur den Mund aufmachen konnte. »Lieutenant, ich weiß, was Sie damit sagen wollen. Aber Sie wissen selbst, wie unlogisch es ist, wenn Sie glauben, dass wir irgendwie die Kriminalitätsrate in die Höhe treiben.«

»Und wenn wir diese schmierigen Einbrechertypen erwischen«, warf ich ein, »wird die Kriminalitätsrate sogar spürbar sinken – zumindest bei den Eigentumsdelikten. Darauf, dass die Leute sich gegenseitig umbringen, haben wir keinen Einfluss.«

Pagani seufzte. »Darum geht es ja gerade. Wir hatten zwei Morde in zwei Tagen, und Sie beide waren immer mit von der Partie. Dann muss ich Sie wohl für die Taskforce Vergewaltigung von Zak Murdock einteilen.«

Ich war klug genug, dazu nichts zu sagen. Ich wollte ja nicht gleich wegen Ungehorsams einen Verweis kassieren.

»Lieutenant, was halten Sie davon?«, fragte Jade. »Maddie und ich fahren raus und setzen unsere Ermittlungen fort. Wir wollen vor allem sehen, ob an den Häusern, wo die Einbrüche verübt wurden, irgendwas Besonderes ist oder sie sich irgendwie ähneln. Sie wissen schon, Dinge, die nicht in den Berichten auftauchen. Steht das Haus an einer Straßenecke, geht die Eingangstür nicht zur Straße raus, so was in der Art.«

Ich beobachtete, wie Pagani mit sich rang. Ihm fiel kein Argument gegen Jades Vorschlag ein. Eins musste ich meiner Partnerin lassen – sie war ganz schön auf Zack. Über die Ideen, die sie einbrachte, hatten wir bisher noch nicht mal geredet.

»Diese Informationen bekommen Sie auch aus dem Computer«, sagte er schließlich. »Die Satellitenbilder, die es heutzutage gibt, sind bemerkenswert.«

»Aber so leicht kriegt man sie nicht, Lieutenant«, wandte ich ein. »Ich habe nach einem neuen Haus gesucht, und es hat mehr als fünf Minuten gedauert, bis ich einen guten Blick von der Straße her hatte. Und die Perspektive von der Gartenseite her findet man kaum.«

Ich lief mich allmählich warm bei den improvisierten Argumenten und fuhr fort: »Tatsächlich wollten wir zu den Häusern fahren, damit wir die Gärten überprüfen und noch mal mit den Besitzern reden können. Wir wollen wissen, ob es noch einen gemeinsamen Nenner gibt – eine Haushälterin, einen Handwerker oder so. Das wäre eine sehr viel gründlichere Ermittlung, *und* die Bürger hätten das Gefühl, die Polizei tut etwas für sie.« Mit unserer Bereitschaft, mit den Bürgern zu kommunizieren, ließ ich, das wusste ich, Pagani keinen Ausweg.

»Also gut. Sie können gehen. Aber um es ganz klar zu sagen: Ich will nicht, dass Sie auf irgendwelche Notrufe reagieren. Es sei denn, ein Kollege gerät in Not oder in Ihrer Gegend wird ein Einbruch gemeldet. Auf sonst nichts. Egal, was es ist.«

Ich zuckte mit den Schultern. »Wir suchen ja nicht nach diesen Fällen, sie finden uns.«

»Das befürchte ich auch«, sagte Pagani. Ohne ein weiteres Wort drehte er sich um und ging zurück in sein Büro.

Ich schaute Jade an und grinste. »Soso. Miss Perfekt kann also auch Mist erzählen. Gut gemacht, Partnerin.«

Jade wirkte leicht irritiert. »Ich habe nicht gelogen. Ich habe dir nur noch nicht erzählt, was wir meiner Meinung nach heute da draußen tun sollten.« Dann erwiderte sie mein Grinsen.

»Hmhm.«

Meine Aufmerksamkeit wurde abgelenkt, als einer unserer Kollegen den Fernsehton aufdrehte. Chief Coy Bullock wurde im Morgenmagazin eines Lokalsenders interviewt. Der junge Nachrichtensprecher stellte die Fragen mit ernster Miene.

»Chief Bullock, normalerweise übergeben Sie, wenn mehrere Verbrechen von einem Täter verübt wurden, diese Fälle an das renommierte Dezernat für Kapitalverbrechen im Hauptquartier. Und doch tun Sie genau das nicht beim Fall des Valley-Vergewaltigers. Warum ist das so?«

»Nun, Brett, wir haben noch nicht nachgewiesen, dass alle Verbrechen das Werk des sogenannten Valley-Vergewaltigers sind. Alle Detectives des LAPD sind gut ausgebildet und qualifiziert, in diesen Fällen zu ermitteln. Ich will den Kollegen in den Revieren, wo die Angriffe jeweils passiert sind, die Möglichkeit geben, ihre Ermittlungen durchzuführen und zu sehen, welche Resultate sie liefern. Sollte die Fallzahl in einem der Reviere zu hoch werden, ist sicher der Zeitpunkt gekommen, das Dezernat für Kapitalverbrechen hinzuzuziehen.«

Einer der Detectives vom Autodiebstahl schnaubte. »Übersetzt heißt das, er gibt ihnen noch ein paar Tage, die Fälle aufzuklären. Dann kommt die Einheit zum Zug und rettet ihm den Arsch, indem sie die Straßen mit den fünfzig Mann flutet, die sich in der Innenstadt den Hintern platt sitzen.«

»Aber der Valley-Vergewaltiger hat gestern jemanden

umgebracht, Chief. Die Situation wird also schlimmer statt besser.«

»Wir ermitteln noch immer, was genau gestern geschah. Wir wollen lieber nicht spekulieren, denn damit könnten wir in der Stadt Panik hervorrufen.«

»Richtig, Chief«, verhöhnte ich sein Fernsehbild. »Dieser Typ vergewaltigt seit ein paar Jahren und wurde immer noch nicht gefasst. Kein Grund zur Besorgnis.«

Lieutenant Pagani kam aus seinem Büro und schaltete den Fernseher aus. »Ich bin sicher, Sie alle haben mehr als genug zu tun. Gehen wir wieder an die Arbeit.«

Zwanzig Minuten später war ich mit meiner Tabelle fast fertig, als Cash McCool zu mir kam. Er hielt mir meine Aussage zum Conrad-Mord hin. »Sie schreiben hier, dass Carole sagte, nachdem sie gefesselt war, habe der Täter sie angesehen und gesagt: ›Halt's Maul, Schlampe. Ich sage, wo's langgeht.‹ Mir hat sie davon nichts erzählt, dass er mit ihr geredet hat.«

Ich zuckte mit den Schultern. »Sie dachte vermutlich, das müsste sie nicht, da sie es ja schon mir erzählt hatte.«

»Ist das alles, was er zu ihr gesagt hat? Sonst hat er nichts zu ihr gesagt?«

Mein Herzschlag beschleunigte sich schneller als ein Lamborghini. »Nein, das ist alles, was er sagt – ich meine, was er sagte«, fügte ich hastig hinzu. »Dann fing er an, sie zu verprügeln. Wie es in meiner Aussage steht.«

»Hat sie irgendwas darüber gesagt, dass ihr Ehemann tot ist?«

»Nein, eigentlich nicht. Ich glaube, sie stand unter Schock.«

»Ich glaube, Mrs Conrad erzählt nur Mist. Als ich sie darüber in Kenntnis setzte, dass Larry tot sei, zeigte sie keine Emotionen … Sie sah mich nur an und nickte. Sie kommt mehr und mehr als mögliche Verdächtige infrage. Ach ja, da fällt mir was ein. Pagani möchte, dass Sie und Jade Carole zur Spurensicherung bringen, damit Fotos von ihren Verletzungen gemacht werden. Ich würde es selber machen, aber ich muss noch Harley befragen, den Pizzamogul.«

Ich warf Jade einen wütenden Blick zu. »Pagani tut wohl alles, um uns von der Straße zu holen.«

Jade zuckte nur mit den Schultern.

Es nervte mich, dass unser Boss einen Weg gefunden hatte, uns an der Einbrecherjagd zu hindern. Und das ließ ich an McCool aus. »Wenn Sie so sicher sind, dass Conrads Frau ihn ermordet hat, wie kam es dann zu den Schlägen?«, fragte ich.

McCool sah mich an, als wäre ich eine Idiotin. Als er sprach, klang es, als müsste er einer Anfängerin alles erklären. »Er hat sie geschlagen, sie hatte genug davon und hat ihn erledigt. Dann hat sie sich die Geschichte von einem Eindringling ausgedacht.«

»Ich glaube, Sie sollten sich Folgendes über Mrs Conrad merken. Ich bin überzeugt, dass sie Larry den Frauenschläger nicht ermordet hat. Und *Sie*, Detective, bleiben lieber offen für eine andere Lösung dieses Falls.«

»Wissen Sie, Doc, ich weiß Ihren Beitrag zu schätzen. Aber Carole lügt.«

»Ich habe Ihnen gesagt, Sie sollen mich nicht so nennen.«

»Außerdem«, fuhr McCool fort, als hätte ich gar nichts gesagt, »rede ich nicht nur über das Abfeuern der Pistole. Vieles an ihrer Story passt nicht zusammen.« McCool schüttelte den Kopf. »Der Tatort sah mit den Seidenkrawatten an den Bettpfosten aus, als wäre die Szene gestellt. Ich werde sie fragen, ob sie bereit ist, einen Poly-Test zu machen.«

»Glauben Sie wirklich, sie lässt einen Lügendetektortest machen?«, fragte Jade.

»Sie hat bisher nicht nach einem Anwalt gefragt, sodass es durchaus sein kann, dass sie zustimmt. Und wenn nicht, sieht das vor Gericht ziemlich schlecht aus.« McCool nahm meinen Bericht wieder an sich. »Also? Was meinen Sie? Bringen Sie Carole zum Fotografen oder nicht?«

»Eigentlich wollten Maddie und ich …«

»Wir bringen Carole gerne zur Spurensicherung«, unterbrach ich Jade. Ich schaute meine Partnerin an. »Es dauert ohnehin nicht lange, und wenn wir sie wieder zurückgebracht haben, können wir uns um den Rest kümmern.«

»Danke, Doc. Sie wohnt bei einer Freundin in Encino. Ich schreibe Ihnen die Adresse auf«, sagte McCool. »Vielleicht können Sie ihr ja vermitteln, dass ein Test mit dem Polygrafen für sie das Beste ist.«

»Klar, McCool. Ich überrede sie zum Lügendetektor. Und nennen Sie mich nicht Doc.«

55 Harley

»Steh auf, Harley. Da sind Detectives am Telefon, die mit dir reden wollen.«

Harley stöhnte. Jeden verdammten Tag gab es neue Probleme, mit denen er sich befassen musste. »Kapieren die Cops nicht, dass ich abends lange arbeite und sie mich erst nachmittags belästigen sollen? Wie spät ist es?«

»Halb zehn am Mittwoch. Jetzt beeil dich, bevor sie sich überlegen, eins der Kinder als Beweismittel mitzunehmen.«

»Wär kein großer Verlust.« Er flüsterte, damit seine Frau ihn nicht hörte. »Ich arbeite sieben Tage die Woche und kriege nicht mal fünf Stunden Schlaf am Stück.«

Eine Minute später tapste Harley ins Wohnzimmer und nahm den Telefonhörer.

»Hallo?«

»Mr Elliot, hier ist Detective McCool. Ich habe vorgestern mit Ihnen gesprochen.«

»Ja, ich erinnere mich.«

»Würde es Ihnen was ausmachen, noch mal mit uns zu reden?«

»Bei Ihnen auf dem Revier? Wie lange dauert das?«

»Das hängt ganz von Ihnen ab, Mr Elliot. Wir wollen allerdings auch mit Ihrer Frau reden.«

Harleys Herz fing an zu hämmern, als hätte ihm eine Hure gerade erst einen runtergeholt. »Tja, also ... Ich bin nicht sicher, warum Sie mit mir reden wollen. Ich, äh, habe Ihnen doch alles erzählt, was ich weiß.«

»Wir haben ein paar zusätzliche Informationen und müssen einiges von Ihnen bestätigen lassen.«

»Ich bin sehr beschäftigt. Muss mein Geschäft führen und mich um die Familie kümmern.«

»Das verstehe ich, Mr Elliot. Wir könnten auch zu Ihnen ins Restaurant kommen und uns dort unterhalten. Vielleicht können wir auch mit ein paar Stammgästen reden.«

»Hören Sie, McCool, Sie haben kein Recht, meine Gäste zu nerven.«

»Wir sind auch sehr beschäftigt, Sir. Wir wollen herausfinden, wer ein sechzehnjähriges Mädchen in *Ihrer* Pizzeria ermordet hat. Wir können es entweder so machen oder auf die harte Tour.«

»Drohen Sie mir nicht, McCool!«

»Sie klingen ganz schön wütend, Mr Elliot.«

Je länger er mit den Cops redete, umso mehr Probleme würde er bekommen. »Also gut. Was ist mit den Kindern? Wer passt solange auf sie auf?«

»Machen Sie sich keine Sorgen. Wir haben im Revier ein Spielzimmer und finden eine nette Kollegin, die auf Ihre Kinder aufpasst.«

Eine knappe Stunde später war Harley wieder in dem kleinen Verhörzimmer, in dem er schon am Montag gesessen hatte. Man hatte Jennifer und ihn getrennt, sobald sie das Gebäude betreten hatten. Selbst in diesem kleinen, abgeschirmten Raum hörte er seine Kinder weinen. Ob Jennifer bei ihnen war? Oder saß sie auch in einem Verhörraum?

McCool und sein Partner kamen herein und setzten sich ihm gegenüber an den kleinen Tisch.

»Mann, tut mir leid, dass meine Kinder so einen Aufstand machen. Ihre Mom lässt sie sogar mit Mord ungestraft davonkommen.« Harley bemerkte, wie die beiden Detectives einen Blick tauschten.

Der jüngere Cop räusperte sich und nannte den Tag, das Datum und die Uhrzeit. Wie schon McCool am Montag erklärte er, die Vernehmung werde aufgezeichnet. Er klärte Harley noch einmal über seine Rechte auf und vergewisserte sich, dass Harley ihn verstanden hatte und bereit war, die Befragung fortzusetzen.

»Klar. Ich habe nichts zu verbergen«, sagte er.

Dieses Mal ergriff McCool das Wort. »Eins habe ich vergessen, Sie am Montag zu fragen, Mr Elliot. Wurden Sie schon mal festgenommen?«

»Nein. Nein, Sir! Ich bin doch bloß ein hart arbeitender Familienvater, der versucht, sein Auskommen zu haben.«

Der Detective nickte und lächelte ihn an. »Wunderbar! Danke für Ihre Ehrlichkeit.« Dann beugte McCool sich leicht vor. »Mr Elliot, wir haben Bedenken bei einigem, was Sie uns erzählt haben, und hoffen, Sie können diese Sachen aufklären.«

Harley nickte. »Okay.«

»Uns ist ja schon am Montag aufgefallen, dass Sie blaue Flecke an den Unterarmen haben und auch ein paar Kratzer. Sie haben mir erzählt, das sei im Restaurant passiert. Aber wir haben das überprüft, und niemand erinnert sich daran, dass Sie sich verletzt hätten. Keiner Ihrer Mitarbeiter hat ähnliche Verletzungen. Wie können Sie das erklären?«

Beim ersten Mal war Harley auf die Frage nach den Abschürfungen nicht vorbereitet gewesen. Dieses Mal hatte er eine Antwort. *Halte die Antwort einfach und bleib so nah wie möglich an der Wahrheit.* Er verlagerte das Gewicht. »Ich, äh, hatte ein kleines Gerangel mit jemandem.«

»Mit wem, Mr Elliot?«

»Ich weiß es nicht.«

Der Detective starrte ihn ungläubig an.

»Ich meine es ernst. Ich habe keine Ahnung.« Harley seufzte und spulte seine eingeübte Story ab. »Ich habe allein getrunken und musste mal pinkeln. Also stieg ich aus dem Van und pisste hinter einen Baum. So ein Gutmensch kam vorbei und fing an, mich zu schikanieren, weil ich meinen Penis in der Öffentlichkeit zeigte. Wir stritten, und das Nächste, was ich weiß, ist, wie der Typ und ich uns prügelten. So kam ich zu den Verletzungen.«

»Können Sie diesen Mann beschreiben?«

»Nee, ich war ziemlich hinüber.«

»War er weiß, schwarz, Asiate oder Latino?«

»Echt, Mann! Ich hab's doch schon gesagt, ich weiß es nicht. Sie haben gefragt, wie es zu den blauen Flecken kam, und ich habe es Ihnen gesagt.«

Der Detective legte den Stift behutsam auf den Notizblock und beugte sich vor.

»Mr Elliot, Sie sind gerade in meinem Haus. Ich schreie in Ihrem Haus auch nicht herum, und ich erwarte von Ihnen, mein Haus mit demselben Respekt zu behandeln. Ich erwarte außerdem von Ihnen, dass Sie *mich* mit Respekt behandeln, so wie ich Sie mit Respekt behandle.« Der Detective lehnte sich zurück. »Warum haben Sie mir das nicht schon am Montag erzählt?«

Harley war auch auf diese Frage vorbereitet. Er ließ den Kopf hängen und schaute zum Detective hoch. »Weil ich Angst hatte. Shelbie war tot und ich dachte, das sieht bestimmt nicht gut aus, wenn ich von einem Streit erzähle.«

Er wand sich auf seinem Stuhl. Der Blick des Detectives bohrte sich in Harleys wässrige, haselnussbraune Augen. Harley schaute als Erster weg.

Nun lehnte sich der Detective wieder vor. Er sprach mit leiser Stimme. »Mr Elliot, ich vernehme Leute seit über fünfzehn Jahren. Ich bin inzwischen ziemlich gut darin und weiß, wann jemand mich anlügt und wann nicht. Warum hören Sie nicht mit dem Scheiß auf und erzählen mir von dem Verbrecher, mit dem Sie getrunken haben?«

56 Blake

Blake war nervös, während seine Familie sich bereits auf den Weg machte. Logan und Jeremy gingen angeblich in den Gebrauchtwarenladen, seine Mutter und Onkel Jack bereiteten sich auf die Fahrt zum Bestattungsinstitut vor. Blake gefiel das ganz und gar nicht. Seine Pläne für den Mittwoch waren ruiniert. Seine Brüder würden also versuchen, einige Jobs ohne ihn zu erledigen.

Seine Mutter kam in das Wohnzimmer, wo Blake auf einem Fernsehsessel lümmelte, trockene Getreideflocken aß und sie mit einem Proteinshake runterspülte, während die Morgennachrichten liefen. Seine Mutter sah besser aus als beim Frühstück, aber selbst in einem teuren Trainingsanzug war sie nicht so gepflegt, wie er es von ihr gewohnt war.

»Dein Vater schläft. Lass ihn nicht länger als bis zehn schlafen. Ich mache mir ernste Sorgen um ihn, Blake.«

»Was soll ich denn mit ihm machen?«

Seine Mutter warf ihm einen ostentativen Blick zu, mit dem sie einen Fünfjährigen bedenken würde. »Versuch, ihn zum Reden zu bringen. Schlag ihm meinetwegen einen Therapeuten vor, um ihm zu helfen.«

Blake fuhr durch den Kopf, dass dieser Gedanke vielleicht eine größere Wirkung hätte, wenn er von ihr käme, doch das behielt er vorsichtshalber für sich. Shelbies Mord hatte die Familie total aus der Bahn geworfen.

Onkel Jack kam die Treppe herunter, nahm die Fernbedienung und schaltete den Fernseher aus. »Tu für deinen Vater, was du kannst. Deine Mutter und ich kommen vermutlich erst am frühen Nachmittag zurück.«

Es gefiel Blake nicht, wie Onkel Jack offenbar das Ruder an sich riss. Wer zum Teufel glaubte er zu sein, dass er einfach den Fernseher ausschaltete? »Verstanden, Onkel Jack. Keine Sorge.« *Verschwinde endlich, damit ich versuchen kann, meine Pläne für heute zu retten.*

Sobald Onkel Jacks Wagen aus der Einfahrt zurücksetzte, klopfte Blake an die Tür des Elternschlafzimmers. »Dad? Ich bin's, Blake. Zeit aufzustehen.« Als keine Antwort kam, drehte Blake den Türknauf und betrat das Zimmer. Sein Dad lag im Bett und starrte an die Decke.

»Dad?« Keine Antwort. »Dad!« Die Augen seines Dads richteten sich langsam auf ihn.

Blake hatte seinen Dad noch nie so gesehen. Das jagte ihm Angst ein, aber er hatte auch die Schnauze voll. Er trat ans Bett und zog die Decke weg. »Beweg deinen Arsch aus dem Bett, Dad. Du musst dich zusammenreißen.«

Sein Dad versuchte, die Decke wieder nach oben zu ziehen.

Blake zerrte sie weg und zog diesmal am Arm seines Vaters. »Dad, ich mach keine Witze. Raus aus dem Bett und unter die Dusche. Wenn du nur rumliegst, bringt das Shelbie auch nicht zurück.«

Bei der Erwähnung von Shelbies Namen begann die Unterlippe seines Vaters zu beben, und Tränen rannen langsam über sein Gesicht.

Blake war von diesem Gefühlsausbruch peinlich berührt. Sein Vater hatte nie zuvor Schwäche gezeigt, aber ausgerechnet jetzt verhielt er sich wie ein großes Baby. Vielleicht musste er ihn auch wie eines behandeln.

Blake wusste, dass er seinen Vater nie wieder mit Respekt würde ansehen können. Dennoch zog er ihn in die Arme und tröstete ihn wie ein kleines Kind. »Sieh mal,

Dad, du musst duschen und dich anziehen. In der Zeit suche ich dir was zum Anziehen raus und mache Frühstück. Okay?«

Sein Vater nickte langsam, und Blake atmete erleichtert auf. Nachdem er dafür gesorgt hatte, dass sein Dad unter der Dusche stand, betrat Blake den begehbaren Kleiderschrank und wählte ein Freizeitoutfit aus, das sein Dad gerne trug. Dann eilte er in die Küche, um ein paar Rühreier zu machen und frischen Kaffee zu kochen.

Während er kochte, rief er Logan auf dem Handy an, doch sein Bruder ging nicht dran. Daraufhin versuchte er es auf Jeremys Handy. Nichts.

Ihr Plan sah vor, dass Blake die Straße ihres Zielobjekts eine Stunde vor dem Zugriff beobachtete. Wenn der Plan wie abgesprochen durchgeführt werden sollte, müsste Blake jetzt in die Straße fahren. Seine Brüder durften erst in einer Stunde dort auftauchen. Er hoffte, dass sie sich an diesen Ablauf hielten.

Sobald Blake seinen Dad versorgt hatte, wollte er ihn bei seiner Mutter und Onkel Jack im Bestattungsinstitut absetzen und dann seinen Posten als Späher beziehen. Mit etwas Glück blieb ihm eine halbe Stunde, um die Straße zu überprüfen, bevor seine Brüder eintrafen.

Sein Vater schlurfte zum Küchentisch und setzte sich.

»Also, Dad. Du musst mir jetzt zuhören.«

Der Blick seines Vaters heftete sich auf Blakes Gesicht.

»Unser ganzes Leben lang hast du uns beigebracht, die Dinge zu nehmen, wie sie kommen. Aus Zitronen Limonade machen, jede Herausforderung letzten Endes als Segen zu betrachten. Ich weiß, du hast selbst daran geglaubt, als du uns Kindern das gesagt hast. Und jetzt musst du auch nach diesem Grundsatz leben.« Blake stellte seinem Vater einen Teller mit Rührei, Toast und Hüttenkäse hin.

»So einfach ist das nicht, Blake. Deine Schwester ist tot. Ich liebe euch Jungs, aber seit sie zu uns kam, habe ich es als meine Pflicht betrachtet, sie zu beschützen. Sie hatte so ein schweres Leben. Sie war meine kleine Prinzessin, und ich habe sie im Stich gelassen.«

Ja genau. Wir wissen alle, was Mom und du für Shelbie empfindet. Ihr habt uns ja fallen lassen, als die arme, kleine Shelbie die Bühne betrat. Mom und du habt euch nur um sie gekümmert. So wie ihr mich schon von euch gestoßen habt, als Logan kam, und dann ihn, als Jeremy geboren wurde. Ich weiß genau, wie das in dieser Familie läuft.

»Ich weiß, Dad. Wir alle wissen, was du für Shelbie empfindest. Aber willst du nicht mitreden, wenn es um ihre letzte Ruhe geht? Dein Bruder und Mom treffen gerade all diese Entscheidungen ohne dich.« Blake beobachtete seinen Vater beim Essen.

»Da hast du wohl recht.«

Das war Blakes Chance, und er nutzte sie. »Natürlich habe ich das. Außerdem versucht Mom immer stark zu sein, aber wir wissen alle, dass sie eine Heulsuse ist. Und Onkel Jack hat Shelbie nicht so sehr geliebt wie wir. Er könnte versuchen, beim Sarg oder bei den Blumen zu sparen, und Mom ist so durcheinander, dass sie es zulässt.«

Zufrieden beobachtete Blake, wie sein Vater die Augen zusammenkniff, während er über die Worte seines Sohnes nachdachte.

Plötzlich schob sein Vater den Teller weg. »Weißt du, wo sie jetzt sind?«

Blake nickte und unterdrückte das Triumphgefühl, dass seine Manipulation Erfolg hatte.

»Dann hol deine Schlüssel, damit wir hinfahren können.«

»Okay. Ich muss nur noch meine Zettel holen. Die brauche ich später im Laden.«

»Beeil dich, Sohn. Wir sind dafür verantwortlich, dass alles seine Ordnung hat.«

»Das kannst du wohl laut sagen«, rief Blake und war bereits auf dem Weg in sein Zimmer, wo die Grundrisse der Häuser lagen, in die seine Brüder schon bald einbrechen würden.

57 Jade

Als Jade und Maddie den Parkplatz zwischen den Streifenwagen überquerten, warf Maddie ihrer Partnerin die Schlüssel zu dem Crown Vic zu. »Du willst, dass ich fahre?«, fragte Jade überrascht.

»Heute ist unser dritter Tag zusammen. Du wirst das Revier nie kennenlernen, wenn du nicht selber fährst.«

»Ich finde, du verhältst dich seltsam.«

»Warum? Weil ich dich fahren lasse?«

»Nein, weil du ganz versessen darauf warst, dass wir losfahren, und jetzt sind wir noch mindestens zwei Stunden damit beschäftigt, Carole zur Spurensicherung zu bringen. Wir hätten auch ablehnen können.«

Sie stiegen in den Wagen und fuhren nach Encino, wo sie bereits angerufen und angekündigt hatten, Lieutenant Conrads Witwe abzuholen.

»Ich verhalte mich nicht seltsam. Ich verhalte mich klug. So zeigen wir, dass wir Teamplayer sind, und haben zugleich Pagani beruhigt. Er war wegen unserer Ermittlungen echt nervös. Jetzt hat er ein paar Stunden Zeit, in denen wir in nichts verwickelt werden können, weil wir uns um Carole Conrad kümmern.«

»Bist du sicher, dass dein plötzlicher Hang zum Ehrenamt nicht eher damit zu tun hat, dass ein gewisser attraktiver Detective dich um einen Gefallen gebeten hat?«

Maddie schnaubte. »Aber wirklich nicht. Ich versuche einfach, Teil des Teams zu sein und bei der Aufklärung des Conrad-Mords zu helfen.«

Wenn sie Maddie so zuhörte, klangen ihre Worte in Jades Ohren richtig, aber aus irgendeinem Grund glaubte sie ihr nicht.

Es dauerte nicht lange, bis sie Carole abgeholt und zum Revier von Van Nuys gebracht hatten, wo die Spurensicherung für das ganze Valley untergebracht war. Während der Fahrt unterhielt Maddie sich mit ihrem Fahrgast. Jade bemerkte, wie gut Maddie mit Carole umgehen und sie beruhigen konnte.

Die drei Frauen liefen durch die Gänge und wollten den Fahrstuhl in den zweiten Stock nehmen, wo die Spurensicherung untergebracht war.

»Hey, Jade«, rief ein uniformierter Polizist und winkte ihr vom Ende des Flurs zu.

Jade sah Maddie an. »Da ist einer meiner Klassenkameraden aus der Akademie. Ich sag ihm nur kurz Hallo, okay?«

Maddie nickte. »Klar. Ich bringe Carole nach oben. Lass dir Zeit, du kannst einfach nachkommen.«

Jade eilte den Gang hinunter, um ein paar Worte mit ihrem Bekannten zu wechseln. Maddie und Carole betraten den Fahrstuhl.

»Hey, Andy, wie geht's?«, fragte sie und umarmte ihn flüchtig.

»Großartig! Wie geht's dir? Hab gehört, du hast geheiratet.«

Jade plauderte etwa eine Minute mit Andy, bevor sein Partner auftauchte.

Andy sah auf den Stapel Papiere in der Hand seines Partners. »Ich mach mich lieber wieder an die Arbeit. Muss diesem Frischling beibringen, dass es der einfachste Teil des Jobs ist, jemanden einzubuchten. Jetzt werden wir uns noch Stunden mit den Berichten herumschlagen.«

Jade gab zum Abschied beiden die Hand und fuhr nach oben. Sie stieg aus dem Fahrstuhl und lief zum Büro der Spurensicherung. Die Tür stand offen, aber das Büro war leer. Ein langer Tresen nahm die ganze Breite des Raums ein. Mitten auf dem Tresen war ein Pappschild, auf dem stand »Bin zurück um:« und darunter eine Uhr mit Pappzeigern, die auf halb elf zeigten.

Weil Maddie und Carole nicht im Raum waren, ging Jade wieder nach draußen. Doch dann hörte sie etwas. Maddies Stimme drang aus einem angrenzenden Büro hinter dem Tresen. Aus dieser Entfernung konnte Jade nicht verstehen, was ihre Partnerin sagte, aber als Jade sich näherte, verstand sie Maddies Worte.

»Carole, die Fotografin wird in wenigen Minuten wieder hier sein. Darum habe ich nicht viel Zeit, und ich muss mit Ihnen reden. Detective McCool glaubt, Sie haben Ihren Mann umgebracht.«

Neugierig blieb Jade direkt vor dem Büro stehen, in dem Maddie und Carole redeten.

»Aber ich hab ihn nicht …«

»Das weiß ich. Aber Sie müssen mir zuhören. McCool

wird Sie fragen, ob Sie mit einem Polygrafen-Test einverstanden sind. Das müssen Sie ablehnen. Sie sollten sich so schnell wie möglich einen Anwalt besorgen.«

»Ich … ich verstehe nicht.«

Jade stand vor dem Büro und presste sich eine Hand auf den Mund. Sie verstand auch nicht, was zum Teufel Maddie da gerade tat. Gab sie einer möglichen Mordverdächtigen einen juristischen Rat? Was wäre, wenn jemand anders als Jade diese Unterhaltung belauscht hätte? Drehte Maddie nach dem Tod ihres Mannes jetzt völlig durch?

Jade hörte die Verzweiflung in Maddies Stimme. »Carole, ich versuche doch, Ihnen zu helfen. Ich weiß, dass Sie Ihren Mann nicht ermordet haben, weil ich genau weiß, was passiert ist.«

»Ich verstehe nicht, was Sie damit sagen wollen.«

»Carole, ich weiß, was passiert ist, weil derselbe Mann, der Sie vergewaltigt hat, auch mich vor ein paar Jahren vergewaltigt hat.«

Jade presste die Lippen aufeinander, um sich nicht durch ein Aufkeuchen zu verraten. Ihre Gedanken rasten. Maddie riskierte gerade ihre Karriere, nur weil die geringe Wahrscheinlichkeit bestand, dass Carole ein Vergewaltigungsopfer war, das nicht die Wahrheit sagte. Glaubte Maddie wirklich, mit so einer Lügengeschichte Caroles Vertrauen zu gewinnen? Ihre Partnerin musste den Verstand verloren haben.

»Ich … Es tut mir leid, was Ihnen passiert ist, aber ich wurde *nicht* sexuell missbraucht.«

»Carole … Zu mir hat er dasselbe gesagt. ›Halt's Maul, Schlampe. Ich sage, wo's langgeht.‹«

Jade starrte aus dem großen Fenster an der rückwärtigen Wand des Raums und beobachtete, wie sich die Bäume in der Ferne im Wind bogen. Nach wenigen Sekunden hatte sie den Schock verdaut, und die Erkenntnis traf sie wie ein Schlag. Maddie war nicht dumm. *Maddie* war vergewaltigt worden. Darum riet sie Carole, sich einen Anwalt zu nehmen und den Poly-Test zu verweigern. Und jetzt verstand Jade auch, warum ihre Partnerin am Conrad-Tatort erstarrt war. Etwas an der Szene hatte sie an das gegen sie verübte Verbrechen erinnert.

»Hören Sie«, sagte Maddie eindringlich, »ich kann nicht mehr sagen. Aber besorgen Sie sich einen Anwalt und erzählen Sie ihm alles. Also alles bis auf dieses Gespräch.«

Jade gewann ihre Fassung zurück und ging leise wieder in den vorderen Teil des Büros, als käme sie gerade erst herein. »Maddie? Bist du hier?«

»Ja, Partnerin. Wir warten hier drin auf die Fotografin. Sie musste kurz nach unten und hat gesagt, wir sollen gleich dableiben. Komm rein, du kannst dich zu uns setzen. Carole und ich haben uns nett unterhalten.«

58 Zak

Zak Murdock war in seinem Element. Er stand vorne im Besprechungsraum und schaute auf die vierundzwanzig Polizisten und Detectives, die seine Taskforce Vergewaltigung bildeten. »Okay, Leute, ich weiß, dass einige hier von anderen Divisionen kommen. Darum möchte ich Sie alle begrüßen und Ihnen für die Unterstützung danken.«

Zak drückte eine Taste, und die Präsentation, die er vorbereitet hatte, begann. Sie zeigte, wo der Serienvergewaltiger zugeschlagen hatte. »Wie Sie sehen, liegen die Tatorte recht weit verstreut.«

Er klickte zum nächsten Bild, auf dem die Wochentage der Angriffe in einer Tabelle aufgelistet waren. »Die meisten Angriffe haben wir montags und donnerstags, aber er hat auch an den anderen Tagen zugeschlagen.«

Ein weiblicher Detective hob die Hand.

»Ja?«

»Schlägt er zu einem bestimmten Zeitpunkt zu? Falls nicht, wäre es absurd zu glauben, dass wir einfach irgendwann über den Kerl stolpern.«

Zak schloss die Präsentation. *Ganz genau, Schlampe. Versuch ruhig weiter, mich vor allen in der Taskforce wie einen Idioten aussehen zu lassen.* »Wollen Sie mir damit sagen, Sie haben sich nicht eingearbeitet? Wenn das so ist, können Sie sofort gehen.« *Bitte sehr, du Schlampe.* »Dieser Mann schlägt morgens, nachmittags und nachts zu. Ich habe schon überlegt, Sie in Teams einzuteilen, um vierundzwanzig Stunden abzudecken.«

Ein kollektives Aufstöhnen ging durch den Raum.

»Ich weiß«, sagte Zak. »Aber wir müssen diesen Clown kriegen. Der eigentliche Scheiß ist, dass wir seine DNA haben, für die es aber keine Treffer gibt.«

Ein Polizist ergriff das Wort. »Unser Täter wurde also noch nie festgenommen. Wir müssen ihn von der Straße holen. Wenn man mit Vergewaltigung anfängt, gibt's nicht mehr viel, was danach kommt.«

»Das sehen Sie richtig, Kollege«, sagte Zak. Er teilte die Gruppe in kleine Teams auf und wies ihnen bestimmte Einsatzgebiete zu. Die großmäulige Tussi steckte er mit der kleinsten Frau in der Taskforce in ein Team. Die beiden schafften es nicht mal, sich selbst aus einer Papiertüte zu befreien. »Wer von Ihnen in Zivil unterwegs ist, hält nach einsamen Männern Ausschau, die auf Parkplätzen herumlungern und vielleicht Frauen folgen. Oft waren die Opfer vorher einkaufen und wurden von hinten gepackt, als sie dann das Haus oder die Garage betraten. Wenn Sie einen Verdächtigen finden, benachrichtigen Sie die Streife, damit die den Kerl identifizieren können. Überprüfen Sie, ob ein Haftbefehl gegen die Typen vorliegt, und wenn das so ist, werden sie eingesperrt, egal wie klein das Vergehen ist.«

Zak rieb die Hände aneinander und jagte seine Truppen los. »Dann sattelt mal die Pferde und lasst uns einen Vergewaltiger fangen.«

59 Blake

Blake schäumte, als er die Straße erreichte, in der das erste Ziel lag, denn dort stand, rückwärts in der Einfahrt, bereits der weiße Umzugswagen, den sie vor Monaten gekauft hatten. »Idioten! Ihr dürftet noch gar nicht hier sein!«, schrie er in seinem Auto und hämmerte auf das Lenkrad.

Blake fuhr am Haus vorbei und um die nächste Ecke, ehe er am Bordstein parkte. Er riss das Handy aus der Tasche und rief Logan an. Keine Antwort. Wütend versuchte er es daraufhin bei Jeremy. Sein jüngerer Bruder meldete sich.

»Ja?«

»Was zum Teufel treibt ihr zwei da? Ihr dürft vor elf noch gar nicht hier sein.«

»Ich weiß, Blake, ich weiß. Logan dachte …«

»Mir ist es scheißegal, was Logan dachte! Ihr baut echt nur Scheiße!«

Blake hörte Logan, der Jeremy befahl, aufzulegen. »Sag diesem Trottel Logan, dass ihr bis Viertel nach elf im Haus bleiben müsst. Der UPS-Fahrer kommt gegen Viertel vor elf durch die Straße. Ich rufe euch an, sobald er mein Ende der Straße erreicht und die Luft wieder rein ist. Und ich hoffe für euch, dass der Hausbesitzer nicht früher nach Hause kommt.«

Blake legte auf und fuhr vom Bordstein weg zur Kreuzung. Dort drehte er und suchte sich einen Parkplatz, von dem aus er den ganzen Block überblicken konnte, in dem seine Brüder gerade den Einbruch verübten. Er begann zu schwitzen, denn in seinen Notizen stand auch, dass eine alte Dame jeden Morgen mit ihrem Hund zwischen halb elf und elf spazieren ging.

Scheiße, da kommt sie schon. Eine vom Alter gebeugte, grauhaarige Frau mit lila Jogginghose und einem pinken T-Shirt kam die Straße entlang. Schlimmer noch: Sie ging auf der Seite, an der das Zielobjekt lag. Ob sie den weißen Lastwagen in der Einfahrt ihrer Nachbarn bemerkte?

Die Frau schlenderte hinter einer Art Terrier die Straße entlang. Der Köter trug einen hässlichen, bordeauxrot gestreiften Pullover.

Mit hämmerndem Herzen beobachtete Blake, wie der Hund den Rücken krumm machte und auf den schmalen Grasstreifen direkt neben dem Lastwagen seiner Brüder kackte. Blake machte mit dem Handy ein Foto, um ihnen später zu zeigen, wie ihr Scheißverhalten alle in Gefahr brachte. Wenn Blake nicht angerufen und ihnen gesagt hätte, dass sie im Haus bleiben sollten, wären Logan und Jeremy vermutlich in genau diesem Moment mit einem

Fernseher aus dem Haus gekommen. Die Frau war vielleicht alt, aber sie konnte immer noch als Zeugin dienen.

Auf die Minute pünktlich bog der UPS-Wagen am anderen Ende der Straße um die Ecke. Zum Glück schien die alte Frau dem Lastwagen keine Beachtung zu schenken, sondern drängte ihren Hund, sich mit seinem Geschäft zu beeilen. Sobald der Köter fertig war, ließ sie die Kacke im Gras liegen und zog den Hund in Richtung UPS-Wagen. *Die alte Schlampe ist zu faul, um die Scheiße von ihrem Hund einzusammeln. Hat es wahrscheinlich eilig, weil mit UPS ein neuer hässlicher Pullover für das Vieh kommt.*

Der Lieferwagen machte noch zwei Mal halt in der Straße, ehe der Fahrer das Ende erreichte, wo Blake parkte. Blake hob das Handy ans Ohr, als würde er telefonieren, und wandte dem Fahrer den Rücken zu. Selbst wenn der Fahrer sich später an Blakes SUV erinnerte, konnte er nur sagen, dass der Fahrer dunkelblonde Haare hatte und telefonierte.

Nachdem der Lieferwagen um die Ecke gebogen war, drehte Blake sich im Sitz um. Die Straße war leer. Er machte sich nicht die Mühe, Logan anzurufen, sondern wählte sofort Jeremys Nummer.

»Ja?«

»Okay, niemand zu sehen. Holt die Sachen und dann raus aus dem Haus. Wir treffen uns in dem Schnellrestaurant Ecke Woodley und San Fernando Mission. Verstanden?«

»Klar, Blake, natürlich.«

»Woodley und San Fernando Mission. Und Jeremy, ich zähle auf dich. Nicht, dass Logan vorher noch woanders hinfährt.« Bevor sein Bruder antworten konnte, legte Blake auf und fuhr zu dem Taco-Laden.

Zwanzig Minuten später standen die drei Brüder bei ihren Fahrzeugen vor dem Taco-Laden.

»Ich sag euch was, so ein Scheiß darf nicht noch einmal vorkommen. Ich weiß nicht, wie ich das in eure Schädel reinkriege, dass ich diese Einbrüche wirklich idiotensicher durchgeplant habe.«

»Warum hältst du nicht einfach die Klappe, Blake«, knurrte Logan. »Es ist nichts passiert, und selbst wenn die alte Ziege mit dem Hund uns gesehen hat – was weiß sie schon? Da war ein weißer Lkw mit falschen Nummernschildern und zwei Männern.«

»Hör mir zu, Logan«, zischte Blake durch die zusammengebissenen Zähne und beugte sich vor. »Die meisten Gauner werden gefasst, weil sie dumm sind. Ist gar nicht so lange her, dass ich deinen Arsch aus dem Gefängnis geholt habe. Ich habe viel Zeit damit verbracht auszuknobeln, wie wir leichtes Geld machen können, ohne dass man uns erwischt. Die Besorgung der Ware ist der gefährlichste Teil der Sache.« Er trat zurück, als eine Mutter mit ihrem kleinen Jungen auftauchte und die beiden in einen verbeulten Honda neben dem Lkw stiegen.

Die drei standen schweigend beisammen, bis die Mutter das Kind im Kindersitz angeschnallt hatte und weggefahren war.

»Wie ich schon sagte, die Beschaffung der Waren ist das Gefährlichste. Ich habe verdammt viel Zeit damit verbracht, die Viertel auszuspähen, um das Risiko zu reduzieren. Wenn ihr von dem Plan abweicht, bringt ihr alles in Gefahr.«

»Hör auf damit, mir diesen Unfall für alle Ewigkeit vorzuwerfen, Blake. Du bist nur ein hübscher Schönling, der große Worte schwingt, um sich aufzuspielen. Du bist keinen Deut besser als ich, Bruder. Und vergiss lieber nicht …«

»Ich weiß nicht, wovon ihr redet. Aber hört endlich auf damit!« Der Ausbruch kam von Jeremy. »Ich bin es leid, dass ihr euch ständig streitet. Das ist doch krank. Logan, erzähl Blake, was wir aus dem Haus geholt haben.«

Logan blieb stumm und starrte seinen älteren Bruder an.

Jeremy seufzte. »Wir haben einen Haufen Schmuck, das meiste scheint teuer zu sein. Aber der Hauptgewinn war eine 44er Desert Eagle.« Ein Lächeln breitete sich auf Jeremys Gesicht aus. »Eine riesige Pistole. Voll schwer. Muss vier oder fünf Pfund wiegen.«

Plötzlich wurde Logan wieder lebendig. »Stand sogar eine Schachtel Munition daneben. Willste mal sehen?«

Blake wollte seinen Bruder schon fragen, ob er ein Idiot war, denn nur ein Idiot würde mit einer großen halbautomatischen Waffe auf einem Parkplatz herumfuchteln. Stattdessen schüttelte er nur leicht den Kopf. »Nicht hier.«

»Ich behalte sie«, verkündete Logan mit einem trotzigen Blick zu Blake. »Ich habe sie gefunden, und sie gehört mir.«

Blake erwiderte den herausfordernden Blick seines Bruders, sagte aber nichts. Er würde sich die Waffe später von seinem Bruder holen. Sie mussten heute noch zwei Dinger drehen. »Ich denke darüber nach«, sagte er.

Jeremy trat unruhig von einem Fuß auf den anderen. »Wir haben nicht viel Zeit. Besser wir machen weiter. Wo ist das nächste Haus, Blake?«

60 Harley

Als Jennifer sie später an diesem Mittwochmorgen von der Polizeistation nach Hause fuhr, schwiegen sie. Harley rutschte auf dem Beifahrersitz herum und versuchte, nicht im Auto zu furzen. Mit den Blähungen und seinen aufgewühlten Eingeweiden wollte er einfach nur nach Hause, um seine Frau dort zu fragen, was die Polizei von ihr wissen wollte und was sie geantwortet hatte. Er wollte einfach nicht vor den Kindern mit ihr reden. Das Letzte, was er brauchen konnte, war seine Frau, die ihm seine Story vom einsamen Trinken in der Nacht von Shelbies Tod vermasselte.

Sie fuhren an sauber gestutzten Rasenflächen und Blumenbeeten vorbei, und Jennifer parkte vor der in Stein gemeißelten Behausung, die sie ihr Zuhause nannten.

Zum ersten Mal seit langer Zeit besah sich Harley bewusst das Haus, das er mit seinem Lottogewinn gekauft hatte. Kleine Plastikdreiräder lagen auf dem braunen Rasen. Eine der Metallhausnummern hing gefährlich schief vom Dachsparren über der Tür. Eine große Delle im Garagentor war der stumme Beweis dafür, dass einer der Elliots mit dem Auto hineingekracht war.

Nachdem sie die Kinder von den Kindersitzen losgeschnallt hatten, gingen Harley und Jennifer die Einfahrt hoch. Die Kinder liefen voraus.

»Was haben sie dich gefragt?«

Jennifer zögerte keine Sekunde. »Sie haben mir gesagt, ich soll nicht mit dir darüber reden.«

Harley blieb überrascht stehen. »Scheiß drauf, was sie dir gesagt haben. Du bist meine Frau, und ich erwarte von dir, dass du mir genau erzählst, was sie dich gefragt haben und was du ihnen geantwortet hast.« Er konnte es nicht glauben, doch seine Frau ignorierte ihn und ging einfach weiter, schloss die Haustür auf und trat ins Haus. Er blieb alleine in der Einfahrt stehen.

Wann war sein Leben so außer Kontrolle geraten? Eine Minute lang stand er dort, dann marschierte er ins Haus und knallte die Haustür schwungvoll zu. »Verdammt, Jennifer. Ich mache keine Witze. Ich muss wissen, was du den Cops erzählt hast.«

Jennifer kam ihm im Flur entgegen, das Baby auf dem Arm, Windeln und Feuchttücher in der Hand. Sie legte das Baby aufs Sofa und begann, die Verschlüsse der winzigen Jeans zu öffnen.

»Warum ist es dir so wichtig, was ich ihnen erzählt habe? Hast du sie etwa belogen, hm? Ist es das? Hast du etwas zu verbergen, Harley?« Mit geübter Effizienz zog Jennifer die nasse Windel unter ihrem Sohn hervor und legte die frische unter seinen runden Hintern.

Harley fuhr sich mit der Hand durchs Gesicht. Gott, wie gerne er jetzt weglaufen würde. Vor allem.

»Hör mir zu, Jen«, sagte Harley und versuchte, seine Stimme unter Kontrolle zu halten. »Im Moment bleibst du zu Hause und kümmerst dich um Haus und Kinder. Ich bringe das Geld nach Hause. Ich sage dir hier und jetzt, dass ich das Mädchen im Restaurant nicht umgebracht habe. Aber die Cops glauben, ich war's. Wenn sie mich einsperren, hast du kein Einkommen und wirst alles verlieren. Willst du das?«

»Sei kein Idiot. Natürlich will ich das nicht«, sagte Jennifer. Sie zog das Baby wieder an, hob es hoch und drückte es an sich. »Aber was soll ich denn denken? Du bist bei Tagesanbruch betrunken nach Hause gekommen und hattest an den Unterarmen Abschürfungen. Du behauptest, du hättest alleine getrunken, aber ich bin doch nicht blöd, Harley.«

»Ich habe dir gesagt, wo ich war und was passiert ist.«

»Ich weiß, was du mir *gesagt* hast, aber ich glaube dir nicht. Und die Polizei offenbar auch nicht.« Mit der freien Hand nahm sie die nasse Windel und die dreckigen Feuchttücher und ging zur Veranda, wo die Mülltonne stand. »Ich habe den Cops erzählt, was du mir gesagt hast. Aber die Geschichte klingt ziemlich wacklig, und ich sage dir, sie glauben, dass du lügst. Weil *ich* auch glaube, dass du lügst.«

Harleys Magen rebellierte schon wieder, und er rannte ins Badezimmer. Einige Zeit später tauchte er wieder auf – und fühlte sich wie neugeboren. Er hatte einen Plan ersonnen, um sich aus der Schusslinie zu nehmen und den Cops einen neuen Verdächtigen zu liefern. Einen, der möglicherweise tatsächlich der Mörder war.

61 Maddie

Ich fühlte mich ziemlich gut. Wenigstens hatte ich Carole den Rat gegeben, sich einen Anwalt zu nehmen und den Poly-Test zu verweigern. Am liebsten hätte ich ihr natürlich mehr über meine eigene Vergewaltigung erzählt, damit sie auch zugab, ein Opfer zu sein. Aber dafür blieb keine Zeit. Jade war aufgetaucht, und sie klebte an uns beiden wie Superkleber.

Wir standen also herum, während die Mitarbeiterin der

Spurensicherung mit Carole plauderte, die eine Art Krankenhaushemd trug. Die Polizeifotografin bat Carole, eine verletzte Stelle nach der anderen zu entblößen, und machte die Fotos. Sie ging methodisch heran und arbeitete sich von oben nach unten vor.

»Okay, Carole«, sagte sie, nachdem sie die Fotos auf einem Computer überprüft hatte. »Ich habe alles, was ich brauche. Sie können sich wieder anziehen.«

Carole zog das Hemd eng um ihren Körper und ging zu der kleinen Umkleide, die in einen ehemaligen Wandschrank eingebaut war.

Ich rief McCool mit dem Handy an, damit er wusste, dass wir fertig waren.

»Hey, Doc, wie ist's gelaufen? Haben Sie sie wegen des Lügendetektors gefragt?«

Ich wollte so wahrheitsgetreu wie möglich antworten. »Äh, ja. Ich habe es erwähnt.«

»Und was hat sie gesagt?«

»Sie hat sich nicht eindeutig geäußert.«

»Verdammt!«

Ich verspürte kurz Schuldgefühle, schüttelte sie aber ab, denn ich *wusste*, dass Carole über den Eindringling die Wahrheit sagte. »Ich würde mich nicht zu sehr ärgern. Vor Gericht ist der Lügendetektortest sowieso nicht zulässig.«

Aber sobald die Worte aus meinem Mund waren, kam mir ein ekelhafter Gedanke. Was, wenn Carole Larry den Frauenschläger ermordet hatte und *danach* der Angreifer ins Haus eingedrungen war? Oder wenn der Eindringling ins Haus eingebrochen war und Larry gedacht hatte, der Vergewaltiger sei der Liebhaber seiner Frau, und er sie deshalb geschlagen hatte? Und dann hatte Carole ihren Mann aus Selbstschutz getötet, und der Vergewaltiger war weggelaufen. Auch wenn diese Szenarien höchst unwahrscheinlich waren, blieben sie immer noch möglich. Und wenn ich dadurch, dass ich Carole so eindringlich beraten hatte, McCool die Möglichkeit genommen hatte, den Lügendetektor als Druckmittel zu benutzen?

Ich sah auf und bemerkte, dass Jade offenbar mein Gespräch belauschte. Das störte mich nicht. Was mich störte, war der ungerechtfertigt eisige Blick, mit dem sie mich bedachte. Ich drehte ihr den Rücken zu.

»Also gut«, sagte McCool. »Ich lasse den Dingen einfach ihren Lauf. Ich muss los, Doc. Ich vernehme gleich den Barkeeper von Harley's Hot Pieces.«

Und dann vergaß ich auf einmal, dass Jade lauschte, weil McCool seine Stimme zu einem Flüstern senkte.

»Hm, Doc … Ich frage mich, ob wir später vielleicht zusammen was essen wollen? Ich arbeite heute wieder bis spätnachts, aber irgendwann muss ich was essen.«

Ich wusste nicht, was ich sagen sollte, weil ich nicht sicher war, was er von mir wollte.

»Wo wollen Sie sich denn treffen?«

»Sie suchen aus«, sagte er hastig. »Und wenn Sie für heute Feierabend gemacht haben, treffe ich Sie dort. So sieht niemand im Revier, wie wir zusammen gehen. Was meinen Sie?«

»Ich finde das unnötig. Aber ich denke darüber nach und sage Ihnen Bescheid.«

»Das ist das Mindeste, was ich Ihnen schulde, nachdem Sie mein Opfer zur Spurensicherung gebracht haben.«

»Ich melde mich«, sagte ich und legte auf. Eine Minute lang stand ich einfach da. Meine Gedanken rasten. Er hatte Jade nicht in die Einladung eingeschlossen, dabei hatte sie

Carole ebenfalls zur Fotografin begleitet. *Lädt er mich zu einem Date ein? Bestimmt nicht.* Aber er schien besorgt, wie das bei der Arbeit aussehen könnte.

Ich drehte mich um, als ich Carole aus der Umkleide kommen hörte.

»Können wir gehen, Carole?«, fragte Jade.

»Ich wollte doch gar nicht herkommen …«

»Ich weiß, ich weiß«, sagte meine Partnerin tröstend. »Leider sind Fotos Teil der Ermittlungen. Ich hoffe, sie helfen uns, den Mörder Ihres Mannes zu finden.«

Jegliches Mitgefühl verschwand aus der Stimme meiner Partnerin, als sie das Wort an mich richtete. »Auf geht's, Maddie. Wir bringen Mrs Conrad zurück in die Wohnung ihrer Freundin und arbeiten weiter an *unseren* Fällen.«

Ich wusste nicht, warum sie so sauer auf mich war, aber sobald wir unseren Fahrgast abgesetzt hatten, wollte ich es herausfinden.

62 Walt

Es geschah nicht zum ersten Mal in Walt Lambs Leben, dass er in einem Verhörraum der Polizei saß. Trotzdem war er nervös. Er wusste, die Cops suchten nach Shelbies Mörder, und der Umstand, dass er auf diesem Stuhl saß, bedeutete, dass sie auch ihn als Täter in Betracht zogen. Er schaute auf die Uhr. Halb eins.

Der große, gut gekleidete Detective, mit dem er bereits am Montag vor der Pizzeria kurz geredet hatte, kam herein und setzte sich ihm gegenüber an den Tisch.

»Mr Lamb, ich bin Detective McCool. Ich möchte Ihnen gerne ein paar Fragen stellen. Allerdings muss ich Sie vorher über Ihre Rechte aufklären.«

Walt nickte. Es überraschte ihn nicht, dass man ihn über seine Rechte aufklärte. Walt sagte dem Detective, er brauche keinen Anwalt und sei bereit, auf jede erdenkliche Art bei der Ergreifung von Shelbies Mörder mitzuhelfen.

Sogenannte Gefängnisanwälte fanden, es sei in jedem Fall dumm, mit den Cops zu reden, doch er musste sich keine Sorgen machen. Er hatte Shelbie gemocht.

»Also gut, Walt. Nach Ihrem Vorstrafenregister zu urteilen haben Sie ein Problem mit Alkohol und Einbruchsdelikten. Wollen Sie mir etwas über diese Verbrechen erzählen?«

Walt zuckte mit den Schultern. »Da gibt's nicht viel zu erzählen. An meinem einundzwanzigsten Geburtstag war ich mit Freunden unterwegs. Auf dem Rückweg von der Bar wurde ich angehalten.«

»Und der Einbruch?«

»Ich hing mit ein paar üblen Typen rum. Einer meinte, wir könnten einen Haufen Geld machen, wenn wir in einen Tabakladen einbrechen, die Zigaretten klauen und selbst verkaufen. Wir wollten durchs Dach rein. Da ich der Kleinste war, habe ich mich als Erster durch das Loch im Dach gezwängt. Der Laden hatte eine Alarmanlage, die durch Bewegung ausgelöst wird, und sie ging los. Meine Kumpel haben mich da oben drin stecken lassen und sind verduftet.«

»Und wie viel Zeit haben Sie verbüßt?«

»Keine. Ich war noch minderjährig. Sie haben mich für ein paar Monate in eine Wohngruppe gesteckt. Dann wurde ich wieder zu meinen Pflegeeltern geschickt.«

»Okay. Dann erzählen Sie mal, wie Sie zu dem Job bei Harley's kamen.«

»Hab gehört, er sucht einen Barkeeper. Ich habe mich beworben und bekam den Job.«

»Wie lange arbeiten Sie schon dort?«

»Seit drei Monaten.«

»Haben Sie irgendwas Ungewöhnliches bemerkt?«

Walt rutschte nervös auf seinem Stuhl herum. »Ähm, ich weiß nicht, was Sie meinen.«

»Wie hat Harley denn sein Personal behandelt?«

Oh-oh. »Also, er ist schon komisch, aber er ist ganz okay.«

»Haben Sie mitbekommen, ob er ein Problem mit Shelbie Saunders hatte?«

»Nein. Er mochte Shelbie sehr gerne.«

»Was meinen Sie damit, Mr Lamb?«

»Nichts.« Walt verschränkte die Arme und schlug dann auch die Beine übereinander. »Er mochte Shelbie. Er mochte alle Mädchen.«

McCool neigte den Kopf. »Mochte Harley die Mädchen vielleicht zu sehr?«

Dieser Detective ist kein Idiot. »Sagen wir einfach, es ist kein Zufall, dass keines der Mädchen, die bei Hot Pieces arbeiten, älter als zweiundzwanzig ist.«

Der Detective beugte sich vor. »Walt, das ist jetzt nicht der richtige Zeitpunkt für Zurückhaltung. Was genau wollen Sie mir sagen?«

Walt fuhr sich mit beiden Händen durch die Haare. »Gott, wie ich das hasse!«

»Das glaube ich Ihnen gern, aber ich muss alles über Harleys Beziehung zu seinen Mitarbeiterinnen wissen.«

»Sie wollen wissen, worum es ihm geht? Das kann ich

Ihnen sagen. Harley ist ein Perverser, der seine Hände nicht bei sich behalten kann. Er macht immer sexuelle Anspielungen und findet Gründe, die Mädchen zu betatschen.«

»Machen Sie weiter«, sagte der Detective.

»Ich sage einfach nur, dass er gerne junge Kellnerinnen einstellt, weil sie unerfahren sind und er auf seine Kosten kommt.«

»Wie kommt er auf seine Kosten, Walt?«

»Wie ich schon sagte. Er redet in ihrer Gegenwart über Sex und berührt sie oft.«

»Glauben Sie, er hat mit einem der Mädchen Sex?«

Walt seufzte. »Das weiß ich ehrlich gesagt nicht.«

»Wenn Sie sagen, er berührt die Mädchen – wie meinen Sie das? Wo berührt er sie denn?«

Walt dachte angestrengt nach. Er hatte nie gesehen, wie Harley nach einer Brust oder einem Arsch grapschte. Es war die Art, mit den Mädchen zu reden und sie anzustieren. Und natürlich hatte er gehört, wie die Mädchen sich über die wandernden Hände ihres Chefs beklagten.

»Ich weiß das, weil die Mädchen immer darüber reden, wie er sie anfasst. Aber ich habe nie gesehen, dass er das macht. Doch seine Art, mit ihnen zu reden, ist falsch.«

»Okay, Walt. Dann wollen wir mal auf was anderes zu sprechen kommen. Ich habe gehört, zu Ihnen kommen viele Kumpel in die Bar, die Stiefel mit Stahlkappen tragen und Hakenkreuztattoos haben. Sie bestellen ein Bier und plaudern viel, Geld geht über den Tresen, und dann ziehen sie wieder ab. Was läuft da?«

Kaum hatte McCool das Thema gewechselt, hatte sich Walts Herz beschleunigt wie ein Mixer, in dem Margaritas gemixt werden. *Gott sei Dank warst du so schlau, das Dope aus dem Haus zu schaffen, bevor du hergekommen bist. Sie stellen wahrscheinlich schon einen Durchsuchungsbefehl aus, während wir reden.*

»Mr Lamb?«

»Oh, tut mir leid. Ähm, ich habe keine Ahnung, woher Sie Ihre Informationen haben, Detective, aber es stimmt, ich habe ein paar Stammkunden, die regelmäßig vorbeischauen. Aber ich kontrolliere nicht ihre Kleidung und auch nicht ihr Trinkverhalten. Und mit dem Geld, das sie mir rüberschieben, begleichen sie ihre Rechnung.«

McCool hielt seinem Blick länger stand, als Walt lieb war. Doch er geriet nicht ins Wanken. Er wusste, das durfte er nicht.

»Erzählen Sie mir von Ihrem Verhältnis zu Shelbie.«

Durch den erneuten Themenwechsel geriet Walt aus dem Gleichgewicht und brauchte ein paar Sekunden, ehe er antwortete. »Sie war Platzanweiserin im Restaurant und ein nettes Mädchen. Mehr nicht.«

»Wenn sie nur eine Jugendliche war, die ihren ersten Job hatte, haben Sie bestimmt nichts dagegen, uns eine DNA-Probe zur Verfügung zu stellen, oder?«

Walt dachte hastig nach. Sie hatten seine DNA bereits in ihrer Datenbank.

»Klar, ich gebe Ihnen eine Probe. Ich habe nichts zu verbergen.«

»Hat deshalb ein Kollege gesagt, Sie wären auf Shelbie scharf gewesen, und Sie behaupten trotzdem, sie wäre nur eine nette Kollegin gewesen?«

»Ich war nicht scharf auf Shelbie. Das stimmt nicht!«

»Dann sagen Sie mir, was stimmt, Mr Lamb.«

»Es gibt nichts zu sagen. Wer zum Teufel denkt sich diese Scheiße aus?«

»Sagen Sie's mir, Mr Lamb. Was glauben Sie denn, wer solche Sachen über Sie sagen würde? Und warum?«

Mit diesen Fragen konfrontiert, wusste Walt genau, wer so etwas sagen würde. »Harley. Der würde das behaupten.« Walt rutschte auf dem Stuhl herum und beugte sich vor. »Ich nehme an, als Harley sich über mich ausgelassen hat, hat er Ihnen nicht erzählt, dass er sich in der Nacht von Shelbies Tod mit Mindy *und* Shelbie treffen wollte?«

63 Maddie

Jade hielt vor dem Wohnhaus, in dem Mrs Conrad bei einer Freundin wohnte. »Sie haben unsere Karten, Carole. Wenn Sie noch etwas brauchen oder Fragen haben und Detective McCool und seine Leute nicht erreichen, können Sie uns anrufen. Okay?«

»Okay. Ich würde mich ja bei Ihnen bedanken, aber ich glaube, das war einfach Zeitverschwendung. Fotos von meinen Verletzungen machen zu lassen, bringt mir meinen Mann auch nicht zurück. Ich werde wieder gesund. Aber jemand muss dafür bezahlen, dass er meinen Mann ermordet hat.« Carole öffnete die hintere Tür, stieg aus und knallte sie zu.

Ich drückte den Knopf und ließ mein Fenster herunter. »Wenn nicht Sie diejenige sein wollen, müssen Sie McCool *alles* erzählen.« Das klang etwas grober als beabsichtigt, aber ich fürchtete, Carole war nicht bewusst, dass McCool sie ernsthaft als Mörderin in Betracht zog.

Carole blieb stehen und drehte sich langsam zu dem

dunkelblauen Wagen um. »Ich weiß nicht, warum Sie ständig darauf beharren, ich solle die Wahrheit sagen. Ich habe Ihnen die Wahrheit gesagt, und ich finde es widerlich, wie Sie mit mir umgehen. Ich bin die Frau eines ermordeten Polizisten. Sie behandeln mich wie eine Verdächtige. Wo ist das Mitgefühl der LAPD-Familie, hm? Oder wird die LAPD-Familie nur dann rausgeholt, wenn die Medien zusehen?«

Ich atmete tief ein und hielt die Luft an. Ich hatte gelernt, dass mir das half, nicht gleich den ersten Gedanken auszusprechen, der mir in den Sinn kam – auch wenn ich diese Strategie oft genug vergaß. *Maddie, reiß jetzt nicht die Klappe auf, sonst reicht sie noch Beschwerde ein.*

Ich schaute Jade von der Seite an. Sie hatte die Augen geschlossen. Die wenigen Tage der Zusammenarbeit mit mir genügten, dass sie wusste, wie gerne ich Mrs Conrad eine kleben würde. Vermutlich betete sie gerade, dass ich mich zurückhielt. Jade öffnete die Augen, als ich ausatmete und aus dem Wagen stieg. Ich stand jetzt fast direkt vor Carole.

»Mrs Conrad, Sie gehören indirekt lange genug zum LAPD und wissen, wie sehr man sich hinter die Officer und ihre Familien stellt. Aber da Sie das offenbar vergessen haben, erinnere ich Sie gerne daran.

Als mein Ehemann Travis ermordet wurde, kamen fast jeden Tag Kollegen von seiner SWAT-Einheit zu mir nach Hause. Sie brachten mir Essen, das ihre Frauen für mich gekocht hatten. An den Wochenenden kamen seine Klassenkameraden von der Akademie vorbei, um Dinge rund ums Haus zu reparieren, von denen sie glaubten, ich bräuchte Hilfe dabei. Jemand aus dem Büro des Chiefs ruft mich noch heute einmal die Woche an und erkundigt sich, ob ich etwas brauche. Um also Ihre Frage zu beantworten: Nein, die LAPD-Familie wird nicht bloß für den Medienzirkus präsentiert. Aber das werden Sie schon bald begreifen.« Ich öffnete die Wagentür, stieg wieder ein und legte den Sicherheitsgurt an, ehe ich ein letztes Mal zu Mrs Conrad aufblickte.

»Sie wissen, wie ich mich bei der Sache fühle, Carole. Die Ermittlungen schreiten voran. McCool braucht *alle* Fakten.«

»Wo wir schon bei Fortschritten sind«, unterbrach Jade mich. »Wir müssen los. Wenn Sie was brauchen, rufen Sie an.« Dann trat sie das Gaspedal durch, und ich wurde in meinen Sitz gedrückt, während sie fast einen langsamen Ford schnitt.

»Was soll das? Ich muss wohl meine Entscheidung, dich ans Steuer zu lassen, noch mal überdenken«, sagte ich und schloss das Fenster.

Jade sagte kein Wort, sondern schlängelte sich durch den Verkehr Richtung Freeway. Ihre dunklen Brauen zogen sich zu einer finsteren Miene zusammen.

»Was ist denn los? Warum bist du sauer auf mich? Du guckst mich schon seit unserer Ankunft bei der Spurensicherung so böse an.«

»Ich muss wissen, was gestern bei den Conrads passiert ist.«

Mein Körper spannte sich gegen meinen Willen an. Das war doch Schnee von gestern! Warum kam sie jetzt wieder darauf zu sprechen?

»Ich muss wissen, warum du erstarrt bist, als ich dir sagte, du sollst den Rettungswagen rufen. Das kannst du eigentlich besser, Maddie, du als Polizistin. Etwas an dem Schlafzimmer der Conrads und dem Mord an Larry dem

Frauenschläger hat dich aus der Kurve geworfen. Und ich will wissen, was das war.«

»Ich habe dir gesagt, ich will nicht darüber reden.«

Jade lenkte den Wagen auf den Freeway Richtung Porter Ranch. »Ich weiß, was du gesagt hast, aber ehrlich gesagt ist mir das scheißegal. Du bist meine Partnerin, und wenn bei dir eine Schraube locker ist, muss ich das wissen.«

»Ich bin nicht verrückt, aber ich werde auch nicht darüber reden.«

Jade kniff den Mund zu einem dünnen Strich zusammen und biss die Zähne aufeinander. »Dann lässt du mir keine andere Wahl. Ich werde Lieutenant Pagani erzählen, du hättest im Einsatz versagt.« Jade nahm den Blick von der Straße und schaute mich von der Seite an. Sie wollte sehen, wie ich auf dieses Ultimatum reagierte.

Ich spürte, wie mein Gesicht heiß wurde. Mit der Andeutung, ich sei im Einsatz eine Gefahr, hatte sie einen Nerv bei mir getroffen. Das war so ziemlich der schlimmste Vorwurf, den ein Cop einem Kollegen machen konnte.

Ich drehte ihr den Rücken zu und starrte aus dem Fenster. Einige Minuten fuhren wir schweigend. »Du würdest unserem Chef wirklich sagen, dass ich eine Gefahr für andere bin?«

»Ich habe einen sechsjährigen Sohn zu Hause«, sagte Jade leise.

Nach einer kurzen Stille begann ich zu erzählen. »Es war am Abend, im Frühherbst … der typische Indian Summer …«

64 Blake

Als Blake an der Kreuzung, an der ihr zweiter Einbruch an diesem Tag stattfinden sollte, in seinem SUV saß, merkte er erst, wie müde er war. Zum Teil lag das daran, dass er die ganze Nacht wach gewesen war und Sylvia gevögelt hatte. Doch es steckte mehr dahinter. Es stresste ihn, auf seine Brüder aufpassen zu müssen. Mehr als er bereit war, sich einzugestehen. Jeremy war nicht das Problem. Er war ein Mitläufer. Nein, Logan bereitete ihm Sorgen.

Blakes hitzköpfiger Bruder war immer schwieriger zu kontrollieren. Es war eindeutig, dass Logan inzwischen glaubte, niemand würde sich mehr an den Obdachlosen erinnern, den er überfahren und getötet hatte. Wenn die Angst vor der Entdeckung der Straftat seinen Bruder nicht länger in Schach hielt, überlegte Blake, wäre es vielleicht nicht schlecht, den Truck aus der Garage zu holen, wo er ihn seit über einem Jahr versteckte. Denn dann bräuchte er auch nicht mehr die Miete zu bezahlen. Der Truck könnte an der Straße geparkt werden, wo die Polizei ihn dann entdecken würde.

Natürlich würden sie den Truck abfackeln, um möglichst alle Beweise zu vernichten. Die Versicherung hatte Logan bereits für seinen Verlust entschädigt, und die Cops würden daher glauben, der erfundene Autodieb habe den Wagen kürzlich zu Schrott gefahren und danach in Brand gesteckt. Vielleicht entspannte sich sein Bruder ja, wenn ihm nicht länger der Vorwurf der Fahrerflucht drohte.

Am Abend des Unfalls hatte Blake Logan und dessen Freundin Summer abgeholt und Logan bei einer Party abgesetzt mit der Anweisung, sich unter die Leute zu mischen. Er musste gesehen werden, falls er doch ein Alibi brauchte. Blake hatte erklärt, Summer sei zu verstört, und wenn sie nach Hause oder zu einer Freundin ging, könnte sie jemandem von dem Unfall erzählen. Darum nahm Blake sie mit in ein Motel und hatte unter dem Vorwand, sie zu trösten, mit ihr geschlafen. Natürlich fand Logan das heraus und hatte seitdem nach einer Ausrede gesucht, um Blake die Fresse zu polieren. Vielleicht würde Blake ihm ja mal Sylvia überlassen, sobald er mit ihr fertig war. Das sollte als Ausgleich dafür, dass er Summer gevögelt hatte, genügen.

Blake richtete seine Aufmerksamkeit wieder auf den zweiten Einbruch des Tages. Er beobachtete, dass Logan seine Warnung, das Zielobjekt zu verlassen, ignoriert hatte. Ein Flughafenshuttle war in die Straße eingebogen und parkte fünf Häuser weiter.

Blake beobachtete, wie seine Brüder Computer, Stereoanlage und Flachbildschirmfernseher aus dem Haus schleppten und in den Lastwagen luden. Es war klar, dass es schon bald zu einer Auseinandersetzung mit Logan kommen würde … Blake griff zum Fernglas und beobachtete die Personen in dem Shuttlebus.

»Verdammt! Da sitzen vier Personen drin«, murmelte er. Sofort griff er zum Handy und tippte Jeremys Nummer ein.

»Was ist?«, meldete sich sein jüngerer Bruder.

»Da sitzen vier verdammte Leute in dem Shuttlebus da drüben – nein, sieh nicht hin!« Blake verfluchte sich, weil er nicht abgewartet hatte, bis Logan und Jeremy wieder im Haus waren.

Zum ersten Mal verspürte er einen Anflug von Panik.

Jeremys Bewegungen waren gestelzt und selbstbewusst. Blake war verärgert, denn durch das Fernglas beobachtete er, wie zwei Fahrgäste aus dem Shuttlebus seine Brüder beobachteten und lachten.

»Hör mir zu, Jeremy, und tu jetzt genau, was ich sage. Du legst gleich auf, und dann geht ihr zurück ins Haus und bleibt dort, bis ich euch sage, dass ihr rauskommen könnt. Hast du verstanden? Wenn Logan ein Problem damit hat, soll er mich anrufen, wenn er wieder im Haus ist. Dreht euch auf keinen Fall zu dem Shuttlebus um. Geht einfach ins Haus.«

Jeremy antwortete nicht mal. Er steckte das Handy in die Tasche, zog den Kopf ein und ging Richtung Haus. Mit dem Fernglas konnte Blake sehen, wie sich Jeremys Lippen bewegten. Er überbrachte Logan gerade seine Anweisungen.

Natürlich starrte Logan die Straße runter zu Blakes SUV, wodurch die Leute in dem Kleinbus einen guten Blick auf das Gesicht seines Bruders hatten.

»Dummkopf!«, rief Blake.

Zum Glück waren seine Brüder schon im Haus, als der Shuttlebus nur wenige Sekunden später am Zielobjekt vorbeifuhr.

Blake beobachtete die Insassen und war überzeugt, dass zwei von ihnen direkt auf das Zielobjekt und den Lastwagen davor schauten. Er war wütend wie der Vater eines Zweijährigen, der gerade einen Trotzanfall hatte. Blake blieb trotzdem still sitzen und versuchte, seine Wut in den Griff zu bekommen. *Du musst cool bleiben, damit Logan weiter kooperiert. Sylvias Haus wird jedenfalls der größte Fisch, den wir uns je geholt haben.*

Blake atmete ein paarmal tief durch, ehe er Logans Nummer anrief. Zu seiner Überraschung ging sein Bruder auch dran.

»Ja?«

»Die Straße ist frei. Wir treffen uns am Petit Park. Ich fahre beim Burgerladen vorbei und hole uns was zu essen.« Blake hörte, wie Logan Jeremy sagte, dass er Mittagessen besorgte.

»Ich muss noch einen abseilen«, sagte Logan.

Blake zählte in Gedanken bis fünf. »Okay, in der Bibliothek neben dem Park ist eine Toilette. Tu, was du tun musst, und dann kommt ihr beide in den Park.«

»Jeremy sagt, du sollst ihm einen Erdbeermilchshake mitbringen.«

Er hatte das Gefühl, sich um kleine Kinder kümmern zu müssen. »Verstanden.« Bevor sie ihn noch mehr nerven konnten, legte Blake auf.

Zwanzig Minuten später saßen die drei auf einem Picknicktisch aus Holz, der übersät war mit geschnitztem Graffiti, und verschlangen die Burger mit Fritten.

Es kostete Blake seine ganze Willenskraft, aber seine Stimme blieb ganz ruhig, als er *vorschlug*, seine Brüder müssten wirklich seinen Anweisungen und dem Zeitplan folgen, ohne beides zu hinterfragen. Er erklärte ihnen, die Leute in dem Shuttlebus hätten sie ziemlich scharf beobachtet.

»Blake, du machst dir zu viele Gedanken«, sagte Logan. »Und wenn sie uns gesehen haben? Sie haben bestimmt genug eigene Sorgen. Wie sie heil durch die Sicherheitskontrollen kommen und so.«

»Wenn wir so selbstzufrieden sind, landen wir noch im Gefängnis«, sagte Blake finster.

»Ich glaube, ihr habt beide recht«, mischte sich Jeremy

ein. »Blake hat recht, dass wir vorsichtiger sein müssen. Wenn diese Leute die Polizei gerufen hätten, was dann?«

Verdammt richtig, dachte Blake.

»Andererseits glaube ich, Logan hat auch recht«, sagte Jeremy und sah Logan an. »Es ist nicht so wahrscheinlich, wie wir glauben, dass sie uns überhaupt beachten. Entscheidend ist, dass wir ganz normal aussehen. Als hätten wir jedes Recht, dort zu sein und das zu tun, was wir tun.«

»Okay«, sagte Blake. »Genug davon. Wir haben heute noch einen Job auf dem Plan, und der ist der beste von allen.« Er wischte sich den Mund mit einer Papierserviette ab, knüllte sie zusammen und warf sie in den Metallmülleimer neben dem Tisch. »Sobald wir hier fertig sind, fahren wir nach Hause und laden das Zeug in die Garage.«

»Hast du den Verstand verloren?«, quiekte Jeremy. »Wir können das Zeug nicht zu Hause abladen. Mom und Dad könnten es sehen. Außerdem sollten wir jetzt eigentlich im Laden sein.«

»Beruhige dich, Jeremy. Die Sache läuft so.« Blake ignorierte Logans dramatischen Seufzer. »Wir müssen den Truck entladen, weil wir den Platz für die Beute brauchen, die wir im nächsten Haus machen.«

Blake stand vom Tisch auf und setzte sich auf die Bank. »Sobald wir das Zeug von dem großen Bruch haben, tauschen wir die Fahrzeuge, und ich kümmere mich um die Ware, während ihr meinen SUV nach Hause bringt.«

»Aber Mom und Da…«

Blake hielt die Hand hoch, um dieses Baby von einem Bruder zum Schweigen zu bringen. »Mom und Dad stehen dermaßen neben sich, dass sie gar nicht mitkriegen, was wir machen. Und Onkel Jack ist damit beschäftigt, den

Laden zu schmeißen. Er hat keine Zeit, sich mit uns abzugeben.«

»Ich will wissen, wo du mit dem Zeug hinwillst, das wir klauen«, sagte Logan. »Wieso hältst du uns aus dem Teil des Geschäfts raus?«

»Weil es für alle sicherer ist.«

Zornesröte stieg Logan ins Gesicht. »Das ist Schwachsinn, Blake. Wir haben genauso ein Recht, es zu wissen, wie du.«

Ungefähr zum fünfzehnten Mal an diesem Tag zählte Blake stumm, um nicht die Beherrschung zu verlieren. »Ich habe mit Leuten zu tun, die dir, ohne mit der Wimper zu zucken, den Schwanz abschneiden und ihn dir in den Mund stopfen, wenn sie sich bedroht fühlen. Du wirst mir bei der Sache vertrauen müssen. Es ist sicherer, wenn ich allein Geschäfte mit ihnen mache.«

Blake sah, wie Logan über seine Worte nachdachte. »In Ordnung«, sagte er. »Für den Moment.«

»Gut. Also, während ihr zu Hause seid, müsst ihr Fotos von den Waren von den ersten beiden Jobs machen. Ordnet es so, dass wir später wissen, was in welchem der angemieteten Lagerräume steht. Wenn ich mit dem Wagen zurück bin, laden wir das Zeug wieder ein und ich kümmere mich auch darum.«

Blake trat zu seinen Brüdern und legte ihnen die Arme um die Schultern. »Was für ein toller Tag. Das wird unser größter Fang aller Zeiten.«

Die Brüder lösten sich voneinander, grinsten und klatschten sich gegenseitig ab.

65 Zak

Am Mittwochnachmittag suchte Zak gerade im Internet nach Geräten fürs Krafttraining, als Lieutenant Pagani hereinkam. Bestimmt hatte Zak den Browser rechtzeitig geschlossen, und er war klug genug, vorher schon eine Datenbank mit einer Liste von Sexualstraftätern zu öffnen.

»Jemanden gesehen, der unser Mann sein könnte?«

»Nee, keinen Einzigen. Das habe ich aber auch nicht erwartet. Wenn es einer dieser Typen war, hätten wir längst einen Treffer bei der DNA gehabt.«

»Hat Ihr Team inzwischen irgendwelche Verdächtige?«

»Nee. Ist ein bisschen wie die Suche nach der Nadel im Heuhaufen. Ich glaube wirklich, wir haben es mit jemandem zu tun, der noch nie festgenommen wurde«, sagte Zak.

»Warum gehen Sie dann nicht mit raus und helfen Ihren Leuten? Stellen Sie sicher, dass sie nicht faulenzen oder shoppen oder dergleichen.«

Zaks Miene blieb unbewegt, doch er wusste nicht, ob Pagani *ihn* beim Shoppen erwischt hatte oder ob die Bemerkung seines Chefs eher ein willkürlicher Gedanke über Cops war, die ihre Zeit verschwendeten. Zak erwiderte den starrenden Blick des Lieutenants. Er konnte nicht sagen, ob er aufgeflogen war oder nicht.

»Ja«, sagte er, stand auf und reckte sich. »Ich wollte ohnehin rausfahren. Das kann ich genauso gut auch jetzt machen.«

»Okay. Sagen Sie mir Bescheid, wenn es was Neues gibt. Der Commander will zweimal am Tag ein Update, und der

Chief lässt uns nur noch zwei Tage, um jemanden festzunehmen.«

Sobald der Lieutenant verschwunden war, fuhr Zak seinen Computer herunter, ging in die Umkleide, holte seine Schutzweste und machte sich dann auf den Weg zum Parkplatz.

Ein Vorteil an der Leitung der Taskforce war, dass er einen Wagen für verdeckte Ermittlungen bekommen hatte. Anders als die Crown Victorias, die unübersehbar nach Polizei aussahen, hatte man ihm einen silbernen Dodge Charger überlassen. Ausgestattet mit getönten Scheiben, einem größeren Motor und einem niedrigen Kilometerstand gab das Auto Zak das Gefühl, das beste Gefährt der ganzen Flotte zu besitzen.

Er fuhr mit dem Charger zu seinem roten Sportwagen, öffnete den Kofferraum und lud seine Tasche mit der Ausrüstung und dem Schlagstock sowie eine weitere Tasche mit zusätzlicher Munition und anderen Dingen, die er im Einsatz vielleicht brauchen würde, in den Kofferraum des silbernen Wagens um.

Er schloss gerade den Kofferraum, als er Jade Donovan und ihre Klugscheißer-Partnerin auf den Parkplatz fahren sah. *Da gönne ich mir doch gleich einen kleinen Spaß.*

Zak bedeutete den Frauen, anzuhalten.

Donovan saß hinter dem Steuer und war ihm am nächsten. Sie hielt neben ihm und ließ das Fenster herunter. Ihre Miene war finster.

»Was geht, Ladys?«

»Was willst du?«

»Nichts. Ich versuche nur, nett zu sein. Ich glaube, wir haben einfach einen schlechten Start erwischt.«

Divine ergriff das Wort. »Wir haben keinen schlechten

Start erwischt. Sie sind ein Arsch, und ich habe kein Problem damit, Ihnen das auch zu sagen.«

Zak grinste, weil es ihm gelungen war, sie an der richtigen Stelle zu erwischen. »Da will ich Ihnen die Hand hinstrecken, und Sie beschimpfen mich.«

»Wir sind beschäftigt«, fauchte Donovan. »Willst du was Bestimmtes?«

»Gar nichts, Liebling. Wollte nur Hallo sagen.«

Donovan fuhr an, aber Divine sagte etwas zu ihr und sie hielt an.

»Hey, Schleimer«, rief Divine durch Jades offenes Fenster. »Sie haben da was fallen lassen.«

Dann fuhren sie weg und parkten neben einem Streifenwagen.

Zak beobachtete, wie sie ausstiegen und im Gebäude verschwanden. »Eingebildete Zicken«, sagte er und bückte sich, um die schwarze Strickmütze aufzuheben.

Plötzlich herrschte über Funk helle Aufregung. Es ging um die Verfolgung eines möglichen Einbrechers. Zak erkannte die Einheit, die dem Verdächtigen nachjagte. Sie gehörte zu seiner Taskforce.

Er sprang in seinen Wagen und bemerkte aus dem Augenwinkel, wie Donovan und Divine zu ihrem Wagen rannten, während Polizisten aus dem Gebäude kamen, um den Kollegen ebenfalls zu Hilfe zu eilen.

Froh über seinen Vorsprung ließ er den Motor aufheulen und gab Gummi auf dem Asphalt des Parkplatzes.

66 Blake

Als er auf das Sicherheitstor vor Sylvias Viertel zufuhr, kämpfte Blake mit einem Anflug von Nervosität. Das hier würde der größte Einbruch sein, den sie je gemacht hatten.

Der Wachmann kam zu der Halbtür des Bungalows. »Hey, Mann, wie läuft's?« Er grinste Blake an. »Geht's zum nachmittäglichen Schäferstündchen?«

Was für ein unbrauchbarer Sicherheitsmann. Der weiß nicht mal, dass Sylvia nicht zu Hause ist. Am ersten Mittwoch im Monat ist sie im Spa. Sie hat mir selbst erzählt, dass sie nicht vor sechs nach Hause kommt.

Blake lachte. »Vielleicht später. Sie hat mich gebeten, den Jungs in dem Lastwagen hinter mir den Weg zu ihrem Haus zu zeigen. Sie sollen dort die Tür von einem Wandschrank oder so austauschen. Diese doofen Straßennamen sind sich so ähnlich, dass sie fürchtete, die Männer verirren sich. Sie sprechen nicht besonders gut Englisch, wenn Sie verstehen.«

»Verstehe, Bruder«, sagte der Wachmann und drückte die Taste für das Tor. »Nur keine Eile.«

»Danke, Kumpel«, rief Blake und fuhr voran. Im Rückspiegel beobachtete er, wie Logan den Lastwagen ebenfalls durch das Tor lenkte. Obwohl die Tuscan Breeze Estates bestimmt Sicherheitskameras hatten, zeichneten diese doch nur Blakes SUV mit den vorläufigen Kennzeichen auf. Der Lieferwagen seiner Brüder war mit gestohlenen Nummernschildern von einem Lieferwagen aus demselben Baujahr ausgerüstet.

»Wow«, sagte er sich. »Nach Wochen der Planung und

der Vögelei mit Sylvia ist heute Zahltag. Natürlich können wir in Zukunft in diesem Viertel keine Einbrüche mehr planen.«

Blake hatte seinen Brüdern gesagt, er würde sie in die richtige Straße führen und vor dem Zielhaus auf die Bremse treten. Er hatte ihnen die Hausnummer genannt, aber er war nicht sicher, ob sie sich daran erinnerten.

Sobald er sich überzeugt hatte, dass sie in die richtige Einfahrt fuhren, würde er ihnen per SMS den Zugangscode für die Alarmanlage schicken, damit sie durch die Haustür reinkonnten. Dadurch, dass er seiner Mutter bei ihrem Maklergeschäft half, hatte er Zugang zu wichtigen Informationen – und in diesem Fall einen Schlüssel zu Sylvias Haustür. Er hatte einen Ersatzschlüssel an dem Morgen anfertigen lassen, als seine Mutter ihn zu Sylvias Haus schickte. Er sollte am Einzugstag ein Einweihungsgeschenk als Überraschung für sie und ihren Mann dort deponieren.

Er bog in Sylvias Straße ein und hielt nach jemandem Ausschau, der seine Brüder und den Lieferwagen bemerken und misstrauisch werden könnte. Blake war darauf vorbereitet, in diesem Fall für Ablenkung zu sorgen, doch er hoffte, dass es gar nicht so weit kam. Er fuhr langsam, und als er vor Sylvias Haus war, drückte er kurz auf die Bremse und fuhr dann weiter.

Er hatte mit Logan und Jeremy vereinbart, dass er in der Nähe des Golfclubhauses parken würde. Wenn die Polizei den Einbruch untersuchte, wollte er nicht, dass irgendwelche Nachbarn aussagten, sie hätten seinen Wagen in der Einfahrt gesehen. Er war weniger als zwei Minuten entfernt, falls seine Brüder ihn brauchten.

Logan denkt vielleicht, er ist schlau genug für diesen Job. Aber er hat keine Ahnung, wie viel Planung hinter der Operation steckt.

Blake war nicht von Anfang an ein Einbrecher gewesen. Als Kind hatte er Geld aus den Portemonnaies seiner Eltern geklaut, und wenn sie ihn fragten, ob er die zwanzig oder dreißig Dollar gesehen hatte, war er überrascht, dass sie ihm glaubten, wenn er ihnen erzählte, er habe gesehen, wie sie das Geld auf dem Markt ausgegeben oder ihm für eine Spendensammlung in der Schule ausgehändigt hatten. Als er Geld von seinen Kumpeln klaute, fand er, dass die Freunde sogar noch leichter zu täuschen waren. Er erzählte ihnen einfach, sie hätten es für Gras ausgegeben – und sie verschwendeten keinen weiteren Gedanken daran.

An der Junior High konnte er sich das Vertrauen seiner Lehrer und des Schulleiters erschleichen. Es dauerte nicht lange, bis er eine Sekretärin überzeugt hatte, er dürfe im Büro des Direktors lernen, wenn Mr Mack nicht da war. Blake war direkt an den Computer gegangen und hatte die Fragen für die Abschlussprüfung geklaut.

Selbst als Mr Mack Blake am Computer erwischte, war Blake cool geblieben und hatte den Schulleiter überzeugt, dass er den Computer angelassen habe. Tatsächlich aber hatte Blake ohne Probleme die Liste mit den Passwörtern unter der Schreibtischunterlage gefunden. Mr Mack glaubte ihm.

Blake hatte an der Highschool versucht, Dope zu verkaufen, aber er musste feststellen, dass andere Studenten den Markt schon unter sich aufgeteilt hatten, weshalb es das Risiko nicht wert war. Er hatte keine Lust, im Gefängnis zu landen.

Stattdessen verlegte er sich auf Erpressung. Er wusste,

dass die Kids an der Highschool immer Dinge taten, die ihre Eltern nicht wissen durften. Tatsächlich inszenierte Blake sogar die meisten dieser Veranstaltungen. Er hatte heimlich alles gefilmt und dann die Teilnehmer erpresst. Nachdem er sich im Internet über Remailing schlaugemacht hatte, war es nicht schwer, einen entsprechenden Service im Ausland anzulegen. Natürlich dauerte es viel länger, bis das Geld an die Adresse im Ausland geschickt worden war und anschließend in seinem Postfach landete.

Sein größter Coup aber war der Streich, den er Jeremy gespielt hatte. Für ihn machte es keinen Unterschied, wenn er seinen Bruder erpresste. Für den besonderen Kitzel lud er das Video sogar bei verschiedenen sozialen Netzwerken hoch. Natürlich wurde der Ausschnitt viral, weshalb Jeremy aus der Schule genommen wurde. Nachdem Blake Jeremy davon überzeugen konnte, dass der Film von einer der anderen Personen in dem Video veröffentlicht worden war, wusste er, dass er bereit war für die ganz großen Dinger.

Blake ging zur örtlichen Universität, doch seine Erpressungsversuche klappten bei Studenten nicht annähernd so gut. Eine scharfäugige Studentin, die zum Strippen angeheuert war, hatte seine vielen Kameras im VIP-»Raum« in einem Lagerhaus entdeckt, das er für eine Rave-Party angemietet hatte. Er hatte seine Unschuld beteuert und als Beweis seine eigenen Kameras zertrümmert. Eine teure Scharade. Sie hatte trotzdem die Sache mit den Kameras herumerzählt, und so hatte er sich eine andere Einkommensquelle suchen müssen.

Das war der Moment, als er beschloss, sauber zu werden. Er hatte im Fernsehen eine Sendung gesehen, wo der Inhalt von verlassenen Lagerräumen versteigert wurde. Viele der Leute, die auf die Räume boten, besaßen Gebrauchtwarenläden. Blake dachte, es müsste Spaß machen, auf so leichte Art Geld zu verdienen, und überredete seine Brüder, in das Geschäft mit einzusteigen. Insgeheim hoffte er, die Produzenten der TV-Sendung würden sie fragen, ob sie auch mitmachen wollten.

Zu einem Job im Fernsehen war es nicht gekommen, aber der Gebrauchtwarenladen der Jungs wurde Realität. Draußen in der Wüstenstadt Palmdale fanden sie ein frei stehendes Gebäude. Die Miete war geradezu lächerlich. Nach ein paar Monaten und dank einer am Boden liegenden Wirtschaft wuchs ihr Unternehmen.

Das einzige Problem war, genug Waren für das Geschäft zu bekommen. Da beschloss Blake, dass seine Brüder und er Einbrecher werden sollten. Warum die Zeit mit Geboten auf Lagerräume verschwenden, die einen unberechenbaren Inhalt hatten, wenn sie genauso gut direkt in die Häuser einsteigen und sich das beste Zeug aussuchen konnten? Er erzählte seinen Brüdern nicht sofort von seinem Plan, denn er musste erst absolut sicher sein. So sicher, dass sie nicht ins Gefängnis kamen, falls ihre Verbrechen aufgedeckt wurden.

Im Laufe der kommenden Monate ersann er den perfekten Plan. Es begann mit den Kunden seiner Mutter. Blake überzeugte seine Mutter davon, dass er am Tag des Einzugs im Haus der Kunden mit einem kleinen Brunch auf sie wartete, als zusätzlicher Service. Er schenkte der frisch gebackenen Hausherrin besonders viel Aufmerksamkeit, und dann, eine Woche später, kam er zufällig vorbei, während die Kinder in der Schule waren und der Mann bei der Arbeit, um sich zu überzeugen, dass mit dem Haus alles in Ordnung war. Zumindest behauptete er das. Doch tatsächlich schmeichelte er der Frau, und überraschenderweise gelang es ihm nach wenigen Wochen voller Aufmerksamkeiten, die meisten von ihnen flachzulegen. Es war eine delikate Angelegenheit, denn er musste abschätzen, welche Ehefrauen für sein Spiel empfänglich waren und welche nicht.

Das Schöne an seinem Teil dieses Plans war aber, dass die Frauen selbst dann, wenn sie den Verdacht hegten, dass er an dem Einbruch beteiligt war, ihren Ehemännern oder der Polizei nichts davon erzählen würden. Sie wollten ihre Ehe oder ihren Ruf nicht ruinieren.

Natürlich hatte die ganze Sache trotzdem Risiken, aber er sorgte dafür, dass seine Brüder das größte Risiko trugen. Im schlimmsten Fall gingen sie ins Gefängnis, und er könnte jede Mitwisserschaft leugnen und den älteren, völlig schockierten Bruder mimen.

Schließlich konnte er unmöglich in den Knast gehen. Mit seinem guten Aussehen und dem herausragenden Verstand war er für Großes bestimmt.

67 Maddie

Ich hatte Probleme damit, mich auf die Verfolgungsjagd des Einbrechers zu konzentrieren, denn ich fragte mich, was Jade wohl über meine Story von der Vergewaltigung dachte. Dieser Idiot Zak Murdock hatte uns auf dem Parkplatz gestört, bevor sie etwas dazu sagen konnte.

Trotzdem schnallten Jade und ich uns an und rasten im nächsten Moment die Devonshire Street entlang in Richtung Verfolgungsjagd. Unterwegs hörten wir über Funk, dass die Polizisten den Verdächtigen zwischen einigen Häusern südlich eines Einkaufszentrums verloren hatten.

»Glaubst du, sie jagen vielleicht sogar *unsere* Einbrecher?«, fragte ich.

»Das glaube ich nicht«, sagte Jade und fuhr schleudernd um die nächste Ecke. »Diese Gegend liegt weit von unserem Schwerpunkt entfernt.«

»Ja, vermutlich hast du recht.«

Von der Luftunterstützung wurden wir zu einer Ecke gelotst, wo wir Stellung bezogen und eine Seitenstraße blockierten. Wir stiegen aus und schauten uns um.

In diesem Moment meldete eine andere Einheit, sie hätte den Verdächtigen ein paar Blocks weiter in Gewahrsam genommen.

Wir hielten unsere Position, bis die Bestätigung kam, dass es sich um den richtigen Verdächtigen handelte und niemand mehr frei herumlief.

»Na, das hat uns ja ordentlich auf Trab gebracht«, sagte Jade und stieg wieder in den Wagen. »Jetzt brauche ich was zu trinken. Im Einkaufszentrum gibt es einen Kaffeeladen mit Drive-in. Wie wär's?«

»Einen Becher Kaffee lehne ich nie ab«, sagte ich.

Nachdem wir unseren Kaffee hatten, fuhr Jade in eine Wohnstraße und parkte unter einem großen Baum. »Dann lass uns mal das Gespräch wiederaufnehmen, bei dem wir vorhin von diesem Idioten Zak Murdock unterbrochen wurden.«

Ich zuckte mit den Schultern. »Es gibt wirklich nicht mehr zu sagen. Ich wurde vergewaltigt, ich habe keine Anzeige erstattet, und ich glaube, dass mein Vergewaltiger auch Carole Conrad angegriffen hat.«

»Du kannst noch so sehr tun, als wärst du unbeeindruckt, aber ich kenne dich besser. Vor ein paar Jahren wurde ich von einem vorzeitig entlassenen Strafgefangenen verfolgt. Ich habe mich geschämt, weil ich das Problem nicht alleine in den Griff bekam. Ich habe es versucht, und dabei habe ich fast meinen Sohn verloren. Ich weiß, wie es sich anfühlt, gleichzeitig Cop und Opfer eines Verbrechens zu sein. Wie man sich schämt und niemandem etwas sagt. Jeder erwartet doch, dass du als Cop kein Opfer bist. Du brauchst deine Gefühle nicht vor mir zu verbergen. Ich habe dasselbe durchgemacht.«

Als Jade anfing zu reden, erinnerte ich mich an eine Story über eine gestalkte Polizistin, die vor einer Weile die Runde machte. Bis zu diesem Moment hatte ich keine Ahnung, dass Jade diese Kollegin war. Sie wusste also tatsächlich, wie ich mich fühlte. In diesem Moment hatte ich das Gefühl, dass wir eine unverwüstliche Verbindung zueinander aufbauten.

»Ich kann es einfach niemandem erzählen. Dir wollte ich es auf keinen Fall erzählen. Jetzt bin ich aber froh, dass ich es getan habe.«

»Ich weiß, wie du dich fühlst. Ehrlich gesagt hätte ich auch nichts gesagt, wenn du nicht angefangen hättest. Inzwischen haben die Leute meine Geschichte vergessen, aber in den ersten Monaten sahen sie mich an, als könnte ich meinen Job nicht machen. Das Schlimmste daran war, dass ich das auch so empfand.«

»Wie hast du es überwunden?«

»Durch meinen Mann Mac. Er half mir zu erkennen, dass ich das Bestmögliche getan hatte. Viele der Polizisten, die mich kritisierten, waren nie in einer ähnlichen Situation. Sie fühlten sich überlegen, wenn sie mich niedermachten. Ich hab's geschluckt und einfach weitergearbeitet.«

»Ja«, sagte ich und seufzte. »So weit bin ich noch nicht. Vielleicht kann ich es auch so sehen, wenn wir das Arschloch haben, das mich überfallen hat.«

Jade pustete auf ihren Kaffee. »Ich weiß, dass mehr hinter der Geschichte steckt, Maddie.«

Ich neigte den Kopf und sah sie fragend an.

»Als wir heute bei der Spurensicherung waren, habe ich dein Gespräch mit Carole gehört. Du hast ihr gesagt, sie soll den Lügendetektortest verweigern und sich einen Anwalt nehmen.«

Ich schaute auf ihren Pappbecher und wollte in diesem Moment überall lieber sein als hier. Eine dunkle Röte überzog mein Gesicht.

»Ich bin nicht einverstanden mit dem, was du getan hast. Aber ich werde auch niemandem etwas davon sagen.«

Ich konnte kaum sprechen. »Danke«, sagte ich leise.

»Du weißt, dass du McCool von deiner Vergewaltigung erzählen musst, oder?«

Mein Kopf ruckte hoch.

»Warum muss ich das? Was mir passiert ist, geht ihn nichts an.«

»Weil Carole für McCool im Moment eine Verdächtige im Mordfall ist. Er könnte sie festnehmen.«

»Das können sie nicht. Dafür fehlen ihnen die Beweise.«

»Sie haben den positiven Schmauchspurtest. Irgendwie sind diese Überreste von der Waffe auf ihr gelandet.« Jade legte den Kopf in den Nacken und trank ihren Kaffee aus. »Wenn ihr das passiert ist, was du glaubst, wird ihre Geschichte ohnehin nicht zu den am Tatort gefundenen Spuren passen.«

Jade tätschelte meine Hand. »Ich habe dich mit McCool

am Telefon gehört. Ich hatte den Eindruck, dass er dich zum Essen eingeladen hat. Warum gehst du nicht mit ihm aus und erzählst es ihm?«

Seufzend lehnte ich den Kopf gegen die Kopfstütze und schloss die Augen. »Ich weiß nicht, was ich tun soll.« Nach ein paar Sekunden hob ich den Kopf und blickte Jade an. »Aber eins *weiß* ich. Ich gehe heute Abend nicht mit McCool essen.«

»Ich denke, er wird es verstehen, warum du die Vergewaltigung für dich behalten hast, Maddie. Er mag dich.«

»Das fürchte ich ja gerade. Das fürchte ich am meisten.«

68 Blake

Er saß in seinem SUV auf dem Parkplatz des Golfclubs und beobachtete, wie die Geschäftsleute mittleren Alters jeweils zu viert ihre Golftaschen auspackten und Richtung Golfplatz liefen. Er fragte sich, wie viele Geschäfte wohl auf dem gepflegten Rasen abgeschlossen wurden.

Seltener tauchten Frauen in kurzen Hosen und Röcken auf und liefen an ihm vorbei. Irgendwie wusste er, dass Sylvia noch nie in dem Clubhaus gewesen war. Es sei denn, es wurde eine Party veranstaltet.

Blake versuchte sich vorzustellen, wie es wohl in ihrem Haus voranging. Bestimmt schon zum fünfzehnten Mal schaute er auf die Uhr. Er hatte seinen Brüdern einen ungefähren Grundriss gezeichnet, wo sie die guten Sachen fanden. Aber das Wichtigste war für ihn, dass sie alle Waffen mitnahmen.

Als er das erste Mal zu Sylvia kam, hatte er die Waffenschränke gesehen, und ihm kam sofort der Gedanke, das Haus zu einem Zielobjekt zu machen. Aber als sie ihm verriet, dass die besseren Waffen an einem speziellen Ort versteckt waren, hatte er es sich regelrecht zur Aufgabe gemacht, sie zu finden.

Es hatte ein paar Tage gedauert, bis er dank eines geschickt geführten Gesprächs beim Ficken Sylvia überredete, ihm zu zeigen, wie er die geheime Wand in ihrem Schrank beiseiteschieben konnte.

Als er dann in dem dahinterliegenden Raum stand, konnte er kaum seinen Augen trauen. Sylvias Mann hatte das Sammeln von Waffen auf eine völlig neue Ebene gehievt. Es gab mindestens zehn Reihen mit Gewehren, die in Schränken mit Glasfront präsentiert wurden – ähnlich denen im Erdgeschoss. Der Typ besaß ein kleines Arsenal und genug Feuerwaffen, um einen Laden aufzumachen. Blake konnte nicht glauben, dass der Raum nicht alarmgesichert war. Aber wer nicht wusste, wo er suchen sollte, fand den Raum auch nicht.

Anders als die bisher erbeuteten Waffen, die sie als Gegenleistung für deren Dienste an die Skinheads weitergegeben hatten, wollte Blake diese Waffen gegen Bargeld verkaufen. Auf keinen Fall wollte er mit einem gestohlenen Arsenal erwischt werden. Alle Waffen würden verkauft werden – inklusive Logans Desert Eagle.

Plötzlich klingelte sein Telefon. Es war Logan.

»Was ist los?«

»Beweg deinen Arsch hierher und hilf uns. Das ist zu viel für zwei Leute.«

Sein Bruder klang atemlos. Das hatte Blake schon befürchtet. Er wollte wirklich von dem Haus fernbleiben, falls ein neugieriger Nachbar dachte, dass irgendwas nicht stimmte, und die Polizei rief.

»Okay, bin gleich da. Aber ich komme zu Fuß, das kann ein paar Minuten dauern.«

Logan antwortete nicht mal, sondern legte einfach auf.

Einige Minuten später eilte Blake die Einfahrt entlang und schaute im Vorbeigehen hinten in den Lieferwagen. Seine Brüder hatten die zwei Schränke aus dem Eingangsbereich ebenso eingeladen wie einige aus dem Waffenversteck.

Als er durch die Haustür kam, streifte er sich Gummihandschuhe über. Seine Brüder kamen gerade mit einem weiteren Schrank auf einem Rollwagen für schwere Lasten die Treppe runter.

»Nett, dass du auch mal kommst«, sagte Logan und grunzte bei dem Versuch, den Rollwagen zu kontrollieren.

Blake ignorierte den Seitenhieb. »Was soll ich machen?«, fragte er und gab damit seinem Bruder das Gefühl, derjenige mit Verantwortung zu sein.

»Geh nach oben und pack die Handfeuerwaffen ein. Wickel sie in alles ein, was du finden kannst. Handtücher könnten ganz gut klappen. Keine der Waffen, die wir gefunden haben, war geladen. Sei trotzdem vorsichtig.«

Wenn er seine Brüder so bei der Arbeit beobachtete, fiel Blake auf, was für ein Vorteil es war, dass die Saunders-Jungs so groß waren. Im Grunde arbeiteten sie heute wie die Möbelpacker, aber das würde es im Ergebnis wert sein.

»Hey, Blake«, sagte Jeremy. »Hast du die da gefickt?« Er wies mit dem Kopf auf ein Foto von Sylvia, das unter vielen anderen im Treppenhaus hing.

Das Foto zeigte Sylvia, wie sie auf einem umgedrehten Stuhl saß. Sie trug das weiße Männerhemd offen, und die Zipfel waren geschickt vor ihrem Schritt drapiert. Sylvias große Brüste lugten vorwitzig unter dem Hemd hervor. Schwarz glänzende halterlose Strümpfe umschmiegten ihre wohlgeformten Beine. Das Foto war eine Schwarz-Weiß-Aufnahme, auf der nur die roten Pumps als Farbtupfer hervorstachen.

»Ja, das ist die Frau, die uns heute reich macht«, sagte Blake.

»Hübsch«, bemerkte Jeremy anerkennend. »Kein Wunder, dass du nie nach Hause kommst.«

»Komm schon, Jeremy. Selbst wenn du direkt vor so einer Muschi stehst, wüsstest du nichts mit ihr anzufangen. Also beweg deinen Arsch«, sagte Logan.

Nachdem sie den Schrank ins Erdgeschoss geschafft hatten, lief Blake allein nach oben. Sein Herz fing an zu hämmern, und ihm brach kalter Schweiß aus. Er hatte sich nie bewusst gemacht, wie viel Angst seine Brüder jedes Mal ausstehen mussten, wenn sie in ein Haus einbrachen. Blake ängstigte sich fast zu Tode. Er fürchtete, sie könnten erwischt werden. Darum bewegte er sich in geradezu halsbrecherischem Tempo. Er trat zu dem Wäscheschrank und schnappte sich einen Stapel Handtücher, rannte zu dem Waffenschrank und begann, die Pistolen einzupacken. Er hatte bereits einige Waffen eingeschlagen, als seine Brüder wieder hochkamen.

»Hey, Jungs, was haltet ihr davon, wenn wir nur die Waffen holen und dann verschwinden? Wir brauchen das andere Zeug auf der Liste nicht.«

»Was ist denn los, Blake? Erkennst du endlich, was für Risiken wir hier ständig auf uns nehmen?«, höhnte Logan.

»Ich denke einfach, dieser Job ist vielleicht zu groß für uns drei. Wir nehmen die Waffen und vielleicht noch den Schmuck und verschwinden dann.«

Logan lachte, während Jeremy tief durchatmete und den nächsten Schrank zur Seite kippte, damit sein Bruder den Rollwagen unterschieben konnte.

Es dauerte eine Stunde, bis sie den Waffenraum leer hatten. Sobald sie damit fertig waren, packte Blake den Schmuck ein, während Jeremy und Logan ein paar andere Wertsachen zusammenrafften.

»Ich denke, dabei belassen wir's und verschwinden jetzt lieber«, sagte Blake.

69 Harley

Das Klopfen an der Eingangstür von Harley's Hot Pieces verriet Harley, dass einer seiner Mitarbeiter da war. Er legte das Messer beiseite, mit dem er gerade Paprika schnitt, und ging nach vorne. Es war Mindy. Normalerweise gerieten Harleys Säfte schon bei dem Gedanken, mit einem der Mädchen alleine zu sein, in Wallung. Aber seit Shelbies Tod wollte er nicht mehr im Restaurant sein. Offenbar ging es den meisten Gästen auch so, denn am Dienstag war der Umsatz enttäuschend gewesen. Hoffentlich wurde es heute Abend besser.

»Hi, Mindy«, sagte er und ging zurück in die Küche. »Freut mich, dich zu sehen. Wie geht's?«

»Mir geht's gut, Harley. Und dir?«

Sie klang seltsam atemlos, und Harley legte das Messer wieder weg und bedachte die junge Frau mit einem zweiten, prüfenden Blick. »Alles in Ordnung, Mindy? Du klingst irgendwie erschöpft.«

Mindy seufzte schwer. »Ich weiß nicht, Harley. Alles hat sich verändert. Früher hat es irgendwie Spaß gemacht, zur Arbeit zu kommen. Wenn ich jetzt hier bin, kann ich nicht vergessen, was mit Shelbie passiert ist.«

»Ich weiß, Mindy. Ich weiß ... Mir geht es genauso.« Harley trat auf sie zu und legte die Arme um sie. Es überraschte ihn, dass sich in seinen Lenden gar nichts regte.

»Es ist irgendwie beängstigend, Harley. Woher wissen wir, dass der Mörder nicht zurückkommt?«

»Darüber habe ich auch nachgedacht. Darum lasse ich die Tür abgeschlossen, bis wir abends öffnen.« Harley glaubte es selbst kaum, aber er ließ Mindy los und machte sich wieder an die Paprika.

Die Eingangstür ging auf, und Walt kam herein. »Hi.«

Scheiße, dachte Harley. Er hatte vergessen abzuschließen. Mindy musste ihn für einen Idioten halten.

»Was ist denn mit dir los?«, fragte Walt Mindy.

»Nichts. Ich bin nur traurig wegen Shelbie.«

Walt tätschelte ihr den Rücken, dann ging er zur Bar. »Das sind wir alle. Sie war ein nettes Mädchen.«

»Ich frage mich, wann sie den Kerl kriegen, der das getan hat«, sagte Mindy.

»Verdammt, die Cops haben heute Morgen bei mir angerufen und mich und Jennifer aufs Revier bestellt. Sie haben ziemlich gemein mit mir geredet. Dabei habe ich nichts Unrechtes getan.«

Walt knallte einen Auszugkorb auf ein Regal unter der Bar, sodass Harley und Mindy zusammenzuckten.

»Was haben sie dich gefragt?«, wollte Mindy wissen.

»Ach, sie haben sich dafür interessiert, wo ich war und

was ich am Sonntagabend gemacht habe. Ich habe es ihnen gesagt und durfte dann wieder gehen.« Er zuckte mit den Schultern. »Ich glaube, sie haben gemerkt, dass sie es auf den falschen Typen abgesehen haben.« Kein Grund, den beiden zu erzählen, dass die Polizei ein gesteigertes Interesse an ihm hatte, nachdem sie die Kratzer und Abschürfungen an seinen Armen und ein paar Bierdosen mit den Fingerabdrücken eines verurteilten Verbrechers in seinem Van gefunden hatten.

»Haben sie dich schon vernommen, Walt?«, fragte Mindy.

»Ja, ich habe mit ihnen geredet.«

Junge, Junge, die Cops verschwendeten wirklich keine Zeit, bis sie Walt holten, dachte Harley. Sie glaubten offenbar, dass die Informationen, die Harley ihnen geliefert hatte, wichtig waren.

»Was wollten sie von dir wissen?«, fragte sie.

Walt überprüfte weiter die Vorräte hinter der Bar und erzählte dabei. »Sie haben mich nach meiner Beziehung zu Shelbie befragt. Ich konnte ihnen nicht besonders viel sagen, darum haben sie nach ein paar meiner Stammkunden gefragt.« Walt hielt in der Bewegung inne und starrte wütend zu Harley herüber. »Sie haben mich beschuldigt, ich wäre in irgendwelche illegalen Aktivitäten verwickelt. Was absoluter Quatsch ist.«

Harley wandte den Blick ab und konzentrierte sich lieber aufs Zerkleinern der Paprika.

»Ich habe Montag mit ihnen geredet, als ich Shelbie fand«, sagte Mindy. »Aber sie wollten bisher kein zweites Mal mit mir reden. Glaubt ihr, das kommt noch?«

»Vermutlich«, murmelte Harley, ohne aufzusehen. Er wollte Walts wütende Visage nicht sehen.

»Was denkst du, Walt? Glaubst du, die Cops wollen noch mal mit mir reden?«

»Du willst wissen, was ich denke? Ich denke, unser Chef hat etwas zu verbergen, und ich denke, er hat mich deshalb vor den Bus gestoßen, damit er aus der Schusslinie kommt. Was meinst du, Harley?«

Auf diese Herausforderung hin blieb Harley nichts anderes übrig, als sich seinem Ankläger zu stellen. Er legte das Messer hin und warf Walt einen, wie er hoffte, einschüchternden Blick zu. »Ich meine, wenn du deinen verdammten Job behalten willst, Arschloch, hältst du die Klappe und machst dich an die Arbeit.«

Dann richtete er den Blick auf Mindy. »Du auch, Süße. Je eher wir wieder zu unserer Routine finden, umso schneller kehren wir zur Normalität zurück.«

»Harley … Jetzt, wo Shelbie tot ist, bezweifle ich, dass es je wieder normal sein wird.«

70 Cash

Der Saunders-Mord verzweigte sich in so viele unterschiedliche Richtungen, dass es Cash schwerfiel, auf dem Laufenden zu bleiben. Er hatte einen seiner Detectives darauf angesetzt herauszufinden, wer die Stammkunden des Barkeepers waren, und die Bar, falls nötig, überwachen zu lassen. Er hatte einen anderen Detective zu den Saunders nach Hause geschickt, damit er in Shelbies Zimmer nach Hinweisen suchte. Danach redete der Detective mit ihren Freunden aus der Schule. Beides erwies sich als fruchtlos. Shelbies Zimmer sah wohl so sauber und aufgeräumt aus wie ein Hotelzimmer, und keiner ihrer Klassenkameraden konnte irgendwelche nützlichen Informationen beisteuern.

Als sie erfuhren, dass die Fingerabdrücke eines Vorbestraften auf den Bierdosen in Harleys Familienkutsche gefunden worden waren, hatten sie versucht, den Mann aufzustöbern und ihn zu vernehmen. Die meisten seiner Delikte standen mit Drogen in Zusammenhang, dazu ein paar Einbrüche und Diebstähle. Harley machte auf Cash nicht den Eindruck, drogensüchtig zu sein. Worin also bestand die Verbindung?

Hatten die beiden Männer gemeinsam getrunken und Shelbie dann irgendwie ins Restaurant gelockt? Die Information von Walt, wonach Harley sich nach der Arbeit mit Shelbie und Mindy treffen wollte, stützte diese Theorie.

Cash wollte Mindy ein zweites Mal vernehmen, und diese zusätzliche Information ließ sie auf seiner inneren Liste weiter nach oben rücken. Er musste sich auch noch mal mit Harley befassen.

Er schaute auf die Uhr. Ungefähr um diese Zeit öffnete Harleys Restaurant. Er überlegte, ob genug Zeit war, um rüberzufahren und die Vernehmungen zu machen, bevor Maddie nach Hause fuhr. Die Vorfreude auf ein Abendessen mit ihr hatte seine Laune den ganzen Tag positiv beeinflusst.

Schließlich entschloss er sich, ins Restaurant zu fahren und Mindy zu befragen. Die Situation war nicht ideal, doch er konnte Harley bestimmt überzeugen, ihn mit dem Mädchen reden zu lassen.

Fünfzehn Minuten später stand er vor Harley's Hot Pieces. Zu seiner Überraschung war die Tür abgesperrt, als er daran zog. Dann schaute er auf das Schild mit den Öffnungszeiten und erkannte, dass das Restaurant noch nicht geöffnet hatte. Er klopfte.

Schließlich ging die Tür ein paar Zentimeter weit auf, und Cash sah Harleys besorgten Blick, der sich jedoch bei seinem Anblick sofort entspannte.

»Mr Elliot, ich würde gerne reinkommen, wenn das in Ordnung ist.«

Harley öffnete die Tür weiter, und Cash zuckte zusammen. In der andere Hand hielt Harley ein Fleischerbeil.

Mit dem Notizblock in der Hand betrat Cash das Gebäude. »Ich weiß, Sie öffnen gleich, aber ich möchte mit Mindy reden.« Sobald seine Augen sich an das gedämpfte Licht im Restaurant gewöhnt hatten, erkannte Cash Mindy, die mit weit aufgerissenen Augen an der Bar stand. Als er zu ihr ging, hörte er, wie Harley wieder abschloss.

»Miss Ward, kann ich kurz mit Ihnen sprechen?«

Ihr Blick schoss zu ihrem Chef. »Ich denke schon. Wenn das für Harley okay ist.«

Cash wandte sich an Harley.

»Klar. Ich erwarte heute keinen großen Ansturm.«

»Wie wäre es, wenn ich Sie zu einem Kaffee einlade?«

Sie zuckte mit den Schultern. »Klingt gut.«

Er führte sie aus der Pizzeria und in den Mini-Markt nebenan. Sobald sie ihren Kaffee hatten, gingen sie wieder nach draußen. Cash legte den Notizblock auf den Deckel der Mülltonne, die direkt neben der Tür des Ladens stand.

»Okay, dann erzählen Sie mir doch noch mal, was an dem Tag geschah, als Sie Shelbie fanden.«

Mindy seufzte. »Ich kam etwas früher zur Arbeit. Zu meiner Überraschung war die Eingangstür nicht abgeschlossen …«

»Um welche Uhrzeit war das? War es ungewöhnlich, dass die Tür nicht abgeschlossen war?«

Mindy nickte. »Es war gegen halb vier, glaube ich. Harley hält die Tür geschlossen, bis wir aufmachen.«

»Fahren Sie fort.«

»Darum dachte ich, dass Harley schon da ist, und ging zu seinem Büro und rief seinen Namen.«

Cash nickte.

»Sein Büro war leer, also ging ich durch den Flur. Da sah ich das Blut auf dem Küchenboden.«

»Und dann?«

Mindys Augen füllten sich mit Tränen. »Ich dachte, das ist vielleicht Harley. Ich wollte nicht nachsehen, aber dann dachte ich, vielleicht könnte ich ihm helfen, verstehen Sie?«

»Erzählen Sie weiter.«

»Ich habe mich gezwungen, zu ihm zu gehen und … und es ist Shelbie.«

Das Mädchen brach in Tränen aus und bedeckte schluchzend das Gesicht mit beiden Händen.

Cash ließ sie eine Weile weinen. »Was haben Sie gemacht, nachdem Sie gesehen hatten, dass es Shelbie ist?«

Mindy hickste. »Ich habe mit dem Handy den Notruf gewählt.«

»Hatten Sie keine Angst, dass der Mörder noch im Restaurant sein könnte?«

»Nein. Warum sollte ein Mörder herumstehen und warten, bis man ihn festnimmt? Ich wusste, dass Shelbie tot war. So viel Blut …«

»Mindy, Sie haben vorhin gesagt, als Sie das Blut sahen, dachten Sie, es könnte Harley sein. Wie kamen Sie auf den Gedanken?«

»W… weil er sonst immer der Erste ist.«

»Walt hat mir erzählt, Sie und Shelbie wollten sich am Sonntagabend nach der Arbeit mit Harley treffen. Worum ging es dabei?«

»Shelbie war ein nettes Mädchen, und Harley … na ja, scherzt gern mit uns Mädchen. Das hat Shelbie verunsichert. Ich dachte, wenn wir gemeinsam mit ihm reden, könnte das helfen.«

»Harley scherzt gern – wie meinen Sie das?«

»Ach, Sie wissen schon. Er sagt so Dinge. Ich glaube, er fand Shelbie einfach hübsch. Er hat mit ihr herumgealbert.«

»Und Shelbie hat sich bei Ihnen darüber beklagt?«

»Ja, darum habe ich gesagt, ich würde ihr helfen, wenn sie mit ihm redet.«

»Mindy, wissen Sie, was sexuelle Belästigung ist?«

Das Mädchen zuckte mit den Schultern.

»Das ist, wenn durch unerwünschte sexuelle Avancen und anderes Verhalten oder Sprüche sexueller Natur eine feindselige Arbeitsatmosphäre geschaffen wird. Das kann der Chef oder ein anderer Mitarbeiter sein, der eine Bemerkung über den Körper eines Kollegen macht, Sexwitzchen erzählt oder den anderen unangemessen berührt. Ist so was in der Art auch im Restaurant abgelaufen?«

Mindy schwieg lange, ehe sie darauf antwortete. »Harley ist harmlos. Er nähert sich uns manchmal und legt die Arme um uns und sagt so Sachen wie ›Mindy, Mindy, was soll ich bloß mit dir machen?‹. Ihm gefällt die Vorstellung, mit uns Mädchen gut auszukommen. Aber das ist eben Harley.«

Mindy schob sich die Haare aus dem Gesicht. »Das war Shelbies erster Job. Sie wusste nicht, wie sie mit ihm umgehen sollte. Darum wollte ich dabei sein, wenn sie mit ihm redete. Ich wollte sie unterstützen, falls er sie in Verlegenheit brachte.«

»Okay. Aber zu dem Treffen kam es nicht, ist das korrekt?«

»Ja.«

»Warum nicht?«

»Am Sonntagabend hat Shelbie mir gesagt, sie hätte ihre Meinung geändert und würde nicht mit Harley reden. Sie sagte, sie hätte ihm erklärt, wenn er nicht aufhört, erzählt sie ihren Eltern davon, und die würden die Polizei rufen.«

Hmmm, dachte Cash. Das könnte ein Mordmotiv sein. »Hatten Sie den Eindruck, Harley hat sein Verhalten am Sonntagabend geändert?«

»Ja. Er ist Shelbie die meiste Zeit aus dem Weg gegangen. Darum dachte ich, er hätte es kapiert.«

»Okay. Dann möchte ich noch etwas wissen. Walt hat ein paar Stammkunden, die oft in die Bar kommen.«

Das Mädchen nickte hastig.

»Ist Ihnen an diesen Gästen etwas Ungewöhnliches aufgefallen? Irgendwas, das Ihnen auffällig erschien?«

»Nein, sie kommen rein, trinken ein Bier und reden eine Weile mit Walt.«

»Kennen Sie irgendwelche Namen?«

Sie schüttelte erneut den Kopf.

»Sie waren eine große Hilfe, Mindy. Ich möchte, dass Sie mit niemandem über dieses Gespräch reden, in Ordnung?«

»Klar. Ich will nur, dass Sie denjenigen kriegen, der die arme Shelbie ermordet hat. Sie war ein echt liebes Mädchen.«

71 Jade

Zurück im Büro sortierte Jade die Einbruchsberichte, die ihr zugeteilt worden waren, während Maddie in der Ecke stand und einem Streifenpolizisten lauschte, der angeregt mit ihr plauderte.

»Hey, du Schöne. Bald Zeit für den Feierabend.«

Jade drehte sich im Stuhl um und sah ihren Ehemann Mac hinter sich stehen.

Mac hielt einen dicken Stapel Papier hoch. »Wir haben direkt nach der Besprechung einen Gangster hochgenommen. Hatte auch eine Waffe bei sich.«

»Tolle Arbeit, Mac. Wo ist dein Partner?«

»Er buchtet den Typen ein. Ich habe ihm gesagt, ich fange schon mal mit dem Papierkram an.« Mac zog einen Stuhl heran und setzte sich. »Aber ich wollte dir erzählen, was uns der Verhaftete erzählt hat. Er sagt, in den letzten Monaten sei ein Haufen Waffen auf den Markt gespült worden. Er hat keine Ahnung, woher die kommen, aber er meinte, inzwischen hat jeder Gangster mindestens eine dabei.«

Jade bemerkte, wie Maddie zurück an den Schreibtisch kam und sich setzte. Sie starrte ins Leere.

Mac strich eine Haarsträhne aus Jades Augen, und sie richtete ihre Aufmerksamkeit wieder auf ihn. »Ich wollte dir das nur sagen. Versprichst du mir, besonders vorsichtig zu sein?«

Jade packte die Hand ihres Mannes. »Ich bin immer vorsichtig, Mac.«

»Das weiß ich«, sagte er. »Aber ich mache mir trotzdem Sorgen um dich.«

»Damit wirst du schon fertig, Stryker. Ich habe dich geheiratet, und es wird mehr als ein Bandenmitglied mit Waffe brauchen, damit ich aus deinem Leben verschwinde.«

Mac lachte. »Okay, ich glaube dir. Also, ich geh dann mal wieder an die Arbeit.«

»Seid ihr zwei immer so widerlich süß zueinander?« Das kam von Maddie. Sie trat an Jades Schreibtisch und blickte Mac nach.

»Wir haben lange gewartet, bis wir zusammen sein konnten. Er hat so hart gearbeitet, um seinem Leben eine neue Richtung zu geben.« Jade seufzte. »Er ist wunderbar.«

»Na ja, ich freue mich für euch«, bemerkte Maddie trocken.

»Ach übrigens, hast du dich heute Abend mit McCool zu einem Date verabredet?«, fragte Jade leise.

Maddie antwortete ebenso leise: »Ich habe dir gesagt, ich habe nicht die Absicht, mit Cash McCool essen zu gehen.«

»Weißt du, Maddie, manchmal finden die Leute die Liebe dort, wo sie nicht danach suchen. Nimm sie an, wenn du sie findest.« Sie schaute über die Schulter ihrer Partnerin. »Wenn wir schon vom Finden sprechen – sieht so aus, als wollte Detective McCool dich gerade finden.«

72 Blake

Blake lief zurück zu seinem Wagen, während seine Brüder den letzten Waffenschrank, den sie aus dem Haus geschleppt hatten, festzurrten. Ihnen blieb noch ungefähr eine Stunde Tageslicht. Nachdem er in seinen SUV gestiegen war, fuhr er an Sylvias Haus vorbei, wo seine Brüder im Lieferwagen warteten. Sie schlossen sich ihm an. Als sie sich dem Bungalow des Sicherheitsdienstes näherten, trat der Wachmann vor die Tür und winkte Blake grinsend zu. Er hob auch bei dem Lieferwagen grüßend die Hand.

Mittlerweile waren die Brüder zu der Erkenntnis gekommen, dass sie lieber nicht mit einer Wagenladung Waffen nach Hause fuhren. Ihre Eltern waren zweifellos inzwischen vom Bestattungsinstitut zurück. Sie hatten beschlossen, die Fahrzeuge auf dem Parkplatz eines Supermarkts zu tauschen, von wo aus Blake sich mit seinem Kontaktmann treffen würde, um die Waffen auszuladen. In der Zwischenzeit würden Logan und Jeremy nach Hause fahren und so tun, als wären sie den Großteil des Tages im Geschäft gewesen.

Sobald Blake am Wachmann vorbei war, klingelte sein Telefon. Auf dem Display sah er Sylvias Namen. Einen Moment lang stellte er sich vor, sie hätte irgendwie herausgefunden, dass er ihr Haus ausgeraubt hatte, und nun riefe sie an, damit er die Waffen ihres Mannes zurückbrachte. Aber das war unmöglich, deshalb nahm er das Gespräch an.

»Hallo, du sexy Wesen. Was ist los?«

»Hi, Blaine. Ich will dich sehen. Kannst du heute Abend vorbeikommen? Mein Mann ist noch unterwegs.«

Wenn du wüsstest, was ich heute Nachmittag getan habe, würdest du mich bestimmt nicht sehen wollen.

»Tut mir leid, Sylvia. Ich war heute viel unterwegs und muss jetzt noch zu einer wichtigen Besprechung.«

»Oh.« In diesem einen Wort schwang ihre ganze Enttäuschung mit. »Wie sieht es morgen aus? Ich war heute im

Spa, und dort habe ich etwas gehört, was man beim Sex machen kann. Davon bekommen beide angeblich wahnsinnig explosive Orgasmen.«

Für einen winzigen Moment war er versucht, sich darauf einzulassen, weil ihn diese neue Sextechnik interessierte. Aber genauso schnell verwarf er die Idee. Er hatte keine Ahnung, was seine Eltern für Shelbies Beerdigung arrangiert hatten und was davon eventuell an ihm hängen blieb.

»Äh, ich weiß noch nicht. Ich rufe dich morgen früh an.«

»Okay, Süßer. Ich verspreche dir, wenn wir uns sehen, wird es das absolut wert sein.«

Sein Schwanz regte sich. »Das ist es doch immer«, sagte er und bezähmte seine Lust. »Ich melde mich morgen.«

Nachdem er aufgelegt hatte, war Blake froh, dass er beschäftigt war. Das würde ihn von Sylvias tollem Körper und ihrem geschickten Mund ablenken. Also rief er den Skinhead an, der mit dem Geld auf ihn warten sollte.

»Sag an«, meldete sich die Stimme am anderen Ende der Leitung.

»Ich bin's, Blake. Ich kann dich dort treffen, wo wir heute schon einmal Waren getauscht haben. Gib mir noch zwanzig Minuten. Und bring lieber Helfer mit, diesmal ist es eine große Ladung. Oh, und du brauchst fünfundzwanzig Riesen. Ich habe erstklassige Ware, und ich bin sicher, dass du sie haben willst. Für den Preis ist es ein Schnäppchen.«

»Du erwartest von mir, dass ich in so kurzer Zeit so viel Geld auftreibe?«

»Ich bin sicher, bei deinen vielen ›Geschäften‹ hast du mehr als das. Du wirst nicht enttäuscht, das verspreche ich dir.«

»Das hoffe ich für dich.« Er legte einfach auf.

Nach reiflicher Überlegung kam Blake zu dem Schluss, dass er vielleicht doch lieber seine Brüder zur Übergabe mitnehmen sollte. Denn was hinderte die Skinheads daran, wenn Blake mit einem Lastwagen voller Waffen auftauchte, das Geld zu behalten *und* ihm die Waffen abzunehmen?

73 Cash

»Hallo, Ladys«, sagte Cash und trat zu Jades Schreibtisch. »Kann ich kurz mit Ihnen reden, Doc?« Cash entging nicht, wie Jade ihrer Partnerin ein Lächeln zuwarf.

»Das können Sie, wenn Sie mich mit meinem Namen anreden.«

»Oh, das tut mir leid. Also noch mal. Detective Madison Evelyn Divine, darf ich kurz mit Ihnen sprechen?«

Maddie seufzte schwer und ging in Richtung der Tür, die auf den Parkplatz führte. »Nennen Sie mich nicht Doc, und nennen Sie mich auf keinen Fall Evelyn. Offenbar haben Sie in der Personalliste herumgeschnüffelt.«

Cash folgte ihr und schaute über die Schulter. Gut hörbar flüsterte er Jade zu: »Sie wissen schon, ihre Initialen sind ›M-E-D‹. Keine Ahnung, was sie gegen den Spitznamen Doc hat.«

Jade lachte und schüttelte den Kopf. Cash beeilte sich, um zu Maddie aufzuschließen, und schenkte ihr nun seine ganze Aufmerksamkeit – zumal er ziemlich gut auf ihre Kehrseite blicken konnte, wenn sie vor ihm herging. Sobald sie draußen waren, drehte sie sich zu ihm um.

»Hören Sie, McCool. Ich glaube nicht, dass ich Sie heute Abend zum Essen treffen kann.«

Nach außen behielt er seine gute Laune. Innerlich aber erlebte Cash, wie seine Stimmung im Sinkflug war. Obwohl er geplant hatte, Maddie dasselbe mitzuteilen.

»Sie sind ja echt sauer, dass ich Sie Doc genannt habe.«

»Nein, das ist es nicht. In einem Fall ist etwas ans Tageslicht gekommen, und ich will der Sache nachgehen.«

»Nun, das passt ganz gut, denn ich habe gerade Harley Elliot in Verhörraum 2. Vorhin habe ich Mindy befragt. Die Bedienung, die den Mord an Shelbie gemeldet hat. Sieht ganz danach aus, dass Mr Elliot seine weibliche Belegschaft sexuell belästigt hat. Nicht nur das – er wollte sich am Abend des Mords mit Shelbie und Mindy treffen. Aber dazu kam es nicht, weil Shelbie Harley gesagt hat, wenn er sie nicht in Ruhe lässt, würde sie ihren Eltern davon erzählen.«

»Es sieht immer übler für ihn aus.«

»Mein Bauchgefühl sagt immer noch, er war es nicht. Aber die Beweise sprechen dagegen.« Er schaute auf die Uhr. »Wie wäre es, wenn wir das Dinner auf morgen Abend verschieben?«

»Warum? Was genau wollen Sie von mir, McCool?«

Sie war so direkt, dass er tatsächlich über die Antwort nachdenken musste. »Ich mag Sie. Ich möchte mehr über Sie erfahren. Und ich glaube, Sie haben eine schwere Zeit hinter sich, und da dachte ich, Sie möchten vielleicht mal wieder ausgehen.«

»Und ich dachte, Sie wollten nur in mein Höschen.«

»Nur wenn Sie das auch wollen.«

Sie lachte ihn an, und es gefiel ihm, wie ihre Augen dabei strahlten.

»Sie sind sehr gut darin – also die Kurve zu kriegen. Darum sind Sie vermutlich so ein guter Ermittler.« Dann verschwand das Lächeln, und sie wirkte wieder sehr geschäftig. »Ob morgen Abend geht, weiß ich auch noch nicht. Aber wir können es ja mal im Auge behalten.«

»Es ist echt schwer, mit Ihnen essen zu gehen, Doc. Aber das ist für mich in Ordnung. Ich mag Herausforderungen. Dann kümmere ich mich jetzt wohl lieber um Harley, bevor er anfängt, unsere Mitarbeiterinnen zu belästigen.«

Er hielt ihr die Tür auf und konnte sich ein Grinsen nicht verkneifen. Also dachte sie auch schon ans Schlafzimmer. Sie würde sich ihm nicht leichtfertig hingeben, aber es würde definitiv passieren. Er konnte es kaum erwarten.

74 Blake

Sie hielten sich von den Straßenlaternen fern und saßen dicht an dicht auf der Sitzbank im Lieferwagen und warteten auf Blakes Kontaktmann. Obwohl der Winterabend kühl war, schwitzten alle drei Brüder – und das bei offenem Fenster.

Zum zweiten Mal innerhalb weniger Stunden hatte die Angst sich des Körpers von Blake bemächtigt. Er fürchtete sich. Vielleicht war er der ganzen Sache nicht gewachsen. Und indem er seine Brüder zum Handel mit den Skinheads mitbrachte, war auch ihr Leben in Gefahr.

Zwei tiefergelegte amerikanische Limousinen näherten sich langsam auf der Wohnstraße.

»Das sind sie«, sagte Blake. »Seid ganz entspannt, als

würdet ihr keine Probleme erwarten. Vielleicht haben wir ja Glück, und es gibt keine.«

Blake hatte diesen Ort gewählt, weil zwar ringsum Häuser waren, aber die Gebäude und Höfe so angeordnet waren, dass die Sackgasse auf drei Seiten von Wänden eingeschlossen war.

Die Fahrzeuge hielten hinter dem Lieferwagen, und vier Männer stiegen aus.

Erst dann stiegen auch Blake und seine Brüder aus und gingen zur hinteren Stoßstange.

Blakes Kontaktmann, ein Kerl mit Glatze, runzelte die Stirn. »Wer sind die denn?«

»Meine Brüder«, sagte Blake nervös. »Die sind in Ordnung.«

»Ich bin Cue«, sagte der Glatzköpfige und musterte Logan und Jeremy. »Das hier sind *meine* Brüder.« Er zeigte auf die drei tätowierten, schlaksigen Weißen, die neben ihm standen.

Logan wollte schon nach dem Griff bei der Rolltür des Lastwagens greifen.

»Warte noch, Logan«, sagte Blake. Er wandte sich an seinen Kontaktmann. »Du hast das Geld?«

Cue nickte einem der anderen Typen zu. Der trat vor und öffnete einen schwarzen Rucksack. Darin waren haufenweise Zehndollarscheine, die mit gelben Banderolen zusammengefasst waren.

Blake warf ihm einen fragenden Blick zu.

»Meine Geschäftspartner und ich bekommen in unserem Arzneimittel-Unternehmen viele kleine Scheine, und wir meiden Banken. Jetzt wollen wir sehen, was wir kaufen«, sagte der Anführer.

Blake nickte Logan zu, und dieser öffnete die Rolltür.

Weil es draußen dunkel war, konnte man im Innern des Lieferwagens nichts erkennen. Cue schickte einen seiner Jungs zu ihrem Wagen, damit er ein paar Leuchten holte. Blake kam in den Sinn, dass er genauso gut eine Waffe mitbringen könnte.

Als der Typ mit vier kleinen Taschenlampen zurückkam, war Blake erleichtert.

Die Skinheads stiegen auf die Ladefläche, und Cue pfiff leise, als sie die Gewehre in den Schränken in Augenschein nahmen. »Du hast recht. Das ist gutes Zeug.« Er gab dem Mann mit dem Geld ein Zeichen, der daraufhin den Rucksack vor Blake auf den Boden fallen ließ.

»Okay, wir nehmen den Lastwagen mit und laden alles aus. Sobald wir fertig sind, parken wir ihn zwei Blocks weiter in dieser Straße. Da wir das Zeug an verschiedenen Orten abladen müssen, dauert das ungefähr zwei Stunden. Ist das für euch in Ordnung?«

Blake nickte und nahm den Rucksack an sich. »Ich werde ihn als gestohlen melden, wenn er in drei Stunden nicht zurück ist.«

»Verstanden.«

Cue und Blake gaben sich die Hand, und dann stiegen alle wieder aus dem Lieferwagen.

»Kommt, Jungs. Wir können gehen«, sagte Blake zu seinen Brüdern.

Cue und seine Lakaien stiegen in die Fahrerkabine des Lastwagens, starteten den Motor und rollten langsam die Straße entlang.

Blake zog sein Handy aus der Tasche und rief ein örtliches Taxiunternehmen an. Er nannte der Telefonistin die Adresse einer Bar in der Nähe. Zu Fuß würden sie es problemlos dorthin schaffen, bis das Taxi sie abholte. Auf dem

Weg gingen die Brüder die Geschichte durch, die sie ihren Eltern erzählen würden.

Das Taxi nahm sie mit, und sie schwiegen während der Fahrt. Nur Blake sagte etwas, um den Fahrer zu dirigieren, damit er sie einen Block von ihrem Elternhaus entfernt absetzte. Als sie den Hügel zum Haus hochstiegen, hatten sie sich auf eine Story geeinigt.

Sie betraten das Haus – und fanden sich inmitten von niedergeschlagenen Freunden und Nachbarn wieder, die in kleinen Gruppen beisammenstanden, Häppchen aßen, Wein nippten und leise redeten. Als die Jungs sich einen Weg durch das Haus bahnten, murmelten die Leute Beileidsbekundungen. Einige traten vor und umarmten sie.

Blake hatte im Moment nur eines im Sinn: möglichst schnell nach oben in sein Zimmer zu verschwinden und dort mit seinen Brüdern die fünfundzwanzig Riesen in dem Rucksack zu zählen. Nichts hatte ihn auf den Anblick vorbereitet, als er in die Küche kam, wo sein Onkel Jack gerade Sylvia ein Glas Wein einschenkte.

75 Maddie

Tick, tick, tick …

»Danke, dass Sie meinetwegen länger bleiben«, sagte ich am Mittwochabend nach der Arbeit zur Psychiaterin.

»Sie klangen ziemlich, hm, verzweifelt.«

Ich schnaubte. »Ja, im Moment ist viel los.«

Sie wartete ungefähr zwanzig Sekunden. »Möchten Sie das weiter ausführen?«

»Ich überlege noch, mit welcher Story ich anfange«, sagte ich und grinste.

Sie erwiderte mein Lächeln. »Wie wäre es mit der, bei der Sie sich am unwohlsten fühlen, wenn Sie darüber sprechen?«

»Das gehört ja zu meinem Problem. Sie sind beide gleichermaßen verstörend, wenn auch auf unterschiedliche Weise.«

Die Ärztin stand auf und ging zu ihrem Schreibtisch. »Wie wäre es, wenn wir eine Münze werfen? Bei Kopf erzählen Sie mir von dem einen Problem, bei Zahl vom anderen.«

Ich nickte. Sollte das Schicksal doch entscheiden, welches Problem ich zuerst anging.

Die Psychiaterin kam mit einem 25-Cent-Stück in der Hand zurück. »Ich werfe, Sie sagen an.«

»Zahl«, sagte ich, als die Münze durch die Luft flog und vor meinen Füßen auf dem Boden landete.

»Kopf«, sagte sie, setzte sich wieder in ihren Sessel und schlug die Beine übereinander. »Ich denke, Sie sollten mit dem zweiten Thema anfangen.«

»Scheiße, ist mir doch egal, was die Münze sagt. Ich erzähle Ihnen von der Sache, die mich am meisten belastet.«

Die Psychiaterin lächelte wissend. Sie war eine kluge Frau.

»Es ist nicht besonders lange her, dass mein Ehemann Travis ermordet wurde.« Ich sah sie erwartungsvoll an, aber die Psychiaterin erwiderte den Blick ungerührt. Also fuhr ich fort: »Da gibt es diesen Mann bei der Arbeit. Cash McCool. Er arbeitet bei der Mordkommission.« Ich zögerte erneut, und sie sagte immer noch nichts. »Dieser McCool verhält sich … also … er nervt mich«, brachte ich schließlich über die Lippen.

»Was an dem, was er tut, nervt Sie denn, Maddie?«

»Er tut so, als wäre er an mir interessiert.«

»Warum glauben Sie, dass er nur so tut?«

Ich verdrehte die Augen und seufzte. »Ich glaube nicht, dass er nur so tut – zumindest spielt er mir nichts vor. Aber er lädt mich zum Kaffee ein und will mit mir zu Abend essen.«

»Was ist daran so falsch?«

»Na ja, nichts ist daran falsch, außer … ich denke, dass es zu früh ist.«

»Es ist zu früh, mit einem Kollegen Kaffee zu trinken und etwas zu essen?«

»Dr. Stevens, Sie wissen doch, was ich meine. Er hat andere Absichten.«

»Woher wissen Sie das? Hat er Ihnen das gesagt?«

»Nein! Warum verstehen Sie nicht, was ich Ihnen sagen will? Irgendwas liegt in der Luft, wenn wir zusammen sind.«

»Ah sooo.« Endlich nickte die Psychiaterin und lächelte. »Glauben Sie, dieses Etwas, das in der Luft liegt, ist ein Problem?«

»Also … ja, ich denke schon.«

»Sie spüren dieses Etwas auch, nicht wahr?«

»Ich weiß nicht, was ich spüre oder fühle. Dafür ist es zu früh.«

»Zu früh wofür, Maddie? Zu früh, um wieder richtig zu leben?«

Ich sprang auf und tigerte vor dem marineblauen Sofa hin und her. »Ich habe meinen Mann geliebt. Er starb, um mir das Leben zu retten. Wie sieht das denn aus, wenn ich nicht mal sechs Monate nach seinem Tod wieder lachen kann und an einen anderen Mann denke?«

»Was glauben Sie denn, was ein akzeptabler Zeitraum wäre, nach dem Sie wieder anfangen dürften, an einen anderen Mann zu denken?«

Diese Frage machte mich ratlos. Sechs Monate schien zu schnell, und doch schien alles, was darüber hinausging, eine lange Zeit zu sein.

»Wissen Sie, Maddie, nur weil Sie zu einem Kaffee oder einem Essen eingeladen werden, müssen Sie sich nicht sofort auf eine romantische Beziehung einlassen. Es bedeutet auf keinen Fall, dass Sie die Liebe, die Sie für Travis empfunden haben, und das Opfer, das er für Sie gebracht hat, vergessen haben.«

Ich setzte mich wieder aufs Sofa und dachte über ihre Worte nach. »Es ist nur so, dass ich nach der Heirat mit Travis nie gedacht hätte, dass ich noch mal ein Date haben würde. Ich bin nicht mehr Mitte zwanzig. Es hat sich viel geändert, und ich weiß nicht mehr, wie man datet.«

»Es ist wie Fahrradfahren, Maddie. Das verlernt man nicht. Manche Erfahrungen sind eben einfach besser als andere.«

»Na toll.«

»Was wäre das Schöne daran, mit Detective McCool auszugehen?«

»Er bringt mich zum Lachen«, sagte ich sofort. »Ich glaube, er hat ein gutes Herz und … er sieht sehr gut aus«, schloss ich lahm.

»Was wäre schlecht daran, ungestört etwas Zeit mit ihm zu verbringen?«

»Wir arbeiten in derselben Einheit, und die Kollegen werden reden. Er findet vielleicht heraus, dass ich nicht annähernd so interessant bin, wie er glaubt, und … Na ja, vielleicht mag ich ihn mehr als er mich.«

»Klingt für mich so, als hätten Sie Angst, verletzt zu werden.«

»Ja klar«, sagte ich in einem Tonfall, als wäre ich darauf auch ohne sie gekommen.

»Ich kann Ihnen nicht raten, was Sie tun sollen, Maddie. Aber für mich sieht es so aus, als gäbe es schlechtere Entscheidungen als die, ob Sie mit jemandem ausgehen möchten, der Sie zum Lachen bringt, ein gutes Herz hat und ein angenehmer Anblick ist.« Sie machte eine Pause und lächelte. »Was, glauben Sie, würde Travis wollen? Sollen Sie sich für ihn zu Hause einschließen und Trübsal blasen oder rausgehen und leben?«

Tränen traten mir in die Augen und begannen zu strömen. Ich zog ein Taschentuch aus der Box und betupfte meine Augen. »Ich glaube, er würde nicht wollen, dass ich mich wegsperre.« Dann lächelte ich. »Aber ich bin nicht sicher, ob er begeistert wäre, wenn ich so bald wieder ausgehe.«

»Wirklich? Was glauben Sie, wie lange würde Travis wollen, dass Sie um ihn trauern?«

Ich dachte an meinen tatkräftigen Mann. Er war immer einer gewesen, der nach dem Motto »Nicht stehen bleiben, weitermachen!« lebte. »Ich glaube, Sie haben recht. Er würde wollen, dass ich mein Leben weiterlebe.«

Die Psychiaterin nickte und atmete aus. »Sind Sie jetzt bereit, über das andere Thema zu reden, mit dem Sie sich herumschlagen?«

Ich zog das nächste Taschentuch aus der Box und putzte mir die Nase. »Sie haben bestimmt von dem Serienvergewaltiger gehört, mit dem wir es im Valley zu tun haben.«

»Ja, ich habe in den Nachrichten schon mehrmals was über ihn gesehen.«

Ich nickte. »Heute ist einer meiner früheren Kollegen auf Probe zu mir gekommen und hat mich um Rat gefragt.«

»Und?«

»Dieser Officer arbeitete im West Valley, aber dank Bullocks TBSR-Plan wurde er nach Devonshire versetzt. Vor ein paar Wochen fuhr dieser Polizist mit seinem Partner im West Valley Streife, aber alle Einheiten aus Devonshire waren gerade anderweitig beschäftigt, als über Funk ein Team in Devonshire angefordert wurde. Es ging um einen möglichen Herumtreiber. Die Kollegen wissen natürlich von den sexuellen Übergriffen, weshalb die Meldung eines Herumtreibers schon ein Hinweis sein könnte. Sie fuhren also hin, obwohl sie damit in einem angrenzenden Bereich einen Einsatz fuhren.«

»Ich lebe auch im Valley, Maddie. Darum freut es mich, dass sie so engagiert sind.«

Jetzt war ich allmählich in Fahrt und wollte zum Punkt kommen. »Sie fahren also bei der Adresse vor und fangen an, den Vorgarten abzusuchen. Es ist dunkel, und sie leuchten mit den Taschenlampen ins Gebüsch. Plötzlich entdecken sie einen Typen in dunkler Kleidung. Sie rufen ihn heraus, und er sagt, er sei bewaffnet, aber das sei in Ordnung, da er Cop sei.«

Die Psychiaterin hob die Augenbrauen und spitzte die Lippen. Ich war froh, weil sie darüber genauso aufgebracht war wie ich.

»Jedenfalls hat der Typ tatsächlich einen Polizeiausweis und arbeitet sogar in Devonshire. Er hatte dienstfrei und war in Zivil unterwegs. Natürlich fragten die Kollegen ihn, warum er sich im Gebüsch versteckt. Er sagte, er sei vorbeigekommen und habe einen Mann gesehen, der sich zwischen den Häusern herumdrückte, darum habe er angehalten, um der Sache nachzugehen. Er glaube, der Eindringling sei über den Zaun gesprungen.«

»Was haben sie getan?«

»Sie haben über Funk Unterstützung aus der Luft angefordert und das Gebiet weiträumig abgesucht. Gefunden haben sie niemanden.«

»Okay. Warum finden Sie die Sache so beunruhigend?«

»Weil der Kollege in Zivil, den sie an dem Abend aufgestöbert haben, Zak Murdock war. Der jetzt verantwortlicher Ermittler der Taskforce Vergewaltigung ist. Mein früherer Probekandidat hat ihn erkannt, als er das erste Mal nach Devonshire zur Arbeit kam.«

»Sie glauben, dieser Detective Murdock könnte irgendwie in die Übergriffe verstrickt sein?«

»Ich weiß es nicht. Der Typ ist ein Arschloch. Er scheint Frauen nicht zu mögen – zumindest Jade und mich mag er nicht.«

»Und was glauben Sie, sollten Sie jetzt tun?«

Ich fuhr mir mit der Hand durch die Haare. »Ich bin nicht sicher. Ich vertraue dem Instinkt des Streifenpolizisten; er sagte, die ganze Sache sei dubios. Andererseits habe ich keinen Hinweis, dass dieser Typ irgendwie involviert ist. Und wenn ich irgendwelche übereilten Anschuldigungen erhebe, könnte man glauben, ich hätte den Verstand verloren.«

»Gibt es jemanden, dem Sie vertrauen und der vielleicht eine Empfehlung hat?«

Ich lächelte sie an. »Wie schaffen Sie es nur immer wieder, dass der Kreis sich schließt? Die Person, mit der ich reden sollte, ist der Mann, der mich zum Lachen bringt, der ein gutes Herz hat und ein hübscher Anblick ist. McCool ist Zak Murdocks direkter Vorgesetzter. Ich sollte mit McCool reden.«

76 Harley

Wieder mal saß Harley in dem Verhörzimmer. So langsam war er richtig angepisst. Detective McCool hatte ihn hier reingesetzt und war dann verschwunden. Er hatte sich schon mindestens dreißig Minuten lang den Hintern platt gesessen. Plötzlich ging die Tür auf, und der eingebildete Detective kam herein.

»Tut mir leid, dass Sie warten mussten, Mr Elliot. Es ist etwas dazwischengekommen.« Der Detective zog den gelben Notizblock heran und leierte ihm wieder seine Rechte herunter. »Vielen Dank, dass Sie während Ihrer Öffnungszeiten vorbeigekommen sind, damit wir ein paar Dinge klären können.«

»Ich will einfach nur, dass die Sache endlich vorbei ist«, sagte Harley.

Der Detective strahlte ihn an. »Gut, dann haben wir ja dasselbe Ziel.« McCool rutschte auf dem Stuhl herum. »Wie Sie wissen, habe ich auch mit Mindy geredet. Sie hat mir einiges erzählt, das mich nachdenklich gemacht hat.«

Harley zuckte mit den Schultern. »Ich wüsste nicht, was sie gegen mich vorbringen könnte. Hab dem Mädel nie was getan.«

Der Detective hob überrascht die Augenbrauen. »Ach wirklich? Sie hat mir erzählt, Sie treiben gern Ihre Scherze mit den Mädchen, die für Sie arbeiten. In der Tat klang das, was sie mir beschrieben hat, ziemlich eindeutig nach sexueller Belästigung.«

»Das ist doch Quatsch. Ich ziehe die Mädchen auf, und das mögen sie. Auf jeden Fall mögen sie das dicke Gehalt, das ich ihnen zahle.«

»Sie wollen also sagen, Sie bezahlen die Mädchen dafür, dass Sie sie necken dürfen?«

»Also nein. Ich meine, dass ich sie gut bezahle. Es gibt keinen anderen Pizzaladen, der so gut zu seinen Angestellten ist wie ich. Bei mir bekommen alle Mitarbeiter einen fairen Lohn. Die Jungs auch.«

McCool nickte. »Ja, das wurde mir so berichtet. Aber einige Ihrer Angestellten glauben, Sie zahlen diese hohen Gehälter als eine Art Bestechungsgeld, damit sie den Mund über Ihre Neckereien *und* die Grapschereien halten.«

Harleys Herz begann zu hämmern, und er spürte, wie ihm der Schweiß ausbrach. »Ich weiß nicht, was Sie meinen. Ich fasse die Mädchen nicht an.«

Der Detective lehnte sich zurück. »Ts, ts, ts. Also wirklich, Mr Elliot. Halten Sie mich für so dumm?«

Harley lehnte sich ebenfalls zurück und verschränkte die Arme. »Ich, äh, also manchmal umarme ich sie. Wenn sie sich schlecht fühlen, zum Beispiel. Oder weil sie etwas wirklich gut gemacht haben.«

McCool beugte sich vor. Sein Blick bohrte sich in Harleys. »Warum haben Sie mir nicht erzählt, dass Sie sich Sonntagabend nach der Arbeit mit Mindy und Shelbie treffen wollten?«

Darüber musste Harley nachdenken. Er legte die Hand auf die Augen, dann ließ er sie sinken. »Ich erinnere mich nicht, dass etwas in der Art gesagt wurde. Aber wir hatten viel zu tun an dem Abend, ich könnte es auch vergessen haben.« Die Wahrheit war, dass Harley so aufgeregt über Mindys Aufmerksamkeit war, dass er den größten Teil des Abends mit Überlegungen verbrachte, wie er mit ihr allein sein konnte und was sie ihn dann hoffentlich mit ihr machen ließ.

»Mr Elliot, was soll ich über den Umstand denken, dass Shelbie offenbar wegen Ihres unangemessenen Verhaltens so durcheinander war, dass sie ihren Eltern davon erzählen wollte? Die wiederum mit Sicherheit die Polizei benachrichtigt hätten? Und an exakt diesem Abend, an dem Sie sich mit ihr treffen wollten, wurde sie ermordet. Was soll ich darüber denken?«

Harley erkannte, dass es schlecht aussah für ihn. Richtig schlecht. »Ich weiß es nicht.«

»Haben Sie ein Treffen mit Shelbie nach der Schließung des Restaurants arrangiert? Haben Sie sie ohne Mindy getroffen? Hat sie versucht, mit Ihnen zu reden, und sie wurde ärgerlich, und dann gerieten die Dinge außer Kontrolle? Erzählen Sie mir, was passiert ist, Mr Elliot!« Der Detective knallte die Hand auf den Tisch. Harley zuckte zusammen.

»Nichts! Es ist nichts passiert. Ich habe keine Ahnung, was mit Shelbie geschehen ist. Ich habe ihr nichts angetan. Ich war ja nach der Arbeit nicht mal in der Nähe des Restaurants.«

»Also gut, Mr Elliot. Dann wollen wir mal über das reden, was Sie *wissen*. Warum erzählen Sie mir nicht, wie Sie sich die Abschürfungen und Kratzer an den Armen zugezogen haben?«

»Herr im Himmel, nicht schon wieder die Geschichte. Ich habe Ihnen schon mindestens zwanzigmal erzählt, was passiert ist.«

»Nun, warum sagen Sie mir nicht einfach die Wahrheit, Mr Elliot? Das wäre mal eine Abwechslung.«

»Ich habe Ihnen jedes Mal die Wahrheit gesagt.«

»Wollen Sie wirklich so weitermachen, Harley? Wir haben Demitri Gribs gefunden und mit ihm geredet.«

»Ich kenne niemanden mit dem Namen.«

Der Detective lächelte. »Sie kennen ihn vermutlich unter dem Namen Demi Heart. Seit er aus San Quintin raus ist, trägt er meist einen Minirock und High Heels und ist auf der Sepulveda unterwegs. Ich vermute, die Jungs im Bau haben ihn mit den Freuden eines Lebens als Frau vertraut gemacht.«

Harley spürte, wie die Farbe aus seinem Gesicht wich. *Sie wissen es!*

McCool legte den Stift hin und beugte sich vor. Seine leise Stimme klang verständnisvoll. »Sehen Sie mal, Harley. Es ist Ihnen bestimmt peinlich, einer männlichen Nutte auf den Leim gegangen zu sein. Aber ich brauche von Ihnen eine Aussage darüber, was in Wahrheit in jener Nacht geschehen ist.«

Er saß in der Falle. Es gab keinen Ausweg für ihn. »Ich erzähle Ihnen, was passiert ist, aber Sie müssen mir versprechen, dass Jennifer es nie erfährt.«

»Harley, ich kann Ihnen versprechen, dass Ihre Frau durch mich nie von Ihren außerehelichen Aktivitäten erfährt.« Cash wusste, dass er dieses Versprechen problemlos geben konnte. Beim Prozess würde die Geschichte ja doch rauskommen. Sie war zu pikant, als dass die Presse sie sich entgehen lassen würde. Die Medien würden ihren Spaß daran haben.

Harley bedeckte für ein paar Sekunden das Gesicht mit beiden Händen. Dann sah er auf und begann: »Nach der

Arbeit stieg ich in den Wagen und fuhr mir ein paar Bier kaufen …«

77 Blake

Was zum Teufel …? Warum stand Sylvia bei ihm zu Hause in der Küche?

Onkel Jack sah auf und entdeckte Blake und seine Brüder. »Da seid ihr ja. Wir haben uns schon gefragt, wann ihr nach Hause kommt.«

Blake kämpfte gegen die Panik an. Er musste nicht nur sich selbst unter Kontrolle haben, sondern machte sich auch Sorgen, was seine Brüder wohl sagen oder tun würden, wenn sie Sylvia von dem Foto erkannten. Aber Sylvia schaute nur ihn an. Sie war offenbar genauso überrascht, ihn hier zu sehen, wie umgekehrt.

»Jungs, das ist Mrs Santana. Sie ist eine Kundin eurer Mutter. Sylvia, das sind Robins Söhne«, sagte Onkel Jack. »Blake, Logan und Jeremy.«

»Wow, was für hübsche Jungs.« Sie gab ihnen die Hand. »Wer von euch ist Blaine?«

Blake packte ihre Hand und schüttelte sie eifrig. »Das bin ich. Aber mein Name lautet eigentlich Blake.«

»Tatsächlich«, sagte sie und hob die Augenbrauen. »Da bin ich aber froh, dass Sie mir das sagen, sonst hätte ich Sie den ganzen Abend falsch angeredet.«

Sie wandte sich an seine Brüder und gab auch ihnen die Hand. »Euer Verlust tut mir sehr leid, Jungs.«

»Wo habt ihr euch denn so spät noch herumgetrieben?«, fragte Onkel Jack.

Blake hätte seinem Onkel am liebsten eine runtergehauen, zumal er nicht wusste, was er sagen sollte. Logan feixte, und Jeremys Miene war völlig versteinert.

»Wir haben gearbeitet«, antwortete Blake hastig.

»Und was macht ihr Jungs so?«, fragte Sylvia.

Logan mischte sich ein. »Wir haben einen Gebrauchtwarenladen. War ein toller Tag. Wir haben ein paar richtig gute neue Sachen abgeholt.«

»Entschuldigt mich bitte«, sagte Blake und umfasste Sylvias Arm. »Mom würde mir nie verzeihen, wenn ich Ihnen nicht ihren Rosengarten zeige.«

»Sei nicht albern, Blake«, sagte Onkel Jack. »Draußen ist es kalt und dunkel.«

Blake ignorierte seinen Onkel und führte Sylvia aus der Küche. »Ich mache das Licht an.«

Sobald sie draußen waren, zog Sylvia ihn in eine dunkle Ecke des Gartens. »Ich bin so glücklich und überrascht, dich hier zu sehen«, sagte sie und zog ihn für einen innigen Kuss an sich.

»Sylvia, das können wir hier nicht machen.« Blake schob sie sanft von sich weg.

»Okay, ich fahre heim, und du kommst später vorbei.«

»Ich kann nicht. Meine Eltern brauchen mich hier.« Er trat auf die Veranda und schaltete die Außenbeleuchtung an.

Im Licht sah er, dass Sylvia das Gesicht zu einem Schmollen verzog.

»Sieh mal, meine … äh … Schwester ist gestorben. Ich kann nicht verduften, um mich flachlegen zu lassen.«

Das Schmollen wich genauso schnell einem Ausdruck der Leidenschaft. »Ich wusste nicht, dass Robin deine Mutter ist, und ich kann es nicht glauben, dass wir in dem Restaurant essen waren, in dem deine Schwester ermordet wurde. Warum hast du nichts gesagt?«

Blake fuhr sich mit den Händen durch die Haare. »Du warst so fest entschlossen, dort zu essen. Können wir nicht das Thema wechseln? Warum bist du hier, Sylvia?«

Sie sah ehrlich verletzt aus.

»Deine Mutter und ich wurden Freundinnen, als sie für meinen Mann und mich das Haus fand. Bevor ich heute das Spa verließ, haben ein paar Mitarbeiter über das geredet, was passiert ist. Ich konnte es nicht glauben.« Sylvia zückte einen Lipgloss und brachte wieder in Ordnung, was der Kuss mit Blake angerichtet hatte. »Die Mitarbeiterin im Spa sagte, einige von Robins Kunden bringen Essen und Wein vorbei.« Sie lächelte spitzbübisch. »Rate mal, was ich mitgebracht habe?«

Plötzlich ging die Schiebetür auf, und Logan stürmte nach draußen. »Du musst reinkommen. Sofort.«

Blake erkannte an der unverhohlenen Wut seines Bruders, wie ernst die Lage war. Irgendwas lief gerade schrecklich schief. Diesen Gesichtsausdruck hatte er schon oft gesehen, während er mit Logan aufgewachsen war. Er wusste, dass der nächste Ausraster nicht lange auf sich warten lassen würde.

»Du entschuldigst mich bitte? Ich muss weg.«

»Warte! Wann sehe ich dich wieder?«

Und dann sprach Blake die Lüge aus, zu der jeder Mann mindestens einmal im Leben griff. »Ich rufe dich an.«

»Beeil dich«, drängte Logan.

Blake folgte seinem Bruder und wollte wissen, was los sei.

»Das glaubst du nicht. Komm mit«, sagte Logan und sprang die Treppe hoch, wobei er immer zwei Stufen auf einmal nahm.

Als sie oben ankamen, lief Logan in sein Zimmer. Blake folgte ihm und fragte sich, was er dort wohl vorfinden würde.

Schwungvoll riss sein Bruder die Tür auf, und sofort erkannte Blake, warum Logan so aufgeregt war. Jeremy saß am Fußende des Betts inmitten der Geldbündel aus dem Rucksack. Die Papierbanderolen waren zerrissen, und dazwischen quollen ein paar Zehndollarnoten und haufenweise zurechtgeschnittenes Zeitungspapier hervor.

78 Walt

Walt bemerkte, dass die Mitarbeiter bei Harley's Hot Pieces voller Sorge beobachteten, wie der große Detective ihren Chef aus dem Restaurant führte.

Harley hatte Walt die Verantwortung übertragen und betont, er werde schon bald zurück sein. Aber davon war Walt nicht so überzeugt. Das konnte nichts Gutes bedeuten, wenn die Cops Harley immer wieder mit aufs Revier schleiften, um ihn zu befragen.

»Glaubst du, er kommt zurück, Walt?« Mindy stand vor der Bar und zupfte an einer eingerissenen Nagelhaut.

»Ich weiß es nicht. Er hatte keine Handschellen an.«

»Was machen wir, wenn sie ihn festnehmen?«

Walt legte sich die verschränkten Hände auf den Kopf und dachte nach. »Ich schätze, dann kümmert Harleys Frau sich um das Restaurant. Hast du mir nicht erzählt, sie hat das schon früher mal getan?«

»Ja. Ich frage mich, wie lange er ins Gefängnis kommt.«

»Puh, jetzt mal langsam, Mindy. Noch ist Harley nicht hinter Gittern. Ist ein weiter Weg von einer Vernehmung bis dahin, dass sie Fotos von ihm machen, Fingerabdrücke nehmen und ihn einbuchten.«

Die Tür zum Restaurant ging auf, und eine Gruppe von acht Skinheads kam herein. Walt kannte einige von ihnen.

»Hey, Walt, lass das Bier in Strömen fließen! Wir haben heute was zu feiern«, rief einer quer durch das halb leere Restaurant.

Mindy huschte von der Bar weg. Walt wusste, dass die weißen Rassisten sie ängstigten, und ehrlich gesagt machte es ihn auch etwas nervös, wenn so viele auf einmal im Restaurant aufliefen.

Er begann, die Pitcher mit Bier zu füllen. Die Gruppe setzte sich gut gelaunt an einen großen Tisch mitten im Restaurantbereich. Mit zwei Pitchern in den Händen ging Walt zu ihrem Tisch.

Trotz ihrer Angst tauchte Mindy mit einem Tablett gekühlter Gläser neben Walt auf.

»Hey, Süße, hast du auch die Speisekarte für uns? Wir haben heute echt geschuftet und ordentlich Hunger.«

Mindy nickte und lief, um das Gewünschte zu holen.

»Was habt ihr denn zu feiern?«, fragte Walt.

»Wir haben einen Wahnsinnsdeal abgeschlossen«, sagte Cue. »Man könnte fast sagen, dass wir den Babys ihre Süßigkeiten geklaut haben.«

Auch wenn die Formulierung eher harmlos klang, wusste Walt doch genug über diese Rassisten, um zu wissen, dass jemand hatte leiden müssen, damit die Gruppe so gut gelaunt feiern konnte.

»Hey, Walt, sieh dir das an«, sagte Cue und bedeutete Walt, er solle zu ihm kommen.

Weil er nicht reserviert wirken wollte, gehorchte Walt.

»Ich hab was für dich«, sagte der Bandenchef. Er zog eine kleine, schwarze Stofftasche aus der Bomberjacke und hielt sie ihm hin.

»Hier, ein kleines Werbegeschenk für dich.«

Walt nahm das Säckchen und öffnete die Zugbänder. Selbst im gedämpften Licht konnte er ungefähr fünfzehn kleine, durchsichtige Plastiktüten mit Meth erkennen. Der Inhalt des Beutels war locker dreihundert Dollar wert.

»Sag nicht, ich hätte dir nie was gegeben«, sagte Cue und lachte.

»Hm, danke. Wofür ist das?«

Der glatzköpfige Mann sah Walt an. »Ist besser für dich, wenn du es nicht weißt. Aber sagen wir einfach, du hast mir geholfen, ein paar sehr wertvolle Waren zu ergattern.«

Walt dankte dem Anführer der Skinheads, aber wenn es eines gab, was Walt sicher wusste, dann, dass jedes Geschenk von den weißen Rassisten alles andere als kostenlos war.

79 Maddie

Ich glaubte, der Mittwoch würde niemals enden. Ich war inzwischen zu Hause, hatte das Fernsehen eingeschaltet, wo gerade das Glücksrad lief, hatte eine Jogginghose und ein weites T-Shirt angezogen und mir ein Glas Wein eingeschenkt. Ich stand in der Küche und starrte in den Kühlschrank in der Hoffnung, dass irgendwo in den Tiefen noch ein Stück Pizza oder Reste von dem Essen waren, das ich beim Chinesen geholt hatte. Ein lautes Klopfen an der Tür riss mich aus den Gedanken.

Ich war sofort wieder ganz die Polizistin. Ich wohne in einer ruhigen Gegend, und vielleicht zweimal im Jahr klopft jemand nach Einbruch der Dunkelheit an meine Tür. Das war nicht das Klopfen eines Staubsaugervertreters. Es klang wütend, erregt.

Die Erinnerung an meine Vergewaltigung vor ein paar Jahren ließ mich wie ein Neuling beim LAPD zittern. Ich zog die kompakte Smith & Wesson Halbautomatik aus dem Holster an meiner Hüfte und hielt sie neben dem Bein nach unten gerichtet. Seit dem Angriff trug ich fast immer eine Waffe. Ich nahm das schnurlose Telefon in die andere Hand und wählte schon mal die 911. Ich drückte nicht den Anruf-Knopf, aber wenn ich Hilfe brauchen sollte, war sie nur einen Knopfdruck entfernt.

Das Klopfen war verstummt, ging dann aber wieder los.

»Wer ist da?«, rief ich durch die Tür.

»Ich bin's, Cash McCool. Machen Sie die Tür auf, ich will mit Ihnen reden.«

Ich schaute durch den Spion. Es war tatsächlich McCool. Vorsichtig, als würde ich immer noch eine Falle wittern, öffnete ich die Tür.

McCool stürmte herein. »Was haben Sie zu Carole Conrad gesagt?«

»Hä?«

»Ich habe gerade mit Carole Conrad telefoniert, und sie hat sich jetzt einen Anwalt genommen und weigert sich, den Lügendetektortest zu machen. Als ich das letzte Mal mit ihr gesprochen habe, hatte ich sie schon zu fünfundneunzig Prozent davon überzeugt. Sie sagte, sie habe ihre Meinung geändert, nachdem sie heute bei der Spurensicherung mit Ihnen geredet hat. Also, was haben Sie zu ihr gesagt?«

Aus mir unerfindlichen Gründen stellte ich mir in diesem Moment vor, wie ich Dr. Stevens bei unserer nächsten Sitzung von diesem Gespräch erzählte. *Herrje, ich habe einen von McCools großen Fällen versaut, und darum hasst er mich jetzt. Glauben Sie, ich habe einen Hang zur Selbstzerstörung?*

»Maddie, was haben Sie getan?« Er musterte mich von oben bis unten und erstarrte beim Anblick der Waffe. »Was zum Teufel soll das?«

»Haben Sie wirklich gedacht, ich mache die Tür einfach so auf, wenn jemand wie verrückt drauf einhämmert?«

McCools Tonfall änderte sich sofort. »Okay, aber ich bin kein Psychopath. Sie können das Baby wegstecken.«

»Ob Sie verrückt sind oder nicht, werden wir noch sehen«, sagte ich und steckte die Pistole weg. Ich ging Richtung Küche und stellte das Telefon in die Basis. »Möchten Sie etwas trinken?« Ich spielte auf Zeit, weil ich nicht sicher war, was ich McCool über Carole Conrad erzählen wollte.

»Spielen Sie nicht auf Zeit, Maddie.«

Ich ging weiter in die Küche, und McCool folgte mir. Dort nahm ich mein Weinglas und genehmigte mir einen ordentlichen Schluck.

»Ich habe ihr geraten, sich einen Anwalt zu nehmen und den Test zu verweigern«, sagte ich schließlich.

McCool zog einen Stuhl vom Küchentisch und setzte sich. »Aber warum? Warum gefährden Sie meinen Fall? Sie ist vielleicht die Mörderin.«

»Sie ist keine Mörderin. Sie ist ein Vergewaltigungsopfer.«

»Das sagen Sie immer wieder, aber Carole Conrad hat das nicht ausgesagt.«

»Sie hat Angst. Sie war lange genug mit einem Cop verheiratet. Darum weiß sie, dass der Vorwurf der Vergewaltigung gewöhnlich mit einem gewissen Maß an Skepsis betrachtet wird. Und selbst wenn sie den Vorfall meldet und ein Verdächtiger festgenommen wird, wird alles beim Prozess wieder aufgewärmt und man wirft ihr vor, selbst daran schuld zu sein.«

»Ach, kommen Sie, Maddie. Wenn eine Frau überfallen wird, will sie doch, dass die Polizei den Drecksack kriegt. Und dann hält sie auch Gegenwind aus, wenn er dafür am Ende verurteilt wird.«

»Wie können Sie da so sicher sein, McCool? Wann wurden Sie das letzte Mal vergewaltigt?«

»Dieselbe Frage könnte ich Ihnen stellen. Wann wur …«

Ich sah, wie ihm ein Licht aufging. Er saß da und blinzelte nur. Zum ersten Mal hatte der gut aussehende, fröhliche Detective mit dem guten Herzen nichts zu sagen.

»Möchten Sie jetzt etwas trinken?«

»Maddie, es tut mir leid. Ich weiß nicht, was ich sagen soll.«

Komischerweise konnte ich dem nichts abgewinnen, dass ihm extrem unwohl in seiner Haut war. Ich wollte, dass er sich besser fühlte. »Ist schon in Ordnung. Es gibt auch nichts zu sagen.«

»Haben Sie Bourbon?«

Ich nickte und ging zu dem Schrank, in dem die harten Sachen standen.

»Möchten Sie darüber reden?«, fragte er, nachdem ich ihm zwei Fingerbreit von der bernsteinfarbenen Flüssigkeit eingegossen hatte.

»Ich *will* bestimmt nicht, aber ich muss wohl, damit Sie kapieren, dass Carole Conrad vergewaltigt wurde.«

Ich erzählte ihm die Details des Angriffs auf mich. Während ich redete, konnte ich förmlich sehen, wie sein Ermittlerverstand auf Hochtouren arbeitete.

»Ich schämte mich, und diese Scham einer Polizistin, die in ihrem eigenen Haus vergewaltigt wurde, hielt mich davon ab, das Verbrechen zu melden. Travis musste mir schwören, nichts zu sagen. Das ist das Einzige, was ich an unserer Ehe bereue. Dass ich die Vergewaltigung nicht gemeldet habe, hat an ihm genagt und hat unsere letzten Jahre schwieriger gemacht.«

»Ein solches Geheimnis zu bewahren, ist nicht leicht«, sagte McCool und leerte sein Glas. »Ihr Mann muss Sie sehr geliebt haben.«

Ich nickte und stürzte den restlichen Wein hinunter. »Möchten Sie noch was?«

»Nein. Ich sollte nach Hause fahren und schlafen. Bei Shelbies Mord renne ich gegen die Wand, und jetzt muss ich auch noch den Mord an Larry Conrad überdenken …« Er verstummte. Ich wusste, dass er darüber nachdachte, wie ich ihn eines Werkzeugs bei der Conrad-Ermittlung beraubt hatte.

»Cash, ich habe Ihnen nicht alles erzählt.«

Sein Gesichtsausdruck blieb der gleiche, doch seine Augen verengten sich, als er mich erwartungsvoll ansah.

»Ich bin überzeugt, dass der Mann, der Carole Conrad überfallen hat, auch mich vergewaltigt hat.«

80 Blake

»Ihr wollt mich wohl verarschen«, sagte Blake und trat an Logans Bett und wühlte in dem wertlosen Zeitungspapier. »Sie haben uns gelinkt?«

»Was sollen wir jetzt machen, Blake?«, fragte Jeremy. Er klang, als wollte er gleich losheulen.

»Ich sage dir, was wir machen«, sagte Logan. »Wir machen Jagd auf diese Typen und zwingen sie, uns das Geld zu geben.«

»Halt die Klappe, Logan. Du hast keine Ahnung, mit wem wir es zu tun haben.«

»Und welchen Plan hast du, großer Bruder? Ist ja nicht so, als könnten wir damit zur Polizei gehen.«

»Ich weiß es noch nicht. Lass mich nachdenken.«

Jeremy stand vom Bett auf. »Ich glaube, wir sollten lieber gar nichts tun. Haken wir es als lehrreiche Erfahrung ab und machen weiter.«

»Du bist echt ein Flachwichser, Jeremy«, sagte Logan. »Wir können die Typen damit nicht durchkommen lassen. Dann lacht bald jeder in dieser Stadt über uns. Aber daran bist du ja schon gewöhnt. Blake, dein Plan lässt uns wie Deppen aussehen«, nörgelte Logan. »Vielleicht wären wir nicht in der Klemme, wenn du dich mehr ums Geschäft kümmern würdest, statt diesen geilen Arsch zu ficken.«

»Halt die Klappe, Logan«, zischte Blake. Wie hatte er nur diesen Skinheads vertrauen können? Er hatte eines der Geldbündel obenauf im Rucksack aufgefächert, um sich zu überzeugen, dass sie nicht gelinkt wurden. Er hatte gedacht, er sei vorsichtig gewesen. Und nun war ihr größter Raubzug für die Katz.

»Ihr zwei geht jetzt nach unten und mischt euch unter die Leute, damit die Familie nicht misstrauisch wird. Sagt ihnen, dass es mir nicht gut geht. Ich schleiche mich hinten raus. Ich kenne einen Typen, der uns vielleicht helfen kann.«

»Noch so ein brillanter Plan unseres Bruders«, höhnte Logan. »Ich sage, wir finden diese Wichser und blasen ihnen das Hirn weg.« Logan zog die Desert Eagle hervor, die er unter seinem Flanellhemd versteckt trug.

»Um Gottes willen, steck das Ding weg, Logan«, flehte Jeremy.

Blake konnte es nicht glauben, dass sein Bruder eine Waffe trug, die sie mit einem ihrer Verbrechen in Verbindung bringen konnte. »Ich habe dir doch gesagt, keine Waffen! Gib sie mir«, sagte er und streckte die Hand aus.

»Fick dich, Blake. Ich habe die ganze Zeit auf dich gehört, und sieh nur, wohin es uns gebracht hat. Wir haben eine komplette Wagenladung Waffen für ein paar Zehndollarnoten und Zeitungsfetzen an eine Horde Skinheads verscherbelt. Ich höre nicht länger auf dich.«

»Gib mir die Waffe, Logan. Ich brauche sie vielleicht da, wo ich hingehe.« Er hielt die Hand ausgestreckt.

Die Brüder starrten sich kalt an.

»Also gut«, sagte Logan. »Aber ich will sie zurück.«

Blake ignorierte die Bemerkung seines Bruders. »In einer Stunde ungefähr bin ich zurück«, sagte er und verließ das Zimmer. »Sammelt das Papier wieder ein und versteckt den Rucksack. Jeremy, behalte Logan im Auge, damit er keine Dummheiten macht.«

Als Blake gerade in seinen Wagen stieg, stürzte Jeremy aus dem Haus.

»Blake, warte!« Jeremy streckte die Hand durch das Fenster, das Blake herunterließ. »Hier. Das brauchst du vielleicht«, sagte er und gab ihm ein Springmesser mit rotschwarzem Griff.

Blake nahm die Waffe, starrte seinen Bruder aber prüfend an.

»Ich weiß, du hast die Pistole, aber es kann nicht schaden, noch was in Reserve zu haben, oder?«

Als Blake nicht antwortete, wandte Jeremy sich ab und lief zurück zum Haus.

Blake saß eine Minute lang da und dachte nach. Vielleicht steckte mehr in seinem jüngsten Bruder, als er bisher gedacht hatte.

Etwas verunsichert machte Blake sich auf den Weg, um mit dem Mann zu reden, der ihn mit Cue und seinen Kumpanen bekannt gemacht hatte: Walt Lamb.

81 Harley

Als er das Polizeirevier verließ, hätte Harley eigentlich zurück ins Restaurant fahren sollen, doch ihm war nicht danach zumute. Stattdessen fuhr er in einen Mini-Markt und kaufte ein Sixpack Bier. Obwohl er die desaströse Erfahrung mit der letzten Bordsteinschwalbe noch frisch im Gedächtnis hatte, überlegte er, an der Sepulveda nach einem Mädchen Ausschau zu halten. Aber auch das verkniff er sich.

Er nahm das Bier und seine aufgewühlten Gedanken mit in ein Wohngebiet, wo er unter einem Baum parkte, der seinen Minivan vor dem Licht der Straßenlaternen schützte.

Die tief hängenden Äste reichten fast bis zu den Fenstern. Dieses Versteck beeindruckte ihn, und er beschloss, sich diesen Platz zu merken.

Er öffnete zischend die erste Bierdose und stürzte sie fast bis zur Hälfte runter. Es würde mehr als ein Bier brauchen, um die Scham darüber zu dämpfen, dass er McCool von dem Abend hatte erzählen müssen, an dem er herausgefunden hatte, dass Demi Heart keine Frau war.

McCool hatte jedes Detail wissen wollen, und irgendwann während des Verhörs kam Harley der Gedanke, dass die Polizei noch gar nicht mit Demi geredet hatte. Der Cop hatte ihn also angelogen. Harley leerte die erste Bierdose und stellte sich vor, wie McCool und seine Polizeikumpel über Harley Elliots Dummheit lachten. Er riss das nächste Bier auf.

Auch egal. Harleys Demütigung war beim LAPD nun offiziell aktenkundig.

McCool: Mr Elliot, Sie geben also zu, dass Sie Demi Heart aus sexuellen Motiven mitgenommen haben. Ist das korrekt?

Elliot: Ja.

McCool: Wie lautete die Vereinbarung, die Sie mit Heart getroffen haben?

Elliot: Ich sagte, ich geb ihr zwanzig für einen Blowjob.

McCool: Und sie war einverstanden?

Elliot: Ja.

McCool: Und was ist dann passiert?

Elliot: Ich habe sie dorthin mitgenommen, wo ich immer parke und trinke. Wir haben ein paar Bier gekippt, und dann war ich bereit, dass sie zur Sache kam.

McCool: Was passierte dann?

Elliot: Sie hat's mir besorgt, und ich war fast so weit, aber ich brauchte ein bisschen mehr. Darum habe ich unter ihrem Rock nach ihrer Muschi getastet. Genau in dem Moment, als ich sie berührte, kam ich. Dann habe ich es bemerkt.

McCool: Was haben Sie bemerkt?

Elliot: Den Schwanz. Die verdammte Hure hatte einen Schwanz!

McCool: Was ist dann passiert?

Elliot: Ich hab sie von mir runtergeschoben und fing an zu schreien. Ich wollte sie schlagen, aber sie hielt meine Arme fest. Sie war sehr stark. Irgendwann fielen wir aus dem Wagen, und sie sagte, ich sei völlig verrückt geworden und sie würde sich nie mehr mit mir treffen. Das war alles. Sie ist einfach weggelaufen.

McCool: Was haben Sie dann gemacht?

Elliot: Ich hab mir noch ein paar Biere genehmigt. Und dann bin ich eingeschlafen, wie ich Ihnen bereits sagte. Ein paar Stunden später wachte ich auf und fuhr nach Hause.

McCool: Haben Sie sich an dem Abend das erste Mal mit Demi Heart getroffen?

Elliot: Nein, ich war vorher wohl so fünfmal mit ihr zusammen. Für einen Kerl kann sie echt gut Schwänze lutschen.

Tja. Daran konnte Harley jetzt wohl nichts mehr ändern. Er hoffte nur, dass Jennifer das bloß nie herausfand. Sie würde sich bestimmt von ihm scheiden lassen. Er leerte das zweite Bier und öffnete das dritte. Das wollte er sich noch gönnen, bevor er nach Hause fuhr.

82 Maddie

Nachdem ich McCool erzählt hatte, dass ich überzeugt sei, dass Carole Conrad und ich Opfer desselben Vergewaltigers waren, hatte er einen zweiten Bourbon gebraucht. Ich schenkte mir ebenfalls Wein nach.

Wir saßen inzwischen im Wohnzimmer auf den beiden entgegengesetzten Enden des Sofas, während ich ihm die Gemeinsamkeiten der beiden Fälle darlegte.

Ich erzählte ihm, wie ich mit Travis' Krawatten an mein Bett gefesselt wurde und wie der Vergewaltiger mich verprügelte, als ich so wehrlos vor ihm lag. Ich erzählte McCool außerdem, dass er direkt vor den ersten Schlägen zu mir sagte: »Halt's Maul, Schlampe. Ich sage, wo's langgeht.«

»Carole Conrad erzählte, der Täter habe das auch zu ihr gesagt, bevor er ihr eine reinhaute.«

McCool setzte sich aufrecht hin. »Harley Elliot hat bei seinen Mitarbeiterinnen immer so einen Spruch auf Lager. Mindy Ward sagt, er umarmt sie und sagt dann: ›Mindy, Mindy, Mindy, was soll ich mit dir nur machen?‹«

»Ich will Ihnen ja nicht den Wind aus den Segeln nehmen, McCool, aber ich habe Harley Elliot gesehen. Er ist auf keinen Fall mein Vergewaltiger. Elliot ist ein großer Kerl, aber er ist weich und wabbelig. Der Täter war nicht nur groß, sondern ich hatte auch den Eindruck, er sei jünger.«

»Aber haben Sie mir nicht vorhin gesagt, er hat Ihnen einen Schlag auf den Hinterkopf verpasst? Das hat er sonst bei keinem Opfer gemacht.«

»Das stimmt. Bei dem Vorfall direkt nach meinem wurde das Opfer allerdings auch bewusstlos geschlagen. Ich glaube, je mehr Frauen er vergewaltigte, umso größer wurde sein Selbstvertrauen, dass er die Opfer kontrollieren konnte, ohne sie vorher außer Gefecht zu setzen.« Ich nahm einen kleinen Schluck Wein. »Aber der wichtigste Hinweis ist sein Spruch.«

»Glauben Sie, dieser Spruch bedeutet, dass er wusste, dass Sie Polizistin sind?«

Ich zuckte mit den Schultern. »Keine Ahnung. Vielleicht.«

»Das klingt auf jeden Fall merkwürdig.«

»Ja, merkwürdig klingt es. Aber es gibt noch etwas.«

Ich erzählte McCool von dem Streifenpolizisten, der sich mir anvertraut hatte, nachdem Zak Murdock mitten in der Nacht dunkel bekleidet um ein Haus geschlichen war. Außerdem berichtete ich ihm von den Begegnungen, die Jade und ich mit ihm gehabt hatten. Ich schloss mit der Vermutung, dass Murdock Probleme mit Frauen habe, und erinnerte McCool daran, dass er ungefähr so groß wie der Vergewaltiger war.

»Sie glauben also, Murdock könnte ein Serienvergewaltiger sein?«

»Ich weiß es nicht, aber ich finde, wir dürfen nichts ausschließen. Wer auch immer der Vergewaltiger ist, er hat keine Vorstrafen und hat sehr darauf geachtet, keine Fingerabdrücke und DNA außer der Samenflüssigkeit am Tatort zu hinterlassen.«

McCool schwieg nachdenklich und schwenkte das Whiskeyglas in kleinen Kreisen.

»Tut mir leid, wenn ich ständig Sand ins Getriebe streue.«

Seine Konzentration richtete sich wieder auf mich. Er lächelte. »Machen Sie immer so viele Scherereien?«

Plötzlich lag da etwas in der Luft. Mein Herz fing an zu hämmern. Ich wusste nicht, was ich sagen sollte, und fürchtete zugleich, das Falsche zu sagen.

»Nein, das glaube ich nicht. Zumindest versuche ich es. Aber manchmal mache ich es doch, obwohl ich nur die besten Absichten habe.« Mein Gestammel war mir zuwider.

McCool leerte seinen Drink, stellte das Glas auf den Kaffeetisch und stand auf.

Offenbar war er mein Gebrabbel auch leid. Er würde jetzt gehen. Ich spürte, wie mir vor Enttäuschung das Herz sank.

Sein Blick wanderte taxierend durch mein Haus. »Sie haben es wirklich hübsch hier.«

Ich stand ebenfalls auf. »Danke. Manchmal fällt es mir aber schwer, hier zu wohnen. Wissen Sie, hier wurde ich …«

Er legte zwei Finger auf meine Lippen.

»Maddie, ich weiß, wie sehr Sie sich quälen, weil Sie mit Ihrer Vergewaltigung so umgegangen sind. Sie sollen wissen, dass ich Verständnis dafür habe, warum niemand sonst wissen sollte, was Ihnen passiert ist. Scheiße, ich glaube, jeder Cop hat eine Leiche im Keller, die er nicht ans Licht der Öffentlichkeit gezerrt sehen will. Ich bin aber froh, dass Sie mir Ihre Leiche anvertraut haben, und ich möchte Ihnen versichern, dass ich Ihr Vertrauen nie missbrauchen werde.«

Ich hasste es, dass mir Tränen in die Augen stiegen.

»Maddie«, sagte er. Seine Stimme drang leise an mein Ohr. »Ich würde Sie gerne festhalten. Würden Sie mir das erlauben?«

Das Etwas in der Luft hatte sich bis zu einem Grad verdichtet, der mein Herz voller Vorfreude hüpfen ließ. Vorfreude worauf? Ich war mir nicht sicher.

Ich fand es umsichtig von ihm, dass er in Betracht zog, dass ich nicht unerwartet berührt werden mochte. Ich nickte nur leicht.

Er zog mich sanft in seine Arme.

Meine Arme umschlossen ihn automatisch. Mein Kopf ruhte an seiner Brust, wo ich das starke, beständige Hämmern seines Herzens hören konnte. Ich wärmte mich in McCools starker Umarmung und klammerte mich an ihn, als wäre er für mich der Fels in der Brandung.

Ich löste mich sanft von ihm und blickte in seine hellblauen Augen. Seine Pupillen weiteten sich, ehe er sich zu mir herabbeugte und sacht meine Lippen mit seinen berührte. Sein Kuss war sanft und voller Respekt.

Aber ich war eine Frau, die schon lange nach mehr hungerte. Ich intensivierte den Kuss und drückte mich fest an ihn, während meine Zunge über seine Lippen fuhr. Oh, ich hatte ganz vergessen, wie sich ein guter Kuss anfühlte! Ich wollte ihm sofort die Kleider vom Leib reißen. Kaum war der Gedanke da, zuckte ich zurück. Was dachte ich mir dabei? Ich war noch nicht besonders lange verwitwet, und er war ein Kollege, den ich kaum kannte.

»Es tut mir leid. Ich habe mich wohl hinreißen lassen«, sagte ich.

»Mir tut es leid, dass du aufgehört hast. Ich hätte mich gerne von dir mitreißen lassen«, sagte er. Seine Augen funkelten voller Begehren.

Ich machte einen Schritt zurück. »Also, hm. Ich glaube, ich habe Ihnen alles erzählt.«

Er grinste mich nur an. »Maddie, ohne ein Wort zu sagen

hast du mir Dinge über dich gesagt, die mich die ganze Nacht wachhalten werden.« Er zog die Autoschlüssel aus der Hosentasche. »Bevor wir in noch größere Schwierigkeiten geraten, fahre ich besser wieder.«

Ich nickte. Mein Herz beruhigte sich langsam. Als er zur Tür ging, folgte ich ihm.

»Ach ja, noch was«, sagte er. »Ich habe mich mehrmals vertan und dich Maddie genannt. Das tut mir wirklich leid.«

Ich sah verwirrt zu ihm auf.

»Wir sehen uns morgen, okay, Doc?«

83 Blake

Auf dem Weg zu Harley's Hot Pieces versuchte Blake, einen Plan zu ersinnen, wie er sein Geld von den Skinheads bekäme, ohne zu Walt zu laufen und ihm die Ohren vollzujammern. Zumal er nicht wusste, was Walt unternehmen konnte. Sie waren ja keine Busenfreunde oder so. Sie waren zusammen zur Highschool gegangen. Blake war der Stufensprecher und Leiter des Debattierclubs gewesen. Walt hingegen hatte den Unterricht geschwänzt und hinter der Cafeteria Dope geraucht. In seinem letzten Jahr erkannte Blake, wie viel Geld man damit machen konnte, wenn man Drogen an seine Schulkameraden verkaufte. Leider hatte Walt bereits die Mehrzahl der Schüler als Stammkunden angeworben, die Pharmazeutika jenseits des Lehrplans konsumierten.

Vor ein paar Monaten, als Blake daranging, seinen Karriereplan als Einbrecher in die Tat umzusetzen, war Walt die erste Person, an die er dachte. Über den Flurfunk alter Highschoolfreunde erfuhr Blake, dass Walt in dem beliebten Pizzarestaurant in Granada Hills arbeitete.

Blake hatte Walt aufgesucht und ihm erklärt, wonach genau er suchte. Walt wollte nichts damit zu tun haben, aber er machte Blake mit Cue bekannt. Walt sagte, Cue habe mit »allen möglichen illegalen Machenschaften zu tun«.

Als Blake ihn fragte, warum man Cue so nannte, hatte Walt geantwortet, Cues Glatzkopf sei so perfekt gerundet und weiß, dass er dem Anstoßball beim Billard ähnele.

Blake fand einen Parkplatz und würgte den Motor ab. Das Problem war, dass Blake einfach nicht wusste, wie eng Cue und Walt befreundet waren. Er wollte Walt gegenüber nicht zu viel preisgeben, wenn es nicht unbedingt sein musste.

Da er aber keinen besseren Plan hatte, beschloss er, ins Restaurant zu gehen und mit Walt zu reden. Blake betrat den Laden und schaute sich vom Wartebereich aus im Raum um. Er war fassungslos, als er Cue und ungefähr acht seiner Helfer laut lachend an einem Tisch mitten im Restaurant sitzen sah. Die Pizzeria war bis auf diese Abordnung Neonazis völlig leer. Er konnte die Männer sehen, aber sie konnten ihn nicht sehen. Gott sei Dank habe ich eine Waffe, fuhr es ihm durch den Kopf. Er tastete unter dem hinteren Hosenbund danach, wie um sich zu vergewissern, dass die Waffe noch dort steckte.

Eine Bedienung kam auf ihn zu. Der Ärger stand ihr im Gesicht geschrieben. »Kann ich Ihnen helfen? Wir schließen bald.«

Die Macht der Gewohnheit zwang Blake, ihren Vorbau zu mustern, der trotz des provozierend hautengen T-Shirts reizlos war. Er bemerkte auch ihr Namensschild, auf dem Mindy stand.

»Also, was ist los, Kumpel?«

»Äh, ich wollte nur jemanden treffen«, sagte er. Das Problem war, dass er hergekommen war, um Walt Informationen über Cue zu entlocken. Der Letzte, den er in der Pizzeria erwartet hatte, war Cue, der dort mit seinen Lakaien Hof hielt.

Er traf eine Entscheidung. Walt hatte nichts damit zu tun. Er würde mit den Neonazis persönlich reden. Als Blake im Durchgang zum Restaurant auftauchte, bemerkte Cue ihn sofort.

»Sieh mal einer an, wen haben wir denn da«, rief der oberste Neonazi. »Was kann ich für dich tun, Mann? Hast du noch mehr Waren, die du bei uns loswerden willst?« Cue brach in wildes Gegacker aus, in das die anderen Skinheads einfielen.

Blake hoffte, dass sie nicht bemerkten, wie seine Knie zitterten, als er zum Tisch ging und sich ans Kopfende neben Cue stellte. »Eigentlich wollte ich wissen, ob wir einen Deal machen können.«

Cue sah ihn an, als wäre er verrückt geworden. Und vielleicht war er das auch. Er handelte gerade nur aus dem Bauch heraus und hoffte wirklich, dass er dabei keine Bruchlandung erlitt.

»Unser Deal ist abgeschlossen. Es gibt nichts mehr zu diskutieren.«

»Oh, ich glaube schon. Ich weiß, dass du denkst, du hättest mich in eine üble Zwangslage gebracht. Und ich muss schon zugeben, das habe ich auch gedacht, bis …«

Der selbstgefällige Ausdruck in Cues Augen wich Unsicherheit. »Bis was, Arschloch?«

»Bis mir einfiel, dass es nur einen Anruf bei den Cops braucht, wo ich ihnen erzähle, dass ich weiß, wer die Einbrecher in Porter Ranch sind. Ich würde erzählen, wo genau ihr zugeschlagen habt, und könnte ihnen sogar die Orte der jüngsten Einbrüche nennen. Du glaubst, ich bin dumm genug, euch einfach mit dieser erstklassigen Ware wegfahren zu lassen, ohne euch per GPS-Sender zu verfolgen? Was glaubst du, wie ich euch hier gefunden habe? Durch die Waffen, die wir heute an dich verkauft haben.« Blake blickte sich am Tisch um. »Ich wette, jeder von euch hat eine neue Knarre dabei«, sagte er und machte sich zugleich Vorwürfe, weil er seinen Besitz nicht in dieser Form abgesichert hatte.

Das wenige, das von Cues Lächeln noch übrig war, verschwand, und seine stählernen Augen bohrten sich in Blakes knallharten Blick. »Warum meinst du, dass die Cops dir glauben?«

»Warte mal … Du bist der Anführer der verrückten Nazijungs. Dein Vorstrafenregister ist vermutlich ellenlang und dann … ja, da sind noch die Lagerräume, die du angemietet hast. Ich wette, die sind perfekt geeignet, um gestohlenes Zeug drin zu lagern.«

Cue erhob sich langsam, bis er mit Blake auf Augenhöhe war. »Wir haben diese Lagerräume für *dich* gemietet. Im Austausch gegen Waffen«, sagte er leise.

»Hmmm, schon witzig, dass ich nichts über diese Lagerräume weiß. Und ich weiß nichts von irgendwelchen Waffen.«

»Weißt du was? Du legst dich mit dem Falschen an. Ich könnte dich umbringen, noch heute Nacht.«

»Meine Brüder erwarten in wenigen Minuten meinen Anruf. Wenn ich mich nicht melde, wird die Polizei bald hier sein und euch abführen.« Blake war inzwischen so nervös, dass er am liebsten gekotzt hätte, doch er machte unbeirrt weiter. »Ich weiß, dass meine Familie einer genauen Überprüfung standhält. Könnt ihr das auch behaupten?«, fragte er und sah reihum die tätowierten und gepiercten Männer am Tisch an. Blake kam voran, und das wusste er. Darum beschloss er, sein Glück auf die Probe zu stellen.

»Es dauert nicht lange, bis der Besitzer der Waffen herausfindet, dass sie weg sind. Dann ruft er die Polizei. Ich bin sicher, die Cops werden diesen Fall schnell zum Abschluss bringen wollen.«

Blake schnappte sich einen Stuhl vom benachbarten Tisch und setzte sich hin. »Was meinst du? Ich bin bereit, diesen ... unglückseligen Vorfall zu vergessen. Also, was hältst du davon, wenn wir unseren Deal neu aushandeln?«

84 Maddie

Gegen sieben Uhr am Donnerstagmorgen hatte ich Jade von unterwegs angerufen, um ihr mitzuteilen, dass ich später kam; eine Erklärung für meine Verspätung gab ich ihr nicht.

Ich konnte ihr nicht erzählen, dass ich am Morgen ungefähr eine halbe Stunde mit der Überlegung zugebracht hatte, was ich zur Arbeit anziehen sollte. Schließlich entschied ich mich für eine schwarze Hose und eine langärmelige, schieferblaue Bluse, die ich seit über einem Jahr besaß, aber noch nie getragen hatte. Ich fand sie immer zu schick fürs Büro und hatte sogar ein schwarzes Top drunter angezogen, um den tiefen V-Ausschnitt zumindest teilweise zu verhüllen. Statt der üblichen schwarzen Laufschuhe war ich in ein Paar schieferblaue Sandalen mit niedrigen Absätzen geschlüpft.

Als Entschuldigung und um von meiner Verspätung abzulenken, bot ich an, uns richtigen Kaffee zu besorgen, und fand mich kurz darauf in der Drive-in-Schlange bei Cup o' Joe wieder. Dem Kaffeeladen also, zu dem mich McCool mitgenommen hatte. »Maddie, du bist echt erbärmlich. Du verhältst dich wie ein verliebter Teenager«, sagte ich mir, nachdem ich die Bestellung aufgegeben hatte … Übrigens bestellte ich auch für McCool einen Becher Kaffee.

Wenige Minuten später lief ich durch das Revier und spürte die Vorfreude darauf, McCool in die Arme zu laufen. In Gedanken ging ich immer wieder jene Szene durch, als er die Arme um mich legte und wir uns leidenschaftlich küssten. Mit dem Kaffee in der Hand spazierte ich gut gelaunt in den Einsatzraum.

Aus dem Augenwinkel bemerkte ich ein paar prüfende Blicke und hörte sogar ein leises, anerkennendes Pfeifen, als ich zu meinem Schreibtisch ging.

Jade ließ die Berichte sinken, die sie gerade durchging, und musterte mich von oben bis unten. »Was soll das denn?«

»Ich fand mich in letzter Zeit etwas lotterig«, sagte ich und gab ihr den Kaffee. Dabei ließ ich die Tür zum Morddezernat nicht aus den Augen.

»Er ist drin«, sagte Jade und lächelte. Sie nahm den Deckel von ihrem Kaffeebecher.

»Ich weiß nicht, von wem du redest«, sagte ich.

»Für wen ist der dritte Kaffee sonst, Maddie?«, fragte

Jade und wies mit dem Kinn auf den Papphalter, in dem noch ein Becher klemmte.

»Der ist für McCool«, erklärte ich voller Überzeugung.

Jades Lächeln wurde zu einem breiten, albernen Grinsen.

»Du kannst dir das Grinsen ruhig verkneifen. Der ist nur als Revanche für den Kaffee, den er mir kürzlich gekauft hat. Ich will ihm nichts schuldig sein.«

Jetzt kicherte Jade sogar. »Wenn das deine Version der Geschichte ist, bleib ruhig dabei.«

In diesem Moment kam McCool mit einem Stoß Papiere in der Hand aus dem Büro. Als er mich sah, wurde mir leicht schwindelig, denn er musterte mich nicht einmal, nicht zweimal, sondern dreimal von oben bis unten. Ich nahm den Kaffee aus dem Halter, den ich ihm mitgebracht hatte, und ging zu ihm. »Morgen.«

»Morgen, Doc. Ist der für mich?«, fragte er und nahm den angebotenen Becher entgegen.

»Du hast mir letztens Kaffee mitgebracht. Dafür revanchiere ich mich.«

»Verstehe. Muss alles für dich nach diesem … Prinzip Gleiches mit Gleichem laufen?«, fragte er. Sein Blick streifte meine Brüste.

Ich spürte, wie meine Wangen rot wurden. »Ich mag es einfach nicht, jemandem was schuldig zu sein.«

Er nahm einen Schluck von seinem Getränk. »Wenn das der Fall ist, wird dir nicht gefallen, was ich zu sagen habe. Ich möchte, dass du etwas für mich machst. Sagen wir einfach, damit kannst du dein Gespräch mit Carole Conrad von gestern wiedergutmachen.«

Eine unerklärliche Angst erfasste mich. Bisher hatte ich mich so gut gefühlt heute Morgen. Fast sogar sexy.

Und jetzt ruinierte er das alles mit einer schlechten Nachricht.

»Ich möchte, dass du mit Carole redest, damit sie die Wahrheit erzählt. Wie auch immer die aussehen mag. Ich muss wissen, ob deine Theorie korrekt ist und wie es kam, dass sie Schmauchspuren an den Händen hatte. Wenn ich weiß, wie ihr Mann tatsächlich erschossen wurde, kann ich sie vielleicht als Verdächtige ausschließen.« Er nahm noch einen großen Schluck Kaffee. »Und jetzt kommt der Haken. Ich möchte, dass du sie vernimmst. Wenn wir sie behandeln wie jeden anderen Verdächtigen auch, erschüttert sie das vielleicht so weit, dass sie erkennt, dass wir keinen Spaß verstehen und Antworten brauchen.«

Ich machte den Mund auf, aber er hob die Hand.

»Versuch gar nicht erst, mir zu erzählen, dass Pagani sie nicht herbringen lässt, damit wir sie wie eine Verdächtige behandeln. Ich bin sicher, er wäre genauso wenig mit deinem Stunt von gestern einverstanden.« Er senkte die Hand und lächelte. »Wirst du mit ihr reden?«

»Ich kann es versuchen. Ich weiß nur nicht, ob es was bringt. Ihr Anwalt könnte dagegen sein.«

»Ich wüsste nicht, wer dir irgendwas abschlagen könnte«, sagte er und musterte mich von Kopf bis Fuß. »Du siehst hübsch aus, Doc.«

»Hey, McCool!«

Unsere Köpfe fuhren zu der Stimme herum. Zak Murdock kam zielstrebig auf uns zu.

Ich bemerkte, wie er mein Outfit musterte, wobei sein Blick bei meinen Brüsten verharrte. Es kostete mich alle Überwindung, ihn nicht zu fragen, was er denn so glotze. Oder ihm zu sagen, dass ich ihn für den Vergewaltiger hielt.

»Wir haben noch eine Vergewaltigung. Das erste Team ist gerade am Tatort eingetroffen. Sieht aus, als wäre es gestern Nacht passiert.«

McCool sah mich an, und ich war nicht sicher, ob er gerade an unser Gespräch in meinem Wohnzimmer dachte über Murdock, der nachts um ein Haus geschlichen war. Oder ob er sich nur fragte, wie ich auf die Nachricht einer erneuten Vergewaltigung reagierte.

Mir wurde jedes Mal richtig schlecht, wenn ich von einem neuerlichen Übergriff hörte. Heute war keine Ausnahme.

»Können Sie sich um die Conrad-Sache kümmern?«, fragte McCool und ließ mich nicht aus den Augen.

Ich nickte und versuchte, ungerührt zu wirken.

»Rufen Sie mich danach an und berichten Sie mir.« Er wandte sich an Murdock. »Okay, Zak, wohin geht es dieses Mal?«

Ich ging zurück an meinen Schreibtisch. Jade beendete ein Telefonat.

»Die Einbrecher haben gestern zweimal zugeschlagen, Maddie.«

Ich stöhnte auf, obwohl ich froh war um die Ablenkung. »Sie werden selbstbewusster. Wo haben sie diesmal zugeschlagen?«

Jade nannte mir die Tatorte und gab mir eine Liste der gestohlenen Sachen. Die Nachbarn hatten angeblich nichts bemerkt. »Vielleicht haben wir Glück und es gibt Überwachungskameras in dem Viertel. Die Leute werden langsam nervös. Das Opfer, mit dem ich gerade telefoniert habe, will sich eine Waffe kaufen.«

»Kann ich ihm nicht verdenken«, antwortete ich.

»Ich bin gerade dabei, eine Aufstellung zu machen, welche Leute Zugang zu den Häusern unserer Opfer haben könnten. Haushaltshilfen, Pooljungen, Handwerker und so weiter. Leider müssen wir dafür alle Opfer noch mal anrufen. Ich kann nur beten, dass wir *irgendeine* Verbindung finden.«

»Okay, das klingt nach einem reellen Plan. Ich helfe dir gleich. Aber vorher muss ich Carole Conrad anrufen.« Dann erklärte ich meiner Partnerin, was McCool von mir wollte.

»Hmm. Wenn du die Wahrheit aus Carole herausholst, schuldet McCool dir also was. Und ich wette, er wird ganz erpicht darauf sein, sich zu revanchieren«, schloss sie mit einem frechen Grinsen.

85 Harley

Harley lag im Bett und befummelte seinen schlaffen Schwanz, während er lauschte, wie der Geschirrspüler eingeräumt wurde und Jennifer mit dem Baby redete.

»Komm schon, Junge. Werd hart«, flüsterte er und schloss die Augen. Er stellte sich seine nackte Frau vor. Nichts. Er drückte weiter an sich herum und überlegte, was er gerne mit den Mädchen im Restaurant machen würde. Sein Schwanz lag wie eine nasse Nudel in seiner Hand.

»Was ist denn mit dir los, Harley?«, sagte er zu sich selbst. Schließlich verlegte er sich auf eine Fantasie, die immer funktionierte. In diesem dekadenten Szenario hielt er sich in einem der teuersten Hotels in Vegas auf. Er hatte dafür gesorgt, dass drei der »Escortmädchen«, für die auf dem Strip überall geworben wurde, sich zu ihm in das Umkleidehäuschen neben dem Pool gesellten, das er angemietet hatte. Er trieb es mit einem der Mädchen, während die anderen beiden es sich gegenseitig besorgten, dann tauschten sie die Partner. Vor dem Häuschen hörten andere Leute das Seufzen und Stöhnen, und dann kamen noch mehr heiße Mädels hinzu, weil sie auch Spaß haben wollten, und stritten sich sogar, wer es Harley zuerst besorgen durfte. Verzweifelt bearbeitete er sein gutes Stück, bis es richtig wund war. Nicht mal ein Zucken von seinem kleinen Soldaten.

Angewidert ließ er seinen Penis los und lauschte Jennifer, die ihre Stimme erhob und dann das Baby einmal schlug. Innerhalb von Sekunden erfüllte das verzweifelte Kreischen des Babys das Haus.

Gott, kein Wunder, dass ich trinke, dachte er. In diesem Haus findet man ja nie Ruhe.

Seine Stimmung verdüsterte sich weiter, und zwangsläufig kehrten seine Gedanken zu dem demütigenden Verhör zurück, das er gestern Abend im Polizeirevier über sich ergehen lassen musste. In Gedanken ging er die schlimmsten Minuten noch mal durch.

Sie hat's mir besorgt, und ich war fast so weit, aber ich brauchte ein bisschen mehr. Darum habe ich unter ihrem Rock nach ihrer Muschi getastet. Genau in dem Moment, als ich sie berührte, kam ich. Dann habe ich es bemerkt.

Was haben Sie bemerkt?, hatte McCool gefragt.

Den Schwanz. Die verdammte Hure hatte einen Schwanz!

Bei der Erinnerung an jene Nacht und an Demis Zunge, die um seinen Schaft kreiste, erinnerte Harley sich wieder, wie gut sich das angefühlt hatte.

Er spürte, wie sich etwas regte. Was soll der Scheiß?, dachte er.

Ich war fast so weit. Dann habe ich es bemerkt.

Der große Schwanz, den er zwischen Demis Beinen fand, verwunderte Harley. Doch überrascht war er nicht.

Bei der Erinnerung wurde sein Schwanz hart. Erleichterung erfasste Harley, und er schob die Hand nach unten zu seinem kleinen Kumpel, der sich streckte und wuchs. Er erinnerte sich an die Nacht und wie er sich an Demis Männlichkeit klammerte und wie sie ihn in diesem Moment extra hart lutschte. Harley kam und verströmte sich auf seine Hand und das Bettlaken. Als er befriedigt keuchte, kam ihm ein entsetzlicher Gedanke. *Hoffentlich bedeutet das nicht, dass ich schwul bin.*

86 Blake

Blake parkte seinen SUV am Bordstein vor dem Haus seiner Eltern. Er bemerkte, dass Onkel Jacks Wagen nicht in der Einfahrt stand. Blake nahm die Sporttasche vom Beifahrersitz und ging Richtung Haus. Er schaute auf die Uhr. Donnerstag, elf Uhr früh. Er hatte nicht viel Zeit, wenn er was essen, duschen, seine Brüder einweihen und die Vorbereitungen treffen wollte, bevor er um vier Cue traf.

Im Haus herrschte Chaos. Eine merkwürdige Latina in einer kaugummipinken Kluft saugte den Orientteppich im Wohnzimmer. Zwei weitere ähnlich gekleidete Frauen halfen ihr – eine putzte im Esszimmer, die andere im Gästebad direkt neben der Treppe.

Er ging in die Küche, wo seine Mutter gerade Pancakes backte. Vermutlich waren sie für Logan, der am Küchentisch saß und die Zeitung las.

»Hey, Mom. Wie geht's dir heute?«, fragte er und trat zu seiner Mutter, um sie auf die Wange zu küssen.

»Ach, Blake. Das ist gut, dass du wieder da bist. Kannst du bitte hochgehen und deinen Bruder Jeremy holen? Wie er bei dem ganzen Lärm schlafen kann, ist mir ein Rätsel.«

Er nickte. »Wo ist Dad?«

»Onkel Jack und er sind … na ja, sie sind in der Stadt und kümmern sich in der Gerichtsmedizin um alles.« Sie wendete die Pancakes und machte eine scheuchende Handbewegung. »Hol jetzt bitte deinen Bruder.«

Er stapfte die Treppe hoch und fragte sich, warum Logan sich den Arsch platt sitzen durfte, während er als Laufbursche herhalten musste. Blake klopfte einmal an Jeremys Tür und riss sie auf.

Bereits mit Jeans und Flanellhemd bekleidet lag Jeremy auf seinem Bett und schlief fest.

Blake schlich auf Zehenspitzen zu ihm und beugte sich zum Ohr seines jüngeren Bruders. »Hey, Jeremy! Aufwachen. Mom hat das Frühstück für dich fertig.« Sein jüngerer Bruder fuhr aus dem Bett, als stünde es in Flammen. Mit erhobenen Fäusten stand er kampfbereit vor Blake.

»Du blödes Arschloch! Wage es nicht, dich noch mal so anzuschleichen. Kannst froh sein, dass ich dir nicht den Kopf abgerissen habe.«

»Mann«, sagte Blake, »du bist doch sonst immer der Sanftmütige in der Familie. Was ist los mit dir? Hast du Tollwut oder was?«

»Verschwinde einfach. Lass mich in Ruhe.«

Das ließ Blake sich kein zweites Mal sagen. Er ging rückwärts aus dem Raum und schloss die Tür. So wütend hatte er Jeremy nicht mehr erlebt seit diesem Vorfall in der Schule vor Jahren. Bestimmt war es der Stress nach Shelbies Mord, der seinen sensiblen kleinen Bruder jetzt eingeholt hatte. Der Appetit auf Pancakes und Eier trieb Blake wieder nach unten.

Logan hatte bereits Pancakes auf dem Teller und stand am Herd, wo seine Mutter ihm auch Rührei auflud.

Blake ging zum Schrank und holte sich einen Teller. Jeremy kam herein und folgte seinem Beispiel. Dabei sang er leise den neuesten Song von Zinful vor sich hin. Nahm Jeremy neuerdings Steroide, oder steckte gar ein kleiner Jekyll und Hyde in ihm? Nachdem jeder eine Portion auf dem Teller hatte, wandte sich ihre Mutter an die drei.

»Ich gehe jetzt duschen und mich anziehen. Dann treffe ich den Caterer und suche das Essen für den Empfang aus. Ihr habt bestimmt mitbekommen, dass der hier stattfindet. Danach treffe ich mich mit eurem Vater und Jack zum Lunch. Anschließend fahren wir zum Bestattungsinstitut und gehen ein letztes Mal die Modalitäten durch.«

Blake nickte wie auch seine Brüder. Sie waren mit essen beschäftigt.

»Ich möchte, dass ihr Jungs hierbleibt und das Reinigungspersonal im Auge behaltet.«

»Klar, Mom. Wir haben noch ein Treffen, aber das ist später am Nachmittag. Mach dir um uns keine Sorgen. Wir essen heute Abend auswärts, aber wir sind früh genug zu Hause, damit wir für die Beerdigung morgen ausgeruht sind«, sagte Blake.

»Gut. Dann sehen wir uns heute Abend.« Ohne auf eine Antwort zu warten, ging sie nach oben.

Das Reinigungspersonal gehörte unter Garantie auch zu

den Leuten, die andere belauschten. Deshalb sagte Blake seinen Brüdern nur, dass sie aufessen sollten, damit sie anschließend im Garten reden konnten.

Fünfzehn Minuten später gingen Blake, Logan und Jeremy nach draußen. Doch dort halfen die Gärtner gerade den Mitarbeitern einer anderen Firma, Tische und Stühle rings um den Pool aufzustellen.

»Gehen wir in mein Zimmer«, schlug Blake vor.

Nachdem die drei sich dort eingefunden hatten, erzählte Blake, was sich am Vorabend bei Harley's Hot Pieces zugetragen hatte. Es machte ihn stolz, dass beide Brüder anerkennend nickten, als er zu der Stelle kam, wo er Cue vorgetäuscht hatte, dass er die Waffen nachverfolgen konnte.

»Wir drei treffen uns heute mit Cue bei dem Eishockeymatch im Staples Center.«

Logan und Jeremy tauschten hastig einen Blick.

»Guckt nicht so überrascht. Nachdem gestern Abend alles schiefgelaufen ist, werde ich mich kein zweites Mal mit ihnen in einer dunklen Sackgasse treffen. Ich denke, Dads Loge im Stadion ist der sicherste Ort.«

»Und die Gangster tanzen einfach mit fünfundzwanzigtausend Dollar an der Security vorbei«, meinte Logan. Es klang sarkastisch.

»Das müssen sie gar nicht.«

Logan schnaubte und starrte Blake an. »Klingt ja nach noch so einem tollen Plan, Blake.«

»Ich habe Cue klargemacht, dass das eine schlechte Idee war, als er versucht hat, uns zu linken. Jetzt muss er uns für die Waffen dreißigtausend zahlen. Auf diese Weise«, fügte Blake hinzu und erwiderte Logans Blick, »kriegt jeder von uns zehn Riesen.« *Dann lass mal hören, was du jetzt zu meckern hast, Arschloch.*

»Wie wollen sie so viel Geld an den Sicherheitsleuten vorbeischleusen?«, fragte Jeremy.

»Wir tragen Hockeytrikots. Cue und sein Partner auch. Sie kleben sich die Geldbündel an ihre T-Shirts und tragen ein Hemd drüber und dann noch ein Trikot. Ihr wisst, dass die Inhaber der VIP-Tickets nicht besonders sorgfältig durchsucht werden.« Sein eigener Plan versetzte ihn in Aufregung.

»Wir gehen zu dem Spiel, und Cue und sein Kumpel gehen für kleine Jungs und ziehen die T-Shirts und die Hemden aus. Die T-Shirts mit dem Geld wickeln sie in die Hemden ein und bringen uns beides zurück in die Loge. Dort können wir das Geld zählen, und dann gehen Logan und du aufs Klo, zieht euch die T-Shirts über, und wir schauen noch ein bisschen das Spiel und gehen dann.«

Blake sah, wie Logan angestrengt nachdachte, um einen Fehler in seinem Plan zu finden.

»Das Beste ist, dass wir keine Sorge haben müssen, dass sie bewaffnet kommen oder versuchen, uns das Geld abzunehmen«, fügte Blake hinzu.

»Jedenfalls nicht, bis wir das Stadion verlassen und der gute Cue und ein paar seiner Kumpel uns im Parkhaus bis zum Auto verfolgen, wo sie uns das Geld abknöpfen und wegrennen.«

»Daran habe ich auch gedacht. Wir müssen eine Limousine für den Heimweg buchen. Die hält direkt vor der Arena in der Figueroa. Da stehen sogar immer massenweise Cops herum, die auf die Promis aufpassen. Heute Abend sind wir die Promis. Und natürlich erzählen wir Cue nichts von diesem Teil unseres Plans.«

Jeremy nickte. »Hört sich gut an. Mir gefällt vor allem

die Tatsache, dass keine Waffen im Spiel sind«, sagte er und starrte dabei Logan an.

»Was hast du mit meiner Desert Eagle gemacht? Ich will sie wiederhaben«, sagte Logan.

»Ich habe dir von Anfang an gesagt, wir behalten keine Waffen, und das habe ich ernst gemeint.«

»Du bist ein Arschloch, Blake. Dann kaufe ich mir eben von meinem Geld eine Waffe.«

»Das ist okay, wenn du das willst. Denn die könnte nicht zu einem unserer Verbrechen zurückverfolgt werden. Aber du bringst keine Waffen mit, wenn wir wieder einen Job durchziehen«, sagte Blake. »Irgendwann geht so was schief. Jemand kriegt Angst und knallt einen ab.« Blake schaute auf die Uhr. »Also, Jungs. Machen wir uns bereit. Ich habe Cue gesagt, wir treffen ihn am Ticketschalter. So gehen wir gemeinsam rein, und falls Cue und sein Kumpel aus irgendeinem Grund mit dem Geld erwischt werden, wissen wir das. Natürlich, wenn so was passiert, werden wir vorgeben, sie nicht zu kennen und dass wir ihnen unsere Tickets schwarz angeboten haben. Wenn wir eine Vorladung wegen Schwarzmarktgeschäften bekommen, ist das immer noch besser, als in den Knast zu gehen oder Fragen über das Geld zu beantworten.« Blake blickte seine Brüder nacheinander an. Kapierten sie überhaupt, was für ein Genie er war?

Logan zog den Zahnstocher aus dem Mund, auf dem er ständig herumkaute, und untersuchte ihn.

»Du hast wirklich an alles gedacht, Blake«, sagte Jeremy.

Blake fühlte sich bestätigt. Wenigstens Jeremy wusste seinen Plan zu schätzen.

87 Cash

Cash folgte Murdock zum Tatort der Vergewaltigung. Er kam in seinem eigenen zivilen Ermittlerwagen, falls noch eine Leiche in Devonshire gefunden wurde. Allerdings konnte seine Einheit unmöglich noch ein Gewaltverbrechen übernehmen. Das traf auch auf die Vergewaltigungen zu. Auf dem Weg zum Tatort kam Cash ins Grübeln.

Captain Westfall wurde langsam nervös und tönte laut herum, er denke darüber nach, den Conrad-Mord an die großen Jungs beim Dezernat für Kapitalverbrechen in der Innenstadt abzugeben. Aber bisher hatte Pagani das noch verhindert.

Die Wahrheit war, dass Cash wirklich darauf angewiesen war, dass Maddie ihre Krise überstand und Carole Conrad die ganze Geschichte entlockte. Er wollte nichts lieber tun, als Lieutenant Conrads Frau vom Mordverdacht freizusprechen. Aber sie tat sich auch selbst keinen Gefallen damit, wenn sie weiterhin Informationen zurückhielt.

Es schien ziemlich weit hergeholt, dass derselbe Täter Maddie und Carole angegriffen hatte. Aber wenn das tatsächlich stimmte, hieß das vielleicht, dass es jemand auf die Ordnungshüter abgesehen hatte? Gab es mehr Opfer, die sich wie Maddie zu sehr schämten, um den Vorfall zu melden? Oder war das Zufall? Oder irrte Maddie sich, und der Mann, der sie missbraucht hatte, hatte nichts mit dem Conrad-Mord zu tun?

Nachdem er am Abend zuvor Maddies Haus verlassen hatte, kreisten Cashs Gedanken permanent um die kecke und zugleich verletzliche Frau, die in den letzten Tagen sein Interesse geweckt hatte. Normalerweise waren die langbeinigen Mädchen von nebenan oder die geheimnisvollen Brünetten sein Typ.

Auf Maddie traf beides nicht zu. Sie fühlte sich wohl in ihrer Haut. Ihr Selbstbewusstsein war viel aufregender als künstlich aufgespritzte Lippen oder Silikonbrüste. Aber was ihn besonders an ihr interessierte, war der innere Kampf mit dem harten Schicksal. Sie hatte einiges durchgemacht, und Cash hoffte, seine Faszination entsprang nicht nur irgendeinem Mitgefühl. Es wäre nicht das erste Mal, dass er Mitleid mit tieferen Gefühlen verwechselte.

Murdock hielt am Bordstein vor einem alten, einstöckigen Bungalow, der ungefähr in den Fünfzigern entstanden war. Cash parkte ein paar Häuser weiter.

Er war nicht besonders beeindruckt davon, wie Murdock mit dem Serienvergewaltiger umging. Der Typ schien nichts anderes zu machen, als in seinem Büro zu sitzen. Aber Cash hatte mit den beiden Morden alle Hände voll zu tun und konnte daher nicht viel mehr machen, als Murdocks Bemühungen zu überwachen und dafür zu sorgen, dass er den Fall nicht vollends vor die Wand fuhr. Und dann war da noch Murdocks verdächtiges Verhalten, von dem Maddie ihm erzählt hatte.

Cash nahm seinen Notizblock zur Hand und schrieb ein paar Dinge auf, bevor er aus dem Wagen stieg. Murdock sprach bereits mit vier seiner Kollegen von der Taskforce, die in Zivil angetreten waren. Er zeigte auf die benachbarten Häuser, und nach dem, was Cash erkennen konnte, wies er sie an, die Nachbarn zu befragen, ob sie etwas Ungewöhnliches gehört oder gesehen hatten.

Cash und Murdock trafen sich mit dem Sergeant von der Streife direkt am Tatort und bekamen eine kurze Zusammenfassung. Das Vergewaltigungsopfer war eine zweiunddreißigjährige geschiedene Frau, die spätabends die Regale eines Supermarkts auffüllte. Sie war von der Arbeit nach Hause gekommen und hatte den Wagen in der Einfahrt abgestellt. Als sie die Haustür öffnete, packte der Täter sie von hinten, drückte ihr die Hand auf den Mund und schob sie ins Haus.

Murdock runzelte die Stirn. »Das ist nicht das Vorgehen unseres Serienvergewaltigers. Er hat noch nie an der Haustür angegriffen. Normalerweise geht er über die Garage rein.«

»Ja, aber der Rest passt. Sehen Sie sich das an.« Der Sergeant führte sie ins Schlafzimmer, wo Cashs Aufmerksamkeit sofort von dem blutgetränkten Bettzeug angezogen wurde. An die Bettpfosten waren Gürtel oder lange Frauenschals geknotet.

»Ich weiß nicht«, sagte Murdock. »Fühlt sich irgendwie nicht richtig an. Unser Mann benutzt immer Krawatten, um die Frauen zu fesseln. Und er hat sie auf der Veranda angegriffen.«

Der Sergeant nickte. »Wir haben das Opfer dazu befragt. Ihre Garage steht mit Kartons voll, weshalb sie den Wagen dort nicht abstellen kann. Und sie besitzt keine Männerkrawatten, weil sie nicht verheiratet ist. Sieht aus, als hätte der Kerl improvisiert.«

»Wie geht es dem Opfer?«, fragte Cash.

»Sie war ziemlich mitgenommen. Hat ein paar Zähne verloren, die noch auf dem Bett liegen müssten. Ich habe eine Einheit mit ihr ins Krankenhaus geschickt. Sie melden sich, wenn es was Neues gibt.«

Cash wies den Sergeant an, die Spurensicherung zu rufen, damit die Jungs aus dem Labor Fotos machten, nach

Fingerabdrücken suchten und die Beweismittel sicherten. Dann wandte er sich an Murdock. »Ich schaue mich mal draußen um.«

»Okay. Ich habe mein Team losgeschickt, um die Nachbarn zu befragen. Vielleicht gibt es Zeugen oder eine Videoüberwachung der Straße. Obwohl mich das überraschen würde«, sagte Murdock. »In dieser Gegend hat man kein Geld für Kameras.«

»Man kann nie wissen«, sagte Cash. »Vielleicht haben wir ja Glück.« Dann ging er nach draußen und untersuchte die Haustür. Da er nichts fand, umrundete er das Haus und suchte nach etwas, das der Täter vergessen haben könnte. Weil er nichts Interessantes entdecken konnte, beschloss er, zurück ins Revier zu fahren. Er wollte sehen, wie weit Maddie inzwischen mit Carole war.

Cash ging wieder hinein und sagte Murdock, er fahre wieder. Als er ins Schlafzimmer kam, stand Murdock mit einem Paar Schals in der Hand mitten im Raum. Die Schals waren miteinander verknotet und hatten vorhin noch am Bettpfosten am linken Fußende des Betts gehangen.

»Was zum Teufel machen Sie da?«

Murdock zuckte zusammen und sah Cash an. »Ich wollte mir den Knoten genauer ansehen, den der Täter verwendet.«

»Wollen Sie mich verarschen? Wie lange machen Sie diesen Job jetzt schon? Sie müssten es doch besser wissen. Sie haben gerade dieses Beweisstück kontaminiert. Warum machen Sie so einen Schwachsinn?«

»Cool bleiben, McCool. Ich knote den Schal wieder an den Bettpfosten und keiner merkt was.«

Am liebsten hätte Cash Murdock mit diesen Schals gewürgt. »Wenn ich es nicht besser wüsste, würde ich glauben, dass Sie mich verscheißern, um später davon ein Video im Internet hochzuladen.« Cash fuhr sich mit der Hand durch die Haare. »Wie um alles in der Welt haben Sie es geschafft, Leiter dieser Taskforce zu werden? Wenn Sie noch auf Probe bei uns wären, würde ich Sie jetzt feuern.«

»Mann, beruhigen Sie sich! Ich habe einen Fehler gemacht. Hab einfach nicht nachgedacht. Da müssen Sie doch nicht gleich so einen Wind machen.«

»Sie können Ihren Arsch darauf verwetten, dass ich die Vernichtung von Beweismitteln durch Sie dokumentieren werde. Ich führe keine schlampigen Ermittlungen durch und werde nicht zulassen, dass Sie die hier versauen. Wenn Sie nicht wissen, wie man sich an einem Tatort verhält, sollten Sie lieber verschwinden und die Sache den Leuten überlassen, die wissen, wie sie ihren Job machen.«

Es war lange her, dass Cash so wütend war. Außerdem war er misstrauisch. Hatte Murdock die Richtlinien ignoriert, damit auf jeden Fall seine DNA am Tatort gefunden wurde? Dann hatte er sein Ziel erreicht, auch wenn er wie ein Idiot dastand.

Als Cash zu seinem Auto lief, bedeutete der Sergeant ihm zu warten. Er hielt das Handy ans Ohr und schien gerade ein Gespräch zu beenden. Sekunden später trat er zu Cash.

»Das Opfer hat eine Schädelfraktur, und nach der Ankunft im Krankenhaus hatte sie einen Anfall. Die Ärzte glauben, es könnte ein Schlaganfall gewesen sein. Ihr Zustand ist ernst.«

Cash seufzte. »Gott, ich hoffe, sie stirbt nicht. Und das meine ich ganz ehrlich um ihretwegen, aber auch meinetwegen. Ich habe keine Ressourcen, um noch einen Mord zu übernehmen.«

Der Sergeant sah ihn mitfühlend an. »Muss schon scheiße sein, an Ihrer Stelle zu sein, McCool. Früher nannten sie diese Division noch Club Dev«, sagte er und spielte damit auf jene Zeiten an, als die Verbrechensrate in der Division so niedrig war, dass für die Officer jeder Tag wie Urlaub war. »Mit zwei Toten und einem Opfer, das an der Schwelle zum Tod steht, könnten sie Devonshire bald Club Dead nennen.«

88 Maddie

Meine erste Aufgabe des neuen Tages bestand darin, Carole Conrad anzurufen und zu fragen, ob sie noch mal zu einem Gespräch aufs Revier kommen könnte. Sie war einverstanden, wenn sie ihren Anwalt mitbringen durfte. Das überraschte mich. Nach Rücksprache mit ihrem Anwalt verabredeten wir uns kurz nach Mittag.

In der Zwischenzeit hatten Jade und ich den Morgen damit zugebracht, die Einbruchsopfer abzutelefonieren, bei denen wir das Gefühl hatten, sie passten in unser Porter-Ranch-Muster. Wir befragten sie zu Haushälterinnen, Gärtnern, Handwerkern, Pooljungs, Freunden der Kinder, wirklich jedem möglichen gemeinsamen Nenner. Den größten Teil der Arbeit hatte Jade erledigt. Ich hörte über Funk die Nachrichten der jüngsten Vergewaltigung ab. Zugleich behielt ich den Fernseher im Blick. Es würde nicht lange dauern, bis die Presse vom jüngsten Vorfall Wind bekam.

Ich lehnte mich im Stuhl zurück und beobachtete, wie

Jade beharrlich die Informationen in ihre Tabelle eingab. »Erkennst du irgendwo ein Muster?«

Sie schüttelte den Kopf. »Nein, und so langsam verlässt mich der Mut.«

»Das Gefühl kenne ich.« Ich stand auf. »Willst du auch einen Kaffee? Ich muss den Kopf frei kriegen und mich mit Koffein vollpumpen, bevor Carole und ihr Anwalt kommen.«

»Ja, ich nehme auch einen. Willst du, dass ich bei deinem Gespräch mit Carole dabei bin?«

»Ich glaube nicht. Wenn ihr Anwalt sie reden lässt, wird sie bestimmt freier sprechen, wenn nur ich vor ihr sitze.«

Jade schenkte mir ein ironisches Lächeln. »Dann muss ich wohl allein die restlichen Einbruchsopfer anrufen, damit wir die Tabelle vollkriegen, hm?«

»Besser du als ich«, sagte ich und holte ihr den Kaffee.

Fünfzehn Minuten später saß ich Carole Conrad und ihrem Anwalt in einem unserer winzigen Verhörzimmer gegenüber. Die teerschwarzen Locken, der präzise Kinnbart und der Sharkskin-Anzug ihres Anwalts erinnerten mich an den personifizierten Teufel. Ich freute mich nicht gerade darauf, vor ihm ehrlich über meinen Angriff zu sprechen, aber das war vermutlich die Strafe, weil ich das Verbrechen nicht direkt gemeldet hatte. Ich hatte die Videokamera noch nicht eingeschaltet und schloss die Tür des Raums.

Ich sah den Anwalt an. Seine teuflische Erscheinung brachte mich aus dem Konzept. »Hören Sie, was ich jetzt sage, wird nicht aufgezeichnet. Ich werde einige Dinge sagen, und dann verlasse ich den Raum und Sie können sich mit Mrs Conrad besprechen. Erst danach starte ich das Video, und wir können reden.«

Der Anwalt runzelte verwirrt die Stirn.

»Es war Abend, Frühherbst. Der Tag war ungewöhnlich warm …«

Sobald ich mit meiner Geschichte fertig war, kam ich zur Sache. »Carole, Sie werden gemerkt haben, dass ich die Geschichte ungern erzähle. Vor allem vor Fremden«, fügte ich mit einem Blick auf ihren Anwalt hinzu. »Aber ich war auch ein Opfer. Sie sind nicht allein. Ich kann es nicht beweisen, aber ich bin überzeugt, dass derselbe Psychopath, der mich vergewaltigt hat, auch Sie angegriffen hat.«

Carole schluckte, sagte aber nichts.

Ich warf dem teuflischen Anwalt einen weiteren Blick zu. Er lehnte sich zurück und legte das Kinn auf die gefalteten Hände.

»Sehen Sie, Carole, Sie müssen wirklich dazu stehen, dass Sie angegriffen wurden, damit die sichergestellten Beweise Sinn ergeben. Sonst werden die Detectives Sie als Hauptverdächtige einstufen.« Ich atmete tief durch und stand auf. »Ich hole jetzt einen Kaffee. Kann ich Ihnen auch was bringen? Kaffee oder ein Wasser?«

Beide wollten nichts trinken, und ich ließ sie allein und schaute derweil nach Jade.

Als ich zu ihr trat, blickte sie vom Computer auf. »Und wie läuft's?«

Ich zuckte mit den Schultern. »Schwer einzuschätzen. Ich habe ihnen meine Geschichte erzählt. Wenn ihr Anwalt ein bisschen Verstand hat, bringt er sie dazu, die Wahrheit zu sagen.«

Jade senkte die Stimme. »Ich finde es sehr mutig von dir, Carole und ihrem Anwalt so eine persönliche Sache zu erzählen.«

»Ich fänd's einfach scheiße, wenn sie im Knast landet,

obwohl sie das Opfer ist.« Ich schob mir die Haare aus der Stirn. »Ist McCool schon vom Tatort zurück?«

Meine Partnerin schüttelte den Kopf. »Nein. Ich habe mich weiter mit der Tabelle abgeplagt. Ich glaube, die Idee war an sich gut, aber ich sehe noch keine mögliche Verbindung zwischen den Opfern. Ich weiß nicht mal, ob es sich lohnt, alle Daten einzugeben.«

»Wie wär's, wenn du weitermachst, bis ich mit Carole geredet habe?«, schlug ich vor. »Wenn uns bis dahin nichts auffällt, könnten wir die Tabelle McCool vorlegen und ihn fragen, ob wir weitermachen sollen.«

Ein leises Lächeln umspielte Jades Lippen.

»Was?«

Das Lächeln wurde zu einem Grinsen. »Seit wir zusammenarbeiten, habe ich nie erlebt, dass du den Rat von irgendwem annehmen möchtest. Und jetzt fügst du dich dem Expertenrat von Detective McCool?«

Ich verdrehte die Augen gen Himmel und seufzte. »Okay, Carole und ihr Anwalt hatten wohl genug Zeit, um sich zu überlegen, was sie machen. Bis später.«

Auf dem Weg zurück in den Verhörraum holte ich einen Kaffee und zwei Flaschen Wasser. Obwohl Carole und ihr Anwalt mein Angebot abgelehnt hatten, hoffte ich doch, dass Carole Wasser brauchte, wenn sie mir erzählte, was tatsächlich an jenem Morgen geschehen war, an dem ihr Ehemann starb.

89 Cash

Cash betrat in dem Moment das Großraumbüro, als Maddie mit einem Kaffee und zwei Flaschen Wasser in einem Verhörraum verschwand.

»Maddie«, rief er. Es gefiel ihm, wie die Hose ihren Hintern umschmiegte. Kein sichtbares Höschen drunter. Leider blieb ihm keine Zeit, länger darüber nachzudenken. Sie hielt inne und kam auf ihn zu.

»Das nenne ich gutes Timing«, sagte sie. »Ich wollte gerade mit Caroles Vernehmung anfangen. Sie kriegen Wasser, und dann wird die Kamera eingeschaltet.«

»Ich schalte die Kamera ein und schaue vom Kontrollraum aus zu.«

Maddie nickte. »Okay. Ich mache zwischendurch Pause und komme raus, falls du noch weitere Fragen an sie hast.«

»Viel Glück. Oh, und Maddie … danke. Ich weiß, das ist nicht leicht für dich.«

»Du schuldest mir was, McCool.«

Nach diesen Worten schweiften seine Gedanken schon wieder ab, und er zwang sich zur Konzentration. Er betrat den Kontrollraum. Von hier aus konnte er sehen und hören, was im Verhörraum passierte. Ohne dass jemand im Raum es bemerkte, konnte er den Kamerawinkel, den Zoom und die Lautstärke anpassen.

Maddie stellte Carole und ihrem Anwalt eine Flasche Wasser hin. Der Anwalt sah makellos aus. Etwas an seinen Haaren und dem Ziegenbart ließ Cash an Satan denken.

Der Anwalt erklärte Maddie, seine Mandantin werde ihr ganz genau erzählen, was sich an jenem Tag zugetragen hatte, an dem ihr Mann ermordet wurde.

Maddie bewahrte Haltung. Sie erklärte für die Videoaufzeichnung, dass Carole bereits über ihre Rechte aufgeklärt worden sei.

Carole bestätigte, dass sie über ihre Rechte Bescheid wusste, und wartete auf Maddies Fragen.

»Erzählen Sie mir, was an dem Morgen geschah, an dem Ihr Mann Larry Conrad ermordet wurde.«

Nach einem knappen Nicken vom Teufel begann Carole: »Es war gegen sechs Uhr in der Früh. Ich hatte Larry sein Frühstück gemacht, und er war ins Schlafzimmer gegangen, um sich anzuziehen. Ich blieb in der Küche und räumte den Frühstückstisch ab. Der Mülleimer war voll, darum brachte ich den Müllbeutel in die Garage neben dem Haus, wo die Mülltonnen stehen. Ich warf die Tüte in die Tonne und ging zurück ins Haus. Ich wollte gerade die Küche betreten, als ich von hinten gepackt wurde. Der Mann war groß. Er hat mich förmlich hochgehoben.«

Tränen traten Carole in die Augen. »Ich war so schockiert, dass ich mich nicht mal gewehrt habe.«

Im Kontrollraum beobachtete Cash, wie Maddie die Hand nach Carole ausstreckte. »Sie müssen große Angst gehabt haben. Erzählen Sie weiter.«

»Ich konnte nur an Larry denken, der im Schlafzimmer war und hoffentlich etwas tun konnte. Aber als der Mann mich ins Schlafzimmer trug, war die Badezimmertür zu.« Caroles Wangen wurden rot, und sie schaute zu Boden. »Larry brauchte immer ewig im Bad.« Sie blickte Maddie an und fuhr fort: »Er hörte gerne diesen großmäuligen Radiotypen. Das Radio plärrte, darum wusste ich, dass er mich selbst dann nicht hören würde, wenn ich schrie.«

Carole machte eine Pause und trank einen Schluck Wasser. »Der Kerl zögerte einen Moment, als er bemerkte, dass wir nicht allein waren. Aber dann packte er ein Paar Socken und stopfte es mir in den Mund. Larry hatte seine Kleidung schon rausgelegt, und der Kerl fesselte mir mit der Krawatte die Hände hinter dem Rücken. Mit Larrys Gürtel fesselte er meine Füße.«

Carole schwieg, und Cash beobachtete, wie Maddie sich zurücklehnte und Mrs Conrad damit mehr Platz ließ. Carole nahm noch einen Schluck Wasser aus der Flasche, seufzte und setzte erneut an.

»An dem Tag habe ich dem Detective erzählt, der Eindringling habe mich zu Boden gebracht und geschlagen. Aber das stimmte nicht.«

Maddie nickte. »Okay. Was ist denn tatsächlich passiert?«

Cash hörte die Anspannung in Maddies Stimme.

»Der Mann hat mich aufs Bett gelegt. Dann betätigte Larry die Toilettenspülung. Der Mann hielt inne und stellte sich neben die Badezimmertür, um Larry anzugreifen, falls er herauskam. Stattdessen ging die Dusche an.«

Carole schüttelte langsam den Kopf und fuhr fort: »Der Mann ging zum Schrank und holte mehr Krawatten und ein paar meiner Schals. Zu dem Zeitpunkt wusste ich, was er vorhatte. Erst hat er meine Füße gefesselt. Den Gürtel löste er erst, nachdem er ein Bein mit einem Schal an den Bettpfosten gefesselt hatte. Er saß auf dem anderen, während er den Knoten festzog. Dasselbe machte er mit den Händen, allerdings saß er nicht auf meinem Arm.«

Cash sah, wie Maddie schwer atmete und nervös mit dem Fuß wippte.

»Er hatte mich mit gespreizten Gliedern auf dem Bett fixiert. Dann sagte er: ›Halt's Maul, Schlampe‹ und fing an, mich zu schlagen. Ich heulte, aber war noch geknebelt. Ich glaubte, er würde mich zu Tode prügeln. Stattdessen hat er mich vergewaltigt. Ich wünschte, er hätte mich umgebracht.«

Cash machte sich Notizen, doch plötzlich ging die Tür auf, und Lieutenant Pagani stürzte herein.

»Ich habe gerade einen Anruf von der Spurensicherung bekommen. Sie haben beim Saunders-Mord einen DNA-Treffer gelandet. Sie sollen zurückrufen.«

»Wir brauchen hier auch gerade eine Pause.« Cash schaute auf den Monitor, wo Maddie weiter Carole Conrad befragte. »Können Sie Divine sagen, dass ich wegmusste?«, fragte er.

»Klar. Wenn Sie bei der Spurensicherung fertig sind, melden Sie sich bitte bei mir.«

»Darauf können Sie zählen, Lieutenant.«

90 Maddie

Mir brach der kalte Schweiß aus, als Carole andeutete, sie wäre lieber tot. Denselben Gedanken hatte ich auch viele Male gehabt. Bisher hatte ich den Sensenmann davon abhalten können, mich dazu zu treiben, dass ich mir den Lauf meiner Pistole in den Mund steckte. Aber ich hatte immer im Hinterkopf, dass mir ein Ausweg blieb, wenn die Erinnerungen zu schlimm wurden.

»Es tut mir leid, Carole, aber ich muss Ihnen noch ein paar schwierige Fragen stellen. Hat er sich ausgezogen?«

»Nein. Er hat nur die Hose aufgemacht.«

»War sein Penis erigiert?«

Carole nickte, ohne mir in die Augen zu sehen.

»Ist Ihnen irgendwas Ungewöhnliches aufgefallen an seinem … seinem Penis?«

Sie hielt den Blick gesenkt und schüttelte den Kopf.

»Hat er ein Kondom benutzt?«

»Nein.«

»Hat er ejakuliert?«

»Ja.«

»Wie oft ist er in Sie eingedrungen?«

Sie blickte mich verwirrt an.

»Hat er ihn rausgezogen und ist dann erneut in Sie eingedrungen?«

»Nein. Der Teil war ziemlich schnell vorbei.«

»Was heißt ›der Teil‹?«, fragte ich, obwohl ich die Antwort kannte. Der Sex dauerte nicht lange. Aber die Prügelei …

»Sobald er kam, fing er wieder an, mich zu schlagen. Ich glaube, irgendwann bin ich bewusstlos geworden.«

»Und was passierte dann?«

»Ich hörte, dass Larry die Dusche abdrehte. Die Duschtür ging auf, und Larry hat sich vermutlich abgetrocknet.«

»Was hat der Täter gemacht?«

Sie seufzte. »Ich konnte nicht besonders gut sehen, weil mir Blut in die Augen lief und sie bereits zuschwollen. Er stellte sich neben die Badezimmertür und wartete auf Larry.«

»Was passierte dann?«

Carole stützte die Ellbogen auf den Tisch und fuhr sich mit der Hand über die Augen. Sie sprach monoton weiter: »Larry kam aus dem Badezimmer. Der Typ trat vor und drängte Larry zurück. Ich hörte, wie sie kämpften, konnte aber nichts tun. Es gab Gepolter und dann einen Schuss.

Für einen Moment war alles still, dann hörte ich, wie ein Körper zu Boden stürzte. Dann rannte der Angreifer aus dem Badezimmer und durchs Schlafzimmer in den Flur.«

Als sie fertig war, brach Carole auf ihrem Stuhl zusammen wie ein Boxer, der gerade zehn Runden absolviert hatte.

Ich gab ihr einen Moment, sich zu sammeln. Ehrlich gesagt brauchte ich auch etwas Zeit. Als Larry der Frauenschläger noch mein Vorgesetzter war, waren wir nicht gut miteinander ausgekommen, aber niemand verdiente es, in seinem eigenen Haus ermordet zu werden. *Wie auch niemand es verdient, im eigenen Haus vergewaltigt zu werden. Wenn du schon so viel Mitgefühl für Larry empfindest, wie wäre es, wenn du dich selbst auch bemitleidest?*

Ich beugte mich vor. »Carole, ich muss wissen, was danach passiert ist. Als meine Partnerin und ich dort eintrafen, waren Sie angezogen, das Bett war blutfrei, und auf Larry war dreimal geschossen worden.« Ich machte eine Pause. »Ich muss wissen, wie es dazu kam.«

Carole drehte die Wasserflasche auf und nahm einen großen Schluck, ehe sie die Kappe wieder zudrehte. »Ich brauchte lange, bis ich mich von den Fesseln befreien konnte. Dann lief ich ins Bad, um Larry zu helfen. Als ich ihn fand, war er offensichtlich schon tot.«

Unwillkürlich durchfuhr Carole ein kalter Schauer. Ich habe gesehen, wie andere Leute versuchen, so ein Zittern vorzutäuschen. Bei Carole war es echt.

»Seine Waffe lag auf dem Boden«, fuhr sie fort. »Ich nahm sie in die Hand. Ich hatte noch nie eine Waffe in der Hand. Larry ließ mich nie an seine ran. Als ich die Pistole nahm, ging sie los. Keine Ahnung, wie das passierte. Ich hätte sie fast fallen gelassen, darum habe ich sie fest gepackt, und sie ging noch mal los.« Carole begann zu weinen. »Ich habe zweimal auf ihn geschossen. Das wollte ich nicht, aber es ist passiert. Ich habe ihn nicht umgebracht, das schwöre ich. Er war schon tot.«

Ich nickte. »Okay, Carole. Ganz ruhig.« Ich gab ihr dreißig Sekunden, sich zu beruhigen. »Können Sie mir sagen, warum Sie die Pistole aufgehoben haben?«

»Weil ich gerade erst verprügelt und vergewaltigt worden war und fürchtete, der Mann könnte zurückkommen«, sagte sie gereizt. »Wegen solcher Fragen wollte ich nicht zugeben, dass ich vergewaltigt wurde. Sie versuchen mir zu vermitteln, ich hätte irgendwas falsch gemacht.«

Innerlich zuckte ich zusammen. Dass Carole sich schuldig fühlte, war so ziemlich das Letzte, was ich wollte. Man sollte lieber mir die Schuld an allem geben. Wenn ich den Angriff auf mich gemeldet hätte, wäre Carole vielleicht nicht zum Opfer geworden.

»Carole, ich kritisiere Sie damit nicht. Wenn nicht ich Ihnen diese Fragen stelle, tut es jemand anders. Wenn ich alle wichtigen Informationen in meinem Bericht drinhabe, wird Sie das hoffentlich vor weiteren Vernehmungen bewahren.«

»Ja, genau.«

Ich ignorierte ihren Sarkasmus. »Warum waren Sie angezogen, als wir eintrafen? Wie kam es dazu?«

»Ich … stand unter Schock und wusste nicht, was ich tun sollte. Ich wusste, ich sollte die Polizei rufen, aber ich hatte keine Ahnung, was ich ihnen erzählen sollte. Larry hat mir im Laufe der Jahre immer wieder von Vergewaltigungsfällen erzählt. Er sagte, die meisten seien keine ›echten‹ Vergewaltigungen gewesen. Die Opfer kannten ihre Angreifer.

Er hasste es, dass die Polizei so viel Zeit mit den Ermittlungen angeblicher Vergewaltigungen irgendwelcher Prostituierten verschwendete, die sauer waren, weil sie nicht bezahlt wurden. Oder sitzen gelassene Frauen, die auf ihren Exfreund wütend waren, wenn der eine andere hatte.«

Ich wusste genau, wovon Carole redete. Viele Cops hassten es, wenn ein Funkspruch wegen Vergewaltigung reinkam, weil die Ermittlungen zäh waren und medizinische Untersuchungen erforderten, die viel Zeit kosteten. Bei vielen Fällen stand Aussage gegen Aussage, und es kam selten zu einer Verurteilung. Ich nickte und sagte: »Es gibt diese vorgetäuschten Vergewaltigungen, wie wir beide wissen. Aber genauso oft kommt es auch zu ernsten Fällen.«

»Larry hat mir jedenfalls erzählt, die echten Fälle seien die größte Farce. Er sagte, die Frauen werden gezwungen, ihre Geschichte immer wieder zu erzählen, sie müssen demütigende Verhöre und Untersuchungen über sich ergehen lassen. Und der Täter wird selten vor Gericht gestellt. Und wenn doch, dann wird die Frau während des Prozesses wie eine Hure hingestellt.« Carole blickte mich trotzig an. »Das wollte ich nicht mit mir machen lassen. Aber Sie zwingen mich dazu.« Sie begann leise zu weinen.

»Warum haben wir kein Blut auf den Laken oder an dem Kopfteil des Betts gefunden?«

»Ich bin die Frau eines Detectives. Ein paar Dinge habe ich im Laufe der Jahre gelernt.« Sie nahm noch einen Schluck aus der Wasserflasche. »Ich schaffte es, die Laken zu wechseln. Larry hatte eine üble Allergie, darum hatte die Matratze einen Schonbezug aus Plastik. Ich habe die Laken und den Matratzenschoner zusammengeknüllt und versteckt, bis ich sie wegwerfen konnte, nachdem Sie weg waren.«

»Haben Sie die zufällig noch?«

Sie schüttelte den Kopf. »Nein, ich habe sie auf der Feuerstelle im Garten verbrannt. Den Matratzenschoner nicht. Den habe ich zusammengerollt und irgendwo in Van Nuys in einen Müllcontainer gestopft.«

»Okay, Carole. Eine Frage habe ich noch. Wieso haben wir an Ihren Händen Schmauchspuren gefunden, nachdem Sie so umsichtig alle anderen Spuren beseitigt haben?«

»Ich war so gestresst, weil ich das Schlafzimmer sauber kriegen wollte und das so lange dauerte. Da habe ich einfach nicht mehr an die Schüsse gedacht. Ich wusste, ich hatte Larry nicht ermordet, und darum dachte ich, Sie würden denken, der Mann, der eingebrochen war, habe dreimal auf meinen Mann geschossen.«

Die Geschichte klang ziemlich verrückt, aber ich glaubte ihr. Ich hoffte nur, dass McCool es auch tat.

91 Walt

Donnerstagnachmittag. Walt trottete über den Parkplatz auf Harley's Hot Pieces zu. Er wollte Harley ungern zur Rede stellen, aber sie mussten miteinander sprechen. Darum war er so früh gekommen. Es war schwer genug zu arbeiten, wenn alle wegen Shelbies Mord niedergeschlagen waren und nur wenige Gäste kamen. Die ätzenden Kommentare, die zwischen Walt und Harley hin- und herflogen, machte die Lage für alle noch unangenehmer. Walt wusste, wenn sich jemand erwachsen verhielt und versuchte, die Situation zu ändern, musste er das sein.

Die Tür war abgeschlossen, aber Harleys Minivan stand auf dem Parkplatz. Walt klopfte.

»Wer ist da?«, fragte Harley durch die Tür.

»Ich bin's, Walt.«

Harley schloss auf und öffnete die Tür.

Walt bemerkte den Fleischklopfer in Harleys Hand. Er hoffte, er konnte sich mit Harley in aller Ruhe an einen Tisch setzen und ihre Differenzen beilegen – ohne den Fleischklopfer.

»Du bist früh«, sagte Harley und ging zu der Aufschnittmaschine, neben der bereits ein Berg geschnittene Salami lag. Er legte den Klopfer hin und machte sich wieder an die rhythmische Arbeit.

»Eigentlich wollte ich mit dir reden, Harley.«

»Worüber müssen wir denn reden?«

Walt starrte auf den Fleischklopfer. »Meinst du, wir können uns hinsetzen und vielleicht eine Cola trinken?«

»Du willst also Händchen halten und Kumbaya singen?«

»Harley, unsere ständigen Streitereien verunsichern die anderen Mitarbeiter.«

Mit übertriebenem Seufzen hielt Harley in der Arbeit inne und ging zum Spülbecken, um sich die Hände zu waschen.

Walt ging zur Bar und machte zwei Limos auf Eis. Sie trafen sich in einer Sitzecke direkt neben der Bar.

Harley schob sich hinter den Tisch, wobei sein Bierbauch nur knapp die Tischkante verfehlte.

Walt ließ sich ebenfalls nieder und schob seinem Chef das Getränk zu.

»Also, was ist los?«, fragte Harley und genehmigte sich einen ordentlichen Schluck.

»Harley, ich habe Shelbie nicht umgebracht. Ich mochte sie. Sie war ein nettes Mädel.«

Sein Chef neigte den Kopf zur Seite und musterte ihn aus dem Augenwinkel. »Tja, ich habe sie auch nicht ermordet. Und es passt mir nicht, dass du den Cops erzählt hast, ich wäre ein Perverser, der die Mädchen schlecht behandelt.«

Was ist denn los, Boss? Magst du es nicht, wenn man dich als den Sittenstrolch sieht, der du bist? »Die Cops haben mir Fragen dazu gestellt, was ich hier beobachte. Ich sagte, für mich sieht es so aus, als würdest du die Mädchen sehr mögen. Das ist alles.« Das war eine Lüge, aber sie schien notwendig, damit sein Chef nicht in die Luft ging. »Also, genau genommen habe ich gesagt, dass du die Mädchen lieber magst als die Männer. Und dass sie von dir was extra kriegen.« Walt zuckte mit den Schultern. »Vielleicht haben sie daraus falsche Schlüsse gezogen.«

Harley biss auf einen Eiswürfel. »Verdammte Cops. Denken sich irgendwas aus, um die Leute beim Lügen zu erwischen.«

»Das haben sie bestimmt auch gemacht, als sie mir erzählt haben, du hättest behauptet, dass ich in der Bar Drogen verkaufe«, sagte Walt und blickte Harley scharf an.

Er beobachtete, wie Harleys Blick von Verwirrung zu Unentschlossenheit wechselte und schließlich zu Schuldbewusstsein. Harley starrte auf den Tisch.

»Ja, das haben sie sich auch ausgedacht«, murmelte er.

Sie zuckten beide zusammen, als die Restauranttür aufging. Verdammt, Harley, dachte Walt. Kannst du nicht mal dran denken, die Tür abzuschließen? Das konnte nichts Gutes bedeuten, denn es war Detective McCool.

Walt beobachtete, wie der Detective eintrat und stehen

blieb, bis seine Augen sich an die Dunkelheit gewöhnt hatten. Hinter ihm kam ein zweiter Detective herein und blieb ebenfalls stehen. Dann erst näherten sie sich Walt und Harley an dem Tisch.

Walt warf einen Blick über den Tisch und hoffte, er sah nicht so angespannt aus wie Harley. Sein Chef wirkte wie betrunken und hatte einen gequälten Gesichtsausdruck aufgesetzt, als versuchte er krampfhaft, nicht zu furzen.

»Hallo zusammen. Sie machen wohl gerade Pause«, sagte McCool.

»Ja, aber nur eine kurze. Wir müssen wieder an die Arbeit und uns auf den abendlichen Ansturm vorbereiten«, sagte Harley und wollte sich hinter dem Tisch hervorwinden.

»Tja, was das angeht, habe ich schlechte Nachrichten, Harley.«

Walt musterte den Detective interessiert. Ob sie seinen Boss jetzt festnahmen?

»Wir haben bei der DNA vom Tatort einen Treffer. Ich fürchte, wir müssen Walt mit zum Revier nehmen.«

92 Blake

Vor dem Staples Center lenkte Blake pünktlich um vier Uhr seinen SUV in das Parkhaus, das den Inhabern der VIP-Logen vorbehalten war. »Kommt, wir holen zuerst die Karten«, sagte er zu seinen Brüdern und ging voran zum Ticketschalter.

Sie hatten sich gerade drei Meter vom Auto entfernt, als Blake sich an Logan wandte. »Du trägst keine Waffe, oder?«

»Was glaubst du, was ich bin? Ein Idiot?«

»Ich will nur nicht, dass *wir* von der Security zurückgehalten werden.«

»Kommt schon, ihr zwei«, mischte sich Jeremy ein. »Wir holen einfach nur das Geld und fahren nach Hause.«

»Scheiße, nein!«, fauchte Logan. »Ich bleibe und schaue mir das Spiel an. Blake, hast du was zu essen bestellt?«

Blake war froh, dass er vorneweg ging, da Logan so sein Gesicht nicht sah. »Nein, habe ich nicht. Wir sind nur zu fünft, das wäre zu teuer. Außerdem sind diese Witzfiguren nicht unsere Freunde. Unser Focus sollte darauf liegen, das Geld einzusacken und sicher nach Hause zu kommen.« Neben einem Bentley blieb er stehen und senkte die Stimme. »Wir gehen vor ihnen. So können sie den Cops keinen Tipp geben, solange wir das Geld bei uns haben. Natürlich sagen wir ihnen nicht, wann genau wir verschwinden.«

»Glaubst du nicht, im Stadion schöpft jemand Verdacht, wenn wir direkt nach dem Anpfiff verschwinden?«, fragte Logan.

»Ich will ja auch erst in der Mitte des zweiten Drittels verschwinden. Ich habe die Limousine ab Anpfiff gemietet, und der Fahrer wartet nur wenige Minuten entfernt auf meinen Anruf. Den erledige ich, kurz bevor wir gehen.«

Als sie sich dem Schalter näherten, entdeckte Blake Cue und seinen Gefolgsmann sofort. Zunächst mal waren beide nicht besonders klein, und mit den Geldbündeln, die sie um den Oberkörper trugen, sahen sie so massiv aus wie die Felsen in Stonehenge.

Blake streckte Cue die Hand hin, der seine nicht mal für ihn hob. *Schön, wenn du es so haben willst, spielen wir eben so.* »Ich hole die Karten.«

Kurze Zeit später hatten sie die Karten und gingen zum VIP-Eingang in der Nähe des Ticketschalters.

Cue und sein Kumpel hatten es eilig. Deshalb gab Blake seinen Brüdern ein Zeichen, dass sie den Schlägern den Vortritt ließen. Wie immer gab es einen Metalldetektor, und Cue ging selbstbewusst hindurch. Sein Kumpel folgte ihm. Ihre Tickets wurden gescannt, und der Mitarbeiter wies ihnen den Weg zu der privaten Loge. Direkt hinter der Tür verteilte ein anderer Mitarbeiter Programmhefte.

Cue drehte sich zu Blake um, der so tat, als hätte sich ein älteres Paar zwischen Cue und ihn gedrängt. »Hey, Alter, das ist ja geil. Hier ist man richtig VIP, Mann!« Cues Begleitung wirkte ebenso beeindruckt.

Sie gelangten zu der Loge, und Blake schloss die Tür auf. »Da wir nur so wenige sind, habe ich kein Essen bestellt. Aber ich kaufe euch gerne was zu trinken.«

»Hey, Bruder, gefällt mir, wie du die Dinge regelst. Hab dich wohl falsch eingeschätzt. Vielleicht können wir ja auch in Zukunft Geschäfte machen.«

Blake nickte nur und lächelte. *Ganz genau, Arschloch. Du hast einmal versucht, mich zu linken, darum will ich das immer wieder haben? Nie im Leben. Ich finde jemand anders, der für uns die Lagerräume anmietet.*

»Logan? Jeremy? Warum holt ihr nicht Hotdogs, Burger und Bier für uns?« Er wusste, dass Logan sich beklagen wollte, weil er als Laufbursche missbraucht wurde, doch offensichtlich brachte Blakes ungestümer Blick seinen Bruder zum Schweigen. Wortlos verließen beide Brüder die Loge. Aber erst nachdem Blake ihnen zwei Hundertdollarscheine gegeben hatte.

»Also, Blake. Erzähl mal, wie viel Kohle du mit deinem … Unternehmen machst.«

Blake hatte nicht die Absicht, mit diesem Clown über die Geschäfte zu reden. »Genug.«

»Also, nach der Zahlung zu urteilen, die du von mir bekommst, machst du einiges richtig. Ich glaube, ich möchte dein Partner werden.« Cues Augen verengten sich, und er ließ den Blick nicht mal kurz auf die Eisfläche abschweifen, wo das Team jetzt im Jubel der Fans begrüßt wurde.

Es gehörte nicht unbedingt zu Blakes Plan, Cue zu verärgern, aber er würde ihn auf keinen Fall als Partner ins Unternehmen aufnehmen. »Ich denke, wir sollten erst mal diese Transaktion über die Bühne bringen.«

Das Zucken von Cues rechtem Auge war der einzige Hinweis darauf, dass Blake den Mann verärgert hatte.

»Da hast du wohl recht. Letzte Nacht hast du ein paar ziemlich üble Drohungen ausgestoßen.«

»Ich war nicht glücklich«, sagte Blake und versuchte, Cue mit demselben Blick zu mustern wie vorhin Logan.

»Also«, sagte Cue und schaute zur Tür. »Wenn deine Brüder zurück sind, können wir essen und trinken, wickeln das Geschäft ab und schauen das Spiel.«

»Warum gehst du mit deinem Kumpel nicht schon los und ihr kümmert euch um das Geld, damit ich dann auch bestätigen kann, dass wir quitt sind.«

»Können wir machen. Hätte nie gedacht, dass dreißig Riesen so schwer sind. Bin gleich wieder da.«

Cue und sein Freund trotteten aus der Loge.

Blake wählte sofort Logans Handynummer.

»Ich hoffe bloß, dass du das bist, der gerade versucht, mich zu erreichen«, sagte Logan und stieß die Tür zur Loge auf. »Meine Hände sind etwas zu voll, um ans Handy zu gehen.« Er trug zwei unterteilte Pappschachteln mit jeweils vier Bechern Bier. Jeremy brachte noch einen Getränkehalter mit Bier und eine Schachtel mit Burgern und eine mit Hotdogs herein.

»Hört mir zu«, zischte Blake. »Wenn sie wiederkommen, bringen sie die Hemden mit dem Geld mit. Ich überprüfe den Betrag und stelle sicher, dass sie uns nicht schon wieder bescheißen. Dann nehmt ihr die Shirts mit aufs Klo und zieht sie an. Ruft mich auf dem Handy an, wenn ihr die Toilette verlasst. Ich sage ihnen, ich müsste nach euch schauen, und dann verschwinden wir von hier.«

Logan und Jeremy blieb keine Zeit für Fragen, denn Cue und sein Partner kamen zurück in die Loge. Beide trugen ein Hemd über dem Arm. Sie ließen die T-Shirts mit den Geldbündeln daran auf einen Stuhl gleiten und legten die Hemden drauf.

»Puh, ich bin froh, das los zu sein«, sagte Cue. »Ah, das Futter ist da. Ich bin am Verhungern.« Ohne auf eine Einladung zu warten, griff er sich ein Bier sowie einen Hotdog und einen Burger. Sein Kumpel folgte seinem Beispiel.

Während die anderen vier aßen, nahm Blake ein T-Shirt und verdeckte sein Tun mit einem Hemd, falls von draußen jemand in die Loge schaute. Er blätterte die gebündelten Hundertdollarscheine durch, wobei er oben anfing und sich bis nach unten durcharbeitete. Dann zog er einen Stift aus der Tasche und blätterte die Bündel wieder durch. Dieses Mal aber hielt er gelegentlich inne und fuhr mit dem Stift über die Scheine. Er suchte nach Falschgeld und war überrascht, weil alle Geldnoten echt waren. Beim zweiten T-Shirt machte er es genauso, und auch dort waren alle Scheine echt. Blake bemerkte, dass Cue sein Vorgehen aus dem Augenwinkel beobachtete.

»Bist du jetzt zufrieden?«, fragte der Glatzkopf. »Ich glaube, diese Prüfung mit dem Stift wird überbewertet.«

Blake bedeutete seinen Brüdern, sie sollten aufs Klo gehen und die T-Shirts anziehen. »Heutzutage kann man gar nicht vorsichtig genug sein.« Er lächelte dabei, doch Cue wusste, dass er auf den früheren Schwindel anspielte.

Die beiden Neonazis genehmigten sich noch ein Bier mit Hotdog und beobachteten das Treiben auf dem Eis.

Blake nahm einen Burger und biss halbherzig hinein. Für ihn schmeckten das Brötchen und das Fleisch wie Pappe, weil er abgelenkt war und auf den Anruf seiner Brüder wartete. Wenige Sekunden später vibrierte sein Handy in der Hemdtasche. Er stand auf. »Hey, Jungs, wollt ihr noch Hotdog und Bier? Ich muss eh gerade in die Richtung.«

Cue blickte vom Spiel auf. »Warum brauchen deine Brüder so lange? Wissen sie nicht, wie man sich anzieht?«, fragte er sarkastisch.

»Keine Ahnung. Ich geh mal nachsehen«, antwortete Blake. »Bin gleich mit mehr Bier zurück.«

Nachdem er die Loge verlassen hatte, sah Blake seine Brüder, wie sie langsam auf den Ausgang im Osten des Stadions zugingen, wo sie direkt hinter den Türen von der Limo erwartet wurden. Blake wählte im Gehen die Nummer der Mietwagenfirma. Er schloss zu seinen Brüdern auf. Dreißig Sekunden später standen sie vor dem Staples Center beisammen. Blake ließ den Ausgang nicht aus den Augen, Jeremy verrenkte sich den Hals, während er nach der Limousine Ausschau hielt, und Logan beäugte nervös die beiden Fahrradpolizisten, die mit ihren Handys telefonierten.

Eine schwarze Limo glitt lautlos an den Bordstein. Der

Chauffeur sprang heraus und öffnete die hintere Tür. »Guten Abend, Gentlemen. Ich hoffe, Ihr Team hat gewonnen.«

»Das haben wir, Kamerad. Das haben wir«, sagte Blake, als der Fahrer den Schlag zuwarf. Nach wenigen Sekunden waren sie auf dem Weg nach Hause.

93 Jade

»Okay, Ma'am. Vielen Dank für Ihren Anruf. Wir prüfen das.« Jade legte auf und trommelte mit dem Bleistift auf die Tischplatte und dachte nach. Ihre Grübeleien wurden unterbrochen, als sie Maddies Stimme im Korridor hörte, der zu den Verhörräumen führte. Sekunden später geleitete ihre Partnerin Carole Conrad und deren Anwalt hinaus.

Jade stand auf und streckte sich. Dann ging sie zu der Nische, in der die Kaffeemaschine stand. Sie wusste, dass Maddie einen Becher von dem schwarzen Gebräu brauchte, bevor sie Jade alles erzählte.

»Ach, du bist einfach die Beste«, rief Maddie, als sie aus der Lobby kam und Jade bereits ihren Becher mit heißem Kaffee in die Höhe recken sah.

»Ich versuch's. Außerdem kann ich's kaum erwarten, zu hören, was Carole zu sagen hatte.«

Maddie reckte den Hals und sah sich im Großraumbüro um. Dann landete ihr Blick auf dem Fernseher, der stumm geschaltet war und McCool und Murdock zeigte, die auf der Straße standen und miteinander redeten. »Die Nachrichtensender haben also von der jüngsten Vergewaltigung gehört. Das sind zwei Taten in einer Woche. Ich wette, das Büro des Bürgermeisters wird mit Anrufen überschwemmt, und der Bürgermeister ruft den Chief an, und der wiederum setzt sich just in diesem Augenblick mit dem Dezernat für Kapitalverbrechen Downtown in Verbindung.«

Jade blickte auf den Bildschirm und nickte.

»Wo steckt McCool jetzt? Ich dachte, er wartet hier auf mich, um mich für das fantastische Verhör zu loben.«

»Lieutenant Pagani hat mich informiert, dass McCool wieder unterwegs ist«, sagte Jade. »Muss wohl was mit dem Saunders-Fall zu tun haben. Und was ist mit Carole? Was hat sie gesagt?«

Maddie erzählte ihr Caroles Story.

»Weißt du, Maddie, mir ist klar, dass du Carole glauben willst. Aber du siehst doch auch, dass ihr Geständnis sie nicht vollständig von dem Mordverdacht befreit, oder? Im Grunde hat sie dir eine Geschichte erzählt, und die soll als Erklärung für die Schmauchspuren dienen.«

»Glaubst du wirklich, jemand könnte sich so eine komplizierte Geschichte ausdenken?«

»Du hast keine Beweise für die Vergewaltigung. Sie könnte das nur vorgetäuscht haben. Himmel, die Serienvergewaltigungen waren doch überall in den Nachrichten.«

»McCool schickt ein Team von der Spurensicherung zu ihr nach Hause und wird versuchen, die Asche von den Bettlaken sicherzustellen. Und vermutlich ist Blut an den Wänden und am Kopfteil des Betts.«

»Findest du es nicht zu praktisch, dass ein Plastikschonbezug auf der Matratze lag, den Mrs Conrad einfach in einem unbekannten Müllcontainer in Van Nuys entsorgt hat?«

»Warum fällt es dir so schwer, ihr zu glauben?«, wollte Maddie wissen.

»Weil es zu perfekt klingt«, erwiderte Jade. »Aber da du ja auf vage Erklärungen stehst, habe ich vielleicht einen Hinweis bei unserer Einbruchserie.«

»Wirklich?« Maddie setzte sich auf den Stuhl neben Jades Schreibtisch. »Was denn?«

»Ich wurde von einer Dame angerufen, die am Portofino Place in den Tuscan Breeze Estates lebt. Sie sagt, dass gestern ein großer, weißer Lastwagen in der Einfahrt ihrer Nachbarn stand und ein paar Männer lauter Sachen eingeladen haben.«

»Okay. Haben wir denn von ihren Nachbarn einen Einbruch gemeldet bekommen?«

»Na ja, das ist ja das Komische. Haben wir nicht.«

»Es ist kein Verbrechen, wenn man einen weißen Lastwagen in der Einfahrt stehen hat oder etwas einlädt. Obwohl es mich ehrlich beeindruckt, dass die Frau das bemerkt hat. Sie hat sich nicht zufällig das Kennzeichen notiert?«, fragte Maddie.

Jade schüttelte den Kopf. »Hat sie nicht. Aber es könnte nicht schaden, mit unserer Zeugin und dem möglichen Opfer zu reden. Mal sehen, was sie zu sagen haben. Vielleicht weiß der Nachbar noch gar nichts von dem Einbruch.«

Maddie schnaubte. »Wenn diese Typen genug Zeug für einen Lastwagen rausgeschleppt haben, würde ich mal meinen, dass das Opfer inzwischen was gemerkt hat.«

»Darum können wir uns morgen als Erstes kümmern«, sagte Jade. Sie fuhr ihren Computer runter und schloss die Schubladen ihres Schreibtischs ab. »Wollen wir Feierabend machen?«

»Nein, ich will noch meinen Bericht über Caroles Aussage schreiben, solange die Erinnerung frisch ist.«

»Ich nehme an, deine Bereitschaft, die Regeln der Abteilung zu brechen und unbezahlte Überstunden zu machen, hat nichts mit der Tatsache zu tun, dass McCool noch unterwegs ist und bestimmt bald zurückkommt?«, fragte Jade und hob die Brauen.

Maddie streckte ihrer Partnerin die Zunge heraus. »Ich dachte, du wolltest jetzt gehen.«

»Ich bin ja schon weg«, sagte Jade.

In diesem Moment kamen McCool und sein Partner mit dem Barkeeper von Harley's Hot Pieces in den Einsatzraum und führten ihn zu einem der Verhörräume.

Jade machte eine Kehrtwende und kam wieder zu Maddie an den Schreibtisch. Obwohl der nächste Kollege mindestens sechs Meter entfernt saß, beugte Jade sich vor, sodass nur Maddie ihr Flüstern hörte. »Okay, dein Schwarm ist hier. Benimm dich!«

»Partnerin, musst du denn immer so ein Spielverderber sein?«

94 Cash

In dem Moment, als Cash und sein Partner O'Neal Walt am Donnerstagabend in den Einsatzraum führten, huschte sein Blick zu Maddies Schreibtisch. War sie noch da? Zu seiner Freude saß sie vor ihrem Computer und redete mit Jade.

Nachdem sie Walt auf einen Stuhl gesetzt und im Verhörraum allein gelassen hatten, erklärte Cash O'Neal, er wolle sich mit Maddie über ihr Verhör von Carole austauschen.

Zuerst ging er in sein Büro und nahm einen Notizblock vom Schreibtisch. Dann eilte er zu Maddies Schreibtisch, wo sie geschäftig tippte. Unter ihren flinken Fingern klapperte die Tastatur.

»Hey, Doc, mach mal langsam, sonst muss ich die Feuerwehr rufen. Von deiner Tastatur steigt schon Rauch auf.«

»Wohl kaum«, erwiderte sie, hielt aber in der Arbeit inne und drehte sich zu ihm um.

Cash gefiel ihr heutiges Outfit wirklich sehr. Das Blau ihres Oberteils betonte das Blau ihrer Augen. So hübsche Augen …

»Wie ist das Verhör von Carole Conrad gelaufen?«

»Wie ich's mir gedacht habe. Sie wurde vergewaltigt.«

»Erzähl mal, was sie gesagt hat.« Er zeigte auf den Verhörraum. »Hab leider nur ein paar Minuten.«

Maddie blickte zu dem Korridor, von dem die Verhörräume abzweigten. Sie nickte.

»Der Täter hat Carole überrascht, wie sie es von Anfang an ausgesagt hat. Er hat sie mit gespreizten Gliedmaßen aufs Bett gefesselt, sie verprügelt und dann missbraucht.«

»Was ist mit den zusätzlichen Schussverletzungen bei ihrem Mann?«

»Sie sagt, sie brauchte lange, bis sie sich von den Fesseln befreien konnte. Danach ging sie ins Bad und schaute nach Larry.«

»McCool! Auf geht's.«

Cash und Maddie blickten auf. O'Neal hob den Arm und zeigte auf seine Uhr. »Ich will heute Abend noch nach Hause.«

»Bin gleich bei dir, Partner.« Cash wandte sich wieder an

Maddie. »Okay, Carole untersucht also Larry«, nahm er den Faden wieder auf.

»Sie geht ins Bad und erkennt sofort, dass Larry tot ist. Der halbe Schädel ist weg. Sie sieht die Waffe auf dem Boden und hebt sie auf. Die Pistole geht los, das jagt ihr so viel Angst ein, dass sie fester zupackt und die Pistole noch mal losgeht.« Maddie zuckte mit den Schultern. »Beide Schüsse trafen den Körper ihres Mannes.«

»Ach, du Scheiße.« Cash stöhnte auf. »Okay, bei der Autopsie sollte man feststellen können, ob das stimmt.«

»Und jetzt die schlechte Nachricht. Sie hat die blutigen Laken vom Bett hinter dem Haus verbrannt und den Plastikschoner irgendwo in Van Nuys in einem Container entsorgt.«

»Toll.«

O'Neal steckte den Kopf um die Ecke und funkelte Cash an.

»Ich gehe lieber, bevor mein Partner einen Herzinfarkt bekommt. Wie viel musst du bei Caroles Bericht noch schreiben?«

»Ich habe gerade erst angefangen.«

»Ich weiß nicht, wie lange wir mit dem Barkeeper brauchen oder ob ich nach seiner Aussage noch mehr zu tun kriege, aber wenn du dann noch hier bist und ich Zeit habe, wollen wir dann essen gehen?«

»Ich denke, das lässt sich einrichten«, sagte sie und lächelte strahlend.

»Tipp langsamer«, befahl er ihr und lief zum Verhörraum.

Cashs Partner wartete auf dem Korridor.

»Warum gehst du nicht schon nach Hause, Bob? Ich schaffe das allein.«

»Es macht dir nichts aus? Was, wenn wir danach eine neue Spur verfolgen müssen?«

»Ich nehme den Detective von der Nachtschicht mit oder schnappe mir wen von der Streife. Wenn sich was Großes ergibt, rufe ich dich an. Glaub mir, den Captain wird's freuen, wenn wir nicht so viele Überstunden machen.«

»Okay, super. Dann sehen wir uns hoffentlich morgen.«

»Ach ja, Bob – kannst du das Video für mich starten?«

»Kein Problem. Gute Nacht.«

Cash stieß die Tür auf. Walt Lamb saß am Tisch und hatte den Kopf in den Händen vergraben. Misstrauisch blickte er auf.

Cash verlas Walt seine Rechte und ließ sich bestätigen, dass der Barkeeper auch dieses Mal bereit war, ohne Anwalt mit ihm zu sprechen.

»Ich habe Ihnen schon gesagt, ich habe nichts zu verbergen«, sagte Walt und verschränkte die Arme vor der Brust.

»Wenn das der Fall ist, sollte dieses Gespräch schnell vorbei sein, Walt.«

»Ich weiß eh nicht, warum ich hier bin.« Sein Blick huschte nervös durch den Raum und ruhte alle paar Sekunden auf Cashs Gesicht. »Sie haben behauptet, Sie hätten DNA bei Shelbie gefunden. Aber ich sage Ihnen, die ist nicht von mir. Ich habe Shelbie nie angerührt. Sie war ein nettes Mädchen, aber ich habe sie nie angefasst.«

»Warum entspannen wir uns nicht und fangen von vorne an? Erzählen Sie mir von sich. Sie haben gesagt, Sie wären in verschiedenen Pflegefamilien aufgewachsen. Wie kam es dazu?«

Walt seufzte und starrte in die Zimmerecke links neben Cash, als er anfing zu erzählen. »Ich war vier. Meine Mom hatte jemanden kennengelernt und meinen Dad und mich verlassen. Ich habe nie erfahren, warum sie meinen Dad verlassen hat, aber er hat sich Mühe gegeben, mich anständig großzuziehen. Er hat mich zur Vorschule gebracht und als Versicherungsangestellter gearbeitet. Dort hat er Brenda kennengelernt, und als ich sechs war, haben sie geheiratet.«

»Mochten Sie Brenda?«

Walt zuckte mit den Schultern. »Sie war nett, und ich glaube, sie hat sich Mühe gegeben, eine gute Mom zu sein. Ich ließ aber keine Nähe zu, weil ich fürchtete, sie würde uns auch verlassen.«

»Das ist verständlich«, sagte Cash und erlaubte sich kurz den Gedanken an die eigene glückliche Kindheit. Er sah den Schmerz in Walts Miene und stellte sich vor, dass dieser Schmerz auch den Erwachsenen noch prägte. »Und was geschah dann?«

»Mein Dad und Brenda bekamen ein Baby, und kurz danach hatte sie Brustkrebs. Sie starb, als ich sieben war.«

»Das muss für Sie und Ihren Dad schwer gewesen sein.«

»Mein Dad fing an zu trinken. Und zwar viel. Irgendwie hielt er die Familie noch ein paar Jahre zusammen.«

»Was ist mit Ihrer Mutter? Was wurde aus ihr?«, fragte Cash und lehnte sich mit hinter dem Kopf verschränkten Händen zurück.

Walt rutschte auf dem Stuhl herum und fuhr sich nervös durch die Haare. »Sie zog mit dem Kerl, mit dem sie durchgebrannt ist, nach Colorado. Sie haben geheiratet und eine neue Familie gegründet.«

»Haben Sie sie irgendwann besucht?«

Er schüttelte den Kopf. »Nein. Nach Brendas Tod und weil mein Vater sich irgendwann nicht mehr um das Baby und mich kümmern konnte, hat der Sozialdienst meine

Mom kontaktiert. Sie fragten sie, ob sie mich zu sich nimmt. Sie hat abgelehnt. Sie meinte, ich würde ihre Familie stören.«

»Das muss sehr schmerzvoll für Sie gewesen sein. Wie alt waren Sie damals?«

»Elf, glaube ich. Hören Sie, was hat das mit Shelbie zu tun?«

»Sagen Sie mal, Walt. Die anderen Kinder Ihrer Mutter – die mit dem neuen Mann –, wie viele waren Jungen und wie viele Mädchen?«

Walt kniff die Augen zusammen. Jetzt erkannte er, dass sie das Gespräch nicht zufällig führten. »Drei Jungs.« Er richtete sich auf und beugte sich vor. »Was hat das zu bedeuten? Was hat das hiermit zu tun?«

Cash faltete die Hände vor dem Bauch. »Was ist aus dem Baby geworden, das Ihr Dad mit Brenda hatte?«

»Das Baby wurde auch in Pflegefamilien gegeben. Zuerst haben sie versucht, uns zusammenzulassen, aber es war schwer, jemanden zu finden, der uns beide aufnahm.«

Cash bemerkte, wie Walt die Zähne zusammenbiss und seine Wangen sich röteten.

»Verdammt, was sollen diese Fragen?«, wollte Walt wissen.

»Das Baby, das Ihr Dad und Brenda hatten … War es ein Mädchen oder ein Junge?«

»Was für einen Scheißunterschied macht das? Und was hat das mit Shelbie zu tun?«

»Wir haben auf der Leiche von Shelbie Saunders DNA sichergestellt. Und diese DNA gehört zu einer Verwandten von Ihnen.«

95 Blake

Verborgen hinter den getönten Scheiben der schwarzen Stretchlimousine griff Blake in den eingebauten Kühlschrank und holte drei Flaschen Bier heraus. Mit einem griffbereiten Flaschenöffner hatte er die Flaschen im Handumdrehen geöffnet, und die drei Brüder stießen auf ihren Erfolg an.

»Ich kann nicht glauben, dass wir das geschafft haben«, sagte Logan.

»Sei vorsichtig, was du hier drin sagst«, warnte Blake ihn. »Der Wagen ist vielleicht verwanzt und hat versteckte Kameras.«

Alle drei suchten die dunkle Innenausstattung mit Blicken ab, aber es gab Dutzende Stellen, an denen eine Videokamera oder ein Mikro hätte versteckt sein können. Die Partystimmung verschwand sofort.

»Verdammt, Blake! Immer musst du alles mit deinen memmigen Sorgen verderben«, sagte Logan und nahm einen großen Schluck aus der Flasche.

»Sagen wir einfach, meine Voraussicht hat uns schon eine Menge Ärger erspart.«

»Ich habe eine Idee«, warf Jeremy ein, bevor Logan etwas einwenden konnte. »Warum überlegen wir nicht, was wir mit dem ganzen ... den Einkünften machen, wenn wir nach Hause kommen?«

»Gute Idee«, sagte Blake. »Hast du schon eine Vorstellung?«

Jeremy zuckte mit den Schultern. »Noch nicht so richtig.«

»Was ist mit dir, Logan?«

Logan zuckte ebenfalls mit den Schultern und nahm noch ein Bier aus der Kühlung.

Natürlich nicht. Wenn ich nicht wäre, hättet ihr zwei jetzt nichts in der Hand.

Blake beugte sich vor und bedeutete Logan und Jeremy, seinem Beispiel zu folgen. Er sprach ganz leise: »Ihr wisst, dass Mom und Dad für jeden von uns ein Erdbeben-Überlebensset zusammengestellt haben?«

»Ja«, sagten seine Brüder.

»Wir sollten auch unsere Schlafsäcke direkt neben den Sets lagern. Wenn wir heute Abend in unsere Zimmer gehen, holen wir die Schlafsäcke vom Schrank, legen die Geldbündel ordentlich hinein, rollen sie wieder zusammen und verstauen sie im Schrank. Niemand wird dort nachschauen. Nicht mal Einbrecher«, sagte er und grinste.

Es dauerte einen Moment, bis sie seinen Witz kapierten, aber dann lachten seine Brüder. Nachdem ihr Lachen verstummt war, wurde Blake wieder ernst.

»Hört mal, wenn wir nach Hause kommen, dürfen wir nicht zufrieden und betrunken sein«, sagte Blake und bedachte vor allem Logan mit einem strengen Blick. »Morgen ist Shelbies Beerdigung, und da müssen wir uns wie trauernde Brüder verhalten.«

»Mir tut's nicht so leid, dass sie weg ist«, sagte Logan. »Mom und Dad haben uns nicht mal gefragt, bevor sie zu uns kam. Mir ist es scheißegal, dass Shelbies Mutter Moms beste Freundin war. Sie hätten nach ihrer Familie suchen sollen, statt sie in unsere zu verpflanzen.« Logan nahm einen trotzigen Schluck von seinem Bier. »Ich bin nicht traurig, dass sie weg ist, und ich werde auch nicht so tun, als wäre ich es.«

»Ich versuche nur zu sagen, dass wir den ganzen Tag

unterwegs waren. Wir haben uns von dem Drama um die Beerdigung ferngehalten und können gleich nicht so tun, als wäre es ein ganz normaler Tag und nichts sei passiert.«

»Glaubst du wirklich, wir sind so dumm?«, fragte Logan.

Ja. »Nein, ich wollte euch nur daran erinnern.«

»Du musst mich nicht an alles erinnern, Blake. Wir wollen gleich als Erstes in unsere Zimmer, um uns zu ›erleichtern‹, und dann reicht es, wenn wir nicht unten rumhängen.«

»Ja.« Blake kam noch ein Gedanke. »Mom oder Dad könnten versuchen, euch zu umarmen. Das darf nicht passieren, sonst bemerken sie das Geld.« Blake dachte einen Moment lang nach.

»Wenn wir ins Haus kommen, sagt ihr einfach, ihr habt bei dem Meeting etwas Schlechtes gegessen und fühlt euch nicht wohl. Geht direkt in eure Zimmer. Ich erkläre mich freiwillig bereit, mich um euch zu kümmern. Die Sachen können wir dann heute Nacht verstecken.«

Die Limousine parkte direkt hinter Onkel Jacks Wagen. Der Chauffeur kam rasch nach hinten und hielt die Tür auf.

Kaum war Blake ausgestiegen, flatterte sein Herz so wild wie ein Bündel Geldscheine in einer Geldzählmaschine. Vor der Einfahrt parkte ein ziviler Polizeiwagen.

96 Zak

Zak Murdock trottete in den Einsatzraum und hoffte, dass McCool für heute schon Feierabend gemacht hatte. Es wäre viel einfacher, seinem Vorgesetzten eine Nachricht zu schreiben, als McCool gegenüberzustehen, nachdem dieser ihm heute am Tatort einen Einlauf verpasst hatte.

Leider kam McCool gerade aus der Eingangshalle, als Zak zu seinem Schreibtisch ging.

»Wenn Sie eine Minute Zeit haben, muss ich noch mit Ihnen reden, Murdock. Ich hole mir nur rasch Kaffee. Wollen Sie auch?«

»Nee, brauch ich nicht.« Zak nutzte die Zeit, um seinen Computer hochzufahren und mit seinem Bericht anzufangen. Viel zu schnell war McCool wieder da. Er sank auf den leeren Stuhl am Schreibtisch neben Zaks Platz und nahm einen Schluck aus dem Becher. »Was haben Sie über die heutige Vergewaltigung herausgefunden?«

»Unser Opfer schwebt in Lebensgefahr. Die Ärzte fürchten, dass sie die Nacht nicht überlebt.«

»Scheiße.«

»Abgesehen davon haben wir nicht viel. Keiner der Nachbarn hat irgendwas gesehen, und es gab keine anderen Beweise außer der DNA, und die bringt uns nicht weiter«, beendete Zak seinen Kurzbericht.

»Ich weiß nicht, wie wir den Kerl aufhalten sollen. Er ist überall im Valley, die Opfer haben nichts gemeinsam, außer dass sie in Einfamilienhäusern leben, und er hinterlässt nichts außer seinem Sperma und ein paar Schamhaaren für die DNA-Analyse. Wir müssen diesen Drecksack für irgendwas anderes zu fassen kriegen und seine DNA sicherstellen. Dann haben wir ihn.«

Zak sah, wie McCool auf seinen Computerbildschirm starrte.

»Vergessen Sie nicht, in Ihrem Bericht zu erwähnen, dass Sie die Schals vom Bettpfosten gelöst haben. Sie werden in den Augen aller wie ein Idiot dastehen, aber Sie geben es lieber gleich zu, damit es uns nicht irgendwann auf die Füße fällt.«

Zak biss die Zähne so heftig zusammen, dass er glaubte, sie würden zerbröseln, und nickte. Seine Wut wurde noch weiter befeuert durch die Art, wie die Schlampe Maddie Divine herüberschlenderte – als gehörte ihr der Laden. Ihr Blick war auf McCool gerichtet, als wäre Zak gar nicht da.

»Hier hast du meinen Bericht über Carole Conrads Aussage«, sagte Maddie und gab McCool den Hefter.

»Super. Hast du noch Zeit, mit mir zusammen was zu erledigen? Könnte ganz hilfreich sein, wenn ich mit einer Frau dort auftauche.«

Da wette ich mit dir, dachte Zak. Die sexuelle Spannung zwischen McCool und Divine war deutlich spürbar. Natürlich sagte sie, sie würde ihn gerne begleiten. Wahrscheinlich würden sie auf einen Quickie in ein Stundenhotel fahren.

Kurz fragte Zak sich, ob er ihnen folgen sollte. Es konnte nie schaden, den eigenen Chef bei etwas Schmutzigem zu erwischen, wovon die Öffentlichkeit nichts erfahren sollte. Sex auf Kosten der Kommune gehörte sicher dazu. Aber Zak hatte gar keine Zeit, McCool zu folgen. Er musste den Bericht fertig schreiben und sich vorher überlegen, wie er ihn formulierte, ohne als kompletter Idiot dazustehen.

McCool stand auf und wandte sich an ihn. »Rufen Sie mich an, wenn sich am Zustand des Opfers etwas ändert.«

»Ich weiß, was ich zu tun habe, Chef«, sagte Zak, und im selben Augenblick wurde ihm bewusst, dass McCool auch ein Arschloch sein könnte. Wenn er ihn zum Beispiel vor Divine maßregelte, weil er die Schals aufgeknotet hatte. Zu seiner Überraschung tat er das nicht.

»Bereit, Doc?«

»Klar, wir können los.«

Zak blickte den beiden Detectives nach, als sie den Raum verließen. Dann widmete er sich wieder dem Bericht. Ein paar Sekunden später lief Divine zu ihrem Schreibtisch. Zak tippte weiter, aber aus dem Augenwinkel beobachtete er, wie Maddie ihren Schreibtisch aufschloss und ihre Handtasche holte. Dann lief sie nach draußen.

Vielleicht lässt McCool sie die halbe Hotelmiete bezahlen. Das brachte ihn zum Grinsen, während er weiter an seinem Bericht schrieb.

97 Harley

Mindy hatte heute einen ziemlich miesen Tag erwischt, und das machte Harley nicht gerade glücklich. Sie hatte bereits ein Tablett mit Getränken fallen lassen – zum Glück nicht auf Gäste, und dann hatte sie zwei falsche Bestellungen aufgeschrieben.

Jetzt beobachtete Harley von der Bar aus, wie Mindy das dreckige Geschirr einer lauten Gruppe von Collegesportlern abräumte, die von der Cal State Northridge kamen.

Einer hatte versucht, sich an Mindy ranzumachen. Gerade als sie beide Hände voll hatte, ließ er dreist die Hand an ihrem Bein nach oben wandern, zum größten Vergnügen seiner Kumpel.

»Wenn du die Hand behalten willst, nimm sie besser weg«, fauchte Mindy ihn an.

»Ach, komm schon, Süße. Du weißt, dass du das magst.«

Junge, du weißt nicht, mit wem du dich da anlegst, dachte Harley. Er wusste, dass Mindy sich von den Gästen nicht jeden Scheiß gefallen ließ.

Mindys Miene wurde etwas weicher. »Weißt du was? Ich glaube, du hast recht, du Hengst«, sagte sie und trug das Geschirr in die Küche.

Der junge Mann sprang auf und folgte ihr.

Harley kniff besorgt die Augen zusammen. Er wollte nicht von der Bar weg, nur um dem Jungen zu sagen, dass er dort nichts zu suchen hatte.

Von seinem Beobachtungsposten aus konnte Harley sehen, wie Mindy die Küche durch eine zweite Tür verließ, die in den Flur mit den Toiletten führte. Der junge Kerl folgte ihr eifrig. Harley konnte aus knapp drei Metern Entfernung gut erkennen, was da abging.

»Wie wär's, wenn du mir deine Nummer gibst, Süße?« Der Typ zog sein Handy hervor.

»Wie wär's, wenn ich dir das hier gebe?«, erwiderte Mindy und rammte ihm das Knie in die Eier. Sie trat mit einem Lächeln zurück.

Entsetzt beobachtete Harley, wie der Kunde zu Boden sank und vor Schmerz aufheulte. Harley eilte hinter der Bar hervor zu dem Mann und beugte sich zu ihm runter. »Alles klar, Kumpel?«

Der junge Schürzenjäger grunzte und krümmte sich

wie ein Embryo zusammen. Mühsam hielt er die Tränen zurück.

Harley wandte sich an Mindy. »Geh sofort in mein Büro.«

Mindy starrte ihn an, doch dann gehorchte sie.

Sobald er den jungen Mann wieder auf die Füße gestellt hatte, führte Harley ihn zurück zu dem Tisch, wo seine Freunde wild brüllten, weil sie wissen wollten, ob er Mindys Nummer bekommen hatte.

»Ich fürchte, meine Bedienung war seinem Charme in keiner Hinsicht gewachsen«, log Harley. »Er hat nicht nur ihre Nummer, ich glaube, er hatte sogar schon die Hand unter ihrem Shirt, als ich die beiden im Korridor erwischt habe.«

Die Jungs auf den billigen Plätzen lachten und bejubelten ihren Freund.

»Ich bin so beeindruckt von eurem Freund, dass ich euch das Essen ausgebe und ihr noch vier Pitcher Bier obendrauf bekommt. Wie klingt das?«, fragte Harley und blickte den Typen an, der gerade eins in die Eier gekriegt hatte.

Die Anwesenden brachen in Applaus aus.

Der junge Hengst nickte grimmig.

»Okay, Jungs. Das Bier kommt gleich. Aber erst«, sagte er und fing den Blick des jungen Mannes auf, »muss ich noch mit meiner Bedienung darüber reden, wie man sich am Arbeitsplatz angemessen verhält.«

»Och nö, verderben Sie uns doch nicht das Spiel«, jammerte ein bereits betrunkener Student. »Vielleicht kriege ich auch ihre Nummer für ein bisschen Action.«

Harley lachte und grinste. Dann drehte er sich um und ging in sein Büro. Er war überhaupt nicht amüsiert.

Er riss die Bürotür auf und fand Mindy vor, die nervös an ihren Fingernägeln kaute. »Was zum Teufel sollte das denn?«

»Tut mir leid. Er hat mich einfach wahnsinnig gemacht, weil es ihm scheißegal war, ob ich von seinen widerlichen, haarigen Händen betatscht werden wollte oder nicht.«

»Ist dir gar nicht bewusst, dass ich von Glück sagen kann, wenn ich keine Anzeige bekomme?« Er warf sich hinter dem Schreibtisch in den Stuhl.

»Na ja, der Riesenarsch kann von Glück reden, wenn ich ihn nicht wegen sexueller Belästigung anzeige«, sagte Mindy. Doch dann rollten dicke Tränen über ihr Gesicht. »Tut mir echt leid, Harley. Ich bin nur so traurig wegen Shelbies Tod. Und jetzt haben die Cops auch noch Walt geholt.«

»Hör zu, ich weiß, dass du dir Sorgen machst, weil Walt mit aufs Revier musste. Aber das heißt nicht, dass er ins Gefängnis kommt.«

»Aber du hast gesagt, sie hatten seine DNA. Ich kann das nicht fassen. Walt hat Shelbie ermordet …«

Harley musste zugeben, dass es für den Barkeeper nicht besonders gut aussah, doch genauso wenig konnte er glauben, dass Walt ein Mörder war. »Willst du dir den Rest des Abends freinehmen?«

Mindy schüttelte den Kopf. »Nein, geht schon. Es tut mir nur so leid wegen Walt und Shelbie. Das ist doch alles Mist.«

Harley nickte. »Kann man wohl sagen. Ich frage mich die ganze Zeit, ob diese Schlägertypen, die da ständig bei Walt auftauchen, was damit zu tun haben. Die machen mir Angst.« Er stand auf. »Komm. Wir müssen uns um die Gäste kümmern.«

Mindy und er verließen das Büro und gingen zurück ins Restaurant. »Ich hoffe nur, ich muss keinen neuen Barkeeper suchen«, murmelte er zu sich selbst und ging wieder hinter die Bar.

Mindy ging weiter in die Küche, um die nächste Bestellung zu den Gästen zu bringen.

Harley schenkte Bier in vier große Pitcher, als erneut Geschirr zu Boden krachte. Die Gäste lachten und machten Witze, doch Harleys Blick blieb an Mindy hängen, die mit einem leeren Tablett in den Händen vor der Küche stand.

Er folgte ihrem entsetzten Blick und wandte sich zur Eingangstür um, wo Walt stand wie aus dem Boden gewachsen.

98 Maddie

Ich saß auf dem Beifahrersitz, während McCool den zivilen Polizeiwagen in die Hügel von Porter Ranch lenkte.

»Bist du hungrig?«, fragte er.

»Ja, bin ich. Aber da du gerade in ein Wohngebiet fährst, nehme ich an, dass wir nicht was zu essen holen.«

»Darum bist du so ein guter Detective, Doc. Du bist sehr aufmerksam.« Er bremste für eine Frau, die einen Chihuahua und einen Golfschläger trug.

»Ich vermute, das Neunereisen hat sie für die Kojoten«, sagte ich.

»Entweder das oder sie verpasst unserem Vergewaltiger damit eins«, erklärte McCool sachlich.

Seine Bemerkung, die lustig gemeint war, empfand ich

wie einen Schlag in die Magengrube. Meinetwegen fühlten Frauen sich nicht sicher, wenn sie allein unterwegs waren.

»Du darfst dir keine Vorwürfe machen, Maddie«, sagte er, als könnte er meine Gedanken lesen. »Sie wäre auch mit dem Schläger unterwegs, wenn kein Vergewaltiger frei herumläuft.«

»Du weißt nicht, wie das war, McCool. Direkt nach dem Angriff wollte ich alles über jede Vergewaltigung im Raum L. A. in Erfahrung bringen. Ich habe sie über den Computer in unserem System verfolgt, ich habe die Nachrichten geschaut, alles. Ich habe sogar versucht, einen Platz bei den Kapitalverbrechen in der Abteilung für Schwere Körperverletzung zu bekommen.« Ich schüttelte den Kopf. »Es gab zwei Vergewaltigungen nach meiner, die nach demselben Muster abliefen. Danach hörte es auf. Nach einem Jahr ließ meine Aufmerksamkeit nach. Und in dem Moment fingen die Verbrechen wieder an. Ich dachte, der Typ wäre in der Zeit im Gefängnis gewesen, aber dann hätten wir ihn über seine DNA dingfest machen können. Aus irgendeinem Grund hat er aufgehört.«

»Vielleicht ist er umgezogen«, sagte Cash.

»Jeden Morgen, wenn ich zur Arbeit kam, habe ich beim Betreten des Besprechungsraums den Atem angehalten. Ich hatte Angst, dass es wieder eine Frau erwischt hat. Als ich noch in der Innenstadt arbeitete, war ich gegen die Berichte abgeschirmt, solange sie es nicht in die Nachrichten schafften. Jetzt haben die Medien die Vergewaltigungsserie aufgegriffen, und ich wette, es gibt Dutzende Frauen, die zu Opfern wurden, weil ich in meinem eigenen Haus nicht auf mich aufpassen konnte.«

McCool lenkte den Wagen an den Bordstein und parkte. Er wandte sich mir zu. »Maddie, ich weiß nicht, wie ich dir klarmachen kann, dass du nichts falsch gemacht hast. Du warst ein Opfer – wie jede andere Frau auch. Dass du ein Cop bist, hat damit nichts zu tun. Wahrscheinlich hat er dich verfolgt und hat dann den Umstand ausgenutzt, dass du dich in deinem eigenen Haus sicher gefühlt hast.«

»Ja, genau. Und wir bringen jedem Neuling bei, er soll aufpassen, ob jemand ihn verfolgt oder was um ihn herum vorgeht.«

»Maddie. Du warst nicht im Einsatz, wo jemand einen Groll gegen dich hätte hegen können und dich deshalb angriff. Das ist ein Serienvergewaltiger. Ein Tier. Und auch wenn du wirklich taff bist, hast du unbewaffnet gegen ein zweihundert Pfund schweres Tier keine Chance.«

McCool streckte die Hand aus.

Wir schauten uns im gelben Schein der Straßenlaterne in die Augen.

»Okay, Detective McCool. Wir sollten mal wieder in die Gänge kommen, sonst ruft noch jemand die Polizei, weil hier zwei Leute in einem Auto rumlungern.«

Er lächelte mich an und startete den Wagen.

Wenige Minuten später parkten wir vor einem kleinen Anwesen in einer der renommiertesten Straßen von Porter Ranch. Die Häuser dieser Straße standen an einer hohen Steilklippe, von der man einen tollen Blick auf das San Fernando Valley hatte. In der kalten Abendluft schimmerten die Lichter im Valley.

»Das ist das Haus der Saunders. Ich will mit der Familie über die Beerdigung morgen reden und ihnen mitteilen, dass wir auch dort sein werden.«

Ich sah McCool traurig an. »Darum wolltest du also, dass ich mitkomme. Es ist schwer, einer trauernden Familie allein gegenüberzutreten.«

»Ja, bringen wir es schnell hinter uns.« Er stieg aus.

Als wir den Gehweg zur Haustür entlanggingen, flüsterte ich ihm zu: »Das Abendessen geht heute auf dich.«

Die Situation im Haus war nicht annähernd so schlimm wie befürchtet. Shelbies Mutter und ihr Onkel wirkten gefasst und hatten sich offenbar damit beschäftigt, den Empfang nach der Beerdigung vorzubereiten. Ich spürte sofort, dass der Vater am meisten litt. Obwohl er das Richtige sagte, reagierte er kaum auf unsere leisen Beileidsbekundungen. *Shelbie war wohl Daddys kleines Mädchen.*

Ein paar Freunde und Nachbarn hatten sich im Haus versammelt, weshalb der Onkel die Eltern in ein Arbeitszimmer direkt neben der Haustür führte, wo wir ungestört reden konnten. Leider hatte der Raum Türen mit Glas, weshalb der Rückzug eher limitiert war.

Für mich war offensichtlich, dass McCool Gespräche wie dieses nicht zum ersten Mal führte. Er sprach leise mit den Eltern und erklärte ihnen, bei der Beerdigung würden auch Detectives in Zivil anwesend sein. »Keine Sorge. Sie werden sie nicht bemerken. Aber wir sind vor Ort, falls Sie uns brauchen.«

»Halten Sie unter den Leuten Ausschau nach dem Mann, der Shelbie ermordet hat?«, fragte Robin Saunders.

»Wir suchen nach Personen, die vielleicht … nicht dazugehören oder sich merkwürdig verhalten. Die werden wir fotografieren und Sie in ein paar Tagen kontaktieren und klären, ob Sie sie kennen.«

Durch die Glastüren konnte ich in den Korridor sehen, als die Haustür aufging. Drei junge Männer schlichen ängstlich herein. Was mir an ihnen merkwürdig vorkam, waren die Eishockeytrikots, die alle drei trugen.

»Ach, da sind ja die Jungs«, sagte der Onkel.

»Bitten Sie sie auch kurz dazu«, bat McCool.

Jack klopfte ans Glas und bedeutete den jungen Männern hereinzukommen.

Die drei waren wie die Orgelpfeifen, wobei der Älteste der Kleinste war und sich als Blake vorstellte. Der Mittlere war Logan, der Jüngste hieß Jeremy. Alle drei überragten ihre Eltern.

Sie wirkten extrem nervös, und sofort sprang mein Radar an. Ich konnte es nicht genau sagen, aber irgendwas stimmte nicht an der Art, wie sie sich bewegten. Vor allem nicht bei den beiden Jüngeren.

»Waren Sie beim Spiel?«, fragte McCool und zeigte auf ihre Trikots.

»Es war was Geschäftliches«, sagte Blake. »Das ließ sich nicht verschieben, aber gleich danach sind wir wieder gefahren.«

»Tut mir leid, aber ich fühl mich nicht gut«, sagte Jeremy. »Darf ich nach oben in mein Zimmer gehen?«

Schweiß rann ihm übers Gesicht. Logans Gesicht war ebenfalls gerötet, und selbst bei Blake, dem Coolsten der drei, glänzte Schweiß auf der Oberlippe. In den Trikots wird einem ordentlich warm, dachte ich.

Sofort war seine Mutter an Jeremys Seite und legte ihm die Hand auf die Stirn.

»Mom, lass das!« Grob stieß er ihre Hand weg. Das würde ich ihm nicht durchgehen lassen, dachte ich.

»Du bist wirklich heiß. Geh hoch und leg dich ins Bett.«

»Ich glaube, die Shrimps von Jeremy und mir waren schlecht«, meldete sich Logan zu Wort. »Ich will auch ins Bett.«

Mir entging nicht, dass McCool diesen Wortwechsel mit Interesse verfolgte.

Robin Saunders nickte und wandte sich an Blake. »Geh mit deinen Brüdern nach oben und kümmere dich um sie. Ich komme so schnell wie möglich nach.«

Ich beobachtete, wie die drei jungen Männer in die Eingangshalle gingen und langsam die Treppe hochstiegen. Etwas an ihrer Art, sich zu bewegen, war komisch, ich konnte nur noch nicht sagen, was.

Ich wusste nicht, ob es an den Umständen lag oder daran, dass Mrs Saunders sich zu Hause immer um alles kümmerte. Auf jeden Fall hatte sie mit diesen ausgewachsenen jungen Männern alle Hände voll zu tun.

»Die Jungs sind wegen Shelbies Tod völlig neben der Spur. Sie haben den Halt verloren, obwohl sie sich noch ums Geschäft kümmern. Seit Tagen gehen sie sich gegenseitig an die Gurgel.«

»Jeder trauert auf seine Art, Ma'am«, sagt McCool. »Die ganze Familie sollte sich psychologisch beraten lassen, wenn das alles vorbei ist. Ich könnte Ihnen ein paar Psychologen empfehlen, wenn es so weit ist.«

»Danke, Detective«, sagte Jack.

Weil ich das Gefühl hatte, McCool bisher nicht gerade eine Hilfe zu sein, gab ich dem Ehemann Steven meine Visitenkarte. »Melden Sie sich, wenn wir irgendwas tun können oder Sie etwas brauchen.«

Mr Saunders, der die ganze Zeit stumm neben seiner Frau gestanden hatte, erwachte plötzlich zum Leben, als hätte ich einen Schalter umgelegt. »Ich sage Ihnen, was Sie tun können. Sie können den Hurensohn finden, der meine kleine Shelbie ermordet hat, und ihn in Öl frittieren.«

McCool trat zwischen uns, damit er Shelbies Vater direkt in die Augen blicken konnte. »Mr Saunders, ich kann

Ihnen nicht versprechen, dass der Mörder Ihrer Tochter in Öl frittiert wird, aber ich verspreche Ihnen, alles in meiner Macht Stehende zu tun, um den Mörder den Händen der Gerechtigkeit zu übergeben.«

»Immer erzählen Sie so einen Scheiß. Ich will nicht, dass das Arschloch ein Leben lang eingesperrt wird. Ich will ihn tot sehen. Ich will Rache, Detective. Der Scheißkerl soll leiden wie meine kleine Shelbie. Ich werde keine Ruhe haben, bis er tot ist.«

Aus eigener Erfahrung als Vergewaltigungsopfer und nachdem mein Mann vor meinen Augen ermordet worden war, erkannte ich die Wut, die Steven Saunders umtrieb. Ich nahm Mr Saunders' Hand, obwohl das gerade ziemlich unpassend war. »Ich weiß, wie Sie sich fühlen, Sir«, murmelte ich. »Ich weiß es ganz genau.«

99 Cash

Er wollte nicht, dass dieser Abend irgendwann zu Ende ging. Er saß mit Maddie in einer Ecke des Mobster Lobster Steakhouse and Tavern. Das Restaurant war bei den Cops in Devonshire beliebt, weil es dort gutes Essen und ordentliche Drinks gab. Außerdem war es nicht so weit zum Revier.

Nachdem sie die Saunders-Familie wegen der Beerdigung informiert hatten, kehrten Cash und Maddie ins Revier zurück. Er rief beim Sozialdienst an und bat um Walter Lambs Akte. Danach hatten Maddie und er frei.

Sie waren jeweils mit dem eigenen Auto zum Restaurant gefahren und hatten bereits die Vorspeise gegessen. Bei einem ersten Glas Wein und Salat lernten sie sich langsam besser kennen.

Er wusste bereits viel über sie. Der Tod ihres Mannes und natürlich die Vergewaltigung … Aber als er sie bat, etwas über sich zu erzählen, das ihn überraschte, war er sprachlos, denn sie enthüllte ihm, dass sie eine recht gute Bauchtänzerin sei. Sie sagte, sie hätte den Kurs beim Community College entdeckt und zwei Semester dort belegt.

Natürlich konnte er sich nach dieser Enthüllung kaum mehr konzentrieren. Sie schien zu merken, dass er Schwierigkeiten hatte, denn sie fing an, ihm nun ihrerseits Fragen zu stellen.

Maddies Fragen waren freiheraus, aber ernst. Er wusste ja bereits, dass sie gute Verhöre führte. Bisher hatte er noch nie jemandem erzählt, dass er sich eine Woche krankgemeldet hatte, nachdem sein Golden Retriever Winchester gestorben war. Maddie erzählte er davon. Außerdem gestand er, dass er in der Woche viel geweint hatte. Aber instinktiv wusste er, dass sie ihn nicht verspotten würde.

»Jetzt sag mal, wo stehst du beim Saunders-Mord?«, fragte sie.

Cash berichtete von dem DNA-Treffer, der auf eine von Walts Verwandten hindeutete. »Entweder die Mutter oder die Schwester. Da die Mutter in Colorado lebt und keinen Kontakt zu ihm hat, denke ich, dass sie wahrscheinlich nicht unsere Verdächtige ist.«

»Dann also die Schwester.«

»Ja, aber ich weiß leider nicht, wo sie ist.«

Maddie runzelte die Stirn. »Der Barkeeper weiß nicht, wo sie ist?« Sie klang skeptisch.

Cash zuckte mit den Schultern. »Er behauptet, er wüsste nichts. Wenigstens weiß ich ihren Namen: Melinda Lamb.«

Die Bedienung brachte das Hauptgericht, und sie sprachen beim Essen weiter über den Fall.

»Das Problem ist«, sagte er, »selbst wenn der Sozialdienst ihre letzte Pflegefamilie kennt, ist sie schon seit einigen Jahren volljährig. Sie könnte sonst wo stecken.«

»Nun ja, wenn sie Shelbie ermordet hat, frage ich mich vor allem, warum.«

»Ja. Ein Motiv gibt es immer«, sagte er und tunkte eine Gabelvoll Hummer in ein Töpfchen mit Butter.

Maddie rutschte auf der Sitzbank nach vorne und sah ihn lange an.

»Was ist? Läuft mir Butter am Kinn runter?«

Sie lachte, und das fühlte sich gut an.

»Nein, aber … Ich möchte das Thema wechseln und dich etwas fragen, das vielleicht unverschämt ist.«

Er legte die Gabel beiseite und schenkte ihr seine volle Aufmerksamkeit.

»Hast du schon mal überlegt, jemanden auf Zak Murdock anzusetzen? Ich meine … ich denke, er könnte möglicherweise der Vergewaltiger sein. Vielleicht könnte der Captain der Internen Ermittlung einen Tipp geben, und sie stellen ein Team zur Verfügung. Egal«, fügte sie hinzu und winkte ab. »Ich dachte nur daran, wie Jade und ich Zak neulich auf dem Parkplatz getroffen haben. Er hat irgendwas fallen lassen, und ich verwette meine Pension darauf, dass es eine schwarze Strickmütze war. Ähnlich derjenigen, die der Vergewaltiger trägt.«

»Du kannst Murdock echt nicht leiden, was?«

»Du etwa?«, erwiderte sie.

»Eigentlich nicht. Aber viele Cops besitzen schwarze Strickmützen, Maddie. Vor allem die Jungs von der Streife. Nachts wird es hier im Valley ziemlich kalt. Und vergiss nicht, Murdock hat in der Nachtschicht gearbeitet, bevor er zu den Detectives versetzt wurde.«

»Ich finde, jemand sollte ihm folgen. Du wirst ziemlich bald wissen, ob ich recht habe, denn der Vergewaltiger schlägt oft zu.«

»Warum prüfen wir nicht erst, ob er an den Tagen, an denen Verbrechen verübt wurden, gearbeitet hat? Dann wäre er als unser Mann aus dem Spiel.«

»Hm, nicht zwingend. Denk doch mal nach. Ein Sergeant, der nachts arbeitet, hat mehr Zeit, um wer weiß was zu machen. Nur weil er bei der Arbeit auftaucht, schließt ihn das als möglichen Täter nicht aus.«

So ungern Cash es zugab, aber sie hatte recht. Wenn sie jemanden für eine Woche auf Murdock ansetzten, wüssten sie schon nach wenigen Tagen, ob er etwas damit zu tun hatte oder nicht. Cash beschloss, mit Pagani zu reden und zu hören, wie er darüber dachte.

»Ich habe noch etwas über dich erfahren, Maddie«, sagte er. »Du bist eine Frau mit fester Meinung und scheust dich nicht, sie zu äußern.«

»Das erfährst du erst jetzt?«, neckte sie ihn.

Er lächelte. Bevor sie die Gelegenheit bekam, ihn noch mal zu necken, wechselte er das Thema. »Was ist mit deinen Einbrechern? Geht die Ermittlung voran?«

Maddie winkte ab. »Kaum. Du weißt ja, wie das ist. Die Labore sind so überlastet, dass nur Fälle mit hoher Priorität ihre Abdrücke und DNA-Spuren analysiert bekommen. Ich glaube, wir müssen auf unser Glück hoffen, dass ein Nachbar anruft, wenn unsere Einbrecher gerade am Werk sind.«

»Ja, Einbruchsdelikte sind ziemlich undankbar.«

»Wir bekamen heute einen Anruf von einer Frau, die

zwei Typen dabei beobachtet hat, wie sie einen Lastwagen mit den Sachen ihrer Nachbarn beluden.«

»Das klingt vielversprechend.«

»Sollte man meinen, oder? Das Problem ist, dass uns kein Einbruch aus dem Haus gemeldet wurde.«

»Vielleicht weiß das Opfer noch nichts von dem Einbruch«, gab er zu bedenken.

Maddie legte den Kopf schief und schüttelte ihn dann leicht. »Laut der Nachbarin müssen die Opfer es wissen. Das Zeug, das eingeladen wurde, war massiv. Noch merkwürdiger ist allerdings, dass die Hausherrin wohl zu Hause ist.«

»Klingt, als hättest du eine neugierige Nachbarin und kein Verbrechen dazu.«

»Vermutlich hast du recht, aber wir fahren trotzdem morgen hin, reden mit der Nachbarin und statten dem Haus einen Besuch ab. Wenn schon sonst nichts dabei herumkommt, fühlen sich die Bürger von Los Angeles aber bestimmt besser, wenn sie wissen, dass ihre Steuergelder für sie arbeiten.«

»Ich habe heute Abend noch etwas über dich erfahren, Maddie.«

»Was denn?«

»Du hast Wahnvorstellungen. Die meisten Bürger von L. A. halten uns für überbezahlte Donutfresser.«

100 Walt

»Walt!« Harley kam hinter der Bar hervor auf ihn zugewatschelt. »Bin ich froh, dich zu sehen, Alter. Was ist passiert?«

Walt stand stocksteif da, als sein Chef die Arme um ihn schlang, als wäre er ein lange vermisster Verwandter. »Er hatte noch ein paar Fragen und ließ mich dann gehen.«

Harley wischte sich mit einem Geschirrtuch den Schweiß vom Gesicht und grinste schief. »Muss ja doch sagen, ich dachte schon, du bleibst hinter schwedischen Gardinen, Mann. Klang nicht gut, als er dich hier weggeholt hat.«

Mindy kam zu Walt und umarmte ihn fest. »Bin ich froh, dass du zurück bist. Ich hab mir solche Sorgen gemacht.«

Walt schaute auf sie runter. »Dumme Cops. Sie wissen nicht, was sie tun.«

»Meinst du, du kannst heute noch arbeiten?«, fragte Harley.

»Ich bin hier, oder?«

»Großartig!« Harley schälte sich aus der Schürze, die er um seine dicke Körpermitte geschlungen hatte, und gab sie Walt. »Vielleicht kannst du uns alles erzählen, wenn es ruhiger ist.«

Walt schüttelte den Kopf. »Nein, kann ich nicht. Detective McCool hat mich gebeten, mit niemandem über den Fall zu reden.«

»Scheiße, du bist ja schon wie Jennifer. Sie wollte auch nicht mit mir reden.«

»Hey!«, rief ein Mann von einem nahe gelegenen Tisch rüber. »Kriegen wir heute noch was zu essen?«

»Tut mir leid, Sir«, sagte Mindy. »Ich kümmere mich sofort darum.«

Harley beugte sich zu Walt und flüsterte: »Gut, dich wieder hier zu haben. Mindy hat ständig Tabletts fallen lassen. Und dem Tisch da musste ich das Essen ausgeben«, sagte er und nickte zu einem Tisch mit verärgerten Kunden. »Schon der zweite heute.«

»Vielleicht beruhigt sie sich ja, jetzt wo ich wieder da bin«, antwortete Walt.

Drei Stunden später geleitete Harley die letzten Gäste aus der Tür und schloss hinter ihnen ab. »Sieht aus, als würde das Geschäft langsam wieder anlaufen, meint ihr nicht auch?«, fragte er. Mindy und der Hilfskellner räumten den letzten Tisch ab und deckten für den nächsten Tag neu ein.

»Ja, heute war definitiv mehr zu tun. Das mit den Gläsern und dem Geschirr tut mir leid, Harley. Du kannst mir das alles vom Lohn abziehen«, sagte Mindy.

»Ach, mach dir deshalb keine Sorgen. Du arbeitest schon so lange hier, und ich weiß ja, dass du sonst nicht so ungeschickt und aggressiv bist.« Harley schaute zur Küche. »Hey, Floyd, kannst du die Küche putzen?«

»Mach ich, Boss.«

»Walt, sobald du gezählt hast, holst du auch die von China, und wir schließen beide in meinem Büro ein.«

Walt hatte seine Kasse schon fertig, ebenso China ihre. Er folgte Harley mit beiden Schubladen in dessen Büro.

Nachdem Harley die Kassen eingeschlossen und das Büro abgesperrt hatte, gingen beide Männer zurück in den Speiseraum, wo die anderen Mitarbeiter darauf warteten, nach Hause zu gehen. Harley hatte eine neue Regel aufgestellt. Wenn das Restaurant schloss, gingen alle gemeinsam zum Parkplatz. Walt vermutete, dass Harley nervös war und einfach nicht allein zum Auto gehen wollte.

»Was haltet ihr davon, wenn wir noch irgendwo ein Bierchen zischen und auf Walts Freilassung anstoßen?«, schlug Harley vor.

Walt meldete sich zu Wort, bevor die anderen etwas sagen konnten. »Ist ja lieb gemeint, Harley, aber ich bin müde. Das verstehst du sicher.«

»Ja klar. Vielleicht ein anderes Mal. Dann geht die erste Runde auf mich.«

»Klingt gut«, sagte Walt, obwohl er wusste, dass es vermutlich nie so weit kommen würde.

Nachdem sie die Pizzeria abgeschlossen hatten, strömten die Mitarbeiter zu ihren Autos. Harley und Walt beobachteten, wie China und Mindy in ihre Wagen stiegen. Erst dann setzten sie sich ihrerseits in die Autos. Nach wenigen Sekunden sprang Chinas verbeultes Coupé an, und sie fuhr langsam vom Parkplatz.

Mindy saß in ihrem alten Kombi und versuchte mehrmals, den Motor zum Laufen zu bringen.

Walt lenkte seinen Truck zu Mindys Wagen, sodass sie Fahrerfenster an Fahrerfenster zueinander standen. Er ließ das Fenster runter. Sie folgte seinem Beispiel.

»Keine Ahnung, was jetzt schon wieder los ist. Heute Nachmittag war alles bestens.«

Harley lenkte den Minivan vor Walts Truck. »Was ist los? Springt er nicht an?«

»Nee«, rief Walt. »Könnte die Batterie oder die Zündung sein.«

»Kein Problem, Mindy. Ich fahr dich nach Hause«, sagte Harley und grinste, als hätte er gerade im Lotto gewonnen.

»Mach dir keine Mühe. Sie wohnt ja in einer völlig anderen Richtung. Ich bringe sie nach Hause, das liegt für mich auf dem Weg.«

Mindy drehte den Zündschlüssel. Offenbar hoffte sie, der Motor könnte doch noch zum Leben erwachen.

»Mindy, komm schon. Ich bringe dich nach Hause, und morgen früh hole ich dich ab und wir schauen, was los ist«, sagte Walt.

Sie versuchte es ein letztes Mal, ehe sie ausstieg und die Tür zuknallte. »So ein Scheiß«, sagte sie und schloss ab. Dann lief sie zu Walts Truck.

»Danke fürs Warten, Harley. Das ist echt lieb.«

Walt blickte zu Harley. Die Miene seines Chefs war die eines Kindes, das als letztes für das Softballteam ausgewählt wurde. Walt hob grüßend die Hand, und Harley winkte halbherzig, ehe er davonfuhr.

»Das ist total nett, Walt«, sagte Mindy.

»Freut mich, dass ich helfen kann.« Ein paar Sekunden fuhren sie schweigend.

»Ich war jedenfalls froh, als du heute wieder ins Restaurant kamst. Bei Harley klang es so, als würden sie dich für immer einsperren. Hab mir echt Sorgen gemacht.«

Walt lächelte und fuhr in eine Seitenstraße ohne Beleuchtung. »Nein, so war es nicht. Sie hatten nur ein paar Fragen.«

Er konnte in der Dunkelheit ihre Augen nicht erkennen. Doch er spürte ihre Anspannung, als er am Bordstein parkte und den Motor abstellte.

»Warum hältst du an? Was wollen wir hier?«

Walt drückte die Türverriegelung. Er löste seinen Sicherheitsgurt und drehte sich zu ihr hin.

»Erstens: Mach dir keine Sorgen wegen deinem Wagen. Ich habe nur das Kabel der Batterie gelockert.«

»Warum tust du so was?«

Er ignorierte die Frage. »Würdest du mir jetzt bitte sagen, wie deine DNA auf Shelbie Saunders Leiche gelandet ist?«

101 Maddie

Ich hatte gar nicht richtig mitbekommen, dass es schon so spät war. Nachdem wir gegessen hatten, erzählten Cash und ich einander ein paar Geschichten über die Arbeit und diskutierten und schimpften ausgiebig über die Polizeiführung. Plötzlich war es elf.

Der arme McCool hatte den Fehler gemacht, auf die Bullock-Strategie-Reorganisation zu sprechen zu kommen, und ich lieferte ihm meine ungeschönte Meinung. Als ich mich entschuldigte, weil ich ihm das Ohr abkaute, sagte McCool nur, ich reagiere auf das Thema nun mal leidenschaftlich. Sofort war ich in Gedanken bei einer ganz anderen Art von Leidenschaft, und dieses gewisse Etwas war wieder da. McCools entspanntes Verhalten trieb mich dazu, unser Gespräch weiter am Leben zu erhalten.

McCool bezahlte die Rechnung, und wir verließen die Wärme des Mobster Lobster Steakhouse und traten in den kühlen Februarabend. Er führte mich zu den parkenden Autos. Dank meiner Ausbildung scannte ich den Parkplatz nach jeder Bedrohung ab. Ich wusste, dass McCool dasselbe machte.

»Danke für das Essen, Cash. Nächstes Mal zahle ich.«

»Freut mich zu hören, dass es ein nächstes Mal gibt. Darauf habe ich gehofft.«

O Mann, vielleicht ließ ich mich mehr auf ihn ein als

beabsichtigt. Ich hatte mir eingeredet, das Abendessen sei nur das zweier Kollegen, doch das war mir die ganze Zeit schwergefallen. Im Laufe des Abends hatte ich in Gedanken immer wieder die Küsse bei mir zu Hause durchlebt. Ich erwartete daher, dass McCool mich auch jetzt küssen würde, weshalb ich schon voller Vorfreude war.

Während McCool sich um die Rechnung gekümmert hatte, hatte ich mich kurz entschuldigt und war auf die Damentoilette gegangen, um meinen Lippenstift aufzufrischen und irgendwas mit meinem widerspenstigen Haar anzustellen.

Wir erreichten nun jenen seltsamen Moment im Laufe eines Abends, wenn man sich Gedanken über den Gutenachtkuss macht, und ich war da keine Ausnahme. Die Tatsache, dass wir Kollegen waren und man das Abendessen auch als eine Besprechung nach Dienstschluss betrachten konnte, ließ bei mir die Frage aufkommen, wie McCool wohl mit der Situation umgehen würde. Bei dem Gedanken an unsere letzten Küsse wusste ich jedenfalls, worauf ich hoffte.

Ein starker Windstoß fuhr unter meinen leichten Blazer, doch ich fror nicht. Ich wollte wirklich nicht, dass der Abend schon zu Ende war, aber es waren nur noch wenige Meter bis zu unseren Autos.

»Brrr«, machte er und rieb die Hände aneinander. »Das nenne ich mal einen Temperatursturz. Dir muss kalt sein.«

»Ja, ziemlich kalt«, sagte ich, obwohl ich vor Erwartung fieberte. Ich wollte wirklich sehr, dass er mich küsste.

Er führte mich zur Fahrerseite meines Wagens. Ich schloss auf, und wir standen voreinander. Das war der Moment … »Noch mal danke fürs Abendessen.«

»Also, Maddie, wann machen wir das wieder?« Ich sah,

wie kalt ihm war. Für mich fühlte sich die kühle Luft erfrischend an.

»Wie wäre es mit Samstagabend? Ich koche bei mir zu Hause für uns.«

»Das nenne ich mal ein Date«, sagte er und lächelte mich an. Sein Blick brannte sich in meine Augen, als sein Kopf sich langsam näherte. Sein Telefon vibrierte. »Verdammt«, zischte er, löste sich von mir und nahm das Telefon vom Gürtel. Er blickte auf das Display, schenkte mir ein entschuldigendes Lächeln und ging dran.

»McCool«, meldete er sich und lief zu seinem Wagen und schloss auf. Er griff über den Sitz und holte seinen gelben Notizblock hervor.

Ich wusste nicht, wer ihn da anrief, aber ich war stinksauer, dass derjenige nicht noch dreißig Sekunden hatte warten können. Ich wusste nicht, was ich tun sollte. Einsteigen und nach Hause fahren? Einsteigen und mich aufwärmen? Draußen stehen und frieren? Ja doch, nachdem dieser besondere Moment vorbei war, fühlte sich die Nachtluft recht frostig an.

Zum Glück war McCool schnell mit dem Anrufer fertig.

»Tut mir leid, Maddie«, sagte er und kam wieder zu meinem Auto. »Den Anruf musste ich annehmen.«

»Kein Grund, sich zu entschuldigen. Ich weiß, wie das ist. Manchmal kommt der Job an erster Stelle.« Ich erinnerte mich kurz an einen Streit am Telefon, den mein Mann Travis und ich gehabt hatten, weil für mich der Job auch an erster Stelle kam. Offenbar fühlte McCool sich genauso verantwortlich wie ich. Doch sofort meldete sich mein Schuldbewusstsein, weil ich meinen toten Ehemann mit McCool verglich.

»Das war der Sozialdienst«, sagte er, und seine Augen

funkelten aufgeregt. »Offenbar hat mich der Barkeeper angelogen. Seine Halbschwester ist niemand anders als Mindy Ward.«

Er schaute mich erwartungsvoll an.

»Okay. Wer ist Mindy Ward?«

»Sie ist die Bedienung bei Harley's Hot Pieces, die die Leiche entdeckt hat.«

»Warum habt ihr die Verbindung zwischen dem Barkeeper und ihr nicht schon früher bemerkt?«

»Die beiden wurden als Kinder in Pflegefamilien gegeben, und Mindys Familie hat sie adoptiert. Ihr Name wurde geändert. Der Barkeeper hat mir den Geburtsnamen seiner Schwester genannt.«

»Warum hat der Barkeeper dir das erzählt? Er muss das doch gewusst haben.«

»Genau das will ich herausfinden.«

McCool umgab eine andere Aura – nicht mehr die eines möglichen Liebhabers, sondern die eines Jägers. Der Zauber war gebrochen. Aus eigener Erfahrung wusste ich, dass er jetzt unbedingt wieder zur Arbeit wollte.

Ich schluckte meine Enttäuschung runter. »Schön für dich. Vielleicht hast du morgen um diese Zeit den Fall schon gelöst.«

»Das tut mir echt leid, Maddie. Ich mache es am Samstag wieder gut, okay?«

»Klar ...«

Er zog mich an sich und küsste mich.

Es war kein schlechter Kuss, aber auch nicht so gut wie die anderen. Er war nicht bei der Sache. Das gewisse Etwas war von der Aufregung der Jagd vertrieben worden. Er musste es auch spüren, denn er löste sich rasch von mir. Ich stieg ins Auto.

»Wir sehen uns wahrscheinlich morgen bei der Arbeit, aber falls nicht, rufe ich dich an.«

»Okay.« Ich schenkte ihm ein strahlendes Lächeln und winkte wild, ehe ich meinen Wagen aus der Parklücke manövrierte. Aber die Enttäuschung, die ich nach dem abrupten Ende des Nachmittags verspürte, warf für mich die Frage auf, ob ich mir nur einredete, dass ich schon bereit war für ein Date.

102

Blake

Blake lag in seinem Bett und streckte die Arme weit über den Kopf, während er versuchte, die Beine so lang wie möglich zu machen. Er wollte unbedingt ins Studio, aber heute war Freitag und damit der Tag von Shelbies Beerdigung. Blake wusste, dass er irgendwas empfinden sollte – und das tat er auch. Aber seine Gefühle hatten nichts mit seiner verstorbenen Schwester zu tun. Nein, die Sorge, dass Sylvia wahrscheinlich bei der Beerdigung sein würde, ließ sein Herz aufgeregt schlagen.

Was würde sie tun? Hatte sie bereits begriffen, dass Blake etwas mit dem Einbruch zu tun hatte? Würde sie ihn damit konfrontieren und eine Szene machen? Vielleicht sollte er sie anrufen und herausfinden, wo sie stand. Je mehr er darüber nachdachte, umso angemessener schien ein Anruf zu sein. Schließlich hatte er ihr versprochen, sich zu melden. Die Ironie war, dass er gelogen hatte, als er das Versprechen gab.

Er schaute auf den Radiowecker. Noch zu früh für einen Anruf. Also beschloss er, aufzustehen und nach der Familie zu sehen. Bestimmt war seine Mutter schon wach, und Onkel Jack trieb sich wahrscheinlich auch irgendwo herum und kümmerte sich um seine zahlreichen Listen, damit er alle anderen herumscheuchen konnte.

Er ging nach unten und hörte aus der Küche das Murmeln von Stimmen. Der Kaffeeduft war verführerisch und ließ seinen Magen knurren. Unter seinen Füßen waren die Marmorfliesen eiskalt.

»Hallo, mein Liebling«, sagte seine Mutter. Sie saß am Küchentisch und trank eine Tasse Kaffee. »Du bist früh auf.«

Er sagte das, was sie erwartete. »Ich konnte nicht schlafen.«

Sie seufzte schwer, und Tränen traten in ihre Augen. »Ich weiß. Ich auch nicht. Ich weiß nicht, wie ich diesen Tag überstehen soll«, sagte sie. Eine verlorene Träne rann über ihre Wange.

Zum ersten Mal begriff Blake. Seine Eltern würden nie wieder dieselben sein. Seine Mutter und sein Vater würden vermutlich niemals über Shelbies Tod hinwegkommen. Das tat ihm leid, doch zugleich war er zwiegespalten. Von dem großen Fang, den seine Brüder und er gemacht hatten, war Blake immer noch aufgeputscht und hatte nicht übel Lust auf den nächsten großen Raubüberfall.

»Keine Sorge, Robin. Du, Steve und ich stehen das gemeinsam durch«, sagte Onkel Jack. Er wandte sich an Blake. »Ich möchte, dass du dich heute um deine Brüder kümmerst. Sie sollen pünktlich sein und ordentlich angezogen.«

Blake warf seiner Mutter rasch einen Blick zu, doch sie starrte nur ins Leere. »Was meinst du mit ›kümmern‹? Sie sind doch nicht mehr sechs. Und ich bin nicht ihre Nanny.«

Onkel Jack schnappte nach Luft und ließ sie dann langsam entweichen. »Ich werde mich heute nicht mit dir streiten, Blake. Du weißt, was ich meine.«

Blake schnaubte und trat an die Kaffeemaschine, um sich eine Tasse einzuschenken.

»Liebling, ich glaube, Jack will damit nur sagen, dass er und ich alle Hände voll zu tun haben mit deinem Vater. Wenn du bei euch ein bisschen die Vorbildfunktion übernimmst, wäre das für uns eine Entlastung.«

»Was sollen wir anziehen, und wann sollen wir wo sein?«

Onkel Jack schaute auf seine Notizen. »Die Limousinen von der Leichenhalle holen uns um neun ab. Die Trauerfeier beginnt um zehn. Wir werden wohl gegen halb zwölf auf dem Friedhof sein, und zum Empfang gegen eins oder halb zwei sind wir wieder hier.«

In diesem Moment schlurfte Logan in die Küche. Er nahm niemanden wahr und steuerte ebenfalls die Kaffeemaschine an.

»Tragt die dunklen Anzüge und dazu Krawatten in gedämpften Farben. Nichts Ausgefallenes«, sagte seine Mutter. »Logan, hörst du? Ich will dich heute nicht mit der Totenkopfkrawatte sehen.«

»Klar«, sagte sein Bruder und nahm den Kaffeebecher mit ins Wohnzimmer. Er sank auf die Couch und schaltete die Morgennachrichten im Fernsehen an.

»Musst du jetzt wirklich den Fernseher einschalten?«, fragte Onkel Jack.

Blake wollte schon den Mund aufmachen, doch Logans vernichtender Blick ließ ihn lieber schweigen. Offenbar verstand Onkel Jack die Botschaft, denn er widmete sich wieder der Liste für den heutigen Tag.

»Ich bin etwas überrascht, dass Jeremy noch nicht wach ist«, sagte Blakes Mutter.

»Ihm war die ganze Nacht schlecht«, brummte Logan. »Er war alle paar Stunden zum Kotzen im Bad.«

Eins musste Blake seinen Brüdern lassen. Er hätte nie gedacht, dass sie ihre gespielte Krankheit sogar bis heute früh mimen würden.

»Ach herrje«, sagte seine Mutter. »Ich schaue lieber mal nach ihm.« Mit besorgter Miene verließ sie den Raum.

Onkel Jack nutzte die Gelegenheit und ging ins Wohnzimmer, wo er sich vor dem Fernseher aufbaute. »Jetzt hört mal zu, Jungs. Das heute wird der schwerste Tag im Leben eurer Eltern. Ich will keine Streitereien, kein Chaos. Ich erwarte, dass ihr alles tut, um ihnen den Tag leichter zu machen.«

»Was gibt dir das Recht, uns hier so herumzukommandieren?«, murrte Logan. »Geh mir aus dem Bild.«

Blake musste sich auf die Innenseite der Lippe beißen, um nicht zu lachen. Onkel Jack fielen fast die Augen aus dem Kopf.

»Ach, Scheiße«, sagte Logan und lehnte sich zur Seite, um an seinem Onkel vorbeizusehen.

Onkel Jack drehte sich um, weil er wissen wollte, was ihn so interessierte.

Blakes Interesse wurde ebenfalls vom Fernseher angezogen. Eine Reporterin in den Zwanzigern stand vor dem Friedhof, auf dem Shelbie beerdigt werden sollte.

»Mach lauter«, befahl Onkel Jack.

Während die Reporterin weiterredete, wurde Shelbies Foto gezeigt. Im Anschluss war ein Video von Harley's Hot Pieces zu sehen, aufgenommen an dem Tag, als die Leiche entdeckt wurde.

»Ich bin nur froh, dass eure Mutter oben ist und das nicht sieht«, sagte Onkel Jack. »Ich finde, du solltest das ausmachen. Sie ist gleich wieder hier.«

Blake war überrascht, als Logan gehorchte. Das war aber auch gut so, denn wenige Augenblicke später tauchte seine Mutter wieder auf.

»Ich weiß nicht, was ich machen soll. Jeremy hat entweder eine Lebensmittelvergiftung oder Grippe. Ich glaube nicht, dass er uns heute begleiten kann.«

Das traf Blake überraschend. War sein Bruder wirklich so verzweifelt wegen Shelbies Tod, oder hatte er von Blake gelernt und baute die Story von gestern Abend nur weiter aus? Natürlich könnte Jeremy auch richtig krank sein, aber das war in Blakes Augen nicht allzu wahrscheinlich.

»Ich gehe rauf und rede mit ihm, Mom. Mal sehen, was da los ist.«

Blake ging nach oben, klopfte an die Zimmertür seines Bruders und trat ein. Sofort schlug ihm ein ekelerregend süßlicher Geruch entgegen.

»Heilige Scheiße, Jeremy! Wie viele Dosen Raumspray hast du denn hier versprüht? Es stinkt nach Rosen und Gott weiß was noch.«

Sein Bruder lag im Bett und hatte die Decke und das Laken über die Brust hochgezogen. Jeremys blasses Gesicht überraschte Blake. Er hatte gedacht, sein kleiner Bruder spielte nur den Kranken. »Was zum Teufel ist hier los?«

»Ich weiß nicht«, sagte Jeremy. »Um zwei war mir schlecht, und ich habe gekotzt. Hätte es fast nicht bis zum Klo geschafft. Ich glaube sogar, es ist was danebengegangen.«

Sein Bruder musste ja nicht gleich so ins Detail gehen ... Blake spürte, wie sein Magen allein bei der Vorstellung anfing zu rebellieren.

»Ich wollte Mom nicht bitten, das aufzuwischen. Ob du dich wohl darum kümmern kannst? Es ist nicht viel.«

»Scheiße, nein. Ich bin sicher, Mom und Jack haben für heute Leute da. Ich hole jemanden, der das aufwischt.«

Jeremy nickte und schloss die Augen.

»Du kommst doch mit zur Beerdigung, oder?«

»Ich glaube, das schaffe ich nicht. Meine Gelenke tun weh, und mir ist kalt.«

»O Mann, du kriegst eine Grippe. Ich verschwinde lieber.«

Jeremy nickte schwach.

»Kann ich noch was für dich holen, bevor ich gehe?«

»Kannst du mir einen nassen Waschlappen für den Kopf bringen?«

Keine gute Tat bleibt ungestraft, Blake.

»Klar. Einen Moment.« Blake ging in das angrenzende Badezimmer und fand im Schrank einen sauberen Waschlappen. Als er den Lappen unter das Wasser hielt, blieb sein Blick an etwas am Boden hängen. Blakes Magen stülpte sich fast um, als er erkannte, dass es sich um die Kotze seines Bruders handelte.

Er drehte das Wasser ab, wrang den Waschlappen aus und eilte zurück ins Schlafzimmer. Jeremy schien zu schlafen. Blake faltete den Lappen und legte ihn seinem Bruder auf die Stirn, ehe er auf Zehenspitzen aus dem Zimmer schlich.

Als Nächstes musste er Sylvia anrufen und herausfinden, ob sie ihn mit dem Einbruch in Verbindung brachte.

103 Jade

Jade ging in die Küche, um sich einen Kaffee zu holen. Gleich beim Eintreten sah sie die Vorladung, die Mac strategisch mitten auf dem Küchentisch hatte liegen lassen. Sofort trat sie an den Tisch und las das Schriftstück. Die Vorladung galt Mac. Er sollte heute vor Gericht aussagen. Also musste sie ihren Mann wecken, bevor sie zur Arbeit ging. Ihn nach nur vier Stunden Schlaf zu wecken war nicht so leicht.

Dann sah sie den Eintrag im Kalender. »O nein«, flüsterte sie. Heute war Fortbildung für die Lehrer an Donnies Schule. Sie musste ihren Sohn also zu ihrem Vater bringen. Und noch ein Eintrag war im Kalender – ihr alter Dad und ihre Stiefmom waren gerade mit ihrem neuen Wohnmobil unterwegs.

Was sollte sie heute nur mit Donnie machen? Vielleicht konnte Mac im Büro des Staatsanwalts anrufen und fragen, ob man ihn heute wirklich vor Gericht brauchte.

»Guten Morgen, Mommy. Ich hab Hunger«, sagte Donnie und trottete in die Küche.

Jade fuhr zu ihrem Sohn herum und schloss ihn in die Arme. »Guten Morgen, Liebling. Wie geht es meinem großen Jungen heute?«

Donnie rieb sich die Augen. »Müde.«

»Das kommt nur, weil du noch nicht wach bist. Was möchtest du zum Frühstück? Rührei oder Haferflocken?«

»Eier bitte. Kann ich auch Toast haben?«

»Aber klar. Möchtest du einen Zeichentrickfilm gucken, solange Mommy dein Frühstück macht?«

»Okay.«

Jade führte Donnie ins Wohnzimmer und setzte ihn vor den Fernseher. »Ich wecke nur rasch Dad, dann mache ich dein Frühstück.«

»Du brauchst mich nicht wecken, ich bin schon auf.«

»Guten Morgen, Mac. Warte, ich hole dir Kaffee. Den wirst du brauchen. Ich mache für Donnie Eier, willst du auch welche?«

Mac nickte und ging langsam zum Küchentisch, wo Jade einen großen Becher Kaffee vor ihn hinstellte.

»Du hast eine Vorladung fürs Gericht heute Morgen? Gibt es eventuell die Möglichkeit, dass dein Partner aussagt und du nicht hinmusst?« Sie schlug die Eier auf, rührte sie und gab sie dann in die vorgewärmte Pfanne.

»Nein. In dem Prozess geht es um versuchten Mord, und ich war derjenige, der die Waffe sichergestellt hat.« Mac nahm einen großen Schluck Kaffee. »Warum?«

»Ich muss gleich zur Arbeit, und heute ist keine Schule. Niemand kann auf Donnie aufpassen.« Sie steckte Brot in den Toaster und drückte die Taste nach unten.

»Kannst du ihn nicht mit ins Büro nehmen, und ich hole ihn nach der Gerichtsverhandlung ab?«

»Nein. Maddie und ich haben heute früh eine Zeugenbefragung zu unserer Einbruchserie. Kannst du vielleicht den Bezirksstaatsanwalt anrufen und fragen, ob sie dich als Letzten in den Zeugenstand rufen können?«

»Komm schon, Jade. Du weißt doch, wie das bei so einem Prozess läuft. Der Staatsanwalt wird mich irgendwann heute brauchen, und deshalb will er, dass ich da auf Abruf sitze.«

Jade hätte am liebsten aufgeheult vor Frust. Aber sie wusste, dass letztlich sie nachgeben musste. »Okay, ich rufe Maddie und den Lieutenant an und sage ihnen, dass ich später komme. Aber das darf nicht wieder vorkommen. Wir müssen uns um einen Ersatz-Babysitter kümmern.«

Mac stand auf und trat zu ihr. Er legte die Arme um sie. Jade atmete tief durch. Sie liebte seinen Geruch.

»Das ist wahrscheinlich keine so schlechte Idee«, flüsterte er ihr ins Ohr. »Vor allem, da ich darüber nachdenke, ob es nicht an der Zeit wäre, dass Donnie ein Geschwisterchen bekommt.«

Jade drehte sich zu ihm um. »Wirklich?«

»Hm, hmmm«, murmelte er und schnupperte an ihrem Hals. »Wenn wir Donnie beschäftigen könnten, können wir sofort damit anfangen. Zum Beispiel wäre es doch ein schöner Beginn für dieses Projekt, wenn wir vor der Arbeit duschen und dabei noch Wasser sparen. Verstehst du, was ich meine?« Er wackelte mit den Augenbrauen.

Jade musste laut lachen. »Du bist ungefähr so raffiniert wie eine Axt im Walde«, sagte sie und stellte Macs Teller zum Warmhalten in den Ofen. Dann nahm sie Donnies Teller und brachte ihn ins Wohnzimmer. »Donnie, Mommy und Daddy machen sich jetzt für die Arbeit fertig. Du bleibst hier, guckst einen Film und isst dein Frühstück, okay?«

Donnie nickte und hielt den Blick auf den Fernseher gerichtet, während er mitten hineinbiss in seinen Toast.

Jade wandte sich an Mac. »Worauf wartest du? Mach schon mal die Dusche an, ich rufe nur kurz bei der Arbeit an.«

104 Maddie

Ich hatte gemischte Gefühle, als ich vom Parkplatz ins Revier kam. Einerseits war ich gespannt, ob Cash da war und wie es in seinem Fall weitergegangen war, aber zugleich hatte ich Angst, dass es schon wieder zu einer Vergewaltigung gekommen war.

Der Fernseher im Büro zeigte die Topstory des Morgens – in einem Apartment in Hollywood hatte es gebrannt. *Keine Vergewaltigung.*

»Guten Morgen, Doc. Sieh mal, was ich dir mitgebracht habe«, sagte McCool und gab mir einen Becher.

»Ah, ein echter Cup o' Joe. Danke«, sagte ich und nahm den Becher entgegen. »Bedeutet die Tatsache, dass du dich schon so früh am Morgen stärken musst, dass du die ganze Nacht wach warst?«

»Ich konnte nicht schlafen, aber das lag nicht an der Arbeit.«

Er schien mir an der Miene abzulesen, dass ich verwirrt war.

»Nachdem wir uns gestern getrennt haben, bin ich noch hergekommen und habe alles über Walts Schwester in Erfahrung gebracht. Aber da gab es nichts. Sie hat einen Strafzettel wegen zu schnellen Fahrens, aber das ist schon drei Jahre her.«

»Klingt für mich nicht nach einer Mörderin«, sagte ich. »Seid ihr sicher, dass die DNA nicht vom Barkeeper ist?«

»Sind wir. Ich habe sie nochmals überprüfen lassen, als es hieß, sie stamme von einer Frau. Die meisten Frauen morden auch nicht mit einem Messer. Ich habe ernste Zweifel, dass sie unsere Verdächtige ist.«

»Und das hat dich wachgehalten?«

Er lachte und senkte die Stimme. »Nein. Ich war nicht zufrieden damit, wie der Abend gestern ausgegangen ist.«

Ich war beeindruckt von seiner Offenheit.

»Ich fühlte mich schlecht, weil die Aufregung über den neuen Hinweis unseren Abend vorzeitig beendet hat. Noch dazu, bevor es interessant wurde.«

Beruhige dich, Maddie. Ganz ruhig. »Und was jetzt?«

»Du meinst zwischen uns? Oder sprichst du über den Fall?«

Mein Herz machte einen Satz. *Das war mal ein geschickter Schachzug, Maddie.* »Ich meinte den Fall.« *Sah ich etwa Enttäuschung auf seinem Gesicht?*

»Ich habe mit Pagani geredet, und er ist einverstanden, dass ich die Taskforce Vergewaltigung von Murdock auf der Beerdigung heute einsetze. Wenn sie sich um Trauerfeier und Empfang kümmern, können O'Neal und ich Mindy Ward holen und uns ihre Geschichte anhören. Natürlich gehe ich fest davon aus, dass Murdock das mit der Beerdigung hinbekommt, nachdem er schon die Beweise bei der Conrad-Vergewaltigung versaut hat«, fügte McCool ironisch hinzu.

Pagani kam aus seinem Büro. Sobald er mich sah, fragte er, ob ich wisse, dass Jade später komme.

»Ja, sie hat mich angerufen.«

Der Lieutenant blieb bei McCool und mir stehen. »Haben Sie schon den Durchsuchungsbefehl für Mindys Haus erwirkt?«

»Nein, ich will sie erst verhören. Mal sehen, was sie zu ihrer DNA auf Shelbies Leiche sagt. Mindy Ward scheint mir einfach nicht der Typ für einen kaltblütigen Mord zu sein.«

Pagani sah mich an. »Wollen Sie McCool begleiten, wenn er die Bedienung aus der Pizzeria holt? Sie können auch beim Verhör dabei sein.«

»Das würde ich gern, Lieutenant. Aber Jade und ich haben endlich eine mögliche Spur bei der Einbruchserie. Ich fahre gleich zu einer Zeugin und will auch prüfen, ob es eine Videoaufzeichnung von den Verdächtigen gibt.«

»Nun, liebe Leute, klingt ganz so, als würden wir heute unser Geld verdienen«, sagte Pagani und schlenderte davon.

McCool schaute auf die Uhr. »Ich muss Murdock und seine Truppe briefen, was sie bei der Beerdigung tun sollen. Wir sehen uns später. Und falls nicht, rufe ich dich morgen an.«

»Morgen?«

»Äh, ja. Du wolltest doch morgen für mich kochen.«

Wie konnte ich das vergessen? »Das war ein Test. Wollte nur wissen, ob *du* das noch weißt.« Ein schrecklicher Bluff. Ich wusste schon immer, dass ich eine schlechte Lügnerin bin, und ich konnte genau sehen, dass er mir diese Lüge nicht abkaufte.

Er lachte nur. »Bis später, Doc.«

105 Harley

Harley lag im Bett und starrte an die Decke. Das einzige Geräusch im Raum war die Lüftung, die warme Luft aus den Schlitzen in der Wand blies. Tatsächlich war es im ganzen Haus ungewöhnlich still. Er schaute auf den Digitalwecker auf Jennifers

Bettseite. Kurz nach acht. Nun, diese ruhige Zeit wollte er nicht verschwenden. Er schloss die Augen und versuchte, noch einmal einzuschlafen.

Nach wenigen Minuten schlug er die Augen wieder auf. Es ging nicht. Seine Gedanken rollten wie Würfel auf einem Spieltisch hin und her. Zuerst der Schock, dass Walt von der Polizei abgeholt wurde, weil seine DNA an Shelbies Tatort gefunden worden war. Dann die hübsche, kleine Mindy, deren Auto nicht anspringen wollte. Der blöde Walt war ihr sofort zur Seite gesprungen und hatte sie nach Hause gebracht.

Er hatte diese Zeit allein mit Mindy gewollt. Nein, gebraucht! Er brauchte etwas Zeit mit einem hübschen, jungen Mädchen, um wieder in die Spur zu kommen. Der beunruhigendste Gedanke von allen – einer, der ihm ständig in den Kopf kam – war die Tatsache, dass er, wenn er sich eine Frau vorstellte, keinen Steifen bekam. Das einzige Mal, dass sein kleiner Soldat bereit war zum Schuss, war der Moment, als er in Gedanken sein Treffen mit dem Transvestiten Demi Heart durchlebte. Allein der Name der Hure sorgte für ein Ziehen in seiner Lendengegend.

Nein, er belog sich selbst. Es ging nicht um Demis Namen, der ihn erregte. Es war die Erinnerung an die Aufregung der letzten Nacht. Nachdem Mindy und Walt seine Hilfe auf dem Parkplatz abgelehnt hatten, tat Harley das, was er meistens abends nach der Arbeit tat. Er fuhr in einen Laden und kaufte ein Sixpack Bier.

Er hatte sich eingeredet, er wolle am Boulevard herumfahren, um nach einem jungen, weiblichen Talent Ausschau zu halten. Einem Mädchen, mit dem er noch nie zusammen gewesen war. Aber an den Teenagern mit fünfzehn Zentimeter hohen Absätzen und Miniröcken war er vorbeigefahren. Seine Augen suchten den Bürgersteig nach der großen, schlanken Prostituierten mit der ach so begnadeten Zunge ab. Dann sah er sie, wie sie aus einem Pick-up stieg und dem Fahrer eine Kusshand zuwarf, ehe er wegfuhr.

Dann, als spürte sie, dass sie beobachtet wurde, hatte Demi ihn am Bordstein im Minivan entdeckt. Sie drehte sich um und lief in die andere Richtung.

Harleys Schwanz war so hart wie damals mit zwanzig. Er war einmal um den Block gefahren und hielt neben ihr an. »Hey, Demi, ich suche nach einer Verabredung.«

Die Nutte ging weiter.

»Komm schon, Demi. Ich rede mit dir.«

»Ich steige nicht in dein Auto. Du hast schlechtes Mojo.«

»Ich hab hundert Mäuse und ein Sixpack Bier, die sagen, dass mit meinem Mojo alles in Ordnung ist«, sagte er.

»Einen großen Schein? Hast du das wirklich gerade gesagt?«

Harley musste aufpassen, damit er nicht in parkende Autos fuhr, während er am Bordstein entlangfuhr und mit dem Objekt seiner Begierde redete. »Ja, Demi. Einhundert dicke Schmatzer.«

»Was muss ich dafür machen?«

»Du weißt, was ich mag.«

»Das ist alles? Nur oral?«

»Also, ich würde dich gerne auch berühren.« Himmel, er konnte nicht länger nur darüber reden, sonst kam er direkt in seine Hose.

»Okay, Süßer. Ich glaube, wir haben eine Verabredung«, sagte sie.

Er konnte den Minivan gar nicht schnell genug bremsen.

Und jetzt lag er an diesem grauen Morgen von Shelbies Beerdigung allein im Bett und durchlebte noch mal diese zehn Minuten der Ekstase, die ihn gestern Nacht erfasst hatte. Zwei kurze Minuten später war er fertig.

Er sank auf sein Kissen, und die Sorgen waren zurück. Was zum Teufel stimmte nicht mit ihm? Er mochte Frauen. Schon immer. *Wenn das stimmt, Harley, warum verfolgst du dann die Transe? Du bist schwul geworden.* Er schob den Gedanken beiseite.

Wenigstens hatte er es sich mal besorgen können, ohne dass Jennifer hereinplatzte und eine Katastrophe verkündete. Wo war sie überhaupt? Warum war es so still im Haus?

Er wälzte sich aus dem Bett und griff nach der Baumwollshorts, die er gestern Nacht bei seiner Rückkehr auf den Boden geworfen hatte. Im Haus war es kalt. Er schlurfte zum Schrank und zog eine Jogginghose heraus und stieg mit großer Mühe hinein. Er ging ins Wohnzimmer, blieb stehen und zerrte den Hosenstoff vom Sack.

»Jennifer? Wo bist du?«, rief er und steckte den Kopf in die Küche. Leer. »Kinder?« Harley wanderte durchs Haus. Er schaute in der Garage nach. Das war sehr merkwürdig. Dann kam ihm der Gedanke, nach Jennifers Auto zu sehen. Er schlüpfte in ein Paar Flipflops und schlurfte in die Einfahrt.

Natürlich hatte er das Pech, dass die arrogante Familie von nebenan sich gerade in ihr Auto quetschte, um einen Tagesausflug zu machen. Beide Eltern und die vier Kinder starrten ihn an, als er in die Einfahrt kam.

Fickt euch, dachte er. Sein Minivan war der einzige Wagen vor dem Haus. Er wollte schon wieder reingehen, doch dann sah er das Graffiti, das jemand auf das Garagentor gesprüht hatte. *Harley Elliot lässt sich von Dragqueens den Schwanz lutschen!*

Er sog scharf die Luft ein, was wie ein Vakuum klang, bevor es sich wieder füllte. Wer schrieb so etwas? Was würde Jennifer sagen? Er trat zu dem anstößigen Schriftzug und tippte behutsam mit dem Zeigefinger auf die Buchstaben. Die Farbe war noch feucht. Er musste sie wegwischen, bevor Jennifer nach Hause kam und die scheußliche Nachricht sah.

Er eilte zurück ins Haus. Aber bevor er irgendwas tat, brauchte er etwas Wasser. Er war vom Saufen gestern Nacht dehydriert. Rasch ging er in die Küche. Als er zum Tresen trat, sah er einen Brief, der an der Kaffeedose lehnte. Eine böse Vorahnung erfasste ihn, als er die sauber getippte Nachricht nahm und las.

Harley, das reicht jetzt. Ich nehme die Kinder und verlasse dich. Du bist krank! Ich bin dir gestern Nacht gefolgt, nachdem das Restaurant geschlossen war. Ich habe gesehen, wie du das Bier gekauft hast. Wie du dir eine Hure gesucht hast. Du bist an den ganzen jungen Dingern vorbeigefahren und hast eine Dragqueen mitgenommen!
Ich werde mich auf Krankheiten testen lassen, und wenn irgendwas bei mir nicht in Ordnung ist, wirst du dafür büßen. Such erst gar nicht nach mir. Denk ja nicht, dass du die Kinder zu sehen bekommst. Mein Anwalt wird sich sehr bald mit dir in Verbindung setzen.

Harley wusste nicht, was er tun sollte. Er schlich durchs Haus und hatte sich nie so allein gefühlt. Er ging in die Zimmer der Kinder, ließ sich durch den Flur treiben. Dann kam er wieder ins Schlafzimmer, und es zog ihn zu Jennifers Bettseite, wo er sich auf die Kante setzte. Er nahm ihr Kissen und drückte es an die Brust und atmete den Duft ihres Shampoos ein. Beim Ausatmen fing er an zu weinen. Seine Tränen wurden von erstickten Schluchzern begleitet. Ruhelos warf er das Kissen von sich weg.

»Was soll ich jetzt nur machen? Was soll ich bloß machen?«, weinte er und lief im Raum hin und her. Erst als er vor dem Schrank mit verspiegelten Türen stehen blieb, der die volle Breite des Raums einnahm, sah er, dass er die magentafarbene Jogginghose seiner Frau trug. Er schaute auf seine Füße, die in knallgrünen Flipflops steckten, die ebenfalls Jennifer gehörten. *Kein Wunder, dass die Nachbarn dich angestarrt haben. Du trägst Frauenkleider. Du verwandelst dich bereits.*

106 Blake

»Die Limousine ist da«, rief Onkel Jack und riss die Haustür auf. »Robin, wir müssen los!«

Blake legte auf, weil er wieder nur Sylvias Mailbox erreicht hatte, und ging vom Wohnzimmer in die Eingangshalle. Er hatte ihr bereits zwei Nachrichten hinterlassen und sie gebeten, ihn anzurufen. Sie war vermutlich damit beschäftigt, für Shelbies Beerdigung irgendein albernes Outfit rauszusuchen.

Seine Mutter tauchte am oberen Ende der Treppe auf, dicht gefolgt von seinem Vater. Im ernsten Schwarz ihrer Kleidung wirkten beide unnatürlich blass.

Seine Mutter trug ein Wollkostüm, das an die großen

Zeiten Hollywoods erinnerte. Breite Schultern und eine enge Taille betonten ihre dünne Figur. Dazu trug sie einen breitkrempigen, schwarzen Hut mit einem kleinen Netzschleier über den Augen. Sie sah ganz wie die Mutter des toten Mädchens aus. Zu schade, dass sie nicht Shelbies richtige Mutter war.

Sein Vater sah aus wie der Tod, sowohl im wörtlichen wie auch im übertragenen Sinne. Er war ebenfalls ganz in Schwarz gekleidet, aber sein Anzug schlotterte um ihn. *Dad muss diese Woche zehn Pfund verloren haben.*

Zum Glück tauchte Logan direkt hinter seinen Eltern auf. Blake prüfte die Krawatte seines Bruders und war erleichtert. Sie war in einem geschmackvollen Dunkelgrau gehalten.

»Kommt, ich bin sicher, der Bestatter will erst noch alles mit uns besprechen«, drängte Onkel Jack, als sie geschlossen zur Straße gingen.

Blake fragte sich, warum sein Onkel so überdreht war, und legte ihm eine Hand auf den Unterarm. »Atme durch, Jack. Wird schon alles klappen. Beruhige dich.«

Sein Onkel riss den Arm ruckartig unter Blakes Hand weg und ging zu dem Fahrer.

»Scheißkerl«, sagte Blake.

»Das wird ein langer Tag«, murmelte Logan, als sie nebeneinander den Weg entlangliefen. »Wären wir klug gewesen, könnten wir jetzt wie Jeremy krank zu Hause bleiben. Wenn es zu hart wird, denk einfach darüber nach, was du mit den zehn Riesen machen willst. Das sollte dich aufmuntern.«

Als die Familie auf dem Friedhof eintraf, wurden seine Eltern in ein Büro hinter der Kapelle geführt, wo sie den Pastor trafen.

Blake, Logan und Onkel Jack blieben vor der Kapelle stehen und schüttelten die Hände der vielen Trauergäste, die kamen. Es war ein schrecklicher Auftritt. Jeder murmelte Worte des Trostes und hatte eine verzweifelte Miene aufgesetzt. Dann wurden Hände geschüttelt, Schultern geklopft, oder jemand kam ihnen mit einer Umarmung viel zu nahe.

Nach jeder dieser Begegnungen schaute Blake verstohlen auf die Uhr. Hoffentlich war das bald vorbei. Irgendwie verpasste er Sylvias Ankunft, und plötzlich stand sie vor ihm. Die Lady in Schwarz. Er betete, dass sie noch keine Verbindung zwischen ihm und den verschwundenen Waffen ihres Mannes hergestellt hatte.

Sie balancierte auf mit kleinen Strasssteinchen besetzten, schwarzen Stiefeln mit fünfzehn Zentimetern Absatz und trug einen Rock, der nur bis zu ihren Waden reichte. Sie warf die Arme um ihn und zog ihn an sich. »Blaine. Wie gut, dich wiederzusehen«, sagte sie. »Euer Verlust tut mir so leid.«

Er löste sich von ihr und bemerkte die stoffbezogenen Knöpfe ihrer schwarzen, kurz geschnittenen Jacke, die fast drohten, aus den Knopflöchern zu springen, weil sich darunter ihre riesigen Brüste spannten. »Du bist ein schöner Anblick«, sagte er und nickte knapp. Der gefilzte Gauchohut saß keck seitlich auf ihrem Kopf.

Dieser Effekt verstärkte sich noch dadurch, dass sie den Kopf zur Seite neigte. »Danke.«

»Alles in Ordnung bei dir?«, fragte er und hielt unbewusst den Atem an.

»Ach, nur ein Problem mit dem Haus.« Sie zuckte mit den Schultern. »Aber verglichen mit dem hier kommt einem das trivial vor.«

Er zwang sich, betrübt zu wirken. »Ja, das rückt die Perspektive immer gerade.«

Sie beugte sich vor und flüsterte ihm ins Ohr: »Ich werde nicht bleiben können. Mein Mann kommt heute nach Hause. Aber ich wollte euch meine Aufwartung machen.«

Halleluja! Das war eine Erleichterung. Er hatte sich schon Sorgen gemacht, sie könnte ihn bedrängen, damit er sie besuchte und vögelte. »Ich verstehe«, murmelte er, gab ihr die Hand und ließ sie dann zu Logan weiterziehen.

Als er einen von Dads Arbeitskollegen begrüßte, beobachtete Blake aus dem Augenwinkel, wie Sylvia kurz die Hand seines Bruders schüttelte. Sie ging rasch weiter zu Onkel Jack, der von der kurzen Umarmung, in der er sich plötzlich wiederfand, peinlich berührt zu sein schien.

Blake bemerkte, dass seine Eltern jetzt zur Begrüßung der Trauergäste am Ende der Reihe standen. Sie hatten tapfere Mienen aufgesetzt, während sich mehrere Fernsehteams in respektvoller Entfernung positioniert hatten, um die Situation einzufangen.

Sylvia machte aus der Begrüßung seiner Eltern eine große Sache, und Blake wusste sofort, dass sie mit ihrem unkonventionellen Outfit Teil des Filmschnipsels sein würde, der heute in allen Nachrichtensendern lief.

Schließlich begann der Bestatter, die Trauergäste in die Kapelle zu scheuchen. Blake fragte sich, ob nur ihm auffiel, dass Sylvia zu einer Seitentür nahe dem Eingang zur Kapelle ging und verschwand.

107 Maddie

Ich hielt vor dem Bungalow der Sicherheitsfirma, damit man mich auf das Gelände der Tuscan Breeze Estates ließ. Dem Wachmann zeigte ich meine Marke und erklärte ihm, ich müsse mit ihm reden. Er zeigte auf die Parkplätze hinter dem Gebäude.

Ich parkte und ging zu der Halbtür, hinter der der Sicherheitsmann stand und überwachte, wer auf das Gelände fuhr. Er ließ mich in sein Büro, und ich bemerkte, dass bis auf ein Handy und ein Pfefferspray nichts an seinem Gürtel hing. Auf dem einzigen Monitor im Raum sah ich zwei Bilder. Es gab also nur zwei Kameras, die den Eingang absicherten – eine an der Einfahrt, die andere an der Ausfahrt. Der Blickwinkel war bei beiden nicht besonders gut, weshalb ich vermutete, dass das Video uns nicht weiterbringen würde. Bestimmt bezahlten die Bewohner der Tuscan Breeze Estates Wucherpreise für ihren Schutz. Die meisten sahen nur das schicke Wachhäuschen, das große Tor und den Typen mit dem Blechabzeichen und fühlten sich deshalb sicher. Ich fragte mich, was sie wohl sagen würden, wenn sie wüssten, dass die Sicherheit so rudimentär war.

»Für wie lange werden die Daten Ihrer Videoüberwachung gespeichert? Wissen Sie, wie man an die Aufzeichnung kommt?« Ich bin immer überrascht von den ausgeklügelten Überwachungssystemen, bei denen niemand von den Sicherheitsfirmen weiß, wie man an die Daten herankommt.

»Wir bewahren sie drei Monate auf. Ich bin nicht besonders gut darin, aber ich kann mal ein bisschen rumprobieren und sehen, was ich finde. Wonach suchen Sie denn?«

»Das ist noch nicht klar. Ich habe noch nicht mit meiner Zeugin gesprochen. Wollte nur wissen, ob bei Ihnen was zu holen ist, wenn ich nach dem Gespräch wiederkomme.«

»Okay, ich werde sehen, was ich tun kann. Äh, haben Sie eine Visitenkarte? Ich muss in meine Liste eintragen, dass Sie hier waren.«

Ich gab ihm meine Karte und erklärte, ich werde in ungefähr einer Stunde zurück sein. In weiser Voraussicht hatte ich auch einen USB-Stick mitgebracht, den ich ihm gab. »Wenn Sie ins System kommen, würden mich die Aufzeichnungen von heute an so weit zurück wie möglich interessieren.«

»Okay.«

Ich ließ den Möchtegern-Cop allein und sprang wieder in den Wagen, um zu Mrs Curry zu fahren. Sie hatte beobachtet, wie mehrere Männer Zeug aus dem Haus ihrer Nachbarn in einen weißen Lastwagen luden.

Mrs Curry hielt schon hinter der Gardine nach mir Ausschau, als ich vor ihrem Haus vorfuhr. Die Haustür stand offen, als ich die Einfahrt hochging.

»Hallo, Detective«, begrüßte sie mich. »Cecelia Curry. Bitte nennen Sie mich CeeCee. Kommen Sie herein, und achten Sie bitte nicht auf das Chaos.«

Ich betrat einen Eingangsbereich, den man mit weißen Stoffhandschuhen nach Dreck hätte absuchen können. Was im San Fernando Valley mit seinen heftigen Winden wirklich eine Leistung war.

»Kommen Sie, wir gehen in die Küche. Möchten Sie eine Tasse Kaffee oder ein Wasser?«

»Nein, vielen Dank, Mrs Curry.« Ich stand am Küchentisch und zückte meine Visitenkarte und legte sie auf die mit Hahn und Henne bedruckte Tischdecke.

»Bitte setzen Sie sich«, sagte sie und nahm meine Karte. Sie schaute kurz darauf und trat dann zu ihrem Telefon, neben dem ein Büchlein lag. Sie klappte es auf, und darin waren unzählige Visitenkarten in Plastikhüllen. Sie blätterte zu einem Reiter und schob meine Karte in eine freie Hülle.

Meine Hoffnung, vielleicht einen echten Hinweis zu bekommen, war sofort dahin. Im Moment wirkte Mrs Curry auf mich schlicht wie eine einsame Frau mittleren Alters, die mich mit der Story von einem möglichen Einbruch geködert hatte. Vermutlich war das Verzeichnis mit den Visitenkarten anderer Profis gefüllt, die sie aus unterschiedlichsten Gründen zu sich nach Hause lockte. Ich musste schnell zur Sache kommen.

»Sie haben sich gestern gemeldet, weil Sie etwas Verdächtiges beobachtet haben. Was war das?«

»Nun«, sagte sie gedehnt. »Ich saß hier am Küchentisch und habe Coupons ausgeschnitten, da sehe ich diesen großen Lastwagen in der Einfahrt meiner Nachbarn.« Sie zeigte auf das Haus gegenüber.

Ich ließ mir den Lastwagen und die beiden Männer beschreiben, die sie gesehen hatte. Ihre Beschreibung war detailliert, doch sie passte leider auf die halbe männliche Bevölkerung, und ihre Angaben zu dem Lastwagen passten auf viele Modelle. Sie sagte, die Männer hätten schwere Schränke und lange Kisten herausgetragen, doch sie konnte nicht genau sagen, was sich darin befand. Schließlich sei ein dritter Mann hinzugekommen, berichtete sie.

»Woher kam dieser dritte Mann?«

»Ich bin nicht sicher«, sagte Mrs Curry. »Plötzlich war da ein dritter Mann, der Sachen in den Lastwagen trug.«

Was wirklich mein Interesse weckte, war der Umstand,

wie viel sie über ihre Nachbarn wusste. Mrs Curry gab bereitwillig Auskunft, dass sie nur am Tag ihres Einzugs mit ihnen geredet habe.

»Auf jeden Fall sind das komische Leute da drüben. Der Mann ist selten zu Hause, und wenn, dann nur für ein paar Stunden.« Sie schaute mich an, dann senkte sie die Stimme. »Die Frau ist ein Flittchen. Sie zieht sich wie eine Prostituierte an, und es gibt einen jungen Mann mit einem silbernen SUV, der oft kommt.« Sie lehnte sich zurück und lächelte wissend. »Und er bleibt über Nacht. Oft. Er muss zehn oder fünfzehn Jahre jünger sein als sie.« Mrs Curry rümpfte die Nase, als würde sie einen Pups riechen.

Schön fürs Flittchen, dachte ich. Genau das Richtige, um die Nachbarschaft ein bisschen aufzumischen. Eine nuttige Katze, die auf der Jagd ist.

Nachdem ich mir Mrs Currys Kontaktdaten notiert hatte, beschloss ich, mit der Wildkatze zu reden. Aber davor musste ich zehn weitere Minuten lang nutzloses Nachbarschaftsgewäsch über mich ergehen lassen.

Erst als ich gerade das Haus verlassen wollte, sagte Mrs Curry etwas, das mich zum Nachdenken brachte.

»Ach, Detective? Der dritte Mann, der aufkreuzte, um den Lastwagen zu beladen – der sah dem Freund dieses Flittchens verflixt ähnlich.«

108 Cash

Erst nach zehn Uhr an diesem Morgen holten Cash und sein Partner O'Neal Mindy aus dem Bett und brachten sie zum Verhör auf das Revier. Sie mussten eine Kollegin hinzuziehen, die auf ihre Gefangene aufpasste, während sie sich anzog.

Unterwegs zum Revier erstaunte es Cash, dass Mindy fragte, ob sie zu spät zur Arbeit kommen werde. Wie schaffte es ein Pfuscher wie Harley Elliot, dass seine Mitarbeiter ihm so treu waren? Er versicherte ihr jedoch, dass die meisten Befragungen etwa eine Stunde dauerten. Allerdings behielt er für sich, dass es bei ihr vermutlich länger dauern würde. Er äußerte seine Überraschung, dass sie nicht zu Shelbies Beerdigung ging.

»Ich war in meinem Leben schon bei zu vielen Beerdigungen. Ich geh da nicht mehr hin. Ich weiß, das lässt mich schlecht dastehen, aber ich kann es einfach nicht. Heißt ja nicht, dass mir Shelbie egal war.«

Cash nickte. »Mindy, das verstehe ich. Viele Leute können nicht auf Beerdigungen gehen. Niemand denkt deshalb schlecht von Ihnen.« Dass er es dennoch sehr merkwürdig fand, wo Shelbie und sie doch so eng befreundet waren, behielt er für sich.

O'Neal hatte sich bereits um die Aufzeichnungsgeräte gekümmert und versorgte Mindy mit einer Flasche Wasser, während sie im Verhörraum wartete. In der Zwischenzeit rief Cash Murdock an und erkundigte sich, ob bei der Bestattung alles glattlief.

Murdock versicherte Cash, bei der Trauerfeier habe sich niemand auffällig verhalten. Aber Cash hatte sich nicht auf

Murdocks Einschätzung verlassen wollen und ein Videoteam von der Spurensicherung hingeschickt, das alle Besucher der Trauerfeier aufnahm. Er fand, das brauchte Murdock gar nicht zu wissen, denn das war meistens das Standardvorgehen, wenn sie es mit einem solchen Mordfall zu tun hatten.

Cash gesellte sich zu Mindy in den Verhörraum und setzte sich. Er klärte sie über ihre Rechte auf und machte ihr deutlich, dass sie die Befragung zu jedem Zeitpunkt unterbrechen und einen Anwalt verlangen konnte.

Die junge Frau nickte und sah ihn erwartungsvoll an.

Er lächelte. »Als wir das letzte Mal miteinander sprachen, haben wir darüber geredet, was passierte, als Sie Shelbie im Restaurant entdeckten.« Er beugte sich leicht vor. »Ich möchte, dass Sie mir erzählen, wie Sie Shelbie kennengelernt haben und ihre Freundin wurden.«

Mindy seufzte und lehnte sich zurück. Sie entspannte sich. »Sie wissen vermutlich, dass Harley richtig gutes Geld zahlt. Mehr als andere Restaurantbesitzer. Es kommen also ständig Kids rein und geben ihre Bewerbung ab. Eines Abends war echt viel los. Die Küche produzierte am laufenden Band Pizzen und andere Gerichte, und wir Mädchen rannten, so schnell wir konnten. Trotzdem war der Wartebereich überfüllt. Harley lief rum und half, wo er konnte.« Mindy verstummte und lächelte kurz. »Da kam Shelbie rein. Normalerweise hätte Harley sie verjagt und ihr gesagt, sie solle später wiederkommen, aber es war klar, dass er sie sofort mochte.«

»Sie sagen, es war klar, dass er sie mochte«, sagte Cash. »Was genau meinen Sie damit?«

Mindy beugte sich vor und stützte die Ellbogen auf den Tisch und das Kinn in die Hand. »Mann, es war, als würde für ihn die Zeit stillstehen. Ihm war total egal, was im Restaurant los war. Er wollte nur, dass sie möglichst schnell das Bewerbungsformular ausfüllte. Er nahm sie sogar mit ins Büro«, fügte sie hinzu, »und hat sie vom Fleck weg engagiert. Sie hat noch am selben Abend angefangen.«

»Wie fühlten Sie sich, als sie so leicht den Job bekam?«

Sie schnaubte und winkte ab. »War mir egal. Sie würde mir ja das Trinkgeld nicht nehmen. Sie war süß, aber zu jung, um schon als Bedienung zu arbeiten.«

»Aber dann wurden Sie zwei Freundinnen, richtig?«

»Ja, in der nächsten Woche bemerkte ich dann, wie verstörend es für Shelbie war, wenn Harley mit ihr rumblödelte.«

»Ja, richtig. Über seine Witzchen haben wir schon letztes Mal geredet. Warum hat sie nicht gekündigt?«

Mindy starrte ihn so entsetzt an, als hätte er gerade angeboten, den heißesten Teenieschwarm zu massakrieren.

»Das Geld.« Sie klang, als halte sie ihn für einen Idioten. »Harley hat ihr mehr als den doppelten Mindestlohn gezahlt. Er bezahlt uns gut.«

»Hat sie Ihnen erzählt, warum sie das Geld so dringend brauchte? Waren Sie mal bei ihr zu Hause?«

Mindy schüttelte den Kopf. »Ich bin nie zu ihr nach Hause gegangen. Shelbie sagte, sie wollte den Job, weil ihre Eltern ihren Brüdern mehr Freiheiten ließen und sie immer einengten.« Mindy überlegte. »Sie hasste es, dass sie die Einzige war, die auf eine öffentliche Schule ging. Sie wollte zu Hause unterrichtet werden und ins Geschäft der Jungs einsteigen.«

Das war neu für Cash. »Okay, Sie denken also, sie hat versucht, ihren Eltern zu zeigen, dass sie pflichtbewusst war und wie ihre Brüder Geld verdienen konnte?«

Mindy zuckte mit den Schultern. »Glaube schon. Also, ich weiß es nicht. Sie hat nur einmal darüber geredet.«

Cash nahm sich vor, die Saunders' zu fragen, wie Shelbie über ihre Schule gedacht hatte. »Was ist mit Jungs?«

»Was soll damit sein?«

»Hatte Shelbie einen Freund?«

»Wenn das so war, hat sie ihn nie erwähnt.«

Cash lächelte. »Ich dachte, Teenager reden ständig über Jungs.«

»Hören Sie, vielleicht habe ich einen falschen Eindruck vermittelt. Shelbie und ich waren bei der Arbeit nett zueinander. Das ist alles. Wir waren keine Busenfreundinnen, verstanden?« Mindy klang genervt und gelangweilt.

Höchste Zeit, sie etwas wachzurütteln. »Okay. Und warum haben Sie mir nicht gesagt, dass Walt Lamb Ihr Halbbruder ist?«

109

Maddie

Hatte ich Mrs Curry als einsame, neugierige Nachbarin abhaken wollen, so hatte sie mir mit dem Hinweis, dass einer der drei Männer dem Freund der Nachbarin ähnlich sah, in letzter Sekunde doch noch eine wichtige Information geliefert.

Vielleicht war das die fehlende Verbindung zwischen unseren Opfern. Vielleicht machte sich dieser Lustknabe an ältere, einsame Ehefrauen heran und raubte sie dann aus. Die Frau würde den Einbruch melden, aber den Kerl mit keinem Wort erwähnen, weil sie fürchtete, ihr Mann würde dann von ihrer Affäre erfahren.

Ich zerbrach mir den Kopf, konnte mich aber nicht daran erinnern, ob all unsere Einbruchsopfer verheiratet waren.

Doch ich war aufgeregt. So sehr, dass ich Jade eine Nachricht schrieb. *Ich habe eine gute Spur zu unseren Einbrechern.*

Ich wollte zurück zum Wachmann und mal sehen, was der Superdetektiv auf den Videos gefunden hatte. Ich hoffte, einen Blick auf den Weiberhelden im SUV werfen zu können und vielleicht auch sein Kennzeichen zu bekommen. Dann wären wir echt einen Schritt vorangekommen.

Als ich an dem Bungalow eintraf, vibrierte mein Telefon. Eine Nachricht von Jade: *Mac ist unterwegs nach Hause. Ich komme gleich direkt nach Tuscan Breeze.*

Ich schrieb zurück: *Okay.*

Der Möchtegern-Cop stand schon in der Tür. »Ich konnte das Video nicht überspielen, aber ich konnte es aufrufen. Ich kann es Ihnen vorspielen, wenn Sie möchten.«

»Hervorragend! Gibt es einen Zeitstempel? Mich interessiert der Mittwoch zwischen neun Uhr früh und sechs Uhr abends.«

Der Wachmann brauchte ein paar Minuten, bis er die richtige Stelle in dem Video fand. Ein silberner SUV fuhr auf das Gelände und direkt dahinter ein großer Lastwagen. Ich ließ den Wachmann zurückspulen und anhalten, um mir die Kennzeichen zu notieren. Es überraschte mich nicht, dass der SUV nur ein vorläufiges Nummernschild hatte. Das machten Leute oft, wenn sie nicht wegen Rotverstößen erwischt werden wollten. Oder, wie in diesem Fall, um ihre illegalen Aktivitäten zu verschleiern.

Aber der Lastwagen hatte ein Kennzeichen. Ich gab es über Funk ans Dezernat durch. Es war ein gestohlen gemeldetes Kennzeichen.

Ich bat den Möchtegern-Cop, weiter zurückzuspulen.

Vielleicht konnte ich einen der Verdächtigen identifizieren. Leider war die Kamera so eingestellt, dass sie nur die Fahrzeuge filmte und nicht die Insassen erfasste.

Ich wandte mich an meinen persönlichen Filmvorführer. »Kennen Sie den Mann im SUV?«

Der Wachmann neigte nachdenklich den Kopf zur Seite. »Nein, aber ein Kollege hat mir erzählt, ein Typ in einem silbernen SUV nagelt eine Anwohnerin. Könnte der Typ in dem Video sein.«

»Wissen Sie, ob Anwohner am Portofino Place oder auf dem Weg dorthin Kameras haben, die auf die Straße gerichtet sind?«

Der Mann dachte für einen Moment nach. »Versuchen Sie's mal mit dem Citrus Cottage. Das ist das große weiße Anwesen mit den Orangenbäumen davor, kurz bevor man in den Portofino einbiegt. Ich glaube, deren Kameras reichen bis zur Mitte der Straße.«

Ich wollte den Jungen gerne fragen, ob er etwas über die reife Frau und ihren Ehemann wusste, hatte aber vergessen, mir die Adresse zu notieren. Darum versuchte ich, ihm das Haus zu beschreiben, aber er konnte es einfach nicht zuordnen. Ich wollte schon gehen und nach dem Haus mit den Orangenbäumen suchen, als er noch etwas sagte.

»Wenn mein Vorgesetzter heute Abend kommt, gebe ich ihm Bescheid, dass er Ihnen das Video auf den USB-Stick laden soll.«

»Vielen Dank.«

Es dauerte nur drei Minuten, das Citrus Cottage zu finden. Es wurde vielleicht als Cottage bezeichnet, doch in Wahrheit war es ein riesiges Anwesen. Vermutlich eines der größten im ganzen Wohngebiet.

Nachdem ich dem Butler meine Marke gezeigt hatte, wurde ich zum Hausverwalter geführt. Ich erklärte ihm, was ich wollte, und er führte mich in den Sicherheitsraum. Die Einrichtung in dem Raum erinnerte mich eher an die Überwachungstechnik eines großen Casinos in Las Vegas. Eine Wand wurde von Flachbildschirmen eingenommen, über die fast jeder Zentimeter des Grundstücks beobachtet werden konnte.

Es dauerte nicht lange, bis der Verwalter mir ein Video zeigen konnte, auf dem der SUV am Citrus Cottage vorbeifuhr. Die Qualität dieses Videos war viel besser als die desjenigen im Büro der Sicherheitsfirma. Er hielt das Video an, als der SUV direkt vor der Kameralinse war.

»Können Sie näher heranzoomen, damit man das Gesicht des Fahrers sieht?«

»Sicher«, sagte er und füllte die ganzen fünfzig Zoll mit dem pixeligen Gesicht des Fahrers. »Warten Sie, das geht noch schärfer«, sagte er und drehte an einem Knopf.

Ich konnte meinen Augen kaum trauen. Das Foto war deutlich wie nur irgendwas und zeigte Blake Saunders. Nachdem wir uns überzeugt hatten, dass es von den Typen im Lastwagen kein anständiges Bild gab, schaltete der Verwalter wieder auf Blakes lächelndes Gesicht um. »Können Sie das für mich ausdrucken?«, bat ich.

Er druckte mir nicht nur den Schnappschuss von Blake Saunders aus, sondern kopierte das Video auf einen USB-Stick und gab ihn mir mit. Nachdem ich ihn gebeten hatte, die Videoaufzeichnung nicht zu löschen, bedankte ich mich überschwänglich und stieg ins Auto. Höchste Zeit, die Ehefrau aufzusuchen.

110 Cash

Zum ersten Mal, seit Cash mit dem Verhör begonnen hatte, huschte ein Anflug von Angst über Mindys Gesicht. Dann zuckte sie mit den Schultern. »Welche Rolle spielt es denn, dass Walt und ich denselben Vater haben?«

»Ich bin nicht sicher, ob es eine Rolle spielt. Aber die Tatsache, dass Sie mir diese Information vorenthalten haben, wirft für mich die Frage nach dem Warum auf.«

»Ich habe nichts zu verbergen. Ich dachte einfach, das sei nicht von Bedeutung.«

»Okay, dann erzählen Sie mir von Ihrer Familie.«

»Nun, Sie haben vermutlich schon mit Walt geredet und wissen, was für eine beschissene Kindheit ich hatte.«

»Ich weiß, dass Ihre Mutter starb und Ihr Vater alkoholabhängig wurde. Walt und Sie kamen danach in Pflegefamilien. Warum erzählen Sie mir nicht den Rest?«

»Weil es nicht mehr zu sagen gibt. Ich wurde in verschiedenen Pflegefamilien herumgereicht, und nach ein paar Jahren wurde ich adoptiert.«

»Haben Sie außer Walt noch andere Geschwister?«

»Nein. Die einzigen Blutsverwandten, die ich habe, sind Walt und mein Vater. Er könnte genauso gut tot sein.«

»Kommen Sie und Walt gut miteinander aus?«

»Abgesehen von der Arbeit sehen wir uns nicht oft.«

»Wie kommt es, dass Sie beide für Harley arbeiten?«

Mindy seufzte. »Walt ist vor einer Weile in Schwierigkeiten geraten. Danach hatte er Probleme, einen Job zu finden. Da habe ich ihm von der offenen Stelle bei Harley erzählt. Und ein gutes Wort für ihn eingelegt.«

»Wie kamen Walt und Shelbie miteinander aus?« Cash beobachtete Mindy scharf.

»Ich glaube, Shelbie mochte Walt. Sie ging oft zu ihm an die Bar und hat bei jeder Gelegenheit mit ihm geflirtet.«

»Mochte Walt Shelbie?«

»Er hat sie wie eine Schwester behandelt.« Mindy rutschte auf dem Stuhl herum. »Er mochte es nicht, wie Harley die Mädchen behandelte. Ich glaube, er hat versucht, Shelbie zu beschützen. Das haben wir alle.«

»Warum wollten alle sie beschützen?«

»Weil sie so jung war. Wir anderen waren alle älter und hatten schon erlebt, dass Perverse uns anmachten oder berührten. Shelbie war nicht so. Sie kannte sich mit Männern einfach nicht aus.«

»Haben Sie versucht, sie über Männer aufzuklären?«

Mindy schüttelte den Kopf. »Nein. Aber ich habe versucht ihr klarzumachen, dass sie Harleys Vorliebe zu ihrem Vorteil nutzen soll.« Mindy beugte sich vor. »Ich habe ihr gesagt, Harley macht gern Witze über die Mädchen und ja, handgreiflich wird er auch gerne. Aber er macht es immer wieder gut, gibt uns extra Geld am Ende des Abends und so. Ich glaube, Shelbie war einfach zu jung und naiv.«

Cash nickte. »Okay.« Er beugte sich ebenfalls vor, und Mindy zog sich sofort wieder zurück.

»Also, an dem Abend bevor Sie Shelbies Leiche gefunden haben, wollten Sie und Shelbie Harley im Restaurant treffen.«

»Ja. Ich wollte Shelbie helfen, damit Harley versteht, dass sie es nicht mag, wie er sie behandelt.«

»Aber zu dem Treffen kam es nicht, richtig?«

»Nein. Im letzten Moment dachte Shelbie, Harley habe die Botschaft verstanden und würde sie in Ruhe lassen.«

»War Shelbie an dem Abend bei Ihnen, als Sie den Laden zumachten?«

Mindy dachte kurz nach. »Ja. Harley und die Jungs warten immer, bis wir Mädchen in unseren Autos sitzen und wegfahren. Shelbie war auch da.«

»Haben Sie Shelbie danach noch mal gesehen?«

Tränen füllten Mindys Augen. »Nicht, bis ich sie tot aufgefunden habe.«

Cash schob eine Taschentuchbox über den Tisch. »Erzählen Sie mir noch mal, was an dem Tag passierte, als Sie Shelbie im Restaurant fanden.«

»Ich kam zur Arbeit, und die Tür war nicht abgeschlossen. Das fand ich komisch, weil Harley sonst immer abschließt.«

»Okay. Was haben Sie dann gemacht?«

»Ich habe nach Harley gesucht, aber er war nicht da. Ich ging in sein Büro und dann zurück in den Restaurantbereich.«

»Was passierte dann?«

»Ich entdeckte Blut auf dem Küchenfußboden. Viel Blut.«

»Was haben Sie gemacht?«

Mehr Tränen füllten ihre Augen und rannen ihr übers Gesicht.

»Ich hatte Angst. Ich wollte das nicht sehen. Aber ich bin trotzdem hin.« Mindy zog eine Handvoll Taschentücher aus der Box und drückte sie sich vor die Augen. »Es war Shelbie.«

»Und dann?«

Sie senkte die Hände. »Ich wählte den Notruf. Die Frau bat mich zu prüfen, ob Shelbie noch atmete. Ich sagte ihr, nein, sie atmet nicht mehr. Dann bat sie mich, nach einem

Puls zu tasten, aber die Verbindung wurde unterbrochen, und dann kam auch schon die Polizei.«

»Sie haben Shelbie also nicht angefasst?«

Mindy zog noch eine Handvoll Taschentücher aus der Box und drückte sie sich an die Augen. »Doch, habe ich. Nachdem die Verbindung unterbrochen war, fiel mir ein, dass ich vielleicht Wiederbelebung versuchen sollte. Also habe ich es versucht, aber ohne Erfolg.«

»Sie sagen also, dass Sie bei Shelbie Wiederbelebungsversuche machten, als sie auf dem Boden lag?«

»Ja.«

»Sind Sie dafür ausgebildet?«

»Nein, aber ich habe es oft im Fernsehen gesehen. Außerdem ist es besser, irgendwas zu tun als gar nichts, oder?«

»Haben Sie jemandem von der Herzdruckmassage erzählt?«

»Ich glaube nicht.«

»Warum nicht?«

»Weil es nicht funktionierte. Die Leute denken eh schon, dass ich eine Versagerin bin. Warum ihnen noch mehr Gründe dafür liefern?«

»Als ich zu Harley's Hot Pieces kam und mit Ihnen redete, haben Sie die Wiederbelebung mit keinem Wort erwähnt. Warum nicht?«

»Sie haben nicht danach gefragt.«

Das Blut, das ihm durch die Adern rauschte, wärmte sein Gesicht. Cash wusste, dass sie log. Aber wie konnte er das beweisen? Er wusste, dass das Video dieses Verhörs vor Gericht verwendet werden würde, weshalb er ruhig bleiben musste.

»Nun, mich interessiert noch etwas, Mindy.«

Sie schaute ihn erwartungsvoll an.

»Wir haben Ihre DNA unter Shelbies Fingernägeln gefunden, vermischt mit Ihrem Blut. Zusammen mit weiteren Hautzellen fanden wir außerdem eine Haarsträhne von Ihnen. Wir werden noch Fotos von Ihrem Körper machen, und ich bin sicher, wir werden dort Kratzer finden. Sie wissen wahrscheinlich nicht mal, dass Sie sie haben.« Er zögerte ein paar Sekunden. Dann senkte er die Stimme und zwang sich, möglichst freundlich zu klingen. »Warum erzählen Sie mir nicht, was wirklich passiert ist? DNA lügt nicht.«

DNA log vielleicht nicht. Aber er belog Mindy. Er hatte keine Hautzellen gefunden, genauso wenig ihre Haare an Shelbies Leiche. Er folgte nur seiner Intuition.

Ihr Gesicht wurde so bleich, dass er fürchtete, sie könnte ohnmächtig werden. Sie atmete ganz flach. Er beobachtete sie nur und wartete.

»Shelbie war ein nettes Mädchen. So hübsch und süß. Jeder hat sie geliebt.«

»Weiter.«

»Ich mochte Shelbie sehr. Ich habe mir die Geschichte mit dem Treffen mit Harley ausgedacht und ihr erzählt.« Mindy putzte sich die Nase. »Später an dem Abend sagte ich ihr, Harley wollte nicht, dass die anderen glaubten, er würde uns bevorzugen. Darum sollten wir mit den anderen wegfahren und fünfzehn Minuten später wiederkommen.«

»Haben Sie das gemacht? Sind Sie weggefahren und zurückgekommen?«

Mindy nickte. »Sobald alle weg waren, fuhr ich zurück. Ich schloss die Tür auf und schaltete die Alarmanlage aus, so als wäre Harley schon da. Dann ging ich zurück zu meinem Auto und wartete auf Shelbie.«

»Wie sind Sie ins Restaurant gekommen?«

»Als Harleys Frau noch im Restaurant mitgearbeitet hat, ging sie manchmal früher, wenn er frei hatte, und ließ mich dann abschließen. Sie hatte mir einen Schlüssel gegeben. Harley wusste nichts davon.«

»Okay. Was passierte, als Sie in Ihrem Wagen auf Shelbie warteten?«

»Sie parkte neben mir. Wir stiegen aus und gingen ins Restaurant.« Mindy zögerte. »Ich wollte mit ihr allein sein, damit ich ihr meine Gefühle gestehen konnte. Ich habe ihr gesagt, Harley sei in der Küche.«

»Was geschah dann?«

»Als wir in die Küche kamen, fragte sie, wo Harley sei. Ich glaube, sie war etwas in Sorge. Ich sagte ihr, er müsste auf dem Klo sein.« Mindy fing wieder an zu weinen. »Shelbie sagte, sie wolle im Restaurant auf ihn warten. Ich packte ihren Arm und sagte, ich wollte mit ihr reden. Sie bekam Angst, das konnte ich in ihren Augen sehen.«

Die Tränen strömten jetzt immer schneller.

»Ich habe ihr gesagt, sie müsse keine Angst haben und dass ich ihr nie wehtun würde. Dass ich sie liebte. Da habe ich sie geküsst.« Mindy schluchzte. »Sie hat mich weggestoßen! Sie sagte, ich sei ja verrückt und sie wäre nicht so eine. Da habe ich sie wieder gepackt, und sie wollte sich aus meiner Umklammerung befreien. Ich konnte sie kaum kontrollieren.«

»Was haben Sie dann gemacht?«

»Ich weiß nicht. Keine Ahnung! Ich erinnere mich dann nur, wie ich ein Messer in der Hand hatte und es ihr in den Rücken rammte. Dann fiel sie auf den Boden, und ich stieß immer wieder mit dem Messer auf ihren Körper ein. Ich wollte das nicht! Ich liebte sie, aber sie hat die Liebe nicht erwidert … Wie auch sonst niemand in meinem Leben.«

Cash saß still da und ließ Mindy in die Hände weinen. Er genoss es, zur Wahrheit vorgedrungen zu sein, doch die Tatsache, dass Shelbie tot war und Mindys Leben vergeudet, vergällte ihm alles.

Das war es, was er an der Arbeit als Mordermittler hasste. Manchmal verlor man selbst dann, wenn man gewann.

111 Maddie

Ich hatte das Citrus Cottage gerade verlassen und war auf dem Weg zum Haus der Ehebrecherin, als Jade mich anrief.

»Hey, ich gehe gerade aus dem Haus. Wo steckst du?«

»Ich bin unterwegs zu unserem möglichen Einbruchsopfer. Du errätst nie, wer einer unserer Einbrecher ist.«

»Wer denn?«

»Blake Saunders.«

»Was?«

Ihre Verwunderung überraschte mich nicht.

»Shelbie Saunders' Bruder? Mann, jetzt frage ich mich aber schon, ob das was mit ihrer Ermordung zu tun hat.«

»Ich weiß. Ich bin fast da. Es wäre zu kompliziert, dir alles zu erklären. Komm einfach zu dem Haus seiner Gespielin. Warte, ich gebe dir die Hausnummer.«

Ich fuhr zum Portofino Place und schaute auf die Hausnummern. Obwohl ich noch ein paar Häuser entfernt war, konnte ich mir jetzt die richtige Nummer ausrechnen und gab sie Jade durch. Dann hielt ich am Bordstein und sah gerade noch, wie ein Mann das Haus betrat. War das etwa der Ehemann?

»Jade, ich muss jetzt los. Bis gleich.«

Ich konnte nicht genau sagen, warum, aber irgendwas an dem Mann ließ bei mir sämtliche Alarmglocken schrillen. Über Funk gab ich meine Position durch und stieg aus dem Wagen. Die Tür warf ich nicht zu, um nicht unnötig Aufmerksamkeit auf mich zu ziehen.

Ich ging zur Haustür. Es war eine dieser modernen Türen mit einem Glasoval in der Mitte. Obwohl das Glas klar war, wurde durch die Struktur das, was sich im Innern abspielte, verzerrt. Neben der Tür waren zwei Lampen, passend zum Glasoval.

Ich wollte gerade anklopfen, als ich sah, wie sich die Gestalt eines Mannes durch den Eingangsbereich bewegte. Ich war ziemlich sicher, dass es sich um den Mann handelte, den ich soeben ins Haus hatte gehen sehen.

Mein Instinkt ließ mich sofort zwei Schritte zur Seite weichen, und ich drückte mich gegen die Hauswand.

Ich sah ein verzerrtes Gesicht, das sich gegen das Oval in der Tür presste. Nach wenigen Sekunden war es wieder weg.

Ich wusste nicht, was ich tun sollte. Vielleicht war das der Ehemann, und er hatte mich durch das Glaselement gesehen und schaute nur nach. Aber warum öffnete er dann nicht die Tür und sah hinaus?

Ich hatte wieder dieses unbestimmte Gefühl, dass irgendwas nicht stimmte. Für gewöhnlich konnte ich mich auf meine Intuition verlassen, und meine erhöhte Alarmbereitschaft verhalf mir oft zu einer besonders spektakulären Festnahme oder bewahrte mich davor, verletzt zu werden.

Unter normalen Umständen würde ich eine andere Einheit rufen, aber ich war ja nicht mal sicher, dass irgendwas nicht stimmte. Außerdem war Jade schon unterwegs.

Ich trat an das Fensterchen neben der Tür und schaute rasch hinein. Im Innern regte sich nichts. Trotzdem wollte ich nicht klopfen.

Maddie, du weißt, dass irgendwas nicht stimmt. Steh hier nicht rum, unternimm etwas.

Ich beschloss, das Haus zu umrunden. Vielleicht konnte ich von einem anderen Fenster aus mehr erkennen. Ich setzte mich in Bewegung, um zur Seite des Hauses zu gelangen. Es gab ein schmiedeeisernes Tor, das mit einem Schloss gesichert war.

Wieder überlegte ich, was jetzt das Klügste wäre. Es dauerte nur Sekunden, auf die niedrige Steinmauer zu springen, die das Grundstück von dem der Nachbarn trennte. Mühelos wie eine Turnerin auf dem Barren balancierte ich auf der Mauer. So kam ich an dem Tor vorbei zu einer Stelle, wo ich problemlos in den Garten der Ehebrecherin springen konnte.

Ich umrundete das Haus und blickte dabei in jedes Fenster, entdeckte aber nichts Ungewöhnliches. Dann erreichte ich die Hausrückseite und sah durch das Küchenfenster. Eine makellos saubere Küche, aber keine Bewohner.

Auf dem Weg entlang der Rückseite kam ich zu einer Reihe Schiebetüren. Ich riskierte noch einen schnellen Blick. Das Entscheidende dabei ist, dass man den Blick einmal schweifen lässt und sich sofort zurückzieht und dann überlegt, was man gesehen hat.

Ich war nicht sicher, ob ich richtig gesehen hatte. Ich riskierte einen zweiten Blick, aber der Moment war vorbei. Ich *glaubte*, gesehen zu haben, wie ein Mann die Treppe hochging und sich eine schwarze Skimaske über den Kopf zog.

Mein Herz hatte angefangen zu hämmern, seit ich mich der Haustür genähert hatte. Jetzt flatterte mein Puls wie ein Kolibri. Hatte ich gerade gesehen, was ich glaubte zu sehen? Ich wusste, dass ich nicht einfach abwarten konnte. Irgendwie musste ich ins Haus gelangen. Aber wie?

Dann sah ich es. Mein goldener Schlüssel ins Innere des Anwesens – die Hundetür. Einbrecher verschaffen sich manchmal so Zutritt. Warum also nicht ich? Ich hatte nichts von einem Hund gesehen, und ich betete, dass die Tür nicht verriegelt war.

Ich ließ mich auf alle viere runter und drückte den Kopf gegen die dicke Plastikfolie, die vor der großen Öffnung in der Hintertür hing. Dahinter lag die Waschküche. Ich hörte einen erstickten Schrei. Ich schob mich rein. Innerhalb von Sekunden stand ich im Haus und lief von der Waschküche weiter in einen Flur. Ich wusste, mit diesem Eindringen bewegte ich mich gesetzlich in einer Grauzone, aber mein Bauchgefühl riet mir weiterzugehen.

Was war das? Ich hörte ein Poltern.

Ich zog meine 45er Smith and Wesson aus dem Holster und hielt sie nach unten gerichtet, als ich zur Vorderseite des Hauses und damit zur Haustür ging. Ich stieg die Treppe hoch, auf der ich erst vor wenigen Augenblicken einen Mann mit Skimaske gesehen zu haben glaubte.

Ich erreichte den oberen Treppenabsatz und orientierte mich. Nur eine Tür war geschlossen. Als ich mich näherte, drangen die erstickten Laute von jemandem durch die Tür, der gerade verprügelt wurde.

Mein Magen rebellierte, und ich spürte, wie sich etwas in meiner Kehle ballte und mir die Luft abdrückte. Vor der

Tür blieb ich für eine Millisekunde stehen und atmete tief durch, ehe ich sie auftrat.

Ich war nicht überrascht, einen Mann zu sehen, der mit einer schwarzen Skimaske über dem Gesicht rittlings auf einer Frau saß, die er mit den Fäusten bearbeitete.

»Polizei! Zeigen Sie mir Ihre Hände!«

Der Angreifer drehte sich zu mir um. Seine Augen wurden vor Überraschung riesengroß.

»Ich werde dir jetzt ganz genau sagen, was du zu tun hast, Arschloch«, sagte ich. Wut, Machtgefühl und Entschlossenheit brachten mein Blut in Wallung. Ich richtete die Waffe auf ihn. »Du hebst jetzt langsam die Hände über den Kopf.«

Seine Hände gingen langsam hoch, aber als er seine Hüfte erreichte, zog er plötzlich eine Waffe aus dem Hosenbund.

Ich schoss ihm in den Kopf. Der Kopf ruckte zurück, und sein Körper brach zusammen und sackte nach rechts, die Waffe noch in seiner Hand.

Die Frau auf dem Bett wimmerte, ob vor Schmerzen oder Angst, konnte ich nicht sagen.

Langsam ging ich auf das Bett zu. Ich riss dem Angreifer rasch die Waffe aus der Hand, und als er sich nicht rührte, legte ich sie auf den Boden und zückte die Handschellen. Ich steckte meine Waffe weg und legte dem Vergewaltiger die Handschellen so schnell als möglich an.

In dem Moment hörte ich die polternden Schritte auf der Treppe. Ein Mittäter? Jade?

Ich drehte mich um und richtete meine Waffe auf die Tür.

Ein dunkelhaariger Riese stürmte ins Zimmer und zielte mit einer enormen Halbautomatik auf mich.

»Polizei, Waffe fallen lassen!«, rief ich.

»Das ist mein Haus, Sie lassen gefälligst die Waffe fallen«, konterte er. Dann feuerte er auf mich und verfehlte mich.

Mir blieb keine Zeit, irgendwo Schutz zu suchen. Ich feuerte zwei Schüsse auf seinen Rumpf ab und traf ihn offenbar, denn er sackte auf dem Boden zusammen.

Jetzt hörte ich wieder Schritte auf der Treppe. Ich lud vorsichtshalber nach und legte ein neues, größeres Magazin ein. Dann bezog ich hinter einem Schrank Stellung. Ich zielte auf die Tür. Nach wenigen Sekunden hörte ich Jade nach mir rufen. Ich konnte sie nicht sehen, antwortete aber sofort.

»Mir geht's gut, Jade. Hier ist ein Verdächtiger an der Türschwelle zum Schlafzimmer. Einen halben Meter vor ihm liegt eine Waffe. Ich geb dir Deckung, wenn du ihm Handschellen anlegst.«

»Verstanden.«

Nur Sekunden später kam meine Partnerin in Sicht und trat die Waffe weit ins Schlafzimmer und damit außer Reichweite des Verdächtigen. Mit einer schnellen Bewegung hatte sie seine Hände gefesselt. »Er ist getroffen.«

Sobald ich wusste, dass der Koloss bewegungsunfähig war, forderte ich über Funk einen Vorgesetzten, zwei Rettungswagen und vier Streifenwagen an. Die Kollegen würden aus dieser Anforderung den richtigen Schluss ziehen, nämlich dass ich jemanden niedergeschossen hatte.

Dann näherte ich mich der Frau. Die Hände und Füße waren jeweils mit einer gestreiften Krawatte gefesselt. Das Gesicht war blutüberströmt und schwoll bereits an. Ein Waschlappen war in ihren Mund gestopft und bereitete ihr starke Atemnot. Sie war ziemlich übel zugerichtet, aber ich konnte nicht einschätzen, ob sie bereits vergewaltigt worden war.

Ich zog den Knebel aus ihrem Mund, und sie begann zu heulen. Auf dem Toilettentisch entdeckte ich eine Schere und nahm sie, um die Krawatten um ihre Handgelenke und ihre Knöchel zu durchschneiden, wobei ich die Knoten unberührt ließ, damit die Leute im Labor sie mit den anderen Knoten vergleichen konnten, die der Valley-Vergewaltiger geknüpft hatte.

Leise sprach ich mit der Frau auf dem Bett und versuchte, sie zu beruhigen. Schließlich führte ich sie zu einem Polsterstuhl vor dem Toilettentisch. Sie zog den blauen Satinmorgenrock, den sie anhatte, enger um sich und stellte die Füße auf die Sitzfläche und umschlang die Knie mit den Armen.

Dann trat ich wieder zu dem ersten Kerl und tastete nach seinem Puls. Er war so tot wie ein überfahrener Waschbär.

»Lassen Sie mich mit Sylvia reden«, keuchte der große Mann in Jades Richtung.

»Gleich kommt ein Rettungswagen für Sie«, sagte sie nur. Dann sah ich, dass sie den Mann mit der Maske betrachtete, auf den ich geschossen hatte.

Wir konnten die Sirenen der heranrauschenden Verstärkung bereits hören.

»Wer ist das?«, fragte sie mich und näherte sich dem Toten auf dem Bett.

»Ich weiß es nicht. Soll ich nachsehen?«

»Mach das lieber, bevor alle anderen hier sind.«

Ich hatte oft von diesem Moment geträumt – meinem Vergewaltiger noch einmal von Angesicht zu Angesicht gegenüberzustehen. Aber jetzt zögerte ich.

»Willst du, dass ich schaue?«, fragte Jade. »Wenn die

Dienstaufsicht erst hier ist, bekommst du nicht noch mal die Chance.«

Ich atmete tief durch und trat ans Bett. Dann schob ich die Finger unter den Rand der schwarzen Skimaske. Ich zog sie über das Gesicht nach oben und schnappte nach Luft.

Es war Shelbies Bruder Jeremy Saunders.

112 Blake

Blake starrte aus dem Fenster der Stretchlimousine, die vom Friedhof nach Porter Ranch fuhr. Er versuchte, das Weinen seines Vaters auszublenden. Immer wieder blickte er verstohlen zu seinen Eltern und Onkel Jack. Seine Mutter war reglos wie eine Statue, während Onkel Jack leise mit dem Caterer im Haus telefonierte.

Seine Eltern konnten es nicht sehen, aber Logan hatte einen Kopfhörer in sein Handy gesteckt und lauschte mit geschlossenen Augen der Hip-Hop-Scheiße, die er so sehr mochte.

Als die Limousine vor dem Haus hielt, sah Blake einen dunkelblauen SUV vor der Einfahrt stehen. Zwei andere Fahrzeuge parkten in zweiter Reihe, und hinter der Heckscheibe blinkten orange Lichter. Polizei. Was hatten sie vor dem Haus zu suchen? Blakes Herz begann so heftig zu hämmern, dass er das Pulsieren bis in die Ohren spürte.

Offenbar erkannten die anderen Familienmitglieder die Polizeifahrzeuge auch. Trotz ihrer Trauer verließen sie rasch den Wagen. Im selben Moment ging die Beifahrertür des SUV auf, und Blake traute seinen Augen nicht, als der Polizeichef ausstieg. Er war viel kleiner, als er im Fernsehen wirkte.

Der Mann war beeindruckend. Die Bügelfalten der Uniform waren scharf wie Messer, und die sechs Dienstzeitstreifen am linken Ärmel ließen Blake an Klaviertasten denken. Was hatte er hier zu suchen?

Zu Blakes Überraschung lief sein Vater auf ihn zu. »Haben Sie was gehört? Haben Sie den Hurensohn, der meine Tochter ermordet hat?«

»Mr Saunders, ich möchte mit Ihnen und Ihrer Frau im Haus reden. Darf ich mit reinkommen?«

»Ja, ja. Sagen Sie mir nur, dass Sie ihn haben.«

Irgendwas stimmt hier nicht, dachte Blake. Der Polizeichef verhielt sich merkwürdig, und sein Gesichtsausdruck war fast gequält, als drückten ihn die Schuhe oder etwas in der Art. Er begleitete die Familie nicht allein ins Haus, sondern ihnen schlossen sich auch einige Polizisten in Uniform an. Einer der Männer trug ein kleines, goldenes Kreuz am Kragen.

Die Familie betrat den Eingangsbereich.

»Können wir uns irgendwo ungestört unterhalten?«

Blake spürte, dass auch seine Eltern inzwischen die merkwürdigen Schwingungen auffingen.

»Ist irgendwas passiert?«, fragte seine Mutter den Polizeichef.

Ein anderer Mann in Uniform mit zwei Balken am Kragen trat zu Onkel Jack. »Bitte. Wir müssen ungestört sein.«

Onkel Jack nickte und zeigte zu dem Arbeitszimmer – dem Raum mit der durchsichtigen Glastür.

»Sir«, sagte Mr Doppelbalken, »gibt es keinen ungestörteren Ort? Am besten mit einer soliden Tür.«

Inzwischen war Blake wirklich alarmiert. Irgendwas lief hier schrecklich falsch. Wollten sie ihn und seine Brüder festnehmen? Wollten sie dem Schlag die Wucht nehmen, indem sie erst mit seinen Eltern redeten?

Onkel Jack führte sie den Flur entlang zu dem Gästezimmer, in dem er seit Shelbies Tod wohnte. »Ich denke, ich sollte bei ihnen bleiben«, sagte Onkel Jack.

»Ich finde, das, was Sie zu sagen haben, sollten Sie der ganzen Familie mitteilen«, warf Blakes Vater ein.

Blake sah seinen Vater überrascht und voller Bewunderung an. In seiner Stimme schwang deutlich mit, dass er sich in diesem Punkt nicht nachgiebig zeigen würde.

»Bei allem Respekt«, setzte Mr Doppelbalken an.

»Vance, das ist schon in Ordnung«, sagte der Polizeichef. Er sah Onkel Jack an. »Können Sie alle bitten, das Haus zu verlassen, die nicht zum engsten Familienkreis gehören? Meine Officers helfen Ihnen dabei.«

Selbst Onkel Jack wirkte jetzt beunruhigt.

Schließlich versammelten sie sich im Wohnzimmer. Das Einzige, was man hörte, war das Brummen des Kühlschranks in der Küche. Die Familie saß nebeneinander aufgereiht auf dem L-förmigen Sofa. Alle sahen aus, als wappneten sie sich für ihre eigene Hinrichtung.

Der Polizeichef stand vor ihnen. »Zuerst möchte ich Ihnen mein Beileid aussprechen. Ich will Ihnen auch sagen, dass wir im Zusammenhang mit dem Mord an Ihrer Tochter Shelbie eine Person festnehmen konnten.«

Er machte eine Pause, doch die Familie freute sich nicht über die Nachricht, weil sie wusste, dass noch mehr kam. Etwas Schlimmes.

»Die festgenommene Person ist eine neunzehnjährige Frau. Sie arbeitete als Bedienung bei Harley's Hot Pieces.«

Blake dachte sofort an das flachbrüstige Mädchen, mit dem er am Vorabend gesprochen hatte. War sie die Mörderin?

»Warum?«, flüsterte seine Mutter. Ihre Hand fuhr zur Kehle. »Wieso sollte ein anderes Mädchen Shelbie ermorden?«

»Es tut mir leid, Mrs Saunders, aber die Verdächtige wird noch verhört, und ich habe noch nicht alle Informationen.«

Blake beobachtete, wie der Polizeichef tief durchatmete und die Luft rasch entweichen ließ.

»Ich bin schon lange Polizist; aber das hier ist für mich das Schwerste, was ich je tun musste. Mr und Mrs Saunders, es tut mir leid, aber Ihr Sohn Jeremy wurde bei einer Schießerei getötet.«

»Nein! Das ist unmöglich. Er ist krank. Oben in seinem Zimmer.« Seine Mutter schrie auf, dann schoss sie aus dem Raum. Sie konnten hören, wie sie die Treppe hochrannte und Jeremys Namen rief.

Blakes Dad brach schluchzend zusammen. Onkel Jack beugte sich zu ihm und versuchte ihn zu trösten.

Logan saß still da. Sein Blick war glasig. Erst da wurde Blake bewusst, dass ihn dieser Schlag hart traf.

»Wa… was ist passiert?«, fragte Blake. Er bekam die Worte kaum heraus.

»Er wurde während einer Straftat von einer Kollegin erschossen.«

Blakes Vater rappelte sich auf und baute sich vor dem Polizeichef auf. »Welche Straftat? Was für ein Verbrechen könnte mein Sohn begangen haben, das es rechtfertigt, dass einer Ihrer schießwütigen Cops ihn ermordet?«

»Vergewaltigung, Mr Saunders. Ein Fall von schwerer Vergewaltigung.«

113 Maddie

Ich hatte noch nie so gut geschlafen. Beim Blick auf meinen Radiowecker war ich erst verwirrt, warum ich schon um vier Uhr aufwachte. Erst dann erkannte ich, dass es vier Uhr nachmittags war. Am Samstag. Ich hatte fast zwölf Stunden geschlafen. Dann erinnerte ich mich, dass ich den Mann ermordet hatte, der mich vergewaltigt hatte. Der Gedanke ließ mein Herz beben. Ich war so unendlich erleichtert.

Ich schwang mich aus dem Bett, ging kurz ins Bad und weiter in die Küche, wo ich die Kaffeemaschine einschaltete. Mein Handy lag zum Laden auf dem Tresen. Ich schaute auf das Display. Es waren viele Nachrichten eingegangen, aber meine Aufmerksamkeit wurde von der einen gefesselt, die von McCool kam. *Sehen wir uns heute?*

Ich schrieb zurück. *Ja, 1900.* Damit blieben mir noch drei Stunden. Ich überflog die restlichen Nachrichten. Eine kam von meiner Psychiaterin Angela Stevens.

Rufen Sie mich für ein Treffen an. Ich bin auch am Sonntag für Sie da.

Vermutlich hatte sie von der Schießerei gehört. Ich fragte mich, ob ihre Nachricht auf eine Anregung des Departments zurückging oder von ihr persönlich kam. Also rief ich sie an.

»Hi, Maddie, wie geht es Ihnen?«

»Mir geht's gut.«

»Wurden Sie verletzt?«

»Nein, alles gut. Ehrlich gesagt habe ich mich seit Jahren nicht so gut gefühlt.«

»Möchten Sie sich morgen mit mir treffen?«

»Kommt die Frage von Ihnen oder vom Department?«

»Beides.«

»Toll. Wann würde es Ihnen denn passen?«

»Wie wär's gegen zwei?«

»Okay, ich werde da sein.«

Ich legte auf, nahm mir Kaffee und einen kleinen Snack und ging danach duschen.

In Gedanken ging ich die Schießerei immer wieder durch. Bei der Vernehmung durch die interne Ermittlung letzte Nacht hatte ich meine Gedanken und Handlungen mehrmals rekapituliert. Die Gewerkschaft hatte einen Anwalt geschickt, damit ich nichts Dummes sagte, das mich ins Gefängnis bringen könnte.

Es war in gewisser Weise ein Déjà-vu, denn eine ähnliche Ermittlung hatte es vor gerade mal sechs Monaten gegeben, als mein Mann Travis ermordet wurde.

Aber in diesem Fall war die Sache kompliziert. Angefangen mit der Tatsache, dass ich in weniger als zwei Minuten auf zwei Männer geschossen hatte, wobei ich einen tötete. Schlimmer war, dass ich nicht wusste, wer der zweite Mann war oder warum er auf mich geschossen hatte.

Sobald die Kollegen am Tatort eingetroffen waren, wurden Jade und ich getrennt zum Revier gebracht. Wir wurden unabhängig voneinander verhört und dann zurück zum Tatort gefahren, um die Ereignisse, die der Schießerei vorangingen, Schritt für Schritt durchzugehen. Aber das war gestern Nacht gewesen.

Jetzt war ich nervös, weil ich mich auf mein Date mit

McCool vorbereitete. War das überhaupt ein Date? Ich wusste, dass Cash beim Saunders-Mord eine Festnahme durchgeführt hatte, und wollte alle Details wissen.

Aus meiner Perspektive hatten die Saunders einen Haufen Gesetzlose großgezogen. Mindestens einer der Söhne war ein Einbrecher, ein anderer ein Serienvergewaltiger. Ich fragte mich, wie das zusammenhing. Cash wusste vermutlich mehr.

Um Punkt sieben Uhr klingelte es an der Tür. Ich legte meine Hand auf den Griff der Pistole, die ich wie gewohnt trug, und spähte durch den Spion der Haustür. Da stand er. Der Mann, der mich zum Lachen brachte, der ein gutes Herz hatte und ein Leckerbissen für die Augen war. Ich ließ ihn herein.

Bevor er ein Wort sagen konnte, nahm er mich in die Arme und hielt mich fest.

»Wenn du so weitermachst, glaube ich noch, dass du mich magst«, neckte ich ihn.

»Geht es dir gut?«

Ich wusste, was er meinte, doch ich ging nicht darauf ein. »Ja. Ein bisschen durcheinander, weil ich so lange geschlafen habe, aber sonst okay.« Ich löste mich aus seiner Umarmung und bedeutete ihm, mir in die Küche zu folgen. »Aber ich habe schlechte Neuigkeiten. Könnten auch gute sein, je nachdem, wie man es sieht.«

Die Besorgnis stand ihm im Gesicht geschrieben.

»Ich hatte keine Zeit zu kochen. Außerdem bin ich ohnehin keine gute Köchin. Ich kann es, wenn ich will, aber ich will nicht allzu oft.«

»Maddie, halt. Du musst nicht meinetwegen so fröhlich tun. Du hast gestern einen wirklich traumatischen Vorfall gehabt.«

»Das ist es ja, Cash. Ich bin froh über das, was passiert ist.« Ich ging zum Kühlschrank und hielt fragend eine Flasche Bier und eine Flasche Wein hoch. Er nahm das Bier. Ich gab ihm einen Öffner, und er öffnete die Flasche und nahm einen Schluck. Mir schenkte ich Wein ein.

»Seit Jahren lebe ich mit den Auswirkungen dessen, was dieser Scheißkerl Jeremy Saunders mir angetan hat. Und jedes Mal, wenn ich von einer Vergewaltigung mit seiner Vorgehensweise hörte, schnitten Wut und Scham mir etwas tiefer ins Fleisch. Weißt du, was für ein Machtgefühl es ist, dass ich ihn zur Strecke gebracht habe? Nur schade, dass nicht alle Vergewaltigungsopfer auf ihn haben schießen können.«

Ein Lächeln lag auf seinem Gesicht.

Ich fürchtete schon, zu weit gegangen zu sein. »Aber keine Sorge. So schnell lässt mich das Department nicht vom Haken. Morgen habe ich einen Termin bei meiner Psychiaterin.«

Das Lächeln verbreiterte sich zu einem Grinsen. »Schau, ich verstehe deine Erleichterung, dass du endlich Gerechtigkeit für deine Vergewaltigung bekommst. Zumindest glaube ich das. Du stehst unter Schock. Ich denke, ein Treffen mit der Psychologin ist ein wichtiger Schritt.«

»Das ist der einzige Schritt, den ich unternehmen muss, um wieder dienstfähig geschrieben zu werden.« Ich lehnte an der Theke und nahm einen großen Schluck Wein. »Erzähl mal, wie ist es gestern bei der Beerdigung gelaufen? Wie haben die Saunders darauf reagiert, dass Jeremy tot ist – und ein gesuchter Vergewaltiger?«

Cash atmete tief durch. »Ich war nicht dort, aber ich habe gehört, es war unschön. Ich weiß gar nicht, wo ich anfangen soll.«

Plötzlich klingelte das Telefon. Ich ging zu dem kleinen Holztisch, auf dem es stand. Fast im selben Moment fing Cashs Handy an zu klingeln.

Wir gingen gleichzeitig an unsere Telefone.

»Detective Divine? Hier ist Sergeant Dancer aus Captain Westfalls Büro. Sie werden zu einem Treffen morgen um neun im Revier Devonshire einbestellt.«

»Ich hoffe, ich werde nicht gefeuert«, scherzte ich.

»Sie bekommen die Überstunden bezahlt«, sagte der Sergeant und ignorierte meinen Versuch, witzig zu sein.

»Okay, ich werde da sein«, sagte ich und legte auf. McCool war ebenfalls fertig.

»Lass mich raten«, sagte er. »Morgen früh zum Meeting mit dem Captain.«

Ich nickte und trat wieder an die Theke und nahm mein Weinglas. »Komm, wir gehen ins Wohnzimmer. Da ist es gemütlicher.«

»Muss ziemlich wichtig sein, wenn der Captain damit nicht bis Montag warten kann«, sagte Cash auf dem Weg nach nebenan.

Ich ließ mich aufs Sofa plumpsen. »Es ist sinnlos, sich deshalb den Kopf zu zerbrechen. Wenn sie uns erzählen wollten, worum's geht, wüssten wir es. Erzähl weiter von den Saunders.«

Nachdem wir einander auf dem Sofa gegenübersaßen, erzählte er: »Ich habe ein Geständnis von Walts Halbschwester. Walt ist der Barkeeper bei Harley's Hot Pieces, und Mindy Ward alias Melinda Lamb ist seine Halbschwester. Mindy war in Shelbie verliebt, die ihre Annäherungsversuche jedoch zurückwies. Das hat Mindy nicht gut aufgenommen.«

»Wow! Wie alt ist Mindy?«

Cash nickte. »Sie ist gerade neunzehn geworden, aber ihr Leben ist ein einziges Chaos. Ihre Mutter ist verstorben, und ihr Vater war Alkoholiker. Als Kleinkind wurde sie in eine Pflegefamilie gegeben und schließlich adoptiert.« Cash nahm noch einen Schluck aus der Flasche.

»Gestern Morgen habe ich Mindy festgenommen und dem Captain eine Nachricht geschickt, dass ich die Eltern benachrichtigen will. Daraufhin rief er mich an und hat mir von deinem Schusswechsel mit Jeremy Saunders und seinem Tod berichtet. Der Captain riet mir, der Saunders-Familie erst dann von der Festnahme zu erzählen, wenn wir mehr über die Umstände von Jeremys Tod wissen.«

»Du liebe Güte, kannst du dir vorstellen, wie es Shelbies Eltern jetzt gehen muss? Sie haben gerade ihre sechzehnjährige Tochter beerdigt, und dann kommt die Polizei und sagt ihnen, sie hätten eine Verdächtige festgenommen. Und als Nächstes heißt es: ›Ach, übrigens, Ihr jüngster Sohn wurde bei einer Schießerei von einem unserer Officer getötet, weil er ein Serienvergewaltiger ist, der auf frischer Tat ertappt wurde und auf unsere Kollegin schießen wollte.‹«

»Eben. Ich denke, Chief Bullock ist persönlich hingefahren, um ihnen alles zu erzählen. Zusammen mit unserem Captain.«

»Weiß der Chief überhaupt, dass wir den ältesten Sohn Blake und vermutlich auch seine Brüder als Verdächtige in unserer Einbruchserie im Blick haben?«

Cash nickte.

»Ich vermute, Jade und ich sind von dem Fall abgezogen?«

»Ja. Da du einen der Einbrecher erschossen hast, geht es nicht, dass du weiter an der Ermittlung arbeitest«, sagte er.

»Wunderbar. Sie werden Jade und mich zum Vandalismus oder einer anderen untergeordneten Abteilung versetzen, damit wir bloß keine Probleme machen können«, sagte ich und verschränkte die Arme.

»Keine Sorge, es gibt genug Arbeit für alle.« Cash beugte sich vor und legte die Arme um mich. »Du hast Gerechtigkeit bekommen, Maddie«, sagte er leise. »Jetzt ist es an der Zeit, deine gerechte Belohnung zu genießen.«

Ich entspannte mich und seufzte, als seine Lippen meine berührten.

114 Jade

Jade war überhaupt nicht glücklich darüber, Mac im warmen Bett zurückzulassen, während sie am Sonntagmorgen aufs Revier musste.

Zum Glück herrschte nicht viel Verkehr, und sie war früh dran. Sie parkte und hoffte, ihre Partnerin verspätete sich nicht.

Als wüsste sie um Jades Besorgnis, schwenkte Maddie mit ihrem Sportwagen in diesem Moment in die leere Parklücke neben Jades Wagen.

»Guten Morgen, Partner«, rief Maddie, als sie ausstieg. »Bereit, heute das schnelle Geld zu machen?«

»Wow, hat dir jemand eine Glückspille gegeben, oder was ist los? Ich habe gestern den halben Tag verschlafen und bin immer noch müde.«

Maddie zuckte mit den Schultern und ging voran zum Gebäude. »Du weißt, wie schwer es ist, Überstunden bezahlt zu bekommen. Wenn ich anderthalbmal so viel kriege, kann der Captain meinetwegen den ganzen Morgen über das Totale Scheißregime des Chiefs reden. Oder über jedes beliebige andere Thema.«

»Ich nehme an, es geht nicht um seine Umstrukturierung, sondern eher um die Schießerei«, sagte Jade auf dem Weg zur Verwaltung. »Sieh mal, McCool ist auch da.« Sie erreichten den Korridor vor dem Büro des Captains, wo sich bereits mehrere Detectives und Lieutenant Pagani versammelt hatten. Jade bemerkte auch ein paar ungepflegte Detectives, die viel undercover arbeiteten. Zak Murdock stand allein abseits und schlürfte seinen Kaffee, während er mit seinem Handy spielte.

Als er seinen Namen hörte, drehte McCool sich zu ihnen um. Jade spürte sofort das Knistern zwischen McCool und Maddie, als gäbe es einen sichtbaren Faden zwischen den beiden. *Aha. Darum ist sie heute Morgen so aufgekratzt.*

McCool wollte zu ihnen kommen, doch der Adjutant des Captains tauchte auf und führte alle in einen Konferenzraum am Ende des Gangs. Sobald alle ihren Platz gefunden hatten, kam Captain Troy Westfall herein.

»Guten Morgen. Danke für Ihr Kommen«, sagte er und nahm am Kopfende des Konferenztischs Platz. »Der Grund, weshalb ich Sie hergerufen habe, ist die Einsatznachbesprechung aufgrund der Schießereien im Laufe dieses Wochenendes.« Der Captain sah Maddie direkt an. »Weil die Officers, die involviert waren, anwesend sind, werden wir nicht über die Schießerei selbst diskutieren.«

Während Westfall einen Schluck Kaffee nahm, bemerkte Jade, dass Maddie rot wurde, weil sie vor versammelter Mannschaft so herausgestellt wurde.

»Was ich klären will, ist Folgendes«, fuhr Westfall fort. »Wo stehen wir mit den Ermittlungen, und was wissen wir mit Sicherheit? Die Medien haben nach mehr Informationen verlangt, und ich werde den Chief darüber unterrichten. Er hält heute Nachmittag eine Pressekonferenz ab, und er will sich nicht zum Deppen machen, weil er schlecht informiert ist. Detective McCool, beginnen Sie doch mit dem, was wir bisher über den Serienvergewaltiger wissen.«

McCool rekapitulierte rasch, dass es ihnen möglich gewesen war, Vergewaltigungen aus den vergangenen vier Jahren mit Jeremy Saunders in Verbindung zu bringen. »Die Familie zog für ein Jahr nach Kanada, und die Vergewaltigungen hörten auf. Wir lassen von den kanadischen Kollegen prüfen, ob es zu ähnlichen Verbrechen kam, während er da oben lebte. Sobald die Familie wieder in Porter Ranch war, ging es hier von vorne los.«

Captain Westfall machte sich Notizen. »Hatte Jeremy Saunders irgendwelche Vorstrafen oder etwas, das darauf hindeutet, dass er ein Sexualstraftäter war?«

McCool schüttelte den Kopf. »Das Beste habe ich mir für den Schluss aufgehoben – obwohl mir das ehrlich gesagt früher hätte einfallen müssen. Erinnert sich hier jemand an einen Fall vor fünf Jahren, als eine Sportlehrerin am College verurteilt wurde, weil sie mit dem Footballteam eine Party feierte und mit einigen der Jungs Sex hatte?«

»Der Traum jedes Collegeschülers«, warf ein Officer ein.

»Erinnert ihr euch an den großen Aufschrei, als ein Video von dem Vorfall im Internet die Runde machte?«

»Ja«, sagte Maddie. »Es gab einen Jungen, der … tja … es nicht gebracht hat.«

McCool beobachtete sie, als sie die Erkenntnis traf.

»Sag das nicht. Der Junge mit dem Schrumpfpimmel war Jeremy?«

McCool nickte. »Ganz genau. Offenbar hat die Lehrerin die Studienanfänger gerne so willkommen geheißen, und Jeremy hat keinen hochgekriegt.«

Im Raum brach allgemeine Heiterkeit aus.

»Jemand hat eine Kamera im Schlafzimmer der Lehrerin versteckt, und das Video verbreitete sich rasend schnell im Internet. Sein Scheitern war dem weltweiten Spott ausgesetzt. Offenbar hat er nicht lange danach beschlossen, den Frauen der Welt einer nach der anderen zu zeigen, dass er doch dazu in der Lage war.«

»Okay, aber das Video kam doch erst nach dem Prozess gegen die Lehrerin ans Licht«, wandte Captain Westfall ein.

»Es gibt Stimmen, die behaupten, die Lehrerin habe es selbst in die Welt gesetzt, nachdem sie gefeuert wurde«, sagte McCool. »Sie musste eine kurze Strafe verbüßen und wird seitdem im Register für Sexualstraftäter geführt. Ich habe gestern Abend mit dem leitenden Ermittler in dem Fall gesprochen. Man hat herausgefunden, wer damals das Video hochgeladen hat, aber zu der Zeit steckten die sozialen Medien noch in den Kinderschuhen und man konnte vieles anonym machen. Sie glauben, es war die Lehrerin. Aber es gab nie irgendwelche Beweise.«

»Müssten die Eltern denn nicht eine Veränderung an dem Jungen bemerkt und vielleicht Hilfe für ihn gesucht haben?«, fragte Jade.

»Offenbar gab es psychologische Betreuung, bevor die Familie überstürzt nach Kanada ging. Die Mutter und der Vater waren beide auf ihre Karriere bedacht und überließen die Söhne sich selbst. Nach Gesprächen mit der Familie und Jeremys Freunden stand er wohl im Schatten der beiden älteren Brüder. Blake war gut aussehend und klug und Logan ein harter Kerl. Ich denke, indem er die Kontrolle über seine Opfer ausübte, fühlte Jeremy sich auch wichtig.«

»Aber da ist noch mehr«, warf Lieutenant Pagani ein. »Jeremy Saunders war Teil einer Einbrecherbande mit seinen beiden Brüdern. Sie hatten sich das schlau ausgedacht. Sie wählten die Opfer unter den Kunden ihrer Mutter aus, die als Luxusmaklerin arbeitet.«

Hmmm, dachte Jade. Maddie und ich haben ja versucht, den gemeinsamen Nenner zu finden, aber darauf sind wir nicht gekommen.

Pagani fuhr fort: »Die Brüder haben mit einem Nazi-Drecksack namens Lance Frazier, auch bekannt als Cue, gemeinsame Sache gemacht. Er ist der Anführer der Insane Nazi Boys. Die INB mieteten Lagerräume für die Saunders-Brüder an und bekamen im Gegenzug Waffen – die die Brüder bei ihren Raubzügen erbeuteten. Sie brachen in ein Haus ein, und die INB übernahmen das Diebesgut und packten es in einen gemieteten Lagerraum. Nach dem ersten Monat zahlten sie die Miete nicht mehr. Schließlich wird der Lagerraum versteigert, und die Saunders-Brüder kaufen ihn bei der Auktion, weil sie ja wissen, was drin ist. Weil die Sachen herrenlos sind, gehören sie rechtmäßig den Saunders-Brüdern, sobald sie für den Lagerraum bezahlt haben.«

»Das ist nicht ganz richtig«, sagte Murdock. »Wenn ein rechtmäßiger Eigentümer sie mit dem Diebesgut erwischt und beweisen kann, dass die Sachen ihm gehören, bekommt er sie zurück.«

»Sie haben recht«, sagte Pagani. »Aber der Trick bestand darin, dass die Saunders-Brüder dafür nicht ins Gefängnis gingen, weil sie sich auf gutgläubigen Erwerb berufen konnten. Das Schöne daran war, dass die Jungs in Palmdale einen Gebrauchtwarenladen führten. Wie wahrscheinlich ist es, dass jemand aus Porter Ranch den Weg in ihren Laden findet und dort über seine eigenen Sachen stolpert?«

»Stimmt, aber Familienerbstücke oder unverwechselbare Dinge könnten entdeckt werden«, beharrte Murdock.

»Klar, wenn der Laden hier in L. A. wäre. Aber draußen in Palmdale unterliegen sie der Gerichtsbarkeit des Sheriffs – weshalb es noch unwahrscheinlicher ist, erwischt zu werden«, sagte Pagani.

»Wie Sie sehen«, sagte der Captain, »war es sehr klug ausgetüftelt. Das Risiko war praktisch null.«

»Sie sollten wissen, dass die Detectives Divine und Donovan Blake Saunders bereits als einen der Einbrecher identifiziert haben«, sagte McCool. »Und ich bin sicher, sie hätten die Beteiligung der anderen Brüder und die Verwicklung mit den INB, den Lagerräumen und Waffen ebenfalls aufgedeckt.«

Jetzt war Jade diejenige, die rot wurde, weil sich alle Blicke auf Maddie und sie richteten.

»Da wir schon über Waffen reden«, meldete sich einer der derangierten Undercoverkollegen zu Wort, »bei dem zweiten Mann, auf den gestern geschossen wurde, handelt es sich um Aldo Santana vom Matos-Kartell. Er war ein Strohmann für deren Waffen- und Drogenschmuggel nach Los Angeles. Er hat die mexikanische Mafia mit Waffen beliefert.« Der Detective sah Maddie an. »Santana ist ein richtig taffer Scheißkerl. Er wurde in den Bauch getroffen, aber wichtige Organe wurden nicht verletzt. Obwohl er gerade erst eine Operation überstanden hat, überlegt man, ihn schleunigst aus dem Krankenhaus zu verlegen. Dort fürchtet man einen Anschlag auf Santana – zu Recht, übrigens. Er redet nicht mit uns, aber seine Frau.«

Ein weiterer ungekämmter Detective ergriff das Wort. »Die Frau, die mit Santana zusammenlebte, ist Sylvia Prieto. Sie war eine Prostituierte, die er in die Staaten mitgebracht hatte, um sich ein Saubermannimage zu verschaffen. Sie wurde dank Detective Divine nicht vergewaltigt, aber Saunders hat sie ziemlich übel verprügelt. Wie der Lieutenant bereits sagte, hat Sylvia Blake Saunders über das Maklergeschäft seiner Mutter kennengelernt. Sie war es leid, von Santana so oft allein gelassen zu werden, und dachte, sie könnte den Saunders-Jungen vielleicht dazu bringen, sie zu heiraten, damit sie US-Bürgerin wird. Sie hatte keine Ahnung, dass er ein Einbrecher war. Sie hat ihm von Santanas Waffenlager erzählt und hatte Saunders sofort in Verdacht, als die Waffen gestohlen wurden.« Der Detective grinste. »Aber sie konnte Santana unmöglich erzählen, dass sie für den Diebstahl verantwortlich war.«

Jade war überrascht, als Maddie sich zu Wort meldete. »Ich wette, Sylvia war nicht die einzige ›Ehefrau‹, die Blake als Dieb im Verdacht hatte. Ich vermute, Blake hat noch andere Ladys flachgelegt, und keine von ihnen wollte mit dem Finger auf ihn zeigen, weil dann ihre Untreue offenbar geworden wäre.«

Captain Westfall schrieb eifrig mit und legte dann den Stift beiseite. »McCool, ich habe noch einige Fragen zum Mord an Shelbie Saunders. Ich nehme nicht an, dass der Chief darüber in der Pressekonferenz reden wird. Aber ich würde ihm gerne die Informationen geben, damit er gerüstet ist.« Der Captain rutschte auf dem Stuhl herum. »Wurde das Messer gefunden, mit dem Shelbie ermordet wurde?«

McCool schüttelte den Kopf. »Nein. Mindy hat ausgesagt, sie hätte ein Messer von der Arbeitsplatte in der Restaurantküche genommen, während sie mit Shelbie rang. Nachdem sie Shelbie getötet hat, nahm sie das Messer mit.«

»Nun, und was hat sie damit gemacht?«, wollte Westfall wissen.

»Sie sagt, sie habe es abgewaschen und an dem Tag, an dem sie dann Shelbies Leiche ›fand‹, wieder zu den anderen Messern gelegt.«

Ein kollektives Stöhnen ging durch den Raum.

»Das Restaurant solltet ihr nicht mehr aufsuchen«, witzelte jemand.

»Wir haben bereits alle Messer dort sichergestellt. Sie werden geprüft«, sagte McCool.

»Hatte Mindy noch andere Gründe für ihren Mord an Shelbie außer der Zurückweisung?«, fragte Jade.

»Nicht, soweit wir es bisher sehen«, sagte McCool. »Sie ist einfach ein armes Ding, das es immer schwer im Leben hatte und offenbar ausgerastet ist. Man stelle sich vor, dass man gerade mal ein Kleinkind ist und der Vater kaum nüchtern genug, um sich ausreichend zu kümmern, sodass man vom Sozialdienst abgeholt wird. Das würde reichen, um jeden verrückt zu machen.«

»Okay, dann komme ich mal zu den schlechten Nachrichten«, unterbrach Captain Westfall. »Der Bezirksstaatsanwalt will Blake und Logan eine Bewährungsstrafe anbieten, wenn sie dafür Cue und die anderen Insane Nazi Boys verraten.«

»Sie machen wohl Witze!« Maddie stöhnte. »Diese Typen bringen wir doch locker mit über dreißig Einbrüchen in Verbindung. Wie kann der Staatsanwalt auch nur daran denken, sie mit Bewährung davonkommen zu lassen?«

»Hinter dieser Entscheidung stecken mehrere Gedanken«, sagte Westfall. »Erstens will er Cue einen nicht ganz so attraktiven Deal anbieten und sich so in der Nahrungskette hocharbeiten bis zu demjenigen, der tatsächlich hinter dem illegalen Waffenring steckt. Dann hat die Saunders-Familie gerade erst die zwei jüngeren Kinder verloren. Shelbie wurde ermordet, und Jeremy wurde Opfer von Detective Divines Schießkünsten. Es herrscht allgemein Konsens, dass es zu viel wäre, die anderen beiden wegen der Einbruchserie in den Knast zu schicken.«

»Ja, genau. Machen wir uns bloß Sorgen um diese Eltern, die drei Kinder plus ein adoptiertes hatten und ihre eigenen wurden dann zu Verbrechern. Himmel, es klingt so, als wollten wir ihre Söhne für etwas bestrafen, das sie nicht getan haben. Ich wäre zu gern dabei, wenn sie hinter Gitter kommen«, sagte Maddie.

»Die Entscheidung treffen nicht wir«, sagte der Captain. »Und Sie halten sich von den Saunders-Brüdern fern. Wir wollen unseren Fall nicht gefährden. Der Bezirksstaatsanwalt hat das große Ganze im Blick.«

»Mag ja sein«, sagte Maddie. »Aber dann soll er sich mal Folgendes vorstellen: Wenn Blake und Logan Saunders das nächste Mal in ein Haus einbrechen – und glauben Sie mir, das werden sie tun –, ist es vielleicht das des Staatsanwalts. Das wäre dann Wohl Ironie der Justiz.«

115 Maddie

Tick, tick, tick …

»Wie fühlen Sie sich, nachdem Sie Ihren Vergewaltiger erschossen haben, Maddie?«, fragte Dr. Stevens.

Ich hatte mich in Gedanken auf diese Nachbesprechung vorbereitet, aber ich machte mir immer noch Sorgen, sie könnte mit einer ihrer Fragen meine Handlungen infrage stellen.

Ich zuckte mit den Schultern. »Wie soll ich mich schon fühlen? Der Mann war ein Vergewaltiger. Er war ein Jäger, der Frauen unter seine Kontrolle gebracht und verletzt hat.«

»Finden Sie, er musste sterben?«

»Ja. Er hatte eine Waffe und wollte mich töten. Ich habe zuerst geschossen.«

»Bereuen Sie, auf ihn geschossen zu haben?«

»Absolut nicht.«

Ich sah, wie die Psychiaterin sich ein Lächeln verkniff.

»Wie fühlen Sie sich in Bezug auf den zweiten Schuss?«

»Das ist jetzt bestimmt nicht politisch korrekt, aber die beiden Arschlöcher haben versucht, mich umzubringen. Ich bin froh, auf sie geschossen zu haben. Und ich bin froh, dass Jeremy Saunders tot ist.«

»Glauben Sie, in einer anderen Situation Herrin der Lage zu sein, wenn Sie von Ihrer Schusswaffe Gebrauch machen müssen?«

»Was meinen Sie?«

»Nein, ich frage Sie«, sagte sie.

»Ja. Wenn ich wieder auf jemanden schießen muss, tue ich das.«

»Glauben Sie, dass Sie zögern würden? Vor allem, nachdem Sie schon mal geschossen haben?«

»Hören Sie, Dr. Stevens. Als ich mein Vorstellungsgespräch zur Polizeiausbildung hatte, wurde ich gefragt, ob ich glaube, wenn es die Situation erfordert, jemandem das Leben nehmen zu können. Ich erklärte ihnen, dass ich das könnte. Und ich habe es getan. Wenn es sein muss, tue ich es wieder. Ich suche solche Situationen nicht, aber ich werde nicht tatenlos dastehen und mich erschießen lassen. Oder meinen Partner.«

»Denken Sie an den Mann, den Sie getötet haben?«

»Der Dreckskerl hat mich vergewaltigt. Ich denke jeden Tag an ihn.«

»Haben Sie dem Department gesagt, dass er der Mann war, der auch Sie vergewaltigt hat?«

»Was meinen Sie wohl?«, fragte ich mit so viel Sarkasmus, wie ich aufbringen konnte.

»Ich meine, Sie sollten meine Frage beantworten.«

Die Psychiaterin schien meinen Sarkasmus nicht zu mögen. »Nein. Das Department weiß nicht mal, dass ich vergewaltigt wurde. Es geht niemanden etwas an außer mich.«

»Aber haben Sie nicht Ihrer Partnerin Jade und Detective McCool davon erzählt?«

Bei der Erwähnung von McCools Namen schweiften meine Gedanken kurz ab. »Sie werden es niemandem erzählen.«

»Sind Sie sicher?«

»Absolut.«

»Möchten Sie sonst noch etwas zu den Schüssen anmerken?«

»Dr. Stevens, mein Gewissen ist rein, und mir geht's prima.«

Sie lächelte. »Das freut mich für Sie, Maddie. Sie können mich jederzeit anrufen, wenn sich Ihre Situation ändert. Haben Sie sonst noch irgendwas auf dem Herzen?«

Ich dachte ein paar Sekunden nach. Die eine Frage, die mir durch den Kopf ging, fühlte sich irgendwie dumm an. *Ach, was soll's.*

»Ja, schon. Können Sie mir sagen, wann es zu früh ist, mit jemandem zu schlafen, der einen zum Lachen bringt, ein gutes Herz hat und ein Leckerbissen für die Augen ist?«

Danksagung

Dieses Buch wäre nicht möglich gewesen ohne die Hilfe von Rick Bennett, Leigh Court, Jaimie Cox, Jenna Ives, Alyssa Kress, Flo Tritel, Debbie Bailey, Kate Bell und Jan Smith.

Ich danke Dan Dotson von American Auctioneers, der mich mit seiner Fachkenntnis in die Mechanismen der Versteigerung leer stehender Lagerräume eingeführt hat.

Für das Cover der englischen Originalausgabe danke ich Donna Casey von DigitalDonna.com, für die Redaktion des Originalmanuskripts Julie Fusella.

Außerdem möchte ich meinem Agenten Robert Gottlieb bei der Trident Media Group für Austausch und Unterstützung danken.

Für sämtliche Fehler in diesem Roman bin ich selbst verantwortlich.